LAEL ST. JAMES

Gefangene des Herzens

ROMAN

Ins Deutsche übertragen von
Joachim Honnef

BASTEI
LÜBBE

BASTEI LÜBBE TASCHENBUCH
Band 18642

1. Auflage: Dezember 2002

Vollständige Taschenbuchausgabe
Bastei Lübbe Taschenbücher ist ein Imprint der Verlagsgruppe Lübbe

Deutsche Erstveröffentlichung
Titel der amerikanischen Originalausgabe: My Lady Beloved

This edition published by arrangement with the original publisher, Pocket Books,
a division of Simon & Schuster, Inc., New York.

Titelillustration: Oliviero Verni/Agentur Thomas Schlück GmbH
Einbandgestaltung: Beate Stefer
Satz: KCS GmbH, Buchholz/Hamburg
Druck und Verarbeitung: AIT Trondheim, Norwegen
Printed in Norway
ISBN: 3-404-18642-7

Für
Diane Hollis,

die tapfere Kämpferin,
mit Liebe und Bewunderung

1

Spätsommer 1369
St. Swithin's Abbey, Devonshire, England

Die Blätter in den obersten Zweigen der Eiche, einem knorrigen, altehrwürdigen Baum aus der Zeit, bevor auch nur das Fundament der Abtei gelegt worden war, raschelten unter den nackten Füßen der neunzehnjährigen Gabriella Redclift, die bald Lady Avendall werden sollte. Sie spähte in die Ferne, die Augen ein wenig zusammengekniffen, und hielt den Atem an, froh, dass ihre Schwestern unter ihr auf dem Pfad ihr Gesicht nicht sehen konnten.

»Kannst du Sir Avendall und seine Männer schon erkennen?«, rief Margaret, ihre Zwillingsschwester, die sich ärgerte, wenn jemand sie mit einem anderen Namen als »Meg« ansprach. Ihre Stimme hallte hinauf durch das Blätterwerk, hoch und gespannt, denn sie nahm wie jeder sonst in der St.-Swithin's-Abtei an, dass Gabriella wirklich diese Ehe wünschte, die vor langer Zeit von ihrem verstorbenen Vater arrangiert worden war. Niemand hätte jemals vermutet, dass sie nur vorgab, erfreut zu sein, um ihrer Mutter und der Schwestern willen und nicht zuletzt wegen des verfallenen alten Guts Redclift Hall, zwei Tagesreisen nördlich der Abtei, an dem ihr Herz hing. Ihr Körper und ihre Seele – alles, was sie besaß – waren ihre Mitgift. Avendalls Gold, das es im Überfluss gab, würde Megs und Elizabeths Zukunft sichern, ob sie nun heirateten oder das Gelübde ablegten und im Kloster blieben.Und auch Ariel, ihre stets gereizte Mutter, würde endlich Sicherheit und Frieden finden.

»Im Namen der Heiligen Mutter, komm runter, Gabriella, sonst fällst du noch«, jammerte die sechzehnjährige Elizabeth, die sich dabei zweifellos bekreuzigte. Sie war mit ihrer sanften Natur und frommen Art fast sicher dazu bestimmt, Nonne zu werden.

Gabriella ignorierte Elizabeths Bitte – die liebe Elizabeth war immer wegen irgendetwas besorgt – und spähte in die Ferne, um jenseits der Mauern der Abtei, die einst so tröstend und beschränkend gewesen waren, den Horizont nach ihrem Bräutigam abzusuchen, der sie abholen würde. Obwohl das Wetter bereits kühler wurde und es unausweichlich auf den Herbst und dann die bittere Kälte des Winters zuging, waren die Sonne des späten Nachmittags und der blaue Himmel strahlend schön. Gabriella bemühte sich, nicht an Redclift Hall mit seinen Feldern und Wiesen und Bächen voller Forellen zu denken, ein Anblick, den sie höchstwahrscheinlich nie wieder genießen würde. Stattdessen konzentrierte sie ihre Gedanken auf das, was vor ihr lag, und versuchte, die Vergangenheit zu vergessen.

»Ich glaube, ich habe am Horizont einen Farbtupfer gesehen«, rief sie zu ihren Schwestern herab, klammerte sich mit einem Arm am Baumstamm fest und beschattete mit der anderen Hand die Augen. »Dennoch kann ich noch nicht sicher sagen …«

»*Komm runter!*«, wiederholte Elizabeth eindringlich. »Es ist traurig genug, dass du uns verlässt, aber ich könnte es nicht ertragen, wenn du mit gebrochenen Knochen zu meinen Füßen landest!«

»Sei still«, mahnte Meg, stets ungeduldig bei jedem Anzeichen von Angst, ob nun von ihr oder anderen. Sie wäre selbst mit Freuden in den Wipfel eines Baumes geklettert, wenn ihr an Gabriellas Stelle Avendall als Ehemann versprochen worden wäre. Es war bittere Ironie: Im Gegensatz zu Gabriella, die nur auf Redclift Hall leben und dem Gut wieder zur Blüte verhelfen wollte, sehnte sich Meg nach Romantik, Abenteuer und Reisen.

»Ich werde nicht still sein!«, entgegnete Elizabeth, die schließlich eine Redclift und nicht geistlos war, trotz all ihrer Gebete und Frömmigkeit. »Ich bin hier die Einzige mit einem Funken Verstand!«

In diesem Moment entpuppte sich der Farbtupfer, den Gabriella erspäht hatte, als vier Reiter, gekleidet in Rot und Gold – Sir Avendalls Farben.

»Da sind sie«, sagte Gabriella und bemühte sich, Begeisterung zu heucheln. Anstatt der wilden Freude, die Meg gezeigt hätte, empfand sie nur Kummer. Vermutlich würde sie vor dem nächsten Sonnenaufgang eine verheiratete Frau und auf dem Weg in ihr Leben auf dem Besitz Avendalls in Cornwall sein. Redclift Hall, ihre Schwestern, die Abtei – jeder, den sie liebte, und alles, was ihr vertraut war – begannen ihr bereits zu entgleiten, um bald verloren zu sein.

Sie schluckte hart und blinzelte gegen Tränen an.

»Dann beeil dich«, rief Meg zu ihr hinauf, atemlos vor Erwartung. »Ich werde dir das Haar bürsten und flechten – das rote Band hineinflechten –, und Elizabeth wird dein gutes Samtkleid auslegen.«

»Wir müssen etwas mit deinen nackten Füßen unternehmen«, klagte Elizabeth, als Gabriella geschickt von Zweig zu Zweig hinabkletterte. »Und dein Rock ist bestimmt im Baum schmutzig geworden …«

»Mach kein Theater«, schalt Meg gutmütig. »Schließlich könnte dies Gabriellas Hochzeitstag werden, und wir sollten überglücklich sein – nicht wahr?«

Als Gabriella vom tiefsten Zweig absprang, auf den Füßen landete und ihre Schwestern betrachtete, sah sie bekümmert, dass in Elizabeths großen braunen Augen Tränen schimmerten. »Ich weiß, dass ich glücklich sein sollte«, platzte die jüngste der Schwestern heraus. »Aber das bin ich nicht. Gabriella geht fort. Weit fort.«

»Gans«, sagte Meg liebevoll, legte einen Arm um Elizabeths schmale Schultern und drückte sie an sich. »Du weißt, dass Gabriella uns kommen lassen wird, wenn sie sich erst in ihrem neuen Zuhause eingerichtet hat. Sie wird dafür sorgen, dass du und ich Ehemänner bekommen – genau wie wir das geplant haben. Meiner wird ein Abenteurer sein – vielleicht ein Seefahrer – und deiner, Elizabeth, ein sanfter Gelehrter. Du wirst es sehen.«

Als Gabriella jetzt ihre Schwestern anschaute – die schönen, verarmten Schwestern –, war ihr wieder zum Weinen zu Mute. Es war leicht gewesen, in den sieben Jahren, seit sie in der Abtei lebten, in dem zellenartigen Zimmer, das sie des Nachts teilten, in den Betten zu liegen und Träume von einer wundervollen Zukunft für sie alle zu spinnen; es waren herrliche Fantasien gewesen, erfüllt mit Liebe und Gelächter, mit den Gedanken an Kinder und Sonnenschein.

Die Realität hingegen sah anders aus. Sie waren mittellos und in dieses abgeschiedene Kloster nur aufgenommen worden, weil die Äbtissin eine entfernte Kusine ihres Vater, Sir Alexander Redclift, war. Alexander war jung und in Armut gestorben, nachdem er sich und sein bescheidenes Vermögen in den Dienst von Edward III. gestellt hatte. Seine Witwe, Ariel, hatte den Verlust ihres Ehemannes, der großen Liebe ihres Lebens, nicht ertragen können und hatte wie ein Vogel, der bei Sturm Schutz sucht, bei der ersten Gelegenheit wieder geheiratet. Hugh Mainwaring, Gabriellas, Megs und Elizabeths

Stiefvater, war zwar gütig und freundlich, jedoch noch ärmer als seine Frau und nicht besser als Alexander im Verwalten der mageren Mittel der Familie. Die Folge war, dass er und Ariel ständig am Rande der Armut dahinvegetierten.

Dass sie drei unverheiratete Töchter hatten, so intelligent, von angenehmem Äußeren und gebildet sie auch waren, hatte das Problem nur verstärkt.

Sir Cyprian Avendalls Heiratsantrag an Gabriella war für jeden eine große Überraschung gewesen. Vor einem Jahr war er unangemeldet in Begleitung von fünf schwer bewaffneten Reitern zur St. Swithin's Abbey gekommen und hatte um eine Audienz bei der strengen Äbtissin, Mutter Mary Benedict, gebeten.

Sie hatten in Mutter Benedicts Arbeitszimmer miteinander gesprochen, und die bewaffneten Reiter hatten die ganze Zeit über draußen Wache gehalten, als rechneten sie mit einem Angriff. Während des langen Gesprächs war die gesamte Abtei von Spekulationen erfüllt gewesen, warum ein solcher Mann sich in die ländliche Gegend von Devonshire begab, um mit einer Nonne zu sprechen.

Schließlich wurden Gabriella und Meg in Mutter Mary Benedicts Arbeitszimmer gerufen und Sir Avendall präsentiert wie Bittsteller bei Hofe.

Avendall, ein gut aussehender Mann, breitschultrig und stark von vielen Jahren Schwingen eines Schwerts im Dienste des Königs, begrüßte die Schwestern mit einem knappen Nicken und musterte sie dann, als seien sie Pferde, die auf dem Markt verkauft oder getauscht werden sollten. So jedenfalls erschien es Gabriella; Meg hatte die Begegnung überhaupt nicht so beurteilt.

Gabriella war sofort von Abneigung gegen den Besuch erfüllt und sträubte sich während der gesamten Befragung, doch

Meg, die am leichtesten zu beeindruckende der drei Schwestern, war fasziniert von dem großen, dunkelhaarigen Mann, auch wenn er während der Begegnung kein einziges Mal lächelte. Für sie war sein Auftauchen in der Abtei ein erfüllter Wunschtraum, ein erhörtes Gebet, ein Ereignis, das in Legenden und Geschichten überliefert werden würde. Offenbar schenkte sie irdischen Einzelheiten wie zum Beispiel seiner harten, grimmigen Miene oder dem kalten und abschätzenden Ausdruck in seinen Augen wenig oder keinerlei Beachtung.

Bald darauf – nicht bald genug nach Gabriellas Geschmack – hatte sich Sir Avendall verabschiedet und seine müden Männer durch das offene Tor der Abtei hinaus in die Dämmerung geführt. Sie war erleichtert gewesen, ihn davonreiten zu sehen.

Nach dem Abendessen rief Mutter Mary Benedict Gabriella jedoch zu sich, diesmal mit der Anweisung, allein zu kommen. Dann kündigte sie ihr an, dass Sir Avendall wünschte, sie binnen zwölf Monaten zu heiraten. In seiner Großzügigkeit war er bereit, über die Tatsache hinwegzusehen, dass sie außer ihrer Schönheit, einem achtbaren Namen und ausgezeichneter Tugend nichts in die Ehe einbringen konnte. Er hatte ein Dokument vorgelegt, das Gabriellas Vater unterzeichnet hatte, als sie noch ein Baby gewesen war, und in dem er in eine Ehe einwilligte und als Gegenleistung eine beträchtliche Summe Gold verlangte. Gold, das Alexander sicherlich für die Ställe und Keller und Kornspeicher von Redclift Hall ausgegeben hatte, die lange leer gewesen waren wie die Schatztruhen. Avendall hatte in einer großherzigen und – nach Gabriellas Ansicht – ziemlich arroganten Geste eine große Summe für die Abtei gespendet, nicht nur als Entschädigung für die Erziehung seiner Braut, sondern auch für die Obhut und den Unterhalt ihrer Schwestern. Außerdem verfügte er, dass es vom Tag des Ehegelübdes an Ariel und Hugh Mainwaring an nichts mangeln würde. Für jeden Betroffenen würde ein Strom von Florins fließen.

Gabriella hatte nie in Erwägung gezogen, Sir Avendalls Antrag abzulehnen; selbst wenn sie diese Wahl gehabt hätte, wäre es ihr nicht in den Sinn gekommen. Zu viel hing von dieser Ehe ab, und es war ihre Pflicht als älteste Tochter und einzige vernünftige Person in der gesamten Familie, diese besondere Last zu schultern und zu tragen.

Als Avendalls Frau würde Gabriella auf einer großen Burg in Cornwall wohnen, sehr nahe bei der See. Sie würde mit Lady Avendall angesprochen werden und Anspruch auf ein eigenes Reitpferd und vermutlich mehrere Diener haben. Sie würde schöne Kleider tragen und vielleicht sogar Juwelen und stets reichlich zu essen haben, sogar im Winter. Im Laufe der Zeit würde sie Kinder bekommen, und ihre Söhne und Töchter würden ihr Trost, ihre Freude sein. Außerdem war Avendall Soldat und würde sicherlich jeweils jahrelang zum Kämpfen fort sein.

Jetzt, angesichts der tatsächlichen Ankunft ihres Bräutigams, des Austauschs des Ehegelübdes in der Hauptkapelle der Abtei und dann des Abschieds von Meg und Elizabeth, von denen sie nie getrennt gewesen war, nicht mal für eine Nacht, geriet Gabriellas feste Entschlossenheit etwas ins Wanken. Sie wagte nicht, ihre Gedanken zur Schwelle von Sir Avendalls Schlafkammer schweifen zu lassen, wo zwangsläufig die geheimnisvollen Riten der Ehe vollzogen werden würden, wenn sie erst auf seiner Burg eintreffen würde.

Meg ergriff ihre Hand und drückte sie kurz beruhigend. Obwohl sie und Gabriella sich äußerlich in keinster Weise glichen – Megs Haar hatte einen kräftigen kastanienbraunen Ton, während Gabriella blond war, und Megs Augen waren leuchtend grün im Gegensatz zu Gabriellas haselnussbraunen –, waren sie so eng vertraut, dass sie sich oftmals ohne Worte verstanden. Es war für Gabriella nicht leicht gewesen, ihre Zwillingsschwester zu täuschen.

»Komm«, sagte Meg ruhig. »Du musst dich auf deinen Bräutigam vorbereiten.«

»Und wenn Mutter Mary Benedict dich barfuß in dem alten Rock, mit verschmutztem Gesicht und zerzaustem Haar sieht, wird sie dir befehlen, stundenlang auf den Knien zu beten, um deine Seele zu retten«, sagte Elizabeth. Sie ging bereits resolut auf den Teil der Abtei zu, in dem sich ihre Zimmer befanden, zusammen mit denen der anderen, meist verarmten Damen, die ihr Zuhause in den Mauern von St. Swithin's gefunden hatten.

Meg seufzte. »Manchmal, liebe Schwester, bist du mit all deinem Gerede von Seelen und Heiligen eine Qual«, sagte sie milde. Meg hatte die Neigung zur Respektlosigkeit, was der armen Elizabeth ständig Albträume bescherte, in denen ihre Schwester vom Höllenfeuer verschlungen und von Teufeln gequält wurde.

Elizabeth hakte sich bei Gabriella ein und ignorierte Megs Bemerkung. »Ich werde eine Novene für dich abhalten – nein, *zwei* Novenen – eine, damit du deine … deine …«, sie senkte die Stimme zu einem ehrfürchtigen Flüstern, »… Hochzeitsnacht erträgst.« Offensichtlich fand sie diese Aussicht als das irdische Gegenstück vom Fegefeuer, und Gabriella stimmte ihr insgeheim zu. Elizabeth schluckte und fuhr dann tapfer in äußerst fröhlichem Tonfall fort: »… und eine natürlich, damit du in Cornwall eintriffst, ohne unterwegs von Straßenräubern überfallen und ermordet zu werden.«

»Danke«, sagte Gabriella vorsichtig und schickte der grinsenden Meg über Elizabeths Kopf hinweg einen warnenden

Blick zu. »Es ist ein Trost, zu wissen, dass du bei der Heiligen Mutter für mich bitten wirst.«

Elizabeth biss sich auf die Unterlippe und blickte sehnsüchtig zur Kapelle, ein weißes Steingebäude jenseits des Gemüsegartens. »Vielleicht sollte ich gleich damit anfangen«, meinte sie, und ihre dunklen Augen waren groß und leuchtend.

Gabriella tätschelte die Hand ihrer jüngeren Schwester. »Ja«, stimmte sie zu. »Du solltest keine Zeit verlieren.«

Elizabeth nickte und eilte davon, schwebte fast zwischen den Reihen von Kürbissen zu der kleinen Kirche, in der sich jeder auf schmerzlich regelmäßige Weise zum Gebet versammelte.

»Kleines Dummerchen«, sagte Meg, und es klang liebevoll, während sie Elizabeth nachschaute.

Gabriella versteifte sich leicht. »Sie tut, was sie kann«, erwiderte sie. Sie liebte ihre Schwestern aus ganzem Herzen, und die bevorstehende Trennung machte ihr zu schaffen.

»Gabriella.« Meg sprach so ernst, dass Gabriella sich ihr zuwandte. Meg ergriff ihre Hände und drückte sie fest. »Willst du dies wirklich tun? Avendall heiraten, meine ich. Ich weiß, dass er dich als Braut gewählt hat, aber du könntest eine Art Anfall vortäuschen, und ich könnte anbieten, an deiner Stelle ...«

Gabriella löste ihre Hände aus dem Griff, umfasste damit den Kopf ihrer Schwester und küsste sie auf die Stirn. »Albernes Geschöpf«, sagte sie und lächelte unter Tränen, ohne sich zu bemühen, sie zu verbergen. »Die Oberin würde sicherlich solch eine List durchschauen. Und außerdem *will* ich heiraten. Wer würde eine solch vorteilhafte Partie nicht wünschen?«

»Du, nehme ich an«, antwortete Meg traurig. »Du tust dies für Elizabeth und mich, für Mutter und für Redclift Hall. Meinst du, ich weiß das nicht?« Sie holte tief Luft und ließ dann einen weiteren Wortschwall vom Stapel, schnell und offenbar gut eingeübt. »Denke darüber nach, Gabriella – wenn ich diejenige wäre, die Avendall heiratet, dann wärst du frei und könntest nach Redclift Hall zurückkehren. Du könntest die Dinge in die Hand nehmen, die Felder bestellen und mit Avendalls Gold Vieh kaufen, Schweine und Pferde …«

»Nein«, unterbrach Gabriella, die Hände immer noch auf Megs Wangen, die jetzt feucht von Tränen waren. »Es ist entschieden.«

»Aber …«

Gabriella blieb standhaft. Pflicht war Pflicht, und Ehre war Ehre. Dieses Schicksal war ihr zugefallen, und sosehr sie davor zurückschreckte, sie wusste, dass ihr das Gewissen keine Ruhe lassen würde, wenn sie sich von Meg retten ließ. »Nein«, wiederholte sie und ließ ihre Hände von Megs Gesicht sinken.

Megs grüne Augen spiegelten eine Reihe heftiger Gefühle wider, darunter Verzweiflung und Stolz. »Musst du so verdammt nobel sein?«, zischte sie. »Dies ist ein Opfer für dich. Für mich wäre es ein Segen, eine Chance, etwas mit meinem Leben anzufangen.«

Gabriella streichelte über das kastanienbraune Haar ihrer Schwester, das stets ein wenig zerzaust war, aber sie ließ sich nicht erweichen. Wenn sie wirklich geglaubt hätte, dass Meg als Lady Avendall glücklich sein würde, dann wäre sie freudig zur Seite getreten, doch sie wusste es anders. Avendall war trotz seines beeindruckenden Äußeren und seines Reichtums nicht das große Los, wie Meg dachte. Gabriella hatte in ihrer kurzen Bekanntschaft schnell herausgefunden, dass er ein humorloser, fantasieloser und vermutlich skrupelloser Mann war. »Deine Zeit wird kommen«, sagte sie, und dann, um ihre Zwillingsschwester wissen zu lassen, dass das Thema beendet war, wandte sie sich um und ging davon, ohne zurückzublicken.

Sir Cyprian Avendall befand sich nicht unter den eintreffenden Reitern. Er hatte sich nicht dazu herabgelassen, seiner eigenen Hochzeit beizuwohnen, und für einen winzigen flüchtigen Moment hoffte Gabriella, er hätte sich völlig anders entschieden. Diesem Gedanken folgte sofort ein Sturm der Schuldgefühle, denn ohne Avendall würde es kein Gold geben, um Redclift Hall und das Land zu ehemaligem Glanz zu restaurieren. Und es bedeutete keinen sanften, gelehrten Ehemann oder Platz in der Kirche für Elizabeth, keine verheißungsvolle Ehe für Meg.

»Was meinst du mit ›Mylord konnte die Reise nicht selbst auf sich nehmen?‹«, fragte Meg fast zwei Stunden nach der Begegnung am Rand des Gartens, als sie neben Gabriella im Arbeitszimmer der Oberin stand. Elizabeth hielt sich ebenfalls in der Nähe auf und hatte ihre Gebete unterbrochen, wie es schien, vor Kummer stumm und bleich wie Milch.

Kurze Zeit zuvor, als Gabriella in diesen schlichten Raum mit einem Schreibtisch, einer einzigen Bank für Besucher, kalten Steinwänden und einem kleinen Kamin gebracht worden war, hatte Meg – immer noch erhitzt von ihrer Meinungsverschiedenheit – darauf bestanden, sie zu begleiten. Elizabeth, so treu wie widerwillig, war von einer der Novizinnen alarmiert worden und herbeigeeilt, um anwesend zu sein.

Der Anführer der vier schwer bewaffneten Reiter, die Sir Avendall aus Cornwall geschickt hatte, um Gabriella abzuholen, versuchte Meg mit einem langen, kühlen Blick einzuschüchtern. Als ihm das nicht gelang, räusperte sich der narbige und ungeschlachte Mann und sagte: »Mylord Avendall hat viele Pflichten. Er hielt es für unklug, seine Besitzungen gerade jetzt zu verlassen, und deshalb hat er mich und diese guten Männer geschickt, um die Braut heim nach Cornwall zu bringen.«

Mutter Mary Benedict, eine große, schlanke Frau, die niemals zu altern schien, ergriff das Wort. »Gewiss erwartet Ihr nicht von mir, ein unverheiratetes Mädchen über Land reisen zu lassen, allein außer der Gesellschaft rauer Kämpfer.«

Gabriella empfand Schwindel erregende Erleichterung und schämte sich sofort wegen ihrer Schwäche, so flüchtig sie auch gewesen war. Ihr Kurs war bestimmt, und sie würde nicht davon abweichen. Meg und Elizabeth schoben sich näher heran, eine links von ihr, die andere rechts, und sie war tief bewegt ob ihrer Treue, gestützt durch ihren Mut.

Der stämmige Mann richtete sich gerader auf. »Mylord hat mit Eurer Besorgnis gerechnet«, erklärte er der Oberin, »und mich gebeten, als sein Stellvertreter zu fungieren. Die Zeremonie muss stattfinden wie geplant.«

Gabriella hob ihr Kinn. »Ich werde mit keinem Mann außer meinem rechtmäßigen Ehemann vor den Altar Gottes treten«, sagte sie. Meg und Elizabeth schoben sich sogar noch näher zu ihr.

Mutter Mary Benedict schaute Gabriella an. Als Vormund der jungen Frau hatte die Oberin die Befugnis, sich über jeden Protest hinwegzusetzen, und da war Avendalls Abmachung zu bedenken. Wenn Gabriella den Antrag nicht annahm, musste das Gold zurückgegeben werden, und auch wenn Gabriellas Talent im Planen und Verwalten St. Swithin's zugute kommen würde, war sie einfach ein weiterer Mund, der gefüttert werden wollte. Eine weitere mittellose Dame, die nirgendwohin sonst gehen konnte.

»Scheinehen«, sagte die Oberin, »sind weder ungewöhnlich noch unschicklich, Gabriella.« Die ältere Frau stand gelassen da, die Hände in die weiten Ärmel ihrer Nonnentracht geschoben.

Meg legte von einer Seite einen Arm um Gabriellas Taille, Elizabeth von der anderen. Keine der Schwestern sagte etwas.

»Ich kenne nicht einmal den Namen dieses Mannes«, sagte Gabriella schließlich ruhig.

Der Soldat, bereits mit rötlichem Teint, weil er Wind und Sonne ausgesetzt war, wurde rot. »Ich heiße Halsey«, sagte er und neigte den Kopf in einer Art oberflächlicher Ehrerbietung. »Ich bitte Mylady um Verzeihung, aber ich bezweifle, dass Sie versteht. Der Lord hat befohlen, dass sie ihr Ehegelübde ablegt, bevor sie nach Avendall Hall aufbricht.«

»Avendall ist noch nicht mein Ehemann«, erwiderte Gabriella mit einem leichten Aufwerfen des Kopfes. Dann wandte sie sich mit einem flehenden, aber immer noch stolzen Blick an die Oberin. »Bitte, Mutter«, sagte sie mit ruhiger Würde. »Lasst mich nach Cornwall reisen und dort heiraten.«

Mutter Mary Benedict lächelte freundlich. »Ich kann deine Lage verstehen, Kind«, sagte sie, bevor sie sich Halsey zuwandte. »Es stand nichts in meiner ursprünglichen Vereinbarung mit Sir Avendall, das ihm erlaubt, einen Ersatz-Bräutigam zu schicken. Seine Bitte wird deshalb abgelehnt. Darüber hinaus kann ich dieser jungen Frau nicht erlauben, die Abtei in Eurer Obhut ohne eine Anstandsdame zu verlassen, wie es sich geziemt.«

Gabriella hielt den Atem an, und ihr Herz klopfte heftig unter dem Stoff ihres einzigen guten Kleides, eines abgetragenen Stückes aus dunkelblauem Samt, das ihr von einer wohlhabenden Bewohnerin von St. Swithin's geschenkt worden war.

»Was sagt Ihr dazu?«, fragte Mary Benedict den Anführer der Eskorte, als er sprachlos dastand.

Halsey neigte den Kopf ein wenig. »Wir werden die Frau nicht gewaltsam mitnehmen, aber ebenso wenig wagen wir, ohne sie zurückzukehren. Könnt Ihr eine akzeptable Gefährtin für die Lady anbieten?«

Mutter Mary Benedict nickte. »Unsere eigene Lady Johanna würde in diesem Fall helfen«, sagte sie. »Ich werde sie bitten, sich auf die Reise vorzubereiten.«

Halsey verneigte sich. »Mit Eurer Erlaubnis, Mutter, müssen wir morgen beim ersten Tageslicht aufbrechen. Lord Avendall ist begierig darauf, seine Ehe zu vollziehen und einen Erben zu zeugen.«

Gabriella, eine stumme Zeugin dieses Wortwechsels, wurde von solch einer Woge der Panik erfasst, dass sie fast in Ohnmacht gefallen wäre – sie, die noch nie im Leben ohnmächtig geworden war. Dennoch konnte sie sich kaum erlauben, einen Rückzieher zu machen. »Ich werde bereit sein«, sagte sie und hoffte, dass ihre Stimme nicht zu sehr zitterte.

Mutter Mary Benedict entließ Gabriella, Margaret und Elizabeth mit einer freundlichen Geste und einem gemurmelten »Ihr könnt euch den anderen in der Kapelle zur Abendandacht anschließen«.

Gabriella war entschlossen, tapfer die Rolle zu spielen, die ihr das Schicksal auferlegt hatte. »Ja, Mutter«, sagte sie und senkte den Kopf, damit die Oberin nicht die Furcht in ihren Augen sehen konnte.

»Mutter ...«, begann Meg.

»Ja, Margaret?«

Gabriella umfasste fast schmerzhaft den Arm ihrer Schwester und zog sie zur Tür. »Wir dürfen nicht zu spät zur Abendandacht kommen«, sagte sie und kniff Meg hart, als sie sich sträuben wollte.

»Das möchtet ihr gewiss nicht«, sagte die Oberin ziemlich trocken.

Gabriella schob Meg über die Türschwelle, trat für Elizabeth zur Seite und zog die schwere Tür zu. Dann stand sie auf dem Korridor und stemmte die Hände auf die Hüften. »Kein weiteres Wort«, sagte sie zu Meg, bevor sie ihren strengen Blick zu Elizabeths bleichem Gesicht gleiten ließ. »Von keiner von euch.«

Elizabeth schluckte, und Meg sah unglücklich und wütend zugleich aus, doch beide hielten den Mund.

Die Wolken eines nahenden Gewitters ballten sich dunkel und unheilvoll am Horizont. Am Morgen werden die Straßen des Königs ein einziger Morast sein, dachte Morgan Chalstrey mit grimmiger Zufriedenheit, und die Wälder, von denen ich und meine Männer jetzt umgeben sind, werden tropfende Vorhänge aus Grün sein.

Die perfekte Kulisse für einen Hinterhalt.

An eine Eiche gelehnt, beobachtete Morgan die Abtei St. Swithin's, die sich an den Fuß eines Hügels duckte. Er und eine kleine Gruppe seiner Leute hatten Avendalls Männer im Auge behalten, seit sie dessen düstere Burg auf den zerklüfteten Klippen von Cornwall verlassen hatten. Er hatte beobachtet und gewartet.

Bald, sehr bald, würde er sich für einen alten und lange schwelenden Groll rächen. Er fragte sich, warum er jetzt, so nahe am Ziel, keine Hochstimmung empfand, nicht das Gefühl, dass etwas Falsches korrigiert wurde, dass einer Sache gut gedient wurde.

»Du siehst nachdenklich aus«, bemerkte sein bester Freund und vertrautester Offizier, Gresham Sedgewick, in fröhlichem Tonfall. »Ist es möglich, dass meine frommen Gebete endlich erhört worden sind und du vorhast, von dieser dummen Idee abzuweichen?«

»Du hast nie in deinem Leben ein Gebet gesprochen«, entgegnete Morgan, »ob ein frommes oder sonst eines. Und nein, nichts hat sich verändert. Ich habe immer noch vor, meinen Plan in die Tat umzusetzen.«

Gresham seufzte. Er war ein großer Mann, so groß wie Morgan selbst, mit blondem Haar und einem so schönen Gesicht wie dem einer Frau, mit blauen Augen und adligen Zügen. Und er war kühn genug, um selbst den Teufel zu beschämen. »Besser kehre ich in die Levante zurück und kämpfe mit den Türken, als die Glut einer alten Fehde anzuschüren. Lass die Dinge ruhen, Morgan. Lass Rebecca ruhen.«

Morgan stieß sich mit finsterer Miene von dem Baum ab. Die bloße Erwähnung von Rebecca war wie der Stich eines Messers, das aus einem Schmiedefeuer genommen und in zarte Haut gedrückt wurde. Selbst Gresh konnte das Ausmaß seiner Feindseligkeit gegen Avendall nicht verstehen, geschweige denn die wahren Gefühle, die dahinter standen. »Du brauchst nicht an diesem Unternehmen teilzunehmen, wenn du so dagegen bist«, sagte er. »Ist es möglich, dass du mit unserem alten Freund sympathisierst? Oder vielleicht – in deinem fortgeschrittenen Alter – Angst hast?«

Greshams Hals verfärbte sich rötlich. Niemand, einschließlich seiner unzähligen schmachtenden Gespielinnen, konnte ihn so leicht reizen wie Morgan. »Du weißt, dass ich Avendall lieber Zoll um Zoll verbrennen lassen würde, als auf ihn zu spucken, um die Flammen zu löschen«, grollte er. »Und du irrst dich gewaltig, wenn du meinst, ich hätte Angst vor ihm oder jemandem sonst, einschließlich dir, *Lord Chalstrey.*«

Morgan grinste bei der vernichtenden Betonung, die sein Freund auf die letzten beiden Wörter gelegt hatte. »Ich habe mich noch nie geirrt«, antwortete er. Er hatte im Laufe der Jahre kaum mehr an sein Äußeres gedacht, aber jetzt, als er Gresham betrachtete und den wilden Zorn in seinen Augen sah, fragte er sich, was aus ihm geworden war. Was der alte und lang gehegte Hass auf Avendall aus ihm gemacht hatte. Seine Fröhlichkeit verschwand, als er sich an seinem Freund vorbeidrängte und zu den wartenden Pferden ging.

Was würde Rebecca sehen, wenn sie ihn jetzt betrachtete? Die gleichen durchfurchten, entschlossenen Gesichtszüge? War da eine Kälte in den hellblauen Augen, deren Ausdruck sie einst als fröhlich bezeichnet hatte, ein Grau in den dunkelbraunen Haaren, die sie mit schlanken, frechen Fingern gestreichelt hatte?

Er gab sich einen inneren Ruck. Er war 33 – zu alt für solch unnütze und törichte Gedanken. Sein Aussehen zählte nicht mehr, hatte seit langem keine Rolle mehr gespielt. Rebecca Sommerville lag seit fünf Jahren in ihrem Grab, beerdigt in ungeweihtem Boden wegen der großen »Sünde« ihrer Verzweiflungstat.

Rebecca, Morgans erste und einzige Liebe, war durch ihre eigene Hand gestorben. Er hegte keinen Groll gegen sie, natürlich nicht, aber niemals würde er dem Monster vergeben, das sie dazu getrieben hatte, sich das Leben zu nehmen.

Er band sein Pferd, einen feurigen Hengst namens Nimrod, los und schwang sich mit der Leichtigkeit eines Mannes mit jahrelanger Übung in den Sattel. Morgan – und Gresham und jeder sonst in der privaten 20-Mann-Armee – konnte sich an keine Zeit erinnern, in der er nicht geritten war.

»Morgan, was ist mit dem Mädchen?«, meinte Gresham nachdenklich, während er auf sein eigenes Pferd stieg. »Sie ist sicherlich unschuldig. Ihr Leben wird dadurch zerstört werden.«

Morgan lenkte Nimrod zu dem Pfad an der Rückseite des Hügels, von dem aus sie das Eintreffen von Avendalls Soldaten in der Abtei beobachtet hatten. Ihr Lager befand sich nicht weit entfernt tief im Wald, am Rand einer versteckten Wiese, und er trieb den Hengst darauf zu, bevor er antwortete. »Dem Mädchen wird nichts geschehen. Meinst du etwa, ich hätte vor, sie zu schänden oder den Männern vorzuwerfen wie Fraß den Hunden?«

»Das könntest du genauso gut tun«, sagte Gresham mit einer Geduld, zu der er sich offenbar zwingen musste. »Ihr Ruf wird ruiniert sein – das brauche ich dir nicht zu sagen ... Avendall wird sie davonjagen, aus Furcht, dass du sie in dein Bett geholt und ihr ein Kind gemacht hast. Was wird ihr dann bleiben außer einem Leben als Hure?«

Morgan knirschte mit den Zähnen. Über dieses Thema hatte er mit Gresham schon mehrmals diskutiert. »Die Lady wird nach St. Swithin's zurückgebracht werden, wenn sie erst ihren Zweck erfüllt hat, jungfräulich wie eh und je. Sicherlich gibt es Schlimmeres, als den Rest seiner Tage unter Nonnen zu leben, auch wenn ich ehrlicherweise nicht sagen kann, was das sein würde.« Er warf einen Blick zu seinem Freund, der – nie gut im Gehorsam gegenüber einem vorgesetzten Offizier – stur neben ihm ritt. »Wenn du so besorgt um das Wohlergehen der Lady bist, Sedgewick, solltest du sie vielleicht selbst heiraten.«

Sedgewick gab keine Antwort; Morgan hatte auch mit keiner gerechnet. Geliebt von vielen Frauen, hatte Sedgewick nicht den Wunsch, sich von den Grenzen der heiligen Ehe beschränken zu lassen, so flexibel sie sich vielleicht auch erweisen mochten. Immer noch ließ er sein Pferd keinen Schritt hinter Morgans Hengst zurückfallen, als sie in unbehaglichem Schweigen weiterritten.

Hinter ihnen blieben zwei Männer zurück, um weiterhin die Abtei und das arglose Opfer darin unter Beobachtung zu halten.

Die Abendandacht erwies sich als Tortur für Gabriella, und danach verzichtete sie darauf, sich den anderen im Refektorium zum Abendessen anzuschließen. Stattdessen setzte sie sich auf die Kante ihrer schmalen Pritsche und faltete die Hände im Schoß, nicht zuletzt, um ihr Zittern unter Kontrolle zu bekommen, und wartete auf ihr Schicksal.

Meg und Elizabeth, die auf Gabriellas Drängen hin zum Abendessen gegangen waren, kehrten bald zurück, eine mit einer Schüssel Graupensuppe, die andere mit einem Kanten Schwarzbrot.

Wie betäubt bis auf die Knochen aß Gabriella, nicht weil sie hungrig war, sondern um ihren Schwestern keine weitere Furcht einzujagen. Gewiss, auch sie würde stark sein müssen, um die unausweichliche Trennung von Meg und Elizabeth, die lange Reise nach Cornwall und dann die Ehe selbst ertragen zu können.

Wie großartig war die Vorstellung gewesen, die Herrin einer Burg zu sein, als sie und ihre Schwestern Kinder gewesen waren und im zugigen Kinderzimmer von Redclift Hall laut von eleganten Kleidern und der Musik von Minnesängern geträumt hatten, von weißen Reitpferden und molligen Babys. Jetzt konnte sie anscheinend nur an den Kummer denken, ihre Familie und, von einem sehr realen Standpunkt betrachtet, ihr Zuhause zu verlassen. Sie war mit Meg und Elizabeth lange Zeit in St. Swithin's gewesen, und sosehr sie sich auch nach einer Rückkehr zu ihrem Elternhaus sehnte, sosehr wusste Gabriella jetzt, dass ihr die Abtei fehlen würde.

Hier hatte sie Mathematik und Astronomie erlernt, das Sprechen und Schreiben von passablem Latein und ebenso gepflegtes Englisch und ein bisschen Französisch. Eine der anderen Bewohnerinnen der Abtei, eine Witwe namens Katherine March, hatte Bände von romantischer Poesie mit Gabriella geteilt, und die andächtige Atmosphäre der Abtei, die ständigen Gebete und Gesänge, waren Nahrung für ihren Geist gewesen, die sie weder verstanden noch geschätzt hatte – bis heute.

Elizabeth saß neben Gabriella, die so viel Suppe und Brot aß, wie sie schaffte, und ergriff ihre Hand.

»Hast du schreckliche Angst, Gabriella?«, fragte sie mit einer Weichheit, die ihrer älteren Schwester fast das Herz brach.

»Natürlich hat sie die«, platzte Meg heraus, bevor ihre Zwillingsschwester antworten konnte. Sie stand bei ihr, die Hände auf den Hüften, und fuhr frustriert und wütend fort: »Gabbie, du brauchst nicht nach Cornwall zu reisen. Wir laufen fort, wir drei, bevor der Mond aufgeht …«

Gabriella lächelte trotz ihres Kummers. »Und wohin würden wir laufen?«, fragte sie sachlich. »Zurück nach Redclift Hall, wo es kaum genug Brot für die Mäuse gibt, geschweige denn für unsere Mutter und den Stiefvater?«

»Wir werden Komödianten«, schlug Meg vor, ganz begeistert bei der Vorstellung. »Wir ziehen über die Straßen und verdienen uns den Lebensunterhalt, indem wir die Reichen amüsieren.«

»Mir scheint, wir werden die Reichen schließlich auf äußerst erbärmliche Weise amüsieren«, sagte Gabriella und nahm Elizabeths kleine Hand in beide Hände. Dann schüttelte sie den Kopf. »Nein, Meg. Ich werde zu meinem Ehemann reisen, wie ich es versprochen habe, dann mein Gelübde ablegen und es den Rest meiner Tage ehren.«

Ein ungewöhnliches Feuer glühte in Elizabeths normalerweise fromm blickenden Augen. »Es ist unfair, dass das Schicksal dies den Frauen auferlegt! Was kann sich Gott dabei gedacht haben, uns alle in eine solch missliche Lage zu bringen?«

Megs Lächeln war bitter und ohne jede Freude. »Gott hat bei der Schöpfung das männliche Geschlecht bevorzugt. Haben Männer eine Periode? Sterben sie im Kindbett? Nein, sie genießen nur das Vergnügen, die Babys zu zeugen …«

»Meg!«, schalt Gabriella.

»Ketzerin«, murmelte Elizabeth, gleichermaßen entsetzt. »Außerdem, was weißt du schon vom Kinderkriegen und vom Zeugen von Babys, Margaret Redclift?«

Meg hatte den Anstand, zu erröten. »Ich habe so einiges gehört«, sagte sie und verschränkte die Arme. »Schließlich ist nicht jede in St. Swithin's eine Nonne.«

Plötzlich wurde Gabriella von einer schändlichen und verzweifelten Neugier erfasst, und sie sehnte sich danach, Meg nach allem zu fragen, was sie gehört hatte. Es würde so viel helfen, zu wissen, was aus sie zukam, was von ihr als Frau und schließlich als Mutter erwartet wurde.

Elizabeth hingegen schaute flehend zu Meg auf. »Bitte, Margaret, belaste nicht unsere Ohren mit Geschichten von Qual – ich kann es nicht ertragen, zu denken, dass unsere Gabriella leidet!«

Meg stieß einen Laut aus, der zu sehr nach Schnauben klang, um schicklich zu sein. »Fast jede war der Meinung, dass es eine reine Qual ist, ein Baby zu gebären. Aber wenn man einige der Witwen reden hört, war nicht alles leidvoll. Mit einem Mann im Bett zu liegen kann wohl auch sehr angenehm sein – das haben jedenfalls einige von ihnen angedeutet.«

Gabriella stieg Hitze ins Gesicht. »Margaret!«, protestierte sie, doch eigentlich war sie sogar noch neugieriger als zuvor. Warum war *sie* nicht anwesend gewesen, als das skandalöse Thema zur Sprache gekommen war? Noch wichtiger, warum hatte Margaret ihr nicht längst anvertraut, was sie erfahren hatte? Bei der vielen Zeit, die Elizabeth mit Beten und der Pflege ihrer verschiedenen Gärten verbrachte, hätten die Zwillinge bestimmt Gelegenheit gehabt, vertraulich miteinander zu reden und die Tugend ihrer jüngeren Schwester zu schonen.

»Du musst nicht gehen«, sagte Elizabeth und klammerte sich jetzt an Gabriella, wie um sie zurückzuhalten. »Sir Avendall wird dir gewiss ein Baby machen, und du wirst so schrecklich sterben wie einer der Märtyrer!«

»Unsinn«, sagte Gabriella und versuchte Elizabeth zu trösten, während sie einen scharfen Blick zu der widerspenstigen Meg schickte. Die ganze Zeit fühlte sie sich, als müsse sie auf den Hof hinausrennen und sich aus purem Entsetzen übergeben. »Kinder zu gebären ist ganz natürlich, und die meisten Frauen überleben es. Unsere eigene Mutter, zum Beispiel. Sie hat uns zur Welt gebracht, nicht wahr, und überlebt, um es zu erzählen.«

Meg verdrehte die Augen. Jede Erwähnung der gebrechlichen, sanftmütigen Ariel Mainwaring ärgerte sie. Oftmals hatte sie gesagt, sie müsse ein untergeschobenes Kind sein, so anders als ihre Mutter sei sie. Gabriella wusste, dass die Gerüchtemacher etwas viel Schlimmeres sagten – dass Lady Mainwaring, die nach einer einzigen Schwangerschaft mehr als ein Kind geboren hatte, ihrem ersten Mann höchstwahrscheinlich untreu gewesen war. Der Glaube, dass zwei Babys, die zusammen geboren wurden, zwei Väter haben mussten, war allgemein verbreitet, doch Lady Johanna, die Gabriella unter anderem die faszinierende Welt der Mathematik gelehrt hatte, bezeichnete ihn als Aberglauben von Unwissenden.

»Unsere liebe Mama hat nie aufgehört, über ihre Schmerzen und Qualen im Kindbett zu jammern, und das wisst ihr genau«, sagte Meg lieblos.

»Arme Mutter«, meinte Elizabeth mit einem Seufzen.

Meg brachte die Sprache wieder auf Gabriellas bevorstehende Abreise. »Du brauchst dies nicht zu tun, Gabriella«, beharrte sie mit ungewöhnlicher Sanftheit. »Wir können heute Nacht fliehen, und …«

Gabriella schüttelte den Kopf, straffte die Schultern und setzte ein überzeugendes Lächeln auf. »Ich will nicht vor meiner Ehe flüchten«, log sie. Ihr Leben würde das sein, was sie daraus machen würde, und sie wollte die bevorstehende Unternehmung zu einem hervorragenden Erfolg machen. Sie sagte sich, dass sie Sir Avendall lieben lernen und er sich als Gegenleistung gut um sie kümmern würde. Sie würde alles haben, was sie sich jemals gewünscht hatte, und durch sie würden auch ihre Schwestern daran teilhaben. »Lasst uns die Lampen löschen und schlafen, denn ich muss beim ersten Hahnenschrei aufstehen.«

Jeder von ihnen war eine Öllampe bewilligt worden wie den zwölf jungfräulichen Bräuten in der Parabel, und ohne weitere Umstände löschten sie ihre separaten Flammen, legten sich auf ihre schmalen Pritschen und schlängelten sich aus ihrer Kleidung, wie sie es seit der Kindheit gehalten hatten.

»Wenn ich verheiratet bin«, kündigte Meg in der Dunkelheit an, als sich alle zum Schlafen hingelegt hatten, »werde ich mich im Stehen und bei brennender Lampe ausziehen, anstatt mich unter den Decken zu winden wie ein Wurm, der unter einem feuchten Blatt gefangen ist.«

Elizabeth schnappte nach Luft, doch Gabriella lachte. Es klang wie ein Schluchzen.

Stille senkte sich herab, hüllte die Nacht ein, lautlos wie frisch gefallener Schnee. Dann, wie durch unabsichtliche Zauberei, die oftmals zwischen den drei Schwestern geschah, brachen Meg und Elizabeth gleichzeitig das Schweigen mit derselben Frage:

»Du wirst uns nicht vergessen?«

Gabriella brauchte einen Moment, um das Zittern ihrer

Stimme unter Kontrolle zu bringen, als sie erwiderte: »Die Heilige Mutter ist meine Zeugin. Es wird kein einziger Tag, keine einzige Stunde vergehen, an der ich nicht an euch denke. Sofort wenn ich bei meinem Mann bin, werde ich ihn bitten, euch beide nach Cornwall zu holen, um bei uns zu wohnen, bis ihr ebenfalls verheiratet seid und eigene feine Häuser besitzt.«

Sie war jung. Sie konnte nicht wissen, dass einige Versprechen, sogar die aufrichtigsten, unmöglich zu halten sind.

2

Gabriella hoffte, dass der kalte Nieselregen, der sie beim Sonnenaufgang begrüßte, kein schlimmes Vorzeichen für die kommenden Ereignisse war. Sie stand unter einem Bogengang am Rande des Haupthofes der Abtei und beobachtete benommen, wie Halsey und der Rest von Sir Avendalls Männern die Pferde für den Ritt vorbereiteten.

Weil Gabriella kaum Besitz hatte, war kein Wagen zum Transport ihrer Habe notwendig; alles, was sie besaß, passte leicht in ein kleines Bündel – ihr Samtkleid, ein Ersatzhemd, ihr Gebetbuch mit einer getrockneten Blume aus Elizabeths Sommergarten, die zwischen den Seiten gepresst war, und Megs kostbarer Elfenbeinkamm, den sie vor langer Zeit auf einem Jahrmarkt gekauft hatte.

Lady Johanna, die kleine, rundliche Frau, die wegen ihres praktischen Wesens und ihrer unerschütterlichen Art als Gabriellas Begleiterin bei der Reise nach Cornwall ausgewählt worden war, wartete in diskreter Entfernung von der Stelle, an der die drei jungen Schwestern standen und sich fast aneinander klammerten. Die Nonne hielt die Zügel von Zacheus, dem weißen Maultier, das äußerst störrisch war.

»Ich schwöre, ich habe mich nicht mehr so elend gefühlt wie seit dem Tag, an dem wir Redclift Hall verlassen haben, um herzukommen«, flüsterte Elizabeth, mit ihrer reinen Seele nicht in der Lage, ihre wahren Gefühle zu verbergen. »Oh, Gabriella, was sollen wir nur ohne dich machen?«

Meg sprach in scharfem Flüsterton, der dazu diente, ihre eigene Bestürzung zu verbergen und zugleich ihre Schwestern von ihrer abzulenken, wie Gabriella wusste. »Wir werden uns auf den Tag vorbereiten, an dem wir ebenfalls Bräute sind, das werden wir machen.«

Fackeln flackerten im Regen, und ihr Licht griff wie mit rötlichen Fingern in die Dunkelheit. Halsey näherte sich, blieb in kurzer, aber respektvoller Distanz stehen und verneigte sich.

»Ich nehme an, Mylady hat gefrühstückt?«, fragte er.

Gabriella, die immer noch kein Wort herausbrachte, nickte nur leicht. Als Kind hatte sie davon geträumt, mit »Mylady« angesprochen zu werden, und niemals hätte sie sich vorgestellt, dass die Anrede so hohl klingen könnte.

»Dann solltet Ihr Euch bitte verabschieden und zum Aufbruch bereit sein«, fuhr Halsey fort. »Wir müssen uns beeilen, denn das Wetter ist unsicher, und Sir Avendall wartet besorgt auf seine Ehefrau.«

Gabriella wusste, dass die Reise nach Cornwall mehrere harte und gefährliche Tage dauern würde. Schlimmer noch, bei ihrer Ankunft an diesem fernen Ort wartete ein Leben als Eigentum eines Fremden auf sie, eines Mannes, dem sie vom ersten Augenblick an misstraut hatte. Resigniert wandte sich Gabriella ihren beiden Schwestern zu, die verloren in ihrer schlichten Nonnentracht dastanden. Sie küsste jede liebevoll auf die Stirn, zuerst Meg, dann Elizabeth, und ihre Haut fühlte sich kalt unter ihren Lippen an.

»Es wird nicht lange dauern, bis ich euch holen lasse«, versprach Gabriella mit tapferer und ruhiger Stimme und spielte die Rolle, die sie bis jetzt aufrechterhalten hatte. »Seid in der

Zwischenzeit stark und dient Gott und der Heiligen Jungfrau, denn wir alle sind auf ihre Gnade angewiesen.«

Sie umarmten sich hastig und hektisch. Als sich Gabriella abwandte, weinte Elizabeth leise, während Meg hoch aufgerichtet dastand, blass und stolz, und einen Arm um die Schulter ihrer jüngeren Schwester legte.

Gabriella wusste, dass dieser Anblick sie verfolgen würde, bis sie wieder vereint sein würden, und sie schwor, dass dieser glückliche Tag bald kommen würde, ganz gleich, was sie dafür tun musste.

Ohne ein weiteres Wort nahm Halsey ihr leichtes Bündel und band es an den Sattel der grauen Stute, die für sie mitgebracht worden war. Dann hob er sie auf den Rücken des Pferdes. Sie ordnete ihre Röcke und saß mit der Würde einer Königin im Sattel, die zu ihrer Krönung reitet.

Mutter Mary Benedict kam und blickte mit gütiger und ruhiger Miene zu ihrer ehemaligen Schutzbefohlenen auf. »Sei guten Mutes, mein Kind«, sagte sie. »Die Heilige Mutter wird dich begleiten. Sprich gewissenhaft deine Gebete und entwickle eine fügsame Natur, denn diese Eigenschaft gefällt dem Herrn sehr bei einer Frau.«

»Ja, Mutter«, murmelte Gabriella, dankbar, dass sie sich von der Oberin und all den Nonnen und anderen Bewohnern von St. Swithin's bereits nach dem Morgengebet und dem üblichen leichten Frühstück aus Brot und Milch verabschiedet hatte. In diesem Moment war das Entwickeln »einer fügsamen Natur« die letzte von Gabriellas Bestrebungen.

Das alte Tor der Abtei öffnete sich knarrend wie ein Anzeichen auf Halseys Begierigkeit zum Aufbruch, und Gabriella blickte in die Ferne zu dem Abenteuer, das auf sie wartete, wagte es nicht, ihre Schwestern noch einmal anzusehen. Dann ritt sie, umgeben von den Soldaten ihres zukünftigen Mannes, durch das Tor hinaus in die erwachende Welt.

Die Kunde vom Aufbruch von Avendalls Braut und ihrer jämmerlich wenigen Beschützer erreichte Morgan Chalstrey, der ein paar Meilen entfernt lagerte, binnen einer Stunde. Es war keine geruhsame Nacht für ihn gewesen, und noch fast bevor seine eigenen Männer die Augen öffneten, gab er den Befehl zum Ritt.

Schläfrige Landjunker löschten die Feuer und sattelten Pferde, während ihre gleichermaßen schlaftrunkenen Vorgesetzten sich am Rand des Feuerscheins erleichterten, ihre Stiefel anzogen und aufsaßen. Keiner wagte zu murren, weil keine Zeit blieb, einen Kanten Brot herunterzuschlingen, so leer ihre Mägen auch waren; Chalstrey war ein harter Herr, das war immer so gewesen, und er duldete keinerlei Schwäche bei seinen Männern.

Nur Sedgewick, der wie üblich neben ihm ritt, hatte den Nerv, einen Protest zu äußern. »Du bist besessen«, sagte er. »Ich warne dich noch einmal, Morgan – diese Idee ist schlecht. Gib sie jetzt auf, solange du das noch kannst. Kehre in den Dienst des Königs zurück – wir werden bestimmt in Frankreich gebraucht –, und lass Avendall haben, was ihm gebührt.«

Chalstrey seufzte. »Du kennst meine Gefühle in dieser Sache. Wenn du nicht mehr in dieser Kompanie dienen willst, dann steht es dir frei, sie zu verlassen.«

Sedgewick schüttelte wütend den Kopf. Seine goldene Haarmähne war in der Nacht, die er auf dem harten Boden – dem üblichen Bett des Soldaten – verbracht hatte, zerzaust worden. »Aye«, sagte er. »Ich fürchte, das wäre das Beste. Aber wir alle haben unsere Talente, Chalstrey, und deines besteht darin, sich in Schwierigkeiten zu bringen. Ich habe deiner Mutter geschworen, dich so lange wie möglich am Leben zu erhalten, und bei Gott, ich werde den Schwur halten.«

Chalstrey verbarg ein Lächeln und trieb Nimrod den schlammigen Hügelhang hinab, fort von der Lichtung und in den dichten Wald jenseits davon. Im Grunde war Sedgewick tatsächlich so etwas wie ein Kindermädchen. »Reite oder bleibe«, sagte er leichthin zu seinem Freund. »Die Wahl liegt bei dir.«

Gresham murmelte einen Fluch und preschte neben Chalstrey her, und die ganze Zeit kochte er vor Zorn.

Lady Johanna, die neben Gabriella ritt, eskortiert von den vier Soldaten, fröstelte sichtlich. Mindestens eine Stunde war vergangen, seit sie die Abtei verlassen hatten, und die Sonne war aufgegangen. Doch sie schenkte ihnen nur wenig Wärme, denn der Himmel war bewölkt und grau.

Gabriella wollte ihre Lehrerin fragen, ob sie das unbehagliche Gefühl teilte, das ihr zu schaffen machte, doch sie wagte nicht zu sprechen und die angespannte Stille zu zerstören, die sich fast sofort nach ihrem Aufbruch über den kleinen Trupp gelegt hatte. Die Mitglieder der Eskorte wirkten besonders wachsam, jeder ritt mit einer Hand auf oder nahe an dem Griff seines Schwertes und suchte immer wieder die Umgebung ab.

Der Pfad war schmal und so schlammig, dass die Pferdehufe bei jedem Schritt ein rhythmisch schmatzendes Geräusch verursachten. Gewaltige Eichen ragten zu beiden Seiten auf, und ihre Zweige bildeten hoch oben ein Dach und besprenkelten die Reiter mit kaltem und unsichtbarem Sprühregen. Die Vögel waren verstummt, und die Hasen und Igel, die normalerweise durch das hohe Gras gehuscht wären, schienen sich offenbar ebenfalls zu verstecken.

Ein Schauer lief über Gabriellas Rücken, und sie warf einen Seitenblick zu Lady Johanna, die an diesem Morgen eine ungewöhnlich grimmige Miene hatte.

Der Angriff geschah so plötzlich, dass sogar Sir Avendalls Soldaten trotz ihrer Wachsamkeit überrascht wurden.

Die Räuber, starke, dreckige Kreaturen, die wie die Heiden schrien, die sie zweifellos waren, fielen regelrecht von den Zweigen der Bäume auf Avendalls Männer und rissen diese zu Boden, bevor sie ihre Schwerter ziehen konnten. Andere blockierten vorne und hinten den Pfad. Sie hockten auf großen, wiehernden Rössern, und ihre Schwertklingen glänzten sogar in der Düsterkeit unheilvoll.

Gabriella war zu erschrocken, um zu schreien; als ihr diese Möglichkeit in den Sinn kam, war das Scharmützel bereits zu Ende.

Es war Lady Johanna, welche die schreckliche Stille brach. »Ich bitte euch, Sirs, tut uns oder diesen Männern nichts an. Wir sind arme Reisende, die nichts von Wert bei sich haben.«

Gabriellas Aufmerksamkeit konzentrierte sich auf den offensichtlichen Anführer der Bande. Er befand sich in vorderster Linie, ein unmöglich großer Mann mit breiten Schultern, dunklem, zottigem Haar und Augen in dem sanften Blau eines Sommerhimmels. Er trug einen abgetragenen Waffenrock, eine Weste, schlichte Hosen und abgenutzte Lederstiefel, und er hielt locker ein Schwert in der Hand.

Der Ausdruck seines gut aussehenden Gesichts war so grausam, so völlig unbeugsam, dass ihr bei dem Anblick ein eisiger Schauer über ihren Rücken lief. Selbst in ihrer Unschuld erkannte Gabriella, dass dies ein Mann war, der sich durch nichts von jedem Ziel abbringen ließ, das er sich gesetzt hatte.

Während er nur Gabriella anblickte, beantwortete er die Bitte der Nonne mit überraschender Freundlichkeit. »Ich fürchte, da bin ich anderer Meinung als Ihr, gute Schwester. Ihr habt etwas bei Euch, das äußerst kostbar ist.«

Gabriellas zuvor blasses Gesicht rötete sich. Zu ihren Füßen lagen Sir Avendalls Soldaten entwaffnet auf dem Boden, während ihnen Räuber Dolche an die Kehlen hielten. »Ihr werdet für diese Freveltat büßen, Sir«, sagte sie kühn.

Der Schurke warf den Kopf zurück und lachte. Seine Augen spiegelten Belustigung wider und noch etwas, das Gabriella nicht zu deuten wusste und das zugleich ein unangenehmes Unbehagen an Körperstellen verursachte, an die sie zuvor selten gedacht hatte.

Ohne Gabriella aus den Augen zu lassen, gab er seinen Männern einen Befehl. »Fesselt sie an Händen und Füßen. Wir behalten ihre Pferde als Beute.«

Halsey knurrte zornig, als er hochgerissen und mit dünnen Stricken gefesselt wurde. »Ihr solltet auf die Lady Acht geben, Chalstrey«, grollte er. »Lord Avendall wird Euch hierfür die Augen ausstechen lassen.«

Gabriella biss sich auf die Unterlippe, als ihr von neuem bewusst wurde, welches Schicksal ihr und Lady Johanna drohen konnte.

»Sagt Avendall, dass er ein noch größerer Feigling ist, als ich je gedacht habe«, erwiderte Chalstrey, sichtlich unbeeindruckt. »Es ist eine große Enttäuschung für mich, dass er nicht anwesend ist; ich hatte mich darauf gefreut, ihm die Kehle durchzuschneiden.«

Gabriella schnappte nach Luft, mehr empört als verängstigt – jedenfalls für den Moment. »Sir, Ihr seid ein Räuber!«

Chalstrey lachte von neuem. »Oh, das und mehr, Mylady. Das und mehr.« Jedenfalls brach er den Zauberbann, der ihren

Blick gefangen gehalten hatte, und wandte sich an den Mann neben ihm. »Du bist der Edelste von uns, Sedgewick – deshalb gebe ich die Ladys in deine Obhut. Wenn sie zu fliehen versuchen, werden wir zu härteren Maßnahmen greifen.«

Der Mann namens Sedgewick gab seinem Herrn keine Antwort, sondern trat einfach vor, um die Zügel von Gabriellas Stute zu nehmen. Sie fand, dass er mit seinem blonden Haar und den fein geschnittenen Gesichtszügen wie ein gefallener Engel aussah oder wie einer der alten Götter, wieder erweckt von irgendeiner heidnischen Priesterin. Chalstrey, der einen gleichermaßen beeindruckenden Anblick bot, schien mehr ein Produkt der Hölle als des Himmels zu sein.

»Wir werden Euch oder Eurer Gefährtin kein Haar krümmen, Mylady«, sagte Sedgewick ruhig und warf einen weiteren wütenden Blick auf Chalstrey. »Und trotz aller Anzeichen auf das Gegenteil sind wir Männer des Königs, keine Räuber.«

»Bitte glaubt nicht die Worte dieser Schurken«, rief Halsey rot vor Empörung. »Es ist klar genug, was sie sind. Avendall wird Euch finden, Mylady, und Euch sicher auf seine Seite bringen.«

»Er hat sich bis jetzt ja prima um die Lady gekümmert, nicht wahr?«, fragte Chalstrey und ritt nahe an den Mann heran, um ihm einen gestiefelten Fuß mitten auf die Brust zu setzen und ihn rücklings in den Schlamm zu stoßen. Dann zog er etwas von seinem Hals und warf es auf Halseys Brust. »Wenn Avendall fragt, wo er seine Braut suchen soll, gib ihm dies. Es wird all seine Fragen beantworten.«

Gabriella blickte hinab auf das Objekt; es war ein einfacher Talisman, irgendeine Art Medaillon mit einem verwaschenen blauen Band.

Bevor sie noch mehr von dem Wortwechsel hören konnte, wurden sie und Lady Johanna fortgebracht. Sie klammerten sich hilflos ans Sattelhorn, als Sedgewick und ein anderer Mann sie vom Pfad fort und in den dichten Wald führten. Hinter ihnen entstand ein Tumult, als Sir Avendalls Soldaten an Händen und Füßen gefesselt wurden, wie von Chalstrey befohlen, und vermutlich um alles Gold, das sie bei sich trugen, um ihre Waffen und die prächtigen Pferde erleichtert wurden.

Der Weg durch den Wald war kein leichter; Zweige hingen tief und fegten manchmal die beiden Frauen fast von ihren Pferden. Ihre Kleider und dünnen Umhänge waren bald durchnässt, und es schienen Stunden vergangen zu sein, als sie schließlich bei einem gut bewachten Außenposten eintrafen, der aus Holzstämmen erbaut war und tief im Wald lag.

Trotz ihrer Abgeschiedenheit zeigten die Quartiere der Räuber keine Anzeichen darauf, dass sie geheim gehalten wurden. Mehrere große Feuer brannten vor der Blockhütte, und Rauch kräuselte aus steinernen Kaminen empor. Eine Reihe von Zelten bewegte sich leicht in der Brise, und der Rumpf eines Wildschweins briet duftend an einem Spieß. Es gab einen großen Stall, und viele Pferde – zweifellos von anderen unglücklichen Reisenden geraubt – grasten im hohen Gras. Ein halbes Dutzend Jungen spielte irgendein wüstes Spiel im Schutz einer riesigen Birke. Sie hielten inne, um Gabriella zu mustern, die ihre Blicke mit sturer Direktheit erwiderte.

Sedgewick, der seit der Entführung vor gut einer Stunde kein Wort gesprochen hatte, saß ab und winkte einen der Jungen herbei, damit er sich um sein Pferd kümmerte. Der stumme Befehl wurde sofort befolgt. Der Junge führte das Pferd fort, um es zu striegeln und zu füttern. Nachdem Sedgewick Gabriella einen Augenblick angeschaut hatte, entließ er den anderen Mann, der mit ihnen geritten war. Der Mann lenkte sein Pferd zum Stall.

Gabriella und Lady Johanna saßen schweigend auf ihren

Pferden, insgeheim mit schrecklicher Angst, und die Zügel hingen im nassen Gras. Gabriellas Verhalten war von kaltem Abscheu geprägt, was ihre Furcht verbergen sollte, während Lady Johanna nachdenklich war. Sie hatte einen logischen Verstand, der abzuwägen, einzuschätzen und zu kalkulieren wusste. Gabriella hoffte, das die Nonne irgendeinen hervorragenden Plan ausbrütete.

In diesem Augenblick trafen Chalstrey und seine Räuber ein, die zurückgeblieben waren, um sich mit Avendalls Soldaten zu befassen. Chalstrey gesellte sich sofort zu Sedgewick und den beiden Frauen. Er lächelte, und das Pferd, das zweifellos so unerträglich stolz wie sein Herr war, tänzelte unter ihm. Obwohl er mit Schlamm bespritzt und nass war und Bartstoppeln sein Kinn verdunkelten, schien Chalstrey Hitze auszustrahlen; Gabriella glaubte sie zu spüren, selbst aus einer gewissen Distanz, und sie fühlte sich gegen ihren Willen davon angezogen.

»Ich bin abermals enttäuscht«, sagte er, stützte sich aufs Sattelhorn und schenkte Gabriella ein Lächeln, das ihr gefiel und zugleich den Wunsch in ihr weckte, ihn mit all ihrer Kraft zu schlagen. »Keine Rebellion? Kein Fluchtversuch? Kann es sein, dass Avendall noch eine sanftmütige Frau ausgewählt hat?«

Die Worte »noch eine« ärgerten Gabriella, und sie fragte sich flüchtig, ob das Herz ihres zukünftigen Ehemanns unerreichbar für sie sein würde. Unter den gegebenen Umständen schien die Sache unbedeutend zu sein. Sie würde Glück haben, wenn sie diese Lage lebend und mit intakter Tugend überstehen würde. Trotz Sedgewicks höflicher Durchführung des Martyriums spürte Gabriella, dass Chalstrey selbst gefährlicher war als alle Männer in seiner Gesellschaft zusammen.

Plötzlich spürte sie, dass sie wütender war als ängstlich, und ohne zu denken trieb sie ihre müde Stute mit dem Absatz ihres nassen Schuhs an und ritt dicht neben Chalstrey. Dann, während in ihren Augen das Feuer brannte, das oftmals in ihr verborgen war, spuckte sie ihn an. Obwohl sie jedoch nach seinem unverschämten, wüsten Gesicht gezielt hatte, verfehlte sie es und traf seine Brust.

Er grinste nur, und sonderbarerweise kam es Gabriella erst jetzt in den Sinn, was er hätte tun *können* – zum Beispiel hätte er sein Schwert ziehen und sie töten können. Oder sie mit dem Handrücken schlagen können, wie ihr echter Vater es bei ihrer Mutter getan hatte, erzürnt, weil sie ihm Zwillinge geboren und einen Skandal über Redclift Hall gebracht hatte.

»Gabriella«, sagte Lady Johanna scharf, und sie erkannte, dass die Nonne sie nicht zum ersten Mal angesprochen hatte.

Chalstrey machte eine beruhigende Geste. »Keine Sorge, gute Lady. Ich habe noch nie einer Frau etwas angetan und habe nicht vor, jetzt damit anzufangen.«

In seinen Augen schienen Funken zu tanzen, als er Gabriella betrachtete, die ihn liebend gern noch einmal angespuckt hätte, jedoch ihrer Treffsicherheit nicht traute. »Vielleicht habe ich Avendalls Wahl der Frauen falsch eingeschätzt. Sedgewick, bringe dieses ungezogene Weibsbild zusammen mit der viel klügeren Gefährtin rein und sorge dafür, dass sie Decken und Essen bekommen.«

Nachdem er die Befehle erteilt hatte, zog er ruhig sein Pferd herum und ritt zu dem Lager aus Zelten.

Gabriella, die vom Wesen her weder verwegen wie Meg noch sanftmütig wie Elizabeth war, sondern ausgeglichen und sensibel, kämpfte gegen den fast übermächtigen Drang an, sich von hinten auf ihren Entführer zu werfen und zu kratzen, zu treten und zu beißen. In ihrem ganzen zugegebenermaßen behüteten Leben war sie noch niemals jemandem begegnet, der sie so bis aufs Blut gereizt hatte. Aber schließlich war sie auch nie zuvor im Wald überfallen und entführt worden.

»Halte dich zurück, Gabriella«, sagte Lady Johanna ruhig, jedoch mit der Bestimmtheit geistiger Autorität. »Wir können nichts tun, bis uns unsere Entführer freilassen oder Sir Avendall etwas unternimmt, um uns zu retten. Jetzt zu kämpfen würde eine dumme Verschwendung von Kraft bedeuten, die wir vielleicht später brauchen.«

Mutlosigkeit machte Gabriella das Herz schwer, aber sie wusste, dass Lady Johanna Recht hatte. Es war bei weitem besser, ihre Energie aufzusparen, damit sie zuschlagen konnte, wenn der Bandit Chalstrey am wenigsten mit Widerstand rechnete. Dann würden sie und ihre vernünftige Anstandsdame vielleicht einen erfolgreichen Fluchtversuch unternehmen können.

Sie ließ sich von Sedgewick von der Stute heben und fand ihn beinahe sympathisch, als er das Bündel mit ihrer Habe vom Sattel losband und ihr überreichte. Fast mochte sie ihn, jedoch nicht ganz. Der Mann hatte zwar gute Manieren, aber er ritt mit Straßenräubern und war deshalb gewiss keinen Deut besser.

Sie wartete, den Kopf hoch erhoben und stolz, die Schultern gestrafft, während Lady Johanna von ihrem Reittier geholfen wurde – vom einzigen Maultier der Abtei, dem Satan Zacheus.

Die beiden Frauen wurden in die lang gestreckte Blockhütte in der Mitte des Lagers geführt, die rustikal, aber geräumig war. Gabriella, zwar von neuem von Furcht erfüllt, ging kerzengerade und mit hoch erhobenem Kopf. Die vielen komplizierten Rollenspiele, die sie und ihre Schwestern als Kinder gespielt hatten, kamen ihr unter diesen neuen und kritischen Umständen zugute.

Lady Johanna, die zweifellos Trost in ihrem Glauben fand, lief mit festen Schritten hinter ihr.

Gabriellas Fantasie ging mit ihr durch, als sie die hohe Schwelle übertraten und das rauchgeschwängerte, schummrige Innere der Hütte betraten. Kleine Feuer brannten an beiden Enden des einzigen lang gestreckten Raums in Feuerstellen, und es gab Dachböden, die vermutlich als Lagerräume benutzt wurden. Die Fenster waren hoch und schmal und ohne Scheiben, und der Boden bestand aus festgestampfter Erde. Es gab ein großes Lager mit einem Baldachin, das mit Tierfellen bedeckt war, und sie erkannte die Umrisse von primitiven Kojen an der Wand auf der anderen Seite des Raumes. Mäuse huschten durch die Düsterkeit, und Gabriella unterdrückte ein Erschauern.

Sedgewick, ihr Führer, schloss die schwere Tür hinter ihnen und blieb mit verschränkten Armen und ausdrucksloser Miene stehen.

Gabriella schluckte. Ihr war der Widerwillen des Mannes bei der Entführung nicht entgangen, und sie wagte zu hoffen, dass er ritterlich genug war, um Lady Johanna und ihr zu helfen. »Wollt Ihr uns nicht helfen?«, fragte sie und verschränkte die Hände hinter dem Rücken, damit sie keine flehende Geste machte. »Ich kann sehen, dass Ihr Unrecht verabscheut.«

Er lächelte; sie sah das Blitzen seiner weißen Zähne. »Oh, das tue ich«, stimmte er zu, »ebenso wie Morgan Chalstrey es tut.«

Gabriella spürte, wie das Blut in ihre Wangen stieg, und sie versteifte sich leicht. »Dann werdet Ihr gewiss … «

Er hob die Hand, um ihr Schweigen zu gebieten, und im gleichen Moment verschwand sein Lächeln. »Der Schaden ist angerichtet, Mylady«, sagte er. »Avendalls Mann, Halsey, ist jetzt auf dem Weg nach Cornwall, um die Geschichte Eurer

Gefangennahme zu erzählen. Es wird nichts damit erreicht, wenn Ihr jetzt zur Abtei zurückgebracht werdet.«

Gabriellas Mund klaffte auf, und ihr Magen schien sich zusammenzuziehen, denn Sedgewicks Worte, sein Tonfall und Verhalten hatten etwas erschreckend Endgültiges. »Wie meint Ihr das?«, fragte sie, obwohl sie befürchtete, die Antwort zu wissen. Selbst wenn sie es schaffte, nach St. Swithin's zurückzukehren, würde nach diesem furchtbaren Tag nichts mehr sein wie zuvor. Es würde Gerüchte und Spekulationen um ihre Tugend geben, auch wenn ihre Unschuld noch unberührt war.

Und vielleicht war das nur vorübergehend der Fall.

Lady Johanna trat näher zu ihr und legte einen Arm um ihre Taille. »Wenn Ihr nur ein bisschen Ehre in Euch habt, Sir«, sagte sie ruhig, »und ich nehme an, die gibt es, dann werdet Ihr nicht zulassen, dass dieser jungen Frau etwas zuleide getan wird.«

»Ihr seid beide ganz sicher, wenigstens fürs Erste«, antwortete Sedgewick, und es klang müde und resigniert. Er ging zur nächsten Feuerstelle, legte Holz von dem Stapel nach und schürte die Glut mit einem Feuerhaken. »Chalstrey ist zwar irregeleitet, aber kein Schänder von Mädchen und Nonnen.« Er lehnte den Schürhaken gegen die Wand und wandte sich Gabriella und Lady Johanna wieder zu, um sie zu betrachten. »Wenn Ihr jemanden fürchtet, dann sollte das Avendall sein. Er wird das Geschehen dieses Tages nicht so bald verzeihen.«

Natürlich war Chalstrey ein grausamer und unbarmherziger Mann, trotz Sedgewicks Einwände. Wie konnte es anders sein? Er hatte schließlich zwei gesetzestreue Frauen auf der Straße gefangen genommen, ihre Bewacher überwältigt, diese glücklosen Männer gefesselt und alle außer einem zu Fuß zurückgelassen, ohne dass sie sich gegen wilde Tiere oder umherstreifende Kriminelle und die Elemente verteidigen konnten. Er hätte sie vielleicht allesamt ermordet, wenn er nicht gewollt hätte, dass Sir Avendall erfuhr, dass seine Braut gefangen genommen worden war und durch wen.

»Was erhofft Chalstrey durch diese Freveltat zu gewinnen?«, fragte sie.

»Rache«, antwortete Sedgewick rundweg und fuhr sich mit einer Hand durch das blonde Haar. »Wenn Ihr mehr darüber erfahren wollt – und ich bin überzeugt, dass Ihr das wollt –, müsst ihr Morgan fragen.« Er wies mit großer Geste durch den Raum. »Unterdessen schlage ich vor, dass Ihr Euch ausruht. Essen und heißes Wasser werden Euch gebracht werden. Wenn ihr gegessen und euch gewaschen habt, wärt ihr klug beraten zu schlafen, wenn Ihr könnt.«

Lady Johanna behielt ihre Ruhe, doch Gabriella war entschlossen, eine Art Erklärung zu bekommen. »Was ist das hier?«, fragte sie und blickte sich um. »Werden wir hier ewig gefangen gehalten?«

Sedgewick gab keine Antwort, und die Tür knarrte in den Angeln.

Gabriella erstarrte, den Arm am Busen, und Lady Johanna legte ihr warnend eine Hand auf den Unterarm und drückte ihn.

Chalstrey tauchte in dem Türspalt auf, unverschämt männlich, Luzifer, verkleidet wie ein Wesen des Lichts. Den Kopf leicht zur Seite geneigt, betrachtete er Gabriella mit stiller Belustigung. »So viele Fragen«, sagte er. »Mir scheint, die Lady hat einen lebhaften Verstand, ebenso wie ein äußerst hübsches Äußeres.«

Sie spürte Hitze in ihr Gesicht schießen, als er einen Schritt auf sie zutrat, ein maskuliner St. Georg, der den Drachen herausfordert. »Bringt uns sofort zur Abtei zurück«, verlangte sie.

»Damit wir prompt von den Männern des Sheriffs gefasst und aufgehängt werden?«, fragte er leise. »Ich glaube, das werde ich nicht tun.«

»Ihr verdient es, aufgehängt zu werden!«

Er lachte. »Vielleicht stimmt das«, pflichtete er ihr milde bei, verschränkte die Arme und betrachtete sie, wie er die Possen eines dressierten Affen auf einem Jahrmarkt beobachten mochte. »Aber ich möchte noch ein wenig länger leben, wenn es Euch recht ist.«

»Was habt Ihr mit Avendalls Männern gemacht?«, wollte sie wissen. »Sind sie tot?«

Er hob seine dunklen Brauen und wich ein wenig zurück, als hätte sie versucht, ihm heißes Wasser ins Gesicht zu schütten, doch trotzdem tanzte diese ärgerliche Heiterkeit immer noch in seinen Augen. »Welch eine Fantasie Ihr habt«, sagte er. »Sie sind in der Scheune eines Bauern und werden bewacht. In ein paar Tagen werden sie freigelassen.«

Lady Johanna hatte offenbar den Atem angehalten. Jetzt stieß sie ihn scharf aus und bekreuzigte sich hastig bei dieser Neuigkeit.

Gabriella würde durch nichts anderes als eine völlige Entschädigung für alles, was geschehen war, zu besänftigen sein, obwohl sie wusste, dass dies unmöglich war. Sie kochte vor Zorn, als Sedgewick sich hinausschlich und die Tür einen Spalt hinter sich aufließ. Feigling.

Sie stemmte die Hände auf die Hüften. »Was sind Eure Absichten?«

Abermals ruckten Chalstreys Augenbrauen hoch. »Meine Absichten, Mylady?«

»Werdet Ihr uns als Geiseln für ein Lösegeld halten?«

Er lächelte. »Ich habe jede Menge Ländereien und Gold«, sagte er mit einem Achselzucken und breitete die Arme aus. »Außerdem würde Avendall nicht mal einen Penny bezahlen, um Euch zurückzubekommen. Nicht jetzt.«

»Morgan«, protestierte Sedgewick von irgendwo nahe der

Tür, jedoch zweifellos ohne viel Hoffnung, seinen Oberherrn zu überreden. Gabriella, der immer noch ein wenig schwindelig war, erhaschte aus dem Augenwinkel einen Blick auf ihn. Er hielt etwas, was wie ein großes Tablett aussah, in den Händen. Bei ihm befanden sich zwei Junker. Einer trug einen Eimer mit dampfendem Wasser, der andere Wolldecken.

In diesem Augenblick zerriss Donner den Himmel und schien die Dachsparren über ihren Köpfen zu erschüttern. Chalstrey verneigte sich, richtete sich auf, ließ seinen frechen Blick von Kopf bis Fuß über Gabriella und dann wieder zu ihrem Gesicht schweifen – alles quälend gemächlich – und sagte: »Gute Nacht.« Dann schritt er hinaus.

Gabriella wäre ihm kampflustig gefolgt – wenn Lady Johanna sie nicht am Arm gepackt und festgehalten hätte. Mit größer Mühe hielt Gabriella den Mund und fuhr ihre Krallen wieder ein.

Das Essen – saftiger Wildschweinbraten vom Spieß, den sie draußen gesehen hatten –, Wasser und Wolldecken wurden auf dem Lager zurückgelassen, und Sedgewick und die beiden Junker zogen sich hastig zurück.

Als die Tür geschlossen wurde, wandte sich Lady Johanna mit zusammengepressten Lippen Gabriella zu und packte sie mit Händen, die in Jahren harter Arbeit in den Gärten und auf den Feldern der Abtei gestählt worden waren, an den Schultern. »Du bist leichtsinnig gewesen!«, zürnte sie, und ihre für gewöhnlich sanft blickenden Augen zeigten eine Wut, die Gabriella noch nie bei ihr gesehen hatte. »Chalstrey ist ein Schurke und bestenfalls ein Abenteurer und höchstwahrscheinlich noch Schlimmeres. Wir sind seine *Gefangenen*, Gabriella, und wenn du ihn weiterhin reizt, werden wir beide vielleicht ernsthafte Konsequenzen tragen müssen!«

Lady Johanna sprach aus purer Vernunft und nichts sonst,

und dennoch hätte Gabriella ihrem Entführer am liebsten die Augen ausgekratzt. Sie hatte nie so stark auf irgendeine andere Person reagiert, aber sie war ja auch noch nie entführt worden.

»Es tut mir Leid, Lady«, sagte sie und senkte den Blick, damit die Nonne nicht sehen konnte, dass ihre Worte zumindest teilweise gelogen waren. Ihr Herz klopfte immer noch heftig, und in dem vergeblichen Versuch, sich zu beruhigen, presste sie die Fingerspitzen an die Schläfen.

Die Nonne seufzte und rollte die Ärmel auf. Sie schüttete einen Teil des heißen Wassers in eine Schüssel und begann, sich zu waschen, und als sie fertig war, tat Gabriella das Gleiche. Sie hatten beide Hunger, aber Lady Johanna sprach scheinbar endlose Dankgebete, bevor sie zu verzehren begann, was auf dem Tablett gebracht worden war. Es gab auch Wein, und sie tranken. Erst als sich Wärme in Gabriella ausbreitete, fühlte sie sich wirklich dankbar.

»Es ärgert mich sehr, dass dieser Mann mich so auf die Palme bringen kann«, bekannte sie, als sie gesättigt war und ihren Durst gestillt hatte. »Chalstrey hat mich zu einem zänkischen Weib gemacht, und es gefällt mir gar nicht, dass dieser Schuft so viel Macht über mich hat.«

Die Nonne hatte mit so viel Gelassenheit gegessen, als ob sie im Refektorium der Abtei wäre statt in einer Blockhütte mitten im dunklen Wald. »Gott wird uns ernähren und leiten«, sagte Lady Johanna, schenkte mehr Wein in ihren Becher und trank einen tiefen Schluck. »Wir müssen auf ihn vertrauen.«

Gabriella hielt nichts davon, mit Gott zu reden. Wo war er gewesen, als Chalstreys Männer aus den Bäumen über sie gekommen waren wie die Geier?

»Was wird mit uns geschehen?«, fragte sie.

Lady Johanna seufzte. »Ich weiß es nicht, Kind«, bekannte sie. »Wir haben genügend zu Essen bekommen, und während wir natürlich lieber an einem anderen Ort wären, hat man uns nichts angetan. Wir haben Wein, ein wärmendes Feuer, ein Dach über dem Kopf und saubere Kleidung, die uns vor der Kälte schützt. Du kannst tun, was du möchtest, aber ich habe vor, mich hinzulegen und zu schlafen. Wir können nicht erraten, was uns der morgige Tag bringen wird.«

Gabriella warf nervös einen Blick zu dem Lager mit seinen Fellen. »Meinst du, er schläft sonst hier?«

Die Nonne gähnte. »Was macht das schon?«, fragte sie ein wenig ungehalten.

Gabriella konnte es nicht sagen. Sie wusste nur, dass die Vorstellung, auf Morgan Chalstreys Lager zu schlafen, eine Fülle widerstreitender Gefühle in ihr auslöste, und jedes einzelne war beunruhigend. Sie verspürte ein menschliches Bedürfnis, Lady Johanna hingegen vertraute anscheinend auf göttliche Fügung, was solche Kleinigkeiten anbetraf.

Sie hielt Ausschau nach einem Kammertopf und konnte keinen entdecken.

Lady Johanna streckte sich auf dem Lager aus und schloss mit einem Seufzen die Augen. Binnen Sekunden begann sie zu schnarchen.

Gabriella saß da, solange sie es aushielt, und biss sich auf die Unterlippe. Dann ging sie zur Tür, öffnete sie und spähte hinaus. Die Dämmerung brach herein, und Wachtposten standen zu beiden Seiten der Hütte und aßen Wildschweinbraten mit bloßen Händen. Sie hatten über irgendeinen Witz gelacht, doch als Gabriella auftauchte, wurden sie schlagartig ernst.

»Was ist, Mylady?«, fragte der Ältere der beiden.

Hitze stieg in ihre Wangen; wie sollte sie darauf antworten? Die Wächter starrten sie an.

Und Morgan Chalstrey erschien, nahm aus der Dämmerung

Gestalt an. Sein Lächeln war strahlend, und er neigte leicht den Kopf, den Blick auf ihr Gesicht gerichtet.

»Mir scheint, die Lady wünscht einen Spaziergang«, sagte er und bot ihr seinen Arm.

Gabriella zögerte und nahm dann das Angebot an.

3

Der Himmel war ein dunkler Baldachin, gesprenkelt mit Sternen, und die Luft war von eisiger Kälte erfüllt. Morgan lehnte mit dem Rücken am Stamm einer gewaltigen Birke, die Arme verschränkt, und ignorierte das ausgelassene Treiben im Lager, während er darauf wartete, dass Cyprian Avendalls entführte Braut aus den Büschen kam. Obwohl er die Pläne zur Entführung des Mädchens schon vor Monaten geschmiedet und niemals auch nur einen Moment an seinen Zielen gezweifelt hatte – bis er sein Opfer zum ersten Mal gesehen hatte –, überraschte es ihn, wie erstaunt und verunsichert er sich jetzt fühlte.

Er hörte es im Gebüsch rascheln und lächelte kopfschüttelnd. Bis er Gabriella Redclift tatsächlich begegnet war, war sie wenig mehr als ein Symbol für ihn gewesen, ein vages Bild, ein Bauer in einem Schachspiel. Die Realität war natürlich viel komplizierter. Sie war eine Frau aus Fleisch und Blut, mit Geist, voller Temperament und – wenn er sich nicht irrte – ebenfalls mit Intelligenz.

»Ihr würdet doch nicht versuchen zu flüchten, oder Mylady?«, scherzte er. Noch während er sprach, hörte er das gar nicht so weit entfernte Heulen eines Wolfsrudels, das vermutlich durch die Geräusche und Gerüche, nicht nur die der Menschen und Pferde, sondern auch die des gegrillten Wildschweins über offenem Feuer, an den Rand des Lagers gelockt worden war.

Im Nu war Gabriella neben ihm, die Schultern gestrafft, das Kinn erhoben, den Rock anständig glatt gestrichen. »Ich wäre bereits meilenweit von hier entfernt, Sir, wenn ich glaubte, es schaffen zu können«, erwiderte sie. »Zweifellos wird sich eine Gelegenheit ergeben, wenn ich den rechten Augenblick abwarte.«

Er lachte, hob eine Hand, um ihr Gesicht zu berühren, bevor ihm klar wurde, welch ein Fehler das sein würde, und ließ die Hand wieder sinken. »Wohin würdet Ihr gehen, Mylady?«, fragte er in einem Tonfall, den er für sachlich hielt. »Zurück nach St. Swithin's? Ihr könntet nie bis zum Tor der Abtei gelangen, ohne dass meine Männer Euch einholen würden.«

Die Bestürzung in Gabriellas haselnussbraunen Augen rührte ihn mehr, als es ein Zornesausbruch bewirkt hätte. »Es ist offenkundig genug«, sagte sie, »dass Ihr meinen zukünftigen Mann wider alle Vernunft und ohne jeden Grund hasst, aber ich muss zugeben, Sir, dass mich die Bosheit bestürzt, die Ihr mir entgegenbringt. Schließlich sind wir uns doch fremd, nicht wahr?«

Seine Position schien angesichts ihrer ruhigen Frage unhaltbar, und das ärgerte ihn sehr, denn er war kein Mann, der sich zu dummen Gefühlen hinreißen ließ. Er hatte den Plan immer wieder kalt und logisch überprüft und keine Schwachstelle darin gefunden. »All meine Bosheit ist für Avendall reserviert«, sagte er ruhig. »Es war – unglücklich –, dass Ihr und Lady Johanna darin verwickelt worden seid.«

»Unglücklich?«, wiederholte sie. Und obwohl sie sich im Ton mäßigte, klang stille Wut in ihrer Stimme mit. »Das klingt ja, als sei es eine Art Unfall, dass Ihr uns von der Straße entführt und hierhin verschleppt habt.«

Sie waren fast an der Tür der Blockhütte angelangt, und die beiden Wachtposten bemühten sich, sie zu ignorieren, starrten geradeaus, als wären sie von der Dunkelheit fasziniert. Morgan hasste es, eine solche Unterhaltung in ihrer Hörweite zu führen, doch es ließ sich nicht ändern. Er war erledigt, zu müde, um den Kampf zu wagen, der folgen würde.

»Es war kein Unfall«, erwiderte er grimmig, »aber Ihr habt mein Versprechen, dass Euch nichts geschehen wird.«

»Ihr Versprechen hat für mich nicht mehr Bedeutung als das irgendeines anderen Straßenräubers«, erwiderte sie mit einem süßen Lächeln. »Ihr seid ganz ohne Ehre, und Gott wird Euch für Eure Taten zur Rechenschaft ziehen.«

Morgan setzte zu einer Erwiderung an, verkniff sie sich jedoch, als ihm klar wurde, dass ihm keine taugliche Antwort einfiel. Gabriella Redclift verschwand in der Hütte und knallte ihm die Tür vor der Nase zu. Er glaubte, einen der Wächter lachen oder husten gehört zu haben, aber er war sich dessen nicht sicher. Er sah beide Männer abwechselnd finster an, nur für alle Fälle, und dann wurde ihm bewusst, dass er schrecklichen Hunger hatte.

Ein Junker brachte ihm ungefragt ein Tablett mit Essen und eine Flasche Wein, und er setzte sich beim Feuer auf einen moosbedeckten Stein, um zu essen. Seine Gedanken waren von Gabriella erfüllt; vor seinem geistigen Auge sah er sie auf sich zureiten, wutentbrannt nach ihrer Gefangennahme, und ihm auf die Brust spucken.

Die Beinahe-Lady Avendall war trotz ihrer zarten Schönheit und ihrer guten Erziehung mit der Art Feuer erfüllt, die den Verstand eines Mannes verzehren konnte, als sei er Zunder.

Morgans gute Stimmung ließ nach. Er begehrte diese Frau, und das hatte nie in seinen Plan gepasst; er hatte diese Möglichkeit nicht einmal in Betracht gezogen. Er versuchte immer noch, sich mit dieser Erkenntnis auseinander zu setzen, als er Sedgewick nahen sah. Er gab vor, ihn nicht zu bemerken und hoffte, dass sein Freund vorbeigehen und ihn in Frieden lassen würde, doch diese Hoffnung erfüllte sich nicht.

Sedgewick verharrte ein paar Schritte entfernt, ein wenig unsicher auf den Beinen, wie Morgan fand. Sedgewick nahm einen langen Schluck Wein, und als sein Durst gestillt oder zumindest ein wenig gelindert war, verstöpselte er seine Taschenflasche, schob sie hinter seinen Gurt und betrachtete Morgan mit leicht zusammengekniffenen Augen. »Zweifel bekommen?«, fragte er mit ein wenig schwerer Zunge. Der gute Sedgewick; er hatte für einen Soldaten ein zu empfindliches Gewissen, und wenn es ihn zu sehr plagte, neigte er dazu, sich allzu sehr in Vorwürfen zu ergehen.

Manchmal waren Sedgewicks Fähigkeiten, Gedanken zu lesen, äußerst unpassend. Chalstrey warf das letzte Stück Wildschweinbraten auf das Tablett und schob es zur Seite. »Worüber?«, entgegnete er, obwohl er es genau wusste.

Sedgewick wartete nur, vor Wut kochend. Er konnte so stur wie ein Ziegenbock sein; das war eine seiner besten Qualitäten – und eine seiner schlimmsten.

»Ja«, räumte Morgan mürrisch ein. »Ich habe ein oder zwei Fehler in meiner Einschätzung begangen, Sankt Gresham. Ich gebe es zu. Zufrieden?«

Sedgewick schwankte leicht, so wirkte es jedenfalls im flackernden Lichtschein des Lagerfeuers. »Fehler in der Einschätzung?«, staunte er. »Du hast eine *Nonne* entführt, Chalstrey. Das sollte dich in die Hölle verdammen, wenn deine Frauengeschichten dir nicht ohnehin bereits einen Platz mitten im Höllenfeuer eingebracht haben, und Avendall wird keine Mühe scheuen, um sich wegen dieser Sache zu rächen.«

Morgans Miene verhärtete sich. »Das haben wir bereits

durchgekaut«, sagte er. »Außerdem gehst du davon aus, dass er sich etwas aus dem Mädchen macht. Der Mann hat nie in seinem ganzen verdammten Leben ein zärtliches Gefühl gekannt!«

»Avendalls Gefühle sind ganz unerheblich«, sagte Sedgewick. »Verdammt, Morgan. Die Verletzung seines Stolzes wird Grund genug sein, dich zu jagen wie ein Fuchs im Feld und dir die Kehle durchzuschneiden.«

»Lass ihn das versuchen«, erwiderte Morgan. Er begrüßte die Vorstellung einer Konfrontation mit Avendall; das war schließlich der Grund, weshalb er das Mädchen und dessen Gefährtin überhaupt entführt hatte, um seinen Feind zum Handeln zu zwingen. Er seufzte. Sosehr er sich auch manchmal über Sedgewick ärgerte, sie waren zusammen aufgewachsen, wie Welpen aus demselben Wurf, und beide Männer waren daran gewohnt, in Gegenwart des anderen laut zu denken. »Ich hatte nicht erwartet, dass das Mädchen so anziehend ist«, bekannte er schließlich.

Gerade als Morgan gedacht hatte, Sedgewick hätte das Lächeln verlernt, setzte er ein breites Grinsen auf. »Die Lady ist wirklich anziehend«, stimmte er zu. »Und sie hat ein Temperament, das mit deinem konkurrieren kann. Vielleicht solltest du Gabriella zu deiner Frau machen, da du schon so weit gegangen bist, und Edgefield Keep mit Babys anfüllen.«

Der Vorschlag rief eine schmerzliche und unerwartete Sehnsucht in Morgan wach. »Du hast Urlaub von deinem Verstand genommen«, sagte er. »Selbst wenn ich ein Kind von diesem jungen Ding wollte – was nicht der Fall ist –, würde sie keines von mir wollen, und das weißt du. Ich müsste sie in mein Bett zwingen, und das ist Avendalls Art, nicht meine.«

»Dann ist es so, wie ich mir das gedacht habe«, sagte Sedgewick zufrieden und kein bisschen belustigt. »Du beschäftigst dich in Gedanken sehr damit, die Lady in dein Bett zu bekommen. Und du fürchtest dich vor den Gefühlen, die Gabriella in dir geweckt hat, wenn schon nicht vor Avendalls sicherer Vergeltung.«

Morgan sagte nichts. Es wäre sinnlos, die Feststellungen seines Freundes zu leugnen; aber er war auch nicht bereit, sie zu bestätigen.

Sedgewick hob eine Augenbraue, und ein weiteres Grinsen spielte um seine Mundwinkel. Mein Freund ist betrunkener, als ich gedacht habe, sagte sich Morgan, und er fragte sich, was ihm zu schaffen machte außer seinem übertriebenen Sinn für Ritterlichkeit.

»Wenn ich mich irre und du kein Interesse an deinem schönen Gast hast, sag es jetzt. Ich möchte selbst um sie werben – zweifellos reicht die Rolle des noblen Retters, um ein so unschuldiges Herz zu erobern.«

Morgan ertappte sich dabei, dass er die Hände zu Fäusten ballte und fast aufgesprungen wäre. Er verschränkte die Hände und sagte krächzend: »Bitte, unterschätze die Lady nicht, Gresham. Gabriellas Herz mag unschuldig sein, aber es ist das einer Löwin, nicht das einer Taube.« Er legte eine Pause ein, und eine kurze, spannungsgeladene Stille entstand zwischen den beiden Männern. »Und wenn du es wagst, sie zu umwerben, werde ich dich hinter meinem Pferd von hier bis nach London schleifen lassen, Freund hin oder her.«

Sedgewick warf den Kopf zurück und lachte. Als er sich wieder unter Kontrolle hatte und Chalstreys ungeduldigen Blick erwiderte, glänzten seine Augen vor guter Laune. »Du bist in ernsthaften Schwierigkeiten, mein Freund, genau wie ich.«

Nach diesen Worten wandte sich Sedgewick um und ging davon, und jeder, der ihn so gut kannte wie Chalstrey, hätte gewusst, dass er zu viel getrunken hatte.

Chalstrey murmelte einen Fluch, denn er wusste, dass Sedgewick Recht hatte. Es würde Kummer geben – für sie beide.

Gabriella erwachte und fror in dem kratzigen wollenen Nachthemd, das ihr Sedgewick und der Junge am Abend gebracht hatten. Die Lampen waren heruntergebrannt oder gelöscht worden, und die Kohle in den Feuerstellen glühte rötlich, kaum genug, um die Dunkelheit zu durchdringen.

Nur langsam erinnerte sie sich, wo sie war und wie sie dorthin gekommen war, so schlaftrunken und abgelenkt von den Krämpfen in Armen und Beinen war sie. Als ihr wieder bewusst wurde, dass sie die Gefangene eines gewissenlosen Schurken war, riss sie die Augen auf und setzte sich mit einem gequälten Stöhnen kerzengerade auf.

Gabriellas missliche Lage wurde sofort von einer weiteren Erkenntnis verstärkt: Sie war allein in diesem dunklen und muffigen Gefängnis. Lady Johanna, die neben ihr geschnarcht hatte, als sie sich endlich hingelegt und die Augen geschlossen hatte, war fort.

Sie bekreuzigte sich hastig und sprach ein stummes Gebet. Dann sprang sie so eilig von ihrem Lager auf, dass sie gestürzt wäre, wenn sie nicht das Gleichgewicht sofort wieder gefunden hätte. Sie rief nach der Nonne und war nicht überrascht, als sie keine Antwort erhielt. Daran gewohnt, in der Gemeinschaft von Frauen zu schlafen, hatte sie fast sofort nach dem Erwachen gespürt, dass sie allein war.

Furcht stieg in ihr auf, während sich der Nebel des Schlafes in ihr zu lichten begann. Die Nonne hätte sie sicher nicht freiwillig verlassen, was bedeutete, dass man sie mit Gewalt geholt oder mit irgendeiner List fortgelockt hatte …

»Lady Johanna!«, rief sie in Panik, ertastete den Weg zur Tür und stieß sie in der kalten Nacht auf, nur um gegen etwas zu prallen, das so hart wie die ehrwürdigen Steinmauern der Abtei war. Starke Hände packten sie an den Schultern und verhinderten, dass sie rücklings hinfiel und auch nicht mehr nach vorne stürzen konnte.

Erschrocken blickte sie in den goldenen und rötlichen Schein einer nahen Fackel und erkannte das zerfurchte, unerbittliche Gesicht von Chalstrey, ihrem Peiniger.

»Wo ist meine Freundin?«, rief Gabriella und wand sich in seinem Griff. »Was habt Ihr mit ihr gemacht?«

»Beruhigt Euch, Mylady«, verlangte Chalstrey, und seine Stimme klang gepresst wie eine Saite, die bis zum Zerreißen gespannt war. »Einer unserer Jungen hat Fieber bekommen, und die gute Lady ist zu ihm gegangen, um sich um ihn zu kümmern. Sie ist von den zwei Wächtern eskortiert worden, die vor Eurer Tür Wache gehalten haben.«

Gabriella unterdrückte ein Aufschluchzen der Erleichterung. Sie versuchte, ihre Gefühle zu verbergen, und wusste, das es ihr nicht gelang. »Sie ist also sicher?«

Er runzelte die Stirn. »Selbstverständlich ist sie sicher«, erwiderte er, und es klang beleidigt. Sein Griff um Gabriellas Schultern lockerte sich nicht, und sie erkannte bekümmert, dass es ihr nicht viel ausmachte. Ihre Knie waren weich geworden, und sie war sich nicht sicher, ob sie sich auf den Füßen halten konnte, wenn er sie losließ.

»Guter Gott, was für eine fantasiereiche, kleine Närrin Ihr seid«, fuhr er entrüstet fort und schüttelte sie ein wenig. »Wir sind keine Nonnenschänder, geschweige denn Nonnenmörder!«

Die Schleusen öffneten sich. Völlig gegen ihren Willen begann Gabriella zu weinen. Sie befahl sich, aufzuhören, doch es nutzte nichts, und dann weinte sie hemmungslos, so überwältigt war sie von den Ereignissen.

Chalstrey, der verdutzt und gequält zugleich wirkte, starrte sie einen Augenblick bestürzt an, hob sie dann auf die Arme, ohne auch nur um Erlaubnis zu fragen, und trug sie in die Hütte zurück. Dort warf er sie – zu Gabriellas Entsetzen – und, wenn sie sich die Geheimnisse ihrer Seele eingestand, einem ebenso starken Gefühl himmlischer Erwartung – auf das Lager aus Fellen, auf dem sie den größten Teil der Nacht verbracht hatte.

Das Lager war außergewöhnlich weich, ein Luxus, den Gabriella, die im mangelnden Komfort von Redclift Hall aufgewachsen und lange Zeit Bewohnerin eines verarmten Klosters gewesen war, nie zuvor erfahren hatte. Sie wünschte fast, dass es der Anstand, ganz zu schweigen der Stolz, nicht erforderlich machen würde, dass sie sich sofort erhob. »Ich möchte gehen und Lady Johanna helfen«, sagte sie.

Chalstrey drückte sie entschieden wieder zurück. Sein Gesicht nahm einen angewiderten Ausdruck an, als sie zusammenzuckte. »Habt keine Furcht, Mylady«, sagte er spöttisch, »ich werde Euch nicht Eurer Tugend berauben. Draußen ist Krankheit, und die Nacht ist feucht und kalt. Da Lady Johanna anderweitig beschäftigt ist, fällt es mir zu, für Euer Wohlergehen zu sorgen, und bei Gottes roten Socken, ich werde das tun, und wenn es den Rest dieser verdammten Nacht dauert!«

Sie wollte sich hochrappeln, und er belohnte ihre Bemühungen, indem er sie so fest in eines der Felle einhüllte, dass sie sich kaum bewegen konnte. Gabriella schloss die Augen und machte sich darauf gefasst, vergewaltigt zu werden.

Sie war verwirrt und, ja, auf sonderbare Weise enttäuscht, als Chalstrey sie nur behutsam unter die weichen, warmen Decken legte, sich dann aufrichtete und finster auf sie hinabstarrte. Ein

Muskel zuckte kurz an seinem Kinn. »Vielleicht habe ich Avendall einen unabsichtlichen Dienst erwiesen, indem ich Euch entführt habe«, bemerkte er, ein wenig atemlos von ihrer kleinen Rauferei. »Das Zähmen einer solchen Frau wäre eine passende Wiedergutmachung für seine vielen Sünden gewesen.«

Gabriellas Herz schlug so schnell und hart, dass sie befürchtete, es müsste zerspringen. Ihre Augen waren weit aufgerissen, obwohl sich jede Faser ihres Körpers nach Schlaf sehnte. »Warum tut Ihr dies?«, flüsterte sie. »Warum?«

Sie wusste, dass Chalstrey auf sie herabblickte, doch sie konnte sein Gesicht nicht erkennen, denn der Mond hatte sich hinter einer Wolke versteckt, und in der Hütte war es wieder völlig dunkel.

»Einst – noch gestern Morgen – hätte ich diese Frage leicht beantworten können. Jetzt bin ich mir nichts mehr sicher.« Er schwieg einen Moment, als grübele er erstaunt über seine eigenen Worte. Dann setzte er sich auf das Lager und zog seine schlammigen Stiefel aus, um sie beiseite zu werfen.

»Ihr wollt Euch doch nicht hierhin legen – zu mir?«, fragte Gabriella mit neuem Entsetzen.

»Es ist mein Bett«, erwiderte Chalstrey, als sei damit die Frage beantwortet.

Gabriella wollte wegrutschen, doch sie wurde mit einer einzigen, leichten Geste wieder zurückgedrückt.

»Bitte, Mylady, versucht nicht wieder, um Euch zu schlagen«, sagte Chalstrey zwischen herzhaftem Gähnen. »Ich bin den Kampf leid. Überdies habe ich nicht die Absicht, von Eurer Gunst Gebrauch zu machen, so reizvoll sie auch ist.«

Gabriella errötete in der Dunkelheit, hin und her gerissen zwischen der natürlichen Empörung einer Frau über eine solche Abweisung und der jungfräulichen Dankbarkeit, verschont zu werden. »Ihr habt mein Leben zerstört, Sir«, sagte sie leise und wollte wieder weinen, war jedoch zu erschöpft dazu. »Ich werde keinen Mann bekommen, und Ihr habt ewige Schande über mich gebracht.«

Chalstrey lag ausgestreckt neben ihr auf den Decken, sehr nahe. Er seufzte tief und verschränkte die Hände hinter dem Kopf. »Wenn Ihr Euren zukünftigen Mann besser kennen würdet, Mylady, dann würdet Ihr mir für all das danken, was ich Euch erspart habe. Hört mit dem Geschwätz auf und schlaft.«

Geschwätz, ha!, dachte Gabriella beleidigt. Sie lag steif wie eine aufgebahrte Leiche da und wartete darauf, dass er sie doch vergewaltigte. Als er sich aber auf die Seite drehte und ihr seinen Rücken zuwandte, entspannte sie sich ein wenig. Einen Augenblick später fiel sie in den Schlaf völliger Erschöpfung.

Sie erwachte nach dem Morgengrauen und wagte es nicht, sich zu rühren. Sie befürchtete, Chalstrey unabsichtlich zu berühren und ihn zu ungehörigen Leidenschaften zu erregen. Ihre Mutter hatte sie einst gewarnt, dass eine Frau ein Baby bekommen konnte, wenn sie nur mit einem Mann das Bett teilte.

Sie öffnete die Augen weit und presste beide Hände auf ihren flachen Bauch. Als sie es wagte, den Kopf zu drehen, sah sie, dass Chalstrey das Lager verlassen hatte, und war erleichtert und ernüchtert zugleich. Sein besonderer Geruch – Kleidung, die in einem Bach mit klarem Wasser gewaschen und in der Morgensonne getrocknet worden war – hing noch in den Decken, und das Kissen neben ihrem eigenen war an der Stelle eingedrückt, an der sein Kopf geruht hatte.

Die Tür wurde geöffnet, und Lady Johanna kam herein. Die Nonne kniete sich vor eine der Feuerstellen und legte Holz auf die Glut, und bald stieg von den prasselnden Flammen köstliche, wohlriechende Wärme auf. Lady Johanna drehte sich lächelnd zu ihr um und stand auf. »Ich bin guten Mutes«, sagte sie zu ihrer Schutzbefohlenen. »Dies sind keine grausamen

Männer, Gabriella. Wenn Sie das wären, dann hätten sie mich heute Nacht nicht zu dem jungen Blodwen gebracht, als er erkrankte.« Sie lächelte wieder und forderte Gabriella mit einer Geste auf, sich zu ihr ans Feuer zu gesellen. »Sieh mal – jemand hat Brot und Obst und sogar Ziegenmilch gebracht. Komm, Kind, und frühstücke. Danach wirst du dich besser fühlen.«

Gabriella war hungrig – trotz ihrer gertenschlanken Figur hatte sie *immer* Hunger –, und so erhob sie sich und ging zu dem wackligen Tisch, der nur ein Brett auf zwei Baumstümpfen war, und spähte auf das Frühstück, das darauf ausgebreitet war. Es beunruhigte sie ein wenig, dass offenbar reges Kommen und Gehen geherrscht hatte, während sie fest geschlafen hatte.

Erst als sie fertig gefrühstückt hatte, machte sie Lady Johanna ein Geständnis. »Chalstrey hat die vergangene Nacht hier verbracht. Wenn mein Leben nicht schon zuvor ruiniert war, dann ist es das mit Sicherheit jetzt.«

Lady Johanna wirkte bemerkenswert gelassen. »Was sagst du da, Kind?«

Gabriellas Gesicht war erhitzt, und das nicht wegen der behaglichen Wärme der Flammen in der Feuerstelle. Sie wandte den Blick ab, weil sie den bekümmerten und tadelnden Blick ihrer Freundin und Gefährtin nicht ertragen konnte. »Er hat neben mir gelegen«, flüsterte sie. »Auf dem Lager dort.«

»Ist das alles?«, fragte Lady Johanna sanft, als Gabriella in Schweigen verfiel.

Sie schaute die Nonne mit großen Augen schockiert an. »Was meinst du mit ›Ist das alles‹? Ich bin entehrt. Kein Mann wird mich mehr zur Frau nehmen, und welches Schicksal bleibt mir, wenn ich nicht heirate?«

Lady Johanna lächelte, und Gabriella erkannte, dass sie gedankenlos gesprochen hatte. Als sie sich entschuldigen wollte, nahm die Nonne Gabriellas kalte Finger in beide Hände und drückte sie beruhigend. »Es ist alles in Ordnung, Kind«, sagte sie freundlich. »Nun, sag mir, was sonst noch in der Nacht geschehen ist.«

Gabriella überlegte. »Nichts«, sagte sie nach einer Weile.

»Nichts?«

»Chalstrey hat geschlafen, und ich auch.«

»Dann bist du – unberührt?«

Gabriella runzelte die Stirn und blickte an sich hinab, als suche sie nach etwas Fehlendem. Die Frage verwirrte sie.

Lady Johanna lachte und küsste Gabriella auf die Wange. »Wie arglos du bist«, sagte sie. »Bitte, mach dir keine Sorgen mehr wegen dieser Sache, Mädchen. Du bist noch unberührt.«

Gabriella sah die Lage nicht ganz so. Ihre Träume, so bescheiden sie gewesen waren, würden sich nicht erfüllen. Gewiss, zuerst hatte sie Avendall nicht heiraten wollen, aber sie hätte das Beste aus der Sache gemacht und sich eine Art Leben für sich und ihre Schwestern geschmiedet. Jetzt war ihr sogar diese Chance genommen worden, und sie würde sich glücklich preisen können, wenn sie sich nicht auf den Straßen von London verkaufen musste.

Die Nonne machte alles nur noch schlimmer, indem sie lachte, was so fröhlich und melodisch klang wie die kleine Glocke am Tor der Abtei. »Oh, Kind, mach dir nicht solche Sorgen. Du bist ein schönes Geschöpf, und du wirst dir deine Männer auswählen können, wenn Lord Avendall dich verschmähen sollte.«

»Aber ich bin nicht wieder gutzumachend entehrt«, wandte Gabriella ein.

Lady Johanna seufzte und hielt immer noch Gabriellas Hand, um sie zu beruhigen. »Es stimmt, dass der Ruf einer anderen Frau in diesem Fall vielleicht ruiniert wäre, Gabriella, aber du bist sehr schön und aus gutem Haus. Auch sehr gebildet, obwohl mich deine Ungeduld und dein Temperament oftmals zur Verzweiflung gebracht haben. Du hast all die Qualitäten, die von den meisten Männern bei einer Frau gesucht werden.«

Gabriella schwieg und ließ die Worte der Nonne auf sich einwirken. »Dann gibt es also Hoffnung«, sagte sie, mehr im Selbstgespräch als zu Lady Johanna.

»Es gibt immer Hoffnung«, erwiderte die Nonne ruhig. »Nun, dieser Mann Sedgewick hat uns erlaubt, die Hütte zu verlassen und in den Grenzen des Lagers spazieren zu gehen. So sollten wir ein wenig frische Luft schöpfen und uns etwas bewegen. Lass uns diese Gelegenheit voll ausnutzen, wer weiß, ob sie noch einmal kommt.«

Gabriella eilte, um ihre Schuhe zu finden. Wenn man ihr und Lady Johanna diese Freiheit gab, war es durchaus möglich, dass sie eine Fluchtmöglichkeit finden würden. Sie hatte längst erkannt, dass Sedgewick nur ein widerwilliger Gefangenenwärter war, und vielleicht drückte er sogar ein Auge zu, wenn sie in die Wälder flüchteten.

Die Sonne stand hoch, und der gestern noch graue Himmel war jetzt herrlich blau. Gabriella schätzte, dass ungefähr die Hälfte der Männer des Lagers mit Chalstrey fortgeritten war, vermutlich zu irgendwelchen Raubzügen. Diejenigen, die geblieben waren, mussten hart arbeiten.

Einige striegelten Pferde, während andere Holz und Wasser transportierten und einen gewaltigen Hirsch für den Spieß vorbereiteten. Die Jungen, die wie Kinder unter der Birke gespielt hatten, als Gabriella und Lady Johanna im Lager eingetroffen waren, flickten Zaumzeug und andere Ausrüstung, rührten in Töpfen am Feuer und holten Werkzeuge für einen stämmigen Mann, der damit beschäftigt war, bei einem der Wagen ein gebrochenes Rad zu ersetzen.

Sedgewick, der all dies beaufsichtigte und gelegentlich Notizen auf einer Wachstafel machte, wandte sich um und begrüßte die Frauen mit einer Verbeugung und einem freundlichem Lächeln. »Ich wünsche einen guten Morgen«, sagte er und gesellte sich zu ihnen.

»Ich möchte nach dem jungen Blodwen sehen«, kündigte Lady Johanna an, nachdem sie seinen Gruß mit einem steifen Neigen des Kopfs erwidert hatte. Dann ging sie, ohne auf eine Erlaubnis zu warten, zu einem der Zelte.

Gabriella versuchte, den großen Mann vor ihr einzuschätzen, fragte sich, ob sie ihn als Freund oder Feind betrachten sollte. Sie entschied sich – trotz seiner angenehmen Manieren – vorsichtig zu sein. Sedgewick konnte sich zwar als ihre Rettung erweisen, doch es bestanden offenkundig starke Bande zwischen ihm und Chalstrey. Wenn das nicht so wäre, hätte er schon zu Beginn eingegriffen oder später irgendeine Gelegenheit gefunden, sie und Lady Johanna freizulassen, vielleicht sogar sie sicher zur Abtei zurückeskortieren zu lassen.

»Das Leben eines Banditen scheint nicht zu Euch zu passen, Sir«, bemerkte sie.

Sedgewick lachte. »Ich bin kein Bandit, Mylady«, erwiderte er gutmütig. »Ich glaube, ich habe Euch bereits gesagt, dass ich nur ein einfacher Soldat bin, der viele Jahre dem König gedient hat, hauptsächlich in Frankreich, aber auch bei den Ungläubigen.«

Wenn Sedgewick gegen die Türken gekämpft hatte, dann hatte das sein Hauptmann höchstwahrscheinlich ebenfalls. Gabriella erschauerte, als sie sich vorstellte, was diese Männer auf ihren Feldzügen gesehen und getan hatten.

»Wenn Ihr den Glauben gegenüber fremden Männern verteidigt habt«, sagte Gabriella nach einigem Überlegen, »müsst ihr ein Mann sein, der Gott verehrt. Warum habt Ihr Euch dann an diesem schändlichen Plan beteiligt, meine Ehe mit Sir Cyprian Avendall zu vereiteln?«

Das Lächeln verschwand aus Sedgewicks Gesicht. »Es gibt vieles, was Ihr nicht wisst, Mylady«, sagte er gepresst. Dann wandte er sich ab, schritt ohne ein weiteres Wort davon und nahm alle schwachen Hoffnungen Gabriellas auf Freiheit mit.

Sie stand immer noch da und starrte Sedgewick nach, als Lady Johanna zu ihr trat und vor Freude strahlte.

»Der Herr ist gut«, sagte die Nonne begeistert. »Blodwens Zustand hat sich seit gestern Nacht sehr gebessert!«

Natürlich freute sich Gabriella darüber, dass sich der Junge erholte, doch es erstaunte sie, dass ihre Gefährtin so fröhlich sein konnte, obwohl sie in einem Lager von Barbaren gefangen gehalten wurden und nur Gott wusste, welches schreckliche Schicksal ihnen bevorstand. Sie raffte den Saum ihres zu großen Kleides, das ihr bald nach ihrer Ankunft gegeben worden war, und schritt entschlossen zum Rand des Lagers.

Wenn nichts sonst, würde sie wenigstens den versprochenen Spaziergang machen.

Lady Johanna gesellte sich zu ihr und schaffte es, amüsiert und mit ihren gefalteten Händen zugleich fromm auszusehen.

Wie lange wird es dauern, fragte sich Gabriella, bis Sir Avendall im fernen Cornwall von meiner Gefangennahme erfährt? Würde er sich die Mühe machen, ein Lösegeld zu zahlen oder seine verarmte Braut zu retten, oder einfach die Hände in den Schoß legen und irgendwo Trost suchen? Gewiss gab es viele Frauen, die liebend gerne einen solchen Mann heiraten würden – Frauen mit großer Mitgift und sogar Titeln.

Sie runzelte die Stirn, als sie durch das feuchte Gras am Rande des Lagers schritt. Nicht zum ersten Mal fragte sie sich, warum Cyprian Avendall eine Frau wie sie als Ehefrau ausgewählt hatte, so angetan von ihrem Äußeren und ihren Manieren während seines einzigen Besuchs in der Abtei er auch gewesen sein mochte. Den herzzerreißenden Liedern von Troubadouren und den herrlichen Gedichten der Barden zum Trotz, wurden Ehen im Allgemeinen aus praktischen Gründen geschlossen, die mit Besitz und politischem Einfluss zu tun hatten. Gabriella hatte wenig vom Ersten und nichts von Letzterem.

Sie wagte es nicht, länger über ihre Lage zu grübeln, und seufzte frustriert. Sie hatte ihre schwachen Hoffnungen auf die eheliche Verbindung zwischen ihr und Avendall gesetzt, sosehr es ihr auch widerstrebt hatte, eine solche Ehe einzugehen. Sie hatte von Kindern und einem Zuhause geträumt und vielleicht, wenn sie sehr, sehr viel Glück hatte, von der seltenen und andauernden Liebe, die sich manchmal zwischen Mann und Frau entwickelt, wenn sie gut zueinander passen. Sie hatte sich einen ähnlichen Segen für ihre geliebten Schwestern vorgestellt. Jetzt befürchtete sie trotz Lady Johannas beruhigender Worte, dass alles verloren war.

»Er hat alles zerstört, was ich geschätzt habe«, murmelte sie und dachte an Chalstrey.

Lady Johanna hielt mit ihr Schritt und lächelte immer noch mit heiterer Gelassenheit. »Vielleicht hat Gott seine Hand im Spiel«, meinte sie. »Es kann sein, dass du niemals dazu bestimmt warst, Avendalls Frau zu sein.«

Gabriella marschierte wütend dahin. »Hätte Gott nicht seine ›Hand im Spiel‹ haben können, *bevor* wir in dieses Abenteuer geraten sind?«

Lady Johanna lachte laut. »Was für eine impertinente Range du bist«, sagte sie, als ihre Belustigung nachließ. »Gewiss lässt Gott dir das nur durchgehen, weil du so entzückend bist.«

Als sich Hufschlag durch den Wald näherte, blieb Gabriella stehen. Sie lauschte. »Chalstrey«, sagte sie.

»Ja«, stimmte Lady Johanna milde zu.

Gabriella stand ärgerlich und zugleich hingerissen da, als Chalstrey an der Spitze einer Horde von Männern ins Lager ritt. Sie fand es empörend, dass er nicht einmal einen Blick in ihre Richtung warf, sondern absaß und sofort eine angeregte Unterhaltung mit Sedgewick und einigen anderen begann.

»Es kann gut möglich sein, dass dort der Mann ist, den Gott für dich ausgewählt hat«, bemerkte Lady Johanna.

»Du kannst nicht Morgan Chalstrey meinen!« Gabriella schnappte nach Luft und fuhr zu ihrer Freundin herum. »Er ist ein Gesetzloser – ein Wilder!«

Lady Johanna blickte zu Morgan und den anderen Männern. »Das glaube ich nicht«, sagte sie nur und schlenderte weiter.

Gabriella war gezwungen, ihr zu folgen oder wie ein Dummkopf stehen gelassen zu werden und auf den Mann zu starren, bei dem sie jeden Grund hatte, ihn zu verabscheuen. Sie ärgerte sich über sich selbst, als sie hinter Lady Johanna herstolperte, die mit langen, selbstsicheren Schritten weiterging.

»Es kann unmöglich eine Verständigung zwischen mir und Morgan Chalstrey geben«, sagte sie hastig, als hätte es keine Pause in der Unterhaltung gegeben. Sie biss sich auf die Lippen, fühlte sich gezwungen, ihr Herz zumindest ein wenig auszuschütten und fügte leise hinzu: »Er findet mich reizlos, weißt du.«

Lady Johanna verlangsamte nicht ihre Schritte. »So, meinst du?«

»Ja«, flüsterte Gabriella betrübt. »Er hat es mir gesagt, gestern Nacht, als er sich zum Schlafen hingelegt hat.«

»Vielleicht hat er gelogen«, meinte Lady Johanna in vergnügtem Tonfall.

Der Gedanke verwirrte Gabriella, und sie hatte das Gefühl, als sei ein kleiner Vogel, der in ihrem Busen genistet hatte, soeben in die Luft geschwebt. Bevor sie etwas erwidern konnte, erhaschte sie aus dem Augenwinkel einen Blick auf Chalstrey, der grimmig auf sie zuschritt, und war sofort wie gelähmt.

Lady Johanna stand ruhig an ihrer Seite und wartete.

Chalstrey blieb bei ihnen stehen, immer noch mit ernstem Gesicht. Seine Kleidung – Weste, brauner Waffenrock und Hosen, Schwertgehänge und Stiefel – zeigten die Spuren harter Arbeit. »Lady«, sagte er grüßend zu der Nonne und neigte respektvoll den Kopf, bevor er den Blick auf Gabriella richtete.

Bei einem anderen Mann hätte sie einen Knicks gemacht, doch diesem starrte sie nur mit kerzengerader Haltung ins Gesicht. »Wir reiten morgen bei Tagesanbruch nach Cornwall«, sagte er wie ein König, der ein Dekret verkündet. »Bereitet Euch auf die Reise vor.«

»Cornwall«, wiederholte Gabriella. »Dann bringt Ihr mich zu Sir Avendall zurück?«

Chalstreys Lächeln war kalt und bitter. »Nein«, erwiderte er. »Ich bringe Euch zu meiner Burg, die sich zehn Meilen südlich der von Avendalls befindet. Dort, Mylady, werden wir geduldig darauf warten, dass er zu uns kommt.«

In Gabriella stieg eine schreckliche Vorahnung auf. »Und wenn Lord Avendall kommt, wollt Ihr ihn töten.«

Sein diabolisches Lächeln blieb. »In der Tat, Mylady«, bestätigte er. »Genau das habe ich vor.«

4

Gabriella war verblüfft über die Ruhe, mit der Chalstrey bestätigte, dass er Avendall ermorden wollte, mehr noch als über den Plan selbst. »Ich werde nicht zulassen, dass Ihr den Mann tötet, dem ich als Ehefrau versprochen bin!«, stieß sie hervor.

Chalstrey blieb gelassen, unbewegt, vielleicht sogar amüsiert. »Und wie wollt Ihr mich daran hindern?«, entgegnete er.

So leicht konnte er ein Chaos bei ihr anrichten! Fast hätte sie sich in einem Wutanfall auf ihn gestürzt, doch Lady Johanna, stets die Friedensstifterin, trat zwischen sie.

»Sir Chalstrey«, sagte die Nonne unerschrocken, »Ihr benutzt diese junge Frau absichtlich als Köder, und ich muss sagen, dass ich ein solches Verhalten für verachtenswert und gefühllos halte.«

Gabriella wollte sich schon diebisch über diese Worte freuen, als sich die streitbare Braut Christi an sie wandte. »Und was dich anbetrifft, Gabriella Redclift, so wirst du dich von jetzt an beherrschen, oder ich werde Mutter Mary Benedict über dein Verhalten berichten, sobald ich wieder in der Abtei bin. Sie wird das dann mit ziemlicher Sicherheit deinem Wohltäter mitteilen!«

Sowohl Chalstrey als auch Gabriella hörten schweigend zu, und als die gute Lady erkannte, was sie unabsichtlich preisgegeben hatte, wurde sie ungesund rot.

Beide Zuhörer fragten wie aus einem Munde: »Wohltäter?«

»Meinst du Avendall?«, fügte Gabriella hinzu. »Ich weiß, dass er dazu beigetragen hat …«

Lady Johanna blickte einen Moment zum Himmel, als rufe sie alle Heiligen und Engel um Vergebung für ihren groben Fehler an. Dann schüttelte sie den Kopf.

»Sagt es uns, gute Lady«, verlangte Chalstrey ruhig, doch genauso interessiert, wie es Gabriella war. »Wenn nicht Avendall, wer dann?«

Die Nonne bekreuzigte sich schnell. »Das kann ich nicht sagen.«

»Jemand hat all diese Jahre für meinen Platz in St. Swithin's bezahlt – und vielleicht ebenso für meine Schwestern? Und wir haben die ganze Zeit gemeint, aus Mitleid Almosen zu empfangen!«

Lady Johannas Augen spiegelten Bedauern wider, und ihre Schultern sanken vor Kummer herab. »Sind wir jemals unfreundlich zu dir gewesen, Gabriella?«, fragte sie. »Oder zu Elizabeth oder Margaret?«

Gabriellas Schock ließ etwas nach und zugleich auch ein wenig die seelische Verletzung, die ihr die Enthüllung zugefügt hatte. Es stimmte, dass Mutter Mary Benedict und jeder sonst in der Abtei den angeblich mittellosen Redclift-Töchtern vom Tag ihrer Ankunft an das Gefühl gegeben hatte, willkommen zu sein.

»Wer?«, fragte sie flehend. »Wer könnte – oder würde – für unsere Unterkunft, unser Essen und unseren Unterricht bezahlen?«

Lady Johanna presste die Lippen zusammen und schüttelte den Kopf. »Ich kann es nicht sagen«, erwiderte sie. »Verzeih mir, Gabriella – ich habe einen Schwur geleistet. Die wenigen von uns, die davon wissen, haben geschworen, es nicht preiszugeben, und wir müssen uns an den Schwur halten.« Sie schwieg kurz, und ihre Augen wurden feucht. »Ich muss jetzt gehen und nach dem armen Blodwen sehen«, sagte sie und eilte auf eines der Zelte zu.

Gabriella beobachtete verwirrt den Rückzug ihrer Gefährtin und fühlte sich verraten.

Überraschend spendete Chalstrey ihr Trost. Mit einer ungewöhnlich linkischen Geste berührte er ihren Arm. »Mein Vater diente dem König an der Seite von Eurem«, sagte er. »Der Name Redclift ist ein stolzer – vielleicht werdet Ihr etwas Trost darin finden.«

Gabriella schaute zu ihm auf und vergaß für den Moment, dass er geschworen hatte, den Mann zu töten, der ihr zukünftiger Ehemann sein sollte. Vergaß, dass er sie gefangen genommen hatte, zusammen mit ihrer Freundin, Lady Johanna. »Ihr seid zu edel, Mylord«, sagte sie und hob das Kinn. »Mein Vater war ein Verschwender, ein Taugenichts und Scheusal, wie es auch sein Erzeuger gewesen ist. Und Ihr seid anscheinend keinen Deut besser.«

Nach dieser Feststellung raffte Gabriella ihre Röcke und wäre davongeeilt, wenn Chalstrey sie nicht am Handgelenk gepackt und festgehalten hätte.

»Werdet Ihr niemals müde, all diese *Gefühle* zu zeigen?«, fragte er.

Gabriella versuchte, sich loszureißen. Als ihr das nicht gelang, stieß sie scharf die Luft aus und richtete sich kerzengerade auf. »Ich bin normalerweise eine praktische Person«, erwiderte sie und wählte die Worte, als spreche sie zu einem Idioten, der sie nur stückchenweise verstehen konnte. »Doch es hat wohl eine unglückliche Auswirkung auf mein Gemüt, entführt zu werden und gezwungen, mit einem Banditen das Lager zu teilen, der meinen zukünftigen Mann in einen Hinterhalt locken und töten will!«

»Ich habe nicht vor, Avendall in einen Hinterhalt zu locken und zu töten, sosehr er das auch verdient«, sagte Morgan. »Ich habe nur versucht, Euch zu ärgern, und es hat prima geklappt.«

»Und jetzt bereut Ihr es«, höhnte Gabriella.

»Das habe ich nicht gesagt. Guter Gott, Gabriella, Ihr könnt einen Heiligen zu Gewalt treiben!«

»Da keine Heiligen in der Nähe sind, werden wir die Theorie nicht überprüfen können.« Sie starrte ihn nachdenklich an.

»Wagt es nicht, mich anzuspucken, wenn es das ist, was Ihr überlegt«, warnte Morgan und verstärkte seinen Griff an ihrem Handgelenk für einen Moment. »Denn bei allem, was in der Hölle heiß ist, schwöre ich, dass Ihr es bedauern werdet!«

Als sie sich instinktiv wieder loszureißen versuchte, ließ Morgan sie so plötzlich los, dass sie fast zu Boden stürzte.

»Und jetzt bereitet Euch auf eine lange und harte Reise vor«, grollte Morgan, bevor sich Gabriella in noch größere Schwierigkeiten bringen konnte. »Wie schon gesagt, wir brechen beim ersten Tageslicht auf.«

Sie rieb sich das Handgelenk und machte einen beleidigend großen Bogen um Morgan, als sie zu der Hütte weiterging.

Morgan sah ihr nach, stieß ein Seufzen aus und fuhr sich mit einer Hand durchs Haar. Sie waren Gift füreinander, er und die Lady, und in diesem Augenblick wünschte er, Avendall hätte sich eine ihrer Schwestern als Braut ausgesucht. Eine süße und fügsame – wenn solch ein Geschöpf tatsächlich existierte. Es war natürlich äußerst wahrscheinlich, dass die anderen beiden so stur und launisch wie ihre Schwester waren.

Der Gedanke bot ihm wenig Trost nach einem harten Tag. Er hatte die Gegend auf irgendein Anzeichen auf die Männer des Sheriffs erkundet und sich vergewissert, dass Avendalls Mitleid erregend unfähige Wachen es geschafft hatten, sich zurück zur Abtei oder zum nahen Dorf Upper Gorse durchzuschlagen.

Inzwischen war Halsey schon ein ganzes Stück auf dem Weg nach Avendall Hall in Cornwall unterwegs, um schlechte Kunde zu überbringen, und seine Soldaten waren einen Tag hinter ihm. Avendall würde wütend sein, wenn sie mit leeren Händen eintrafen, und dem Schlaganfall nahe, wenn er erfahren würde, dass Gabriella bei ihm, Morgan, war.

Es heiterte ihn sehr auf, sich die Reaktion seines Feindes über die Nachricht vorzustellen, dass seine attraktive junge Zukünftige nach Edgefield Keep weggeschafft worden war. Dann bemerkte er, dass jeder Mann und Junge im Lager zu ihm schaute und vermutlich Zeuge der ganzen peinlichen Konfrontation mit Gabriella geworden war.

Morgan schritt mitten durch die faszinierte Schar, erschreckte viele von ihnen mit einem Blick, bei der ein Mann in seiner Rüstung hätte gegrillt werden können, und hoffte, dass niemand es wagte, eine Bemerkung zu machen – einschließlich Sedgewick, der sich wie irgendeine Maid stets verpflichtet fühlte, seine Meinung zum Besten zu geben, ob sie nun gewünscht wurde oder nicht.

Als er die nüchterne und ungeteilte Aufmerksamkeit der Männer hatte, begann er Befehle zu erteilen. Die Zelte sollten vor der Abenddämmerung abgebrochen, die Karren beladen werden. Eine Hand voll Männer würde langsam zu Morgans Ländereien in Cornwall zurückkehren und die zweirädrigen Wagen begleiten. Der Rest sollte eine Eskorte für die Frauen bilden, und der Unglückliche, der seine Pflicht versäumen und Gabriella einen Fluchtversuch ermöglichen würde, sei es durch Verrat oder durch eine Panne, würde mit der Peitsche bestraft werden.

Die Soldaten und ihre jugendlichen Junker waren bis zur Erwähnung der Peitsche belustigt gewesen, obwohl sie sich glaubwürdig bemüht hatten, das zu verbergen. Jetzt war ihre

Stimmung allgemein ernst, denn sie wussten, dass Morgan meinte, was er sagte. Er war ein fairer Herr, das wussten sie ebenfalls, aber jeder Mann hatte geschworen, seine Autorität in allen Dingen anzuerkennen, als sie sich seiner einträglichen Gesellschaft angeschlossen hatten, und harte Disziplin war die Regel bei jedem solcher Unternehmungen.

Nur Sedgewick beobachtete und lauschte ohne ein Zeichen von Angst, obwohl auch er den Regeln unterworfen war, trotz seiner lebenslangen Freundschaft mit Morgan. Er fürchtete nur sehr wenig, einschließlich der Peitsche, und das machte ihn zum härtesten und besten Soldaten von ihnen allen. Am verfluchtesten aller Tage hätte Morgan Gresham Sedgewick sein Leben anvertraut, und das hatte sich nicht verändert, wenn auch eine subtile Spannung zwischen ihnen entstanden war.

Als Morgan die nötigen Befehle auf seine übliche gründliche Art erteilt hatte, beeilten sich die Männer, sie auszuführen. Natürlich mit Ausnahme von Sedgewick, bei dem es oftmals den Anschein hatte, als wäre er auf die Erde geschickt worden, um bei jeder Gelegenheit ein Stachel in Morgans Haut zu sein.

Von den Tagen ihrer Kindheit an hatte Sedgewick als Morgans bessere Hälfte gedient, und jetzt, da Gabriella Redclift ein Teil des Spiels war, war es schlimmer denn je.

»Du hast vergessen, meine Aufgaben aufzuzählen«, bemerkte Gresham mit einem arroganten Neigen seines Kopfs. Er zeigte keine Anzeichen auf einen Kater nach der Betrunkenheit am vergangenen Abend, vielleicht abgesehen von der leichten Furche zwischen seinen Augenbrauen, die höchstwahrscheinlich auf Kopfschmerzen hindeutete.

Morgan, der auf den Hacken gehockt und grobe Landkarten und Diagramme für die anderen in den Dreck gezeichnet hatte, richtete sich mit einer Müdigkeit auf, die ihn nie zuvor befallen hatte, nicht einmal in den Kampfpausen nach ihren blutigsten Schlachten mit den Türken.

»Im Gegenteil«, erwiderte Morgan. »Ich habe die wichtigste Aufgabe für dich aufgespart. Ich will, dass du Lady Johanna sicher zur Abtei zurückbringst.«

Greshams Mund klaffte auf, und obwohl er sich schnell von der Überraschung erholte, war er sichtlich ungehalten. »Habe ich mich verhört?«, krächzte er ärgerlich.

Morgan unterdrückte klugerweise ein Lachen. »Nein«, sagte er und schaute seinen Freund an. »Deine Ohren sind so gut wie immer, mein Freund. Aber ich werde den Befehl wiederholen, wenn du möchtest.«

»Verdammt, Morgan«, protestierte Gresham und neigte sich näher zu ihm, damit ihre Worte nicht mitgehört werden konnten. Streit zwischen einem Hauptmann und seinem Stellvertreter war ein Zeichen schlechter Führerschaft bei Soldaten und untergrub die Disziplin, und sie achteten beide darauf, das zu vermeiden. »Du solltest mir besser sagen, dass du das Mädchen ebenfalls zurückbringst.«

So tief geht das also, dachte Morgan. Gresham war von Gabriella nicht nur angetan, er hatte sich auch selbst als ihr Fürsprecher ernannt.

Morgan stieß ein lang gezogenes Seufzen aus. Beide Männer gaben sich entspannt und verzichteten darauf, eine feindselige Haltung einzunehmen und die Hände zu Fäusten zu ballen, denn sie wurden sicherlich beobachtet. »Du warst dabei, als ich meine Pläne erklärt habe. Gabriella reitet nach Cornwall und nach Edgefield Keep, um dort auf ihren betrübten Zukünftigen zu warten.«

»Er wird kommen und nach deinem Blut dürsten«, stieß Gresham hervor, »nicht weil er Gabriella holen will. Um Himmels willen, erlaube zumindest der guten Lady, sie in der

Verkleidung einer Anstandsdame nach Cornwall zu begleiten!«

»Die Anwesenheit der Nonne wird für Avendall nichts ändern«, sagte Morgan sachlich. Er war es leid, mit Sedgewick über das Thema Gabriella Redclift zu streiten, und würde äußerst froh sein, ein paar Wochen von dem ständigen Meckern seines Freundes verschont zu bleiben. »Wie du gut weißt – aber ich sollte dich daran erinnern, weil du anscheinend nicht in der Lage bist, dir die einfachsten Dinge zu merken –, würde selbst die Anwesenheit der Heiligen Jungfrau persönlich Cyprian nicht davon abhalten, Gabriella wie einen schmutzigen Waffenrock wegzuwerfen, nachdem sie mit mir gereist ist. Wenn er mir erst auf dem Feld gegenübergetreten ist und mir Arme und Beine mit seinem Schwert abgeschlagen hat, was er natürlich versuchen wird, dann wird er sie verstoßen. Das Beteuern des Mädchens, dass ich nicht mit ihr geschlafen habe – im reinsten Sinne des Wortes –, wird Avendalls Meinung kein bisschen ändern, sollte er unseren kleinen privaten Wettkampf überleben. Jeder, der die Geschichte hört, wird stets Zweifel haben, und Cyprian könnte das nicht ertragen.«

»Was wird aus Gabriella? Wirst du sie einfach zurücklassen, wenn dies vorüber ist?«

»Natürlich nicht. Ich werde sie in die Abtei zurückschicken, mit Gold genug für ihren Lebensunterhalt.«

Gresham spuckte aus. »Da mache ich nicht mit.«

»Ich befürchte, es ist ein wenig spät, dies zu entscheiden«, sagte Morgan. »Du gehörst immer noch zu dieser Kompanie und stehst unter meinem Kommando. Deshalb wirst du entweder dein Pferd nehmen oder dich auf den Schandpfahl gefasst machen wie jeder andere Mann, der einen Befehl verweigert.«

Sedgewick sah wütend genug aus, um einen Mord begehen zu können, doch er behielt die Beherrschung. Die wahre Auseinandersetzung würde vermutlich später kommen, wenn sie den Luxus haben würden, ihre Differenzen im Hof irgendeiner schäbigen Taverne mit den Fäusten zu bereinigen, unbeobachtet von den Männern unter ihrem Kommando.

»Bevor du dich entscheidest«, fuhr Morgan fort, als er erkannte, dass Sedgewick noch zu wütend zum Sprechen war, »bedenke Folgendes: Wer sonst, außer dir, könnte die gute Lady zurück zur Abtei eskortieren? Würdest du eine Braut Christi irgendjemandem von dieser Horde anvertrauen?« Er wies mit einem Daumen zu den anderen.

Gresham atmete tief und schnell. Seine sonnengebräunte Haut war gerötet, und in seinen Augen blitzte kaum gezügelter Zorn. Schließlich presste er hervor: »Ich werde Lady Johanna zurück nach St. Swithin's bringen – nicht, weil du es befohlen hast, sondern weil es das einzige Anständige ist –, und dann werde ich in Cornwall wieder zu der Kompanie stoßen. Aber merke dir eines, Morgan: Freund oder nicht, wenn diese erbärmliche Sache vorüber ist, werde ich dich so zusammenschlagen, das nicht mal dein Pferd dich wieder erkennt! Und dann werde ich meinen Abschied von dir und deiner verdammten Armee nehmen, ein für alle Mal.«

»Fair genug«, erwiderte Morgan heiter. Nicht für einen Moment glaubte er, dass Gresham, der mehr für ihn war als ein Bruder, ihm tatsächlich die Freundschaft kündigen würde. »Aber das bedeutet natürlich, dass du mich vor Avendall retten musst, bevor du das Vergnügen haben kannst, mich bis zur Bewusstlosigkeit zusammenzuschlagen.«

»Wer hat gesagt, dass ich es bei der Bewusstlosigkeit bewenden lassen werde?«, murmelte Sedgewick, jetzt ruhiger. Es war sogar eine Spur von Humor in seinen Augen, obwohl seine Miene immer noch widerspiegelte, welche Wut in ihm tobte. »Um ehrlich zu sein, ich würde jede Bestrafung, einschließlich der Peitsche, der Aufgabe vorziehen, Lady Gabriella zu erzählen, dass du sie von ihrer vertrauten Gefährtin trennen willst.«

Morgan wurde nachdenklich, erinnerte sich an den Wortwechsel der beiden Frauen vor ein paar Minuten, als sich Lady Johanna verplappert und etwas preisgegeben hatte, was offenbar ein gut gehütetes Geheimnis war: Gabriella und ihre Schwestern hatten außer Avendall noch einen Wohltäter, vermutlich einen sehr hoch gestellten und mächtigen, der einen triftigen Grund hatte, seine Identität geheim zu halten.

Morgen, während des langen Ritts, würde er sich die angenehme Ablenkung erlauben, an der Lösung dieses besonderen Rätsels zu arbeiten und so seine Gedanken wenigstens teilweise von Gabriella und all ihren Reizen fern halten können.

Gabriella wurde im Morgengrauen wachgerüttelt, nicht von Lady Johanna, die wieder abwesend war, sondern von Morgan Chalstrey persönlich. Er war in der Nacht glücklicherweise von ihrem Lager fern geblieben. Jetzt drückte er ihr einen Kanten Brot und ein Stück Käse in die Hand und ermahnte sie, in einer Viertelstunde zum Aufbruch bereit zu sein.

Als er fort war, stand Gabriella auf. Sie fröstelte, weil keine Feuer angezündet worden waren, wusch sich schnell und eilte in das neblige, rötlich graue Licht eines neuen Tages hinaus. Sie sah zwar Zacheus, das satanische Maultier, das in der Abtei wegen seiner widerspenstigen Art verabscheut wurde, gesattelt bei den Pferden stehen, entdeckte jedoch kein Anzeichen von Lady Johanna.

Gabriella schämte sich. Sie war wütend auf die Nonne gewesen, als sie von dem Wohltäter erfahren hatte, und hatte sie während des ganzen Abends ignoriert. Jetzt wollte sie sich entschuldigen. Lady Johanna hatte geschworen, das Geheimnis nie preiszugeben, und ein Eid war ein Eid, besonders der eines Mitglieds eines heiligen Ordens. Sie ärgerte sich zwar noch über das Geheimnis und all diejenigen, die es bewahrten, aber es war ihr klar, dass es zu nichts führte, wenn sie unfreundlich zu einer Freundin war.

Da Morgan bereits fortgegangen war, um mit einem der Wagenfahrer zu sprechen, stoppte sie einen Jungen, der mit einem Arm voll zusammengerollter Decken vorbeieilen wollte.

»Bitte – wo ist Lady Johanna?«

Der sommersprossige Junge schenkte ihr kaum einen Moment, so vertieft war er in die Aufgaben, die er erledigen musste. »Die Nonne, Mylady? Die ist dort …«, er wies auf eine kleine Gruppe von Pferden und Männern, »… bei Sedgewick. Sie bereiten sich auf den Aufbruch zur Abtei vor, nehme ich an, und Blodwen ist bei ihnen.«

Gabriella fühlte sich, als wäre sie geschlagen worden. Lady Johanna war ihr einziger Schutz, ihr einziger Trost, ihre einzige Hoffnung. Und jetzt ritt sie *fort*?

Sie atmete tief durch, steckte den von Chalstrey erhaltenen Käse und das Brot in die Tasche ihres Umhangs und zwang sich zur Ruhe. Ein weiterer Wutanfall würde zu nichts führen, und außerdem war sie es leid, sich aufzuregen; bis sie Morgan begegnet war, war sie von diesem besonderen Gefühl selten heimgesucht worden. Sie wartete, bis sich ihr Puls beruhigt hatte, und ging dann zu Sedgewick und Lady Johanna. Blodwen, der kranke Junge, saß bereits auf dem Pferd und sah bleich und schwach aus.

Gabriella blieb zwei Schritte vor Lady Johanna stehen. Sie war fest entschlossen, nicht zu weinen; sie würde kein Schwächling sein. Sie musste versuchen, ihre frühere robuste Natur wieder zu finden und sich vernünftig und beherrscht zu verhalten. Vielleicht hatte Gott sie nicht verlassen, und sie fand doch noch einen Weg, um sich zu retten.

»Gabriella«, sagte Lady Johanna leise.

»Du reitest fort«, hörte Gabriella sich sagen. »Warum?«

Der Blick der Nonne war offen und unerschütterlich. »Lord Chalstrey hat es befohlen. Es bleibt mir anscheinend nichts anderes übrig, als zu gehorchen.«

Gabriella schluckte und blinzelte.

Lady Johanna trat einen Schritt näher und senkte die Stimme. »Dieser Junge, Blodwen, wird sterben, wenn er nicht die richtige Behandlung und Pflege bekommt, Gabriella«, sagte sie. »Er muss in die Abtei gebracht werden, wo es Betten und Arznei gibt.«

Gabriella nickte und biss sich auf die Unterlippe. Sie brachte immer noch keinen Ton heraus.

»Sei stark«, fuhr die Nonne leise fort. »Wenn Sedgewick zurückkehrt, werde ich irgendeinen Weg finden, wie ich ihn begleiten kann. Bis dahin verhalte dich ruhig und versuche nicht, auf eigene Faust zur Abtei zu entkommen. Hör auf mich. Es ist äußerst wichtig, dass du unter Chalstreys Schutz bleibst.«

Chalstreys Schutz?, dachte Gabriella ärgerlich. War diese so intelligente Frau verrückt geworden? »Wolltest du fortreiten, ohne auch nur Auf Wiedersehen zu sagen?«, brachte Gabriella heraus.

Lady Johanna küsste sie auf die Wange. »Das wäre vielleicht der bessere Weg gewesen«, sagte sie freundlich. Sie drückte Gabriellas kalte Hände. »Auf Wiedersehen, Gabriella, und denk daran, sei tapfer. Ich werde eine Möglichkeit finden, zu dir zurückzukehren, und ich werde Hilfe bringen, wenn ich kann.«

Gabriella hielt Lady Johannas Hände noch einen Moment fest, als die Nonne sie zurückziehen wollte. »Meine Schwestern«, sagte sie schnell. »Sag ihnen, dass sie sich meinetwegen keine Sorgen machen sollen.«

Lady Johanna nickte, wandte sich um und ging zu Sedgewick und den wartenden Pferden. Gabriella sah ihr noch einen Moment hinterher, dann wandte sie sich ab und schritt mit hoch erhobenem Kopf in die andere Richtung davon. Sie musste so tun, als hätte sie sich mit ihrer Lage abgefunden, doch die ganze Zeit würde sie planen und beobachten und stets auf eine Gelegenheit lauern. Sie war praktisch allein auf der Welt, und trotz der Ermahnung der Nonne, bei Chalstrey zu bleiben, musste sie selbst auf sich aufpassen.

Selbst Morgan musste schlafen, nicht wahr?

Einer seiner Adjutanten, ein gut aussehender Mann, der wie ein ehemaliger Mönch wirkte, näherte sich ihr mit dem Maultier. Sie sehnte sich nach einem letzten Blick auf die aufbrechende Lady Johanna, ihre Lehrerin und Freundin, doch sie wagte es nicht, sich auch nur so viel zu erlauben. Sie hätte die Fassung verlieren können.

»Mylady«, sagte der Mann mit einer kleinen Verneigung und riss sie aus ihren Gedanken.

Sie reichte ihm ihre Hand, und er half ihr in den Sattel. Gabriella hätte es vorgezogen, ohne Hilfe auf das Biest zu steigen, doch während der Jahre in der Abtei hatte sie keine Gelegenheit gehabt zu reiten, und sie war noch zu ungeschickt darin. Egal, dachte sie grimmig, strich ihre Röcke glatt und zog den Umhang fester um sich, ich werde alle Übung bekommen, die ich brauche.

Chalstrey ritt neben ihr, und das Maultier spitzte die großen hässlichen Ohren nervös durch die Nähe seines Hengstes. »Wir werden erst in ein paar Stunden Halt machen, damit sich die Pferde ausruhen können«, informierte er Gabriella. »Ich hoffe, Ihr habt Eure persönlichen Dinge erledigt.«

Gabriella begegnete seinem Blick. Ihr Zorn, unterdrückt durch kalte Entschlossenheit, blieb fest unter Kontrolle, und sie sprach ruhig. »Ihr braucht keine Sorge um meinen Komfort zu haben«, erwiderte sie und freute sich darüber, dass ihm die Ironie in ihren Worten nicht entging.

Er runzelte die Stirn. »Ich hatte erwartet, dass Ihr mir wegen Lady Johannas Rückkehr zur Abtei in den Ohren liegt.«

»Da seid ihr zweifellos enttäuscht«, sagte Gabriella süß, während sie diese neue Erkenntnis über sein Wesen wegsteckte, um sie später zu untersuchen. Sie würde ihn zum rechten Zeitpunkt zu ihrem Vorteil zu nutzen wissen. Unterdessen durfte sie ihm nicht zeigen, wie ängstlich sie war, weil Lady Johanna fort war.

Sie lächelte mit aller falschen Herzlichkeit, die sie aufbringen konnte. »Gewiss wird meine liebe Freundin in St. Swithin's besser dran sein. Wäre ich an ihrer Stelle, würde ich auch dort hinreiten.«

Chalstrey erwiderte ihr Lächeln nicht. »Die Männer warten. Versucht, das Tempo beizubehalten, und erspart Euch bitte die Demütigung eines Fluchtversuchs. Diese Männer haben sich mit den besten Reitern auf der Welt in der Schlacht gemessen und sich durchgesetzt. Sie werden keine Mühe haben, ein Mädchen auf einem Maultier einzuholen.«

Damit zügelte Morgan seinen großen Hengst und rief ein Kommando zu der versammelten Kompanie. Gabriella war froh darüber, denn so sah er nicht den Zorn und die Angst, die sicherlich in ihren Augen zu erkennen waren.

Berittene Männer preschten heran und umgaben sie, und Chalstrey ritt an der Spitze der Gruppe mit dem Selbstvertrauen von Alexander dem Großen oder einem der Cäsaren. Gabriella musste insgeheim zugeben, dass diese Rolle gut zu ihm passte.

Ein leichter Regen setzte ein, als sie die Wagenfahrer und Junker hinter sich ließen und sich ihren Weg in den Wald bahnten. Gabriella zog die Kapuze ihres Umhangs über den Kopf und fand sich mit den Strapazen eines langen und beschwerlichen Tages im Damensattel auf einem Maultier ab. Sie konnte nur hoffen, dass Zacheus, bekannt für seine Bösartigkeit, sich wenigstens einmal benehmen und die Anstrengung nicht noch verstärken würde.

Während sie fügsam dahinritt, umgeben von Bewachern, malte sich Gabriella aus, wie sie von Sir Avendall gerettet werden würde.

Er würde in voller Rüstung erscheinen, natürlich im Sonnenschein glänzend. Auf einem gewaltigen, schneeweißen Ross würde er tapfer durch Chalstreys Wachen reiten, ein Schwert mit juwelenbesetztem Griff schwingen und sich den Weg zu ihr erkämpfen. Die Luft würde erfüllt vom Klirren von Stahl sein, das so hart aufeinander traf, dass Funken sprühten.

Bei ihr angelangt, würde Sir Avendall einen Arm um ihre Taille legen und sie vom Rücken des Maultiers heben, um sie sicher vor sich auf seinen eigenen, mit Gold verzierten Sattel zu setzen. Mit seinen starken Armen würde er seine Geliebte vor allem Schaden bewahren, davonreiten und Chalstrey und seine Mannen besiegt zurücklassen.

Aber natürlich nicht tot. Es wäre nicht christlich, Chalstreys Tod zu wünschen.

Sie runzelte die Stirn. Das Bild von Morgan Chalstrey, der am Boden lag, blutend und grün und blau geschlagen und völlig besiegt, brachte ihr keinen Trost. Nein, der Gedanke bewirkte so etwas wie Schmerz in Gabriellas Brust, und sie richtete ihre Aufmerksamkeit fest auf die Zukunft und das Weiterspinnen von glänzenden Träumen. Wie diejenigen, die sie mit Meg und Elizabeth des Nachts in ihrer kalten Zelle geteilt hatte.

Sie versuchte, sich Avendall Hall vorzustellen. Gewiss war es ein riesengroßes Gebäude mit Scheiben in den Fenstern und roten und goldenen Flaggen, die auf den vielen Türmen flatterten, wie bei den Burgen in den Geschichten, die sie in ihrer Kindheit gehört hatte. In Gabriellas Tagtraum trug ihr zukünftiger Ehemann sie in diese prächtige Burg; sie spürte seine Rüstung an ihrem Rücken und seinen wohlriechenden Atem an ihrem Nacken. Sie hörte sogar das Klappern der Hufe seines Rosses, als sie die Zugbrücke überquerten, über einen Burggraben mit glasklarem, blauem Wasser ritten und in die Feste mit ihren hoch aufragenden Mauern gelangten.

Dort würde sie von einer Menge glücklicher Vasallen begrüßt werden und ebenfalls von benachbarten Adligen, die sich versammelt hatten, um Sir Avendalls Triumph über den teuflischen Morgan Chalstrey zu feiern.

In der großen Halle, die mit kostbaren Tapeten und Wandteppichen ausgestattet und mit Polsterstühlen und gepolsterten Bänken an langen Tafeln möbliert war, würde eine Schar lächelnder Diener in einer ordentlichen Reihe warten, um ihre neue Herrin zu begrüßen.

Es würde ein Festmahl geben und Musik und Tanz, und Gabriella lächelte, als sie sich vorstellte, wie sie in einem prächtigen Kleid, behängt mit kostbaren Juwelen, an Sir Avendalls Seite den Vorsitz über die Festivitäten führte.

Sie hatte viel Fantasie und gab sich ihr weiter hin. Sie genoss es gründlich. In der bezaubernden, von Kerzenschein erhellten Kapelle von Avendall Hall sah sich Gabriella vor einem Priester stehen, zusammen mit dem Mann, den sie schließlich mit »Cyprian« ansprechen würde, wenn die intime Vereinigung vollzogen sein würde, und sittsam das Ehegelübde sprechen.

Endlich würde sie Sir Avendalls Gemahlin sein, für immer

und ewig. Er ergriff ihre Hand und, nicht in der Lage, den Blick von ihrem Gesicht zu nehmen, führte er sie unter einem Spalier glänzender Schwerter hindurch, die von seinen Soldaten hochgehalten wurden, über den großen Burghof und in die Burg selbst.

Sie schwebten wie eins über den Boden der großen Halle und die breite Treppe hinauf, umjubelt von Adligen und Dienern gleichermaßen. Gabriellas Herz begann schneller zu schlagen, in ihrem Tagtraum und im realen Leben, als sie vor ihrem geistigen Auge die lebhafte Szene ablaufen sah. Auf dem obersten Treppenabsatz, im Schutz der Schatten, würde Sir Avendall, ihr Lord, sie in seine Arme ziehen und sie unendlich zärtlich küssen …

Doch der Kuss war hart und fordernd und erhitzte Gabriellas Blut so sehr, dass sie nach Luft schnappte und zurückwich, nur um zu sehen, dass sich Avendall ohne ein Wort des Abschieds in Morgan Chalstrey verwandelt hatte!

»Was habt Ihr, Mylady?«, fragte eine Männerstimme. »Ist Euch unwohl?«

Gabriella riss erschrocken und ärgerlich die Augen auf und sah den Mann ihrer Albträume, nicht den ihrer schönen Träume, lässig neben sich reiten.

»Wirklich nicht«, erwiderte sie, doch sie spürte, wie Hitze an ihrem Hals empor in ihr Gesicht stieg.

Chalstrey grinste. »Ich würde viel von meinem hart erworbenem Reichtum geben, um zu erfahren, was Ihr jetzt denkt.«

Lieber Himmel, der Mann war unerträglich! Es erforderte die Nachsicht einer Heiligen, um zivil mit ihm zu sprechen, und als solche war Gabriella Redclift kaum zu bezeichnen. Sie ließ die Messe aus, wann immer sie das konnte, und vergaß oft, ihre Gebete zu sprechen – was vermutlich der Grund dafür war, warum sie jetzt in dieser schrecklichen Situation war.

Sie klimperte mit den Augendeckeln und lächelte so einfältig, wie sie konnte. »Ich habe geträumt«, bekannte sie wahrheitsgemäß, »und zwar von meiner Ehe mit Sir Avendall.« Nicht für alle Reichtümer der Türken hätte sie zugegeben, dass der feurige Kuss in ihrer Fantasie, bei dem sie fast dahingeschmolzen wäre, seiner gewesen war, nicht der Cyprians.

»Ich verstehe«, sagte Morgan. Als ob er wirklich verstünde.

Der Weg, dem sie folgten, hatte sich zu einem Streifen schlammigen Lehmbodens verengt, der sich zwischen zwei Böschungen dahinwand, die zu Birken und Stachelbeersträuchern hin abfielen.

Morgan ritt voraus und drehte sich im Sattel, um mit einem abschätzenden Ausdruck in seinen blauen Augen zu ihr zurückzublicken, während die anderen hinter ihr hertrotteten, schweigend und wachsam.

Sie erinnerte sich an das Essen, das sie in die Tasche ihres feuchten und jetzt riechenden Umhangs gesteckt hatte, und zog das Stück Käse hervor. Während sie damit beschäftigt war, entschloss sich Zacheus aus Gründen, die nur ihm bekannt waren, zu einem Aufstand.

Von einem Augenblick zum anderen schrie das Maultier, scheute bei Gabriellas Versuch, es zu parieren, und ging durch. Es stürmte die Böschung zur Rechten hinab und zwischen die Bäume.

Unerfahren im Reiten, wie sie war, ließ Gabriella vor Schreck den Käse fallen und packte die Zügel, zu schockiert, um auch nur aufzuschreien.

Zweige peitschten ihr ins Gesicht und zerrten an ihrer Kleidung, während das Maultier durch das Dickicht jagte, als hätte ihm jemand heiße Kohle aufs Fell gedrückt. Gabriella gab den Versuch auf, es anzuhalten und klammerte sich fest, tief geduckt über das Sattelhorn, um sich vor der Vegetation zu schützen. Hinter sich hörte sie Morgans Hengst durch die Bäume brechen.

Plötzlich lichtete sich der Wald zu dem größten Sumpf, den Gabriella jemals gesehen hatte, und Zacheus tauchte hinein und kämpfte sich irgendwie bis zur Mitte durch, bevor ihn die dicke, zähe Masse schließlich stoppte.

Gabriella, bespritzt mit klebrigem Schlamm, drehte sich mit rasendem Puls um und starrte auf Morgan und seinen prächtigen Hengst, der kurz vor der Falle angehalten hatte.

Morgan stützte sich auf das Horn seines verschrammten Sattels und lächelte breit. »Ich würde sagen, dies ist ein spektakulär gescheiterter Fluchtversuch, Mylady.«

Gabriella kochte vor Zorn. Sie wollte verdammt sein, wenn sie ihm sagte, dass sie gar nicht vorgehabt hatte zu flüchten – jedenfalls jetzt noch nicht. Mehrere andere Männer waren Morgan gefolgt und säumten das Ufer des Sumpflochs, und während einige Morgan besorgt beobachteten, schienen andere seine Belustigung über ihre missliche Lage zu teilen.

»Wenn ein Gentleman unter euch ist«, sagte er schließlich, »was zu bezweifeln ist, wüsste ich etwas Unterstützung zu schätzen.«

Eine scheinbare Ewigkeit lang saß Morgan einfach auf seinem Pferd und genoss sichtlich ihren Anblick auf dem Rücken des im Sumpf feststeckenden Maultiers, doch schließlich wandte er sich an den Mann an seiner Seite. »Jocko«, sagte er heiter und mit einer schwungvollen auffordernden Geste, »einen Strick, bitte.«

5

Die Prozedur, Gabriella und das Maultier aus dem Schlamm zu ziehen, war langwierig und demütigend. Weil viel Zeit verloren war, schien Morgan entschlossener denn je zu sein, aufs Tempo zu drücken und das Letzte aus jedem Reiter und seinem Pferd herauszuholen.

Gabriella hatte keine Gelegenheit, sich zu waschen oder auch nur das Ersatzkleid anzuziehen, das hinter ihrem Sattel festgebunden und wie durch ein Wunder unbeschadet geblieben war. Sie war mit Schlamm bedeckt, einer ihrer Schuhe war für immer verloren, und sie fror erbärmlich. Und obendrein hegte sie in ihrem Herzen eine Mordswut gegen ein gewisses Maultier.

Erst nach dem Sonnenuntergang, als die Dämmerung rasche Fortschritte machte, gab Morgan endlich den Befehl zum Halten. Seine Soldaten schlugen sofort ein Lager auf einer kleinen Lichtung auf. Wachen wurden an allen Seiten postiert, und das Feuer wurde klein gehalten, damit kein verräterischer Lichtschein in der Dunkelheit jemanden anlocken konnte.

Gabriella kauerte sich dicht ans Feuer, saß auf dem Sattel, der von Zacheus' Rücken genommen war, und ihr Beutel mit ihrer armseligen Habe lag neben ihr. Fröstelnd knabberte sie an dem Kanten Brot, der jetzt altbacken war, nachdem er die ganze Zeit in der Tasche ihres Umhangs gesteckt hatte.

Chalstrey ging neben ihr in die Hocke. »Ich habe dort zwischen den Bäumen ein Schutzdach für Euch errichtet«, sagte er mit überraschender Freundlichkeit. »Geht und legt Euch hin, Gabriella.«

Sie starrte ihn an, verwirrt von seinem freundlichen Verhalten. Nach dem Zwischenfall in dem Schlammloch, den er ursprünglich amüsant gefunden hatte, war er zunehmend unnahbarer geworden und hatte Gabriella nicht mehr in seine Gedanken eingeweiht.

»Ah«, sagte sie, als sie den Grund für sein verändertes Verhalten zu durchschauen glaubte. »Ihr befürchtet, Euer Köder könnte sich erkälten und das Zeitliche segnen, bevor die Falle für Avendall zuschnappt.«

»In diesen Wäldern gibt es Bären und Wölfe und eine Reihe anderer Gefahren«, sagte Morgan und wirkte verdutzt wegen ihrer Bemerkung. »Warum habt Ihr versucht, so Hals über Kopf auszureißen?«

Jemand näherte sich und reichte Morgan einen Becher. Er gab ihn an sie weiter, und sie nippte an dem starken Wein, bevor sie antwortete. »Es war die Idee des Maultiers.«

Morgan lachte, doch sie konnte nicht erraten, ob er ihr glaubte oder nicht. »Welch einen Anblick Ihr geboten habt!«

Sie sah ihn finster an, trank jedoch einen weiteren, größeren Schluck von dem Wein. Er wärmte ihr Inneres und sorgte für eine wohltuende Betäubung ihrer schmerzenden Muskeln. Wenn sie genug davon trank, konnte sie vielleicht zumindest für kurze Zeit vergessen, dass Tage vergehen konnten, bis sie ein heißes Bad und ein Dach über dem Kopf bekommen würde. Sie machte sich auch Sorgen wegen ihrer Schwestern – welche Ängste würden sie ausstehen, wenn Lady Johanna ohne sie in der Abtei eintreffen würde? Die Nonne hatte versprochen, zu ihr zurückzukehren, das stimmte, doch nach Gabriellas Meinung schien dies unmöglich zu sein.

»Wie lange wird es dauern, bis wir in Cornwall ankommen?«, fragte sie vorsichtig.

Chalstrey überlegte. »Eine Woche, wenn es unterwegs keine Zwischenfälle gibt. Zwei, wenn wir zum Beispiel gezwungen sind, einem Trupp der Männer des Sheriffs auszuweichen oder gegen Banditen zu kämpfen.« Er grinste. »Oder Euch aus einem anderen Sumpf zu ziehen.«

Sie musste lächeln, war jedoch sofort wieder ernst. Die Kunde ihrer Gefangennahme würde sicherlich bald zu Avendall dringen – Halsey konnte allein schneller vorankommen als eine Kompanie von Männern und Pferden –, aber würde er sie immer noch heiraten wollen? Gabriellas schöne Fantasien, gerettet und ordentlich geheiratet zu werden, hatten weniger Bestand als der blaugraue Rauch, der vom Lagerfeuer aufstieg; während sie sich mit all ihren schönen Träumen getröstet hatte, wusste sie, dass es nur Fantasien waren.

Sie blinzelte gegen Tränen an.

»Kommt, Gabriella«, drängte Chalstrey mit barscher Stimme, die wenig vertraut klang, weil es ihr an der üblichen Arroganz mangelte. Er richtete sich auf und hielt ihr eine Hand hin. »Ihr friert ja.«

Besiegt, jedenfalls vorläufig, trank Gabriella mit ein paar schnellen Schlucken ihren Wein aus, nahm ihr Bündel, legte die Handfläche ihrer freien Hand in Chalstreys schwielige Hand und ließ sich von ihm auf die Füße ziehen.

Eine Plane aus Hirschfell war zwischen zwei kleinen Bäumen gespannt worden, und darunter lagen einige dicke, warm aussehende Decken, sorgfältig über ein anderes Fell ausgebreitet. Gabriella sehnte sich danach, sich fest in die Wolldecken einzumummeln, der trostlosen Welt den Rücken zuzuwenden und sich in einem Schlaf der Erschöpfung zu verlieren.

Doch sie wagte nicht, sich diesen Wunsch zu erfüllen, denn

sie war allein, eine unverheiratete Frau in einem Lager voller rauer und charakterloser Männer. Sie musste wachsam sein, auf ihre Tugend und die Reste dessen achten, was von ihrem guten Ruf übrig geblieben war.

Zweifellos sah Chalstrey tausendundeine böse Ahnungen in ihrem Gesicht – sie war zu erschöpft, um sie zu verbergen, weder verbal noch körperlich –, und er seufzte und rieb sich mit einer Hand über den Nacken. »Eure Kleidung ist durchnässt, Gabriella. Ihr werdet Euch den Tod holen, wenn Ihr Euch nicht umzieht.«

Sie wich einen Schritt zurück, hob das Kinn und schnaubte ärgerlich.

Er nahm eine Wolldecke von einer Deckenrolle und schob sie ihr zusammen mit dem Bündel hin, das ihr Ersatzkleid enthielt. »Zieht Euch um«, befahl er, »oder ich werde das für Euch tun.«

Sie starrte ihn ungläubig an. »Überall sind *Männer*!«

»Niemand ist in Sichtweite«, erwiderte er. »Wir sind allein.«

Gabriella erkannte, dass dies stimmte; sie konnte Männer und die Pferde hören, doch das provisorische Lager war völlig von Bäumen und dem Blätterwerk abgeschirmt. »Dreht Euch um«, befahl sie und beobachtete Chalstrey misstrauisch.

Er erwies sich als folgsam, verschränkte die Arme und wandte ihr den Rücken zu. »Wenn Ihr Euch hingelegt habt, werde ich Euch mehr Wein holen.«

Gabriella wartete einen Moment ab, um festzustellen, ob er den Kopf wandte, um sie nackt zu sehen, doch er blieb standhaft. Sie war tatsächlich durchgefroren bis auf die Knochen, und ihre Zähne klapperten. Sie zog schnell ihren Umhang und den schlammbedeckten, nassen Rock aus und nahm das Kleid aus ihrem Bündel. Als sie es angezogen hatte, kroch sie auf das Lager und zog die Decken über sich.

»Ich bin fertig«, sagte sie erst jetzt in königlichem Tonfall.

Mit einem leisen Lachen drehte sich Morgan um und blickte auf sie nieder. »Ich hole Euch den Wein. Wollt Ihr auch etwas essen?«

Gabriella hatte großen Hunger, auch wenn ihr die Lider bereits zufielen. »Ich möchte viel Wein, erwärmt über dem Feuer«, sagte sie. »Auch Brot und Käse, wenn Ihr habt.«

Er lachte von neuem. »Wird erledigt«, erwiderte er und verschwand im Dunkeln.

Etwa später wurde sie von einem köstlichen Duft aus dem Schlaf gerissen. Ihre Augen weiteten sich, als sie Morgan mit übereinander geschlagenen Beinen neben sich sitzen sah, unter dem Dach aus Tierhaut. Eine kleine Lampe brannte an seiner Seite. Ein Becher und ein Wasserkrug standen daneben. Auf seinem Schoß hielt er ein Tablett, auf dem Scheiben von saftigem Fleisch lagen.

»Hase«, sagte er, bevor sie fragen konnte. »Leider sind Käse und Brot ausgegangen.«

Gabriella setzte sich auf und riss ihm das Tablett aus den Händen. Das Fleisch war noch warm, mit knuspriger Kruste wie der eines gut gegrillten Truthahns oder jener des Wildschweinbratens, den sie und Lady Johanna in dem Blockhaus gegessen hatten.

Morgan beobachtete sie in bewunderndem Schweigen, einen Mundwinkel hochgezogen, während sie jeden Bissen verzehrte und dann das Tablett würdevoll beiseite aufs Gras stellte.

Er lächelte kopfschüttelnd. »Was für eine Frau seid Ihr, Gabriella«, fragte er, als sei er wirklich verwirrt. »In einem Moment kommandiert Ihr mich herum wie eine Herzoginwitwe einen Lakaien – ›bringt mir mehr Wein!‹ – ›dreht Euch um, während ich mich umziehe!‹ –, und als Nächstes verschlingt ihr eine Fleischplatte, von der drei meiner Männer satt geworden wären.«

Gabriella empfand keine Reue. Sie war nur froh, dass die drei Männer nicht vor ihr an das Fleisch herangekommen waren. »Wenn ich das sagen darf, Mylord«, sagte sie und betonte sarkastisch das letzte Wort, »seid Ihr selbst von äußerst verwirrender Art. Ihr seid ein Entführer, und ihr plant die Ermordung meines zukünftigen Ehemannes. Ihr zwingt jeden in der Kompanie, einschließlich mich, einen grausamen Ritt durch miserables Wetter zu ertragen. Doch trotz alldem bringt Ihr mir Essen und sorgt für einen warmen, trockenen Platz zum Schlafen. Und so gebe ich Euch Eure eigene Frage zurück. Was seid Ihr für ein Mann, Morgan Chalstrey?«

Er streckte sich aus, beunruhigend nahe, stemmte sich auf einen Ellenbogen und stützte den Kopf in die Handfläche. »Oh, die übliche Sorte«, sagte er heiser, und seine blauen Augen glänzten mutwillig. »Mir gefällt die Art, wie ›Mylord‹ klingt, wenn Ihr es sagt. Bitte, Mylady – nennt mich Morgan, wenn Ihr möchtet.«

Der Gedanke war entschieden zu reizvoll. Gabriella wich von ihm fort und stieß hart gegen den Stamm von einem der Bäume, die das Dach des improvisierten Lagers stützten. »Ihr solltet jetzt gehen. Ich bin bereit, zu schlafen. Nein … ich meine, ich schlafe bereits.«

Chalstrey lächelte und zeigte seine geraden weißen Zähne. »Aber ich kann Euch nicht unbeschützt lassen, Mylady«, wandte er ein. »Es gibt Banditen in diesem Wald, ebenso wie Wildschweine und Wölfe.« Er beugte sich zu der Lampe, die er zuvor für sie angezündet hatte, und blies sie aus. Dann streckte er sich lässig neben ihr aus. »Ihr werdet doch die Decken mit mir teilen, oder? Es fängt wieder zu regnen an, und die Nachtluft ist schneidend kalt.«

Gabriellas erster Impuls war natürlich zu protestieren, doch bevor sie das tun konnte, kam ihr in den Sinn, dass es tatsächlich wilde Tiere in dem Wald gab, ganz zu schweigen von Mördern und Räubern. Sie nahm zwar an, dass der Mann an ihrer Seite zu einer der letzten Kategorien zählte – vielleicht auch zu allen –, doch sie wollte an einem solch einsamen und gefährlichen Ort nicht allein sein. Ein bekannter Teufel war einem unbekannten vorzuziehen.

Hektisch versuchte sie, es sich bequem zu machen, drehte sich und wälzte sich in dem Versuch, auf engem Raum Distanz zu wahren, und machte mit jeder Verlagerung ihres Körpers die Dinge unabsichtlich nur noch heikler.

Chalstrey, der auf seiner Seite gelegen hatte, mit dem Rücken zu Gabriella, wurde gezwungen, sich zu drehen und mit dem Gesicht zu ihr zu liegen. »Was ist denn los?«, fragte er, ziemlich gereizt für einen Mann, der sich soeben einer Lady aufgedrängt hatte, um mit ihr das Lager zu teilen.

»Ich muss – muss etwas erledigen«, gab Gabriella gedemütigt zu.

Chalstrey setzte sich neben ihr auf. »Nun, dann geht und erledigt es«, sagte er. »Ich möchte meine Augen für ein paar Minuten vor dem Morgengrauen schließen.«

Gabriella kroch unter den Decken hervor und wagte sich ein Stück entfernt, doch nicht weit, in die Büsche. Als sie zurückkehrte, saß Chalstrey mit dem Rücken an einen der Baumstämme gelehnt da, hatte die Knie angezogen und ließ die Hände locker zwischen den Beinen baumeln. Er machte Platz für sie, und sie nahm ihren früheren Platz in ihrem behaglichen Nest ein, froh, von Chalstreys kräftigem Körper geschützt zu sein.

Diesmal drehte er sich nicht von ihr weg, sondern blieb mit dem Gesicht zu Gabriella liegen, und seine Atemzüge wurden tief und gleichmäßig, als er die Augen schloss und schlief.

Gabriella, die das Gefühl hatte, dass jeder ihrer Knochen schmerzte, und die müder als je in ihrem Leben war, stellte fest, dass sie trotzdem hellwach war. Das neue und beunruhigende Gefühl von Chalstreys unschicklicher Nähe, sein einzigartiger Geruch, seine gewaltige Männlichkeit ließen Hitze in ihr aufsteigen. Sie war von einer unchristlichen Sehnsucht erfüllt, ihn zu berühren, die herrlichen Konturen seines Gesichts mit den Fingern zu erkunden und – Heilige Mutter verzeih – ebenso den Rest seiner Gestalt zu erforschen. Seine Brust, zum Beispiel. Seine schlanken Hüften und muskulösen Oberschenkel.

Und noch anderes.

Zögernd und vorsichtig legte sie die Fingerspitzen auf sein Lederwams, an die Stelle über seinem Herzen. Sie spürte den Herzschlag, dieses stetige Pochen, das mit dem Rhythmus ihres eigenen Körpers verschmolz und jedes Teil von ihr weckte.

In diesem intimen und gewagten Moment wurde Gabriella von einer Vielzahl sonderbarer neuer Gefühle erfüllt, einige erschreckend angenehm, andere wirklich sehr beunruhigend.

Ermutigt zeichnete Gabriella die Konturen von Chalstreys Brustbein nach und – noch schamloser – die seines Oberkörpers, der sich so hart wie der Kopf des weißen Maultiers erwies.

Gabriella verließ der Mut, und sie wagte es nicht, tiefer zu erkunden, obwohl sie sich genau danach sehnte. Doch gerade als sie sich zurückziehen wollte, packte Chalstrey so plötzlich ihr Handgelenk, dass sie beinahe zu Tode erschrak und nach Luft schnappte.

»Wenn Ihr Ritterlichkeit von mir erwartet, meine geliebte Lady, dann solltet Ihr nicht die Verführerin spielen«, brachte er mühsam heraus. »Es ist ohnehin schon schwer genug, ruhig neben Euch zu liegen, das schwöre ich.«

Gabriella erstarrte sofort zur Reglosigkeit. Eine vernünftige Frau hätte Angst gehabt, aber Gabriella war keine vernünftige Frau, jedenfalls nicht in diesem Augenblick. Sie starrte nur aus weit aufgerissenen Augen in Morgans Gesicht.

Nach einem inneren Kampf, den Gabriella durch die Sehnen seines Arms in ihren Körper fließen spürte, neigte er sich vor und presste seinen Mund auf ihren.

Zuerst versteifte sich Gabriella, denn sie war bis jetzt nur in ihrer Fantasie geküsst worden, und die süße Berührung machte sie benommen. Dass der Kontakt zuerst nur federleicht war, änderte nichts. Als Morgan dann den Kuss vertiefte, geschickt ihre Lippen teilte, hatte Gabriella das Gefühl, schwerelos zu werden. Sie ließ sich fallen mit einem kleinen Laut, der ein Stöhnen oder Seufzen hätte sein können, als sich seine Zunge an ihrer bewegte wie bei einem Vorspiel, das sie gedanklich instinktiv mit einer anderen Art Vereinigung verband.

Unerfahren in Sachen Liebe, war Gabriella ein Naturtalent, und sie schlang die Arme um Chalstreys Nacken.

Er bewegte sich über ihr, und sie spürte die wundervolle, harte Kraft seines Körpers, der sich auf ihre Weichheit presste. Sie hätte sich ihm gewiss hingegeben, wenn er sich nicht von ihr zurückgezogen hätte, so schnell er auf sie gesunken war. Er stieß eine Reihe von Flüchen aus, bei denen sie leicht rote Ohren hätte bekommen können.

Immer noch grollend, rappelte Morgan sich auf die Knie und dann auf die Füße und begann auf dem feuchten Laub, das den Waldboden bedeckte, hin und her zu gehen, nur in seinen Hosen und dem Wams.

Gabriella war enttäuscht und gekränkt, doch der gesunde Menschenverstand, der sich verabschiedet gehabt hatte, als sie es gewagt hatte, Morgan zu berühren, kehrte langsam zurück. Wie merkwürdig, dass sie es nicht mehr begrüßte. Sie sagte nichts, weil sie befürchtete, dann entweder zu weinen vor Demütigung oder zu toben vor Enttäuschung und Wut. Was diesen Mann anbetraf, so war sie sich selbst in vielerlei Hinsicht eine Fremde. Vielleicht angesichts dieser jüngsten Erfahrung sogar eine Feindin.

Morgans Grollen wurde allmählich zu verständlicherem Toben. »Guter Gott, Gabriella«, stieß er schließlich hervor und schritt immer noch aufgewühlt auf und ab, »Mädchen, habe ich dich nicht gewarnt? Quäle mich nicht noch einmal so, oder ich werde uns beide entehren!«

Sie beobachtete ihn, setzte sich jetzt auf, grub die Zähne in die Unterlippe und schlang die Arme um die angezogenen Knie. »Wieso habe ich Euch gequält, Mylord?«, fragte sie mit einer Spur von Sarkasmus und so leise, dass die kühle Nachtbrise ihre Worte fast verwehte.

Morgan blieb abrupt stehen und starrte auf ihr Gesicht, das vom Schein des untergehenden Mondes erhellt wurde. Er hatte die Haltung eines Kriegers; die Beine gespreizt, die Hände auf den Hüften. »Du weißt es wirklich nicht«, sagte er staunend. »Haben die Nonnen dir nichts über Männer erzählt?«

»Wie konnten sie«, fragte Gabriella mit einem leichten Achselzucken. »Sie wissen selbst nichts über solche Dinge.«

Er seufzte, fuhr sich mit einer Hand durchs Haar, kehrte zu dem Lager zurück, von dem er soeben aufgesprungen war, kniete sich auf die Decken und blickte Gabriella mit einem Ausdruck in den Augen an, den sie nur als bestürzt bezeichnen konnte.

»Es gibt andere Frauen in den Klöstern – Witwen, Ladys, die ins Kloster gesteckt wurden, weil sie ihren Männern untreu waren. Sprechen sie nie von … von …«

»Von Liebe?«, fragte Gabriella in versonnenem, träumerischem Tonfall. »Ja, das tun sie. Meine Schwester Meg hat mir Dinge erzählt, die sie gehört hat, aber sie können nicht stimmen, denn sie sind äußerst sonderbar.« Sie runzelte die Stirn und erinnerte sich. Dann strahlte sie Morgan an, der immer noch fassungslos und ziemlich erschüttert wirkte. »Ich bin froh, dass Ihr mich geküsst habt, Mylord. So habe ich etwas gelernt.«

Morgans Augenbrauen zogen sich zusammen. »Was habt Ihr gelernt?«, fragte er mit einem gemäßigten Tonfall, der ihn Mühe kostete.

»Dass es mir vermutlich gefallen wird, verheiratet zu sein«, sagte Gabriella mit zunehmend guter Laune. »Ich hoffe, Mylord Avendall wir mich jede Nacht und jeden Morgen küssen ...«

Chalstrey stieß einen weiteren Fluch aus.

»Habt Ihr etwas dagegen?«, fragte Gabriella leichthin, mit einer Unschuld, die im Gegensatz zu ihren zuvor ungekünstelten Worten und Taten völlig unecht war.

»Nein«, grollte er, warf die Decken zurück und legte sich mit viel Getue darunter. »Nicht das Geringste.«

Gabriella lächelte vor sich hin, während sie sich neben ihn legte. Ein köstliches Gefühl des Triumphes erfüllte sie, als ob sie einen übermächtigen Gegner in einem Wettstreit des Willens und Verstandes besiegt hätte. Sie hatte eine gewisse Macht über Morgan Chalstrey, wenn auch nur eine dürftige, und dieses Wissen milderte tausend namenlose Ängste und genauso viel Groll.

Morgan war sorgsam darauf bedacht, Distanz zu wahren, aber sie war von der Hitze seines Körpers erwärmt und wusste, dass er das herrliche Leiden spüren musste, das sie befallen hatte.

Sie schloss die Augen, immer noch lächelnd.

Lady Johanna neigte nicht zur Gewalt, und doch wusste sie, dass es im Dienst für den Herrn Zeiten gab, in denen man zwischen dem einen oder anderen teuflischen Übel das Geringere wählen musste.

Seit sie das Lager der Räuber verlassen hatten, waren sie, Sedgewick und der junge Blodwen meistens auf einem Umweg geritten, hauptsächlich – so nahm Lady Johanna an –, um sie zu verwirren, damit sie den Sheriff und seine Männer nicht zu den anderen führen konnte. Wenn sie das vorgehabt hätte, wäre es natürlich ein Leichtes gewesen, Chalstreys Fährte aufzunehmen.

Lady Johanna, die Tochter eines Wildhüters, besaß zahlreiche Talente, doch eines war herausragend: Sie hatte einen Orientierungssinn, der es mit dem jedes Falken aufnehmen konnte, und sie hatte sich jeden Zoll des Weges bis zu der Stelle gemerkt, an der sie und Gabriella sich hatten trennen müssen.

Am zweiten Tag des Rittes ließ Sedgewick den kleinen Trupp zur Abendzeit an einem Bach halten, immer noch einige Meilen von der Abtei entfernt. Er saß ab und wies Blodwen an, seine Decken auszubreiten und sich hinzulegen, während er zum Bach hinabgehen wollte, um einige Forellen zu fangen.

Lady Johanna musterte ihren Begleitschutz, wie sie es während der beiden schrecklichen Tage seit ihrer Trennung vom Rest der Kompanie immer wieder mal getan hatte, und gelangte zu dem Schluss, dass dem jungen Sedgewick seine Mission überhaupt nicht behagte. Er war verstimmt und gereizt, obwohl er stets freundlich mit ihr sprach, wenn er überhaupt mal sprechen musste, und er versuchte dann und wann sogar zu lächeln.

Blodwen half Lady Johanna von ihrem Pferd und machte sich dann daran, Holz für ein Feuer zu sammeln, trotz Sedgewicks Befehl, sich auszuruhen, doch er kehrte bald ins Lager zurück. Sie brieten die Forellen und aßen. Dann wickelte sich Blodwen unter einem nahen Baum in seine Decken und schlief erschöpft ein.

Als Sedgewick sich auf die Hacken hockte, um das Feuer anzufachen, wobei rötliche Funken in den dunklen Himmel stiegen, nahm Lady Johanna einen großen, flachen Stein, schlich hinter Sedgewick, schloss fest die Augen, sprach lautlos ein Gebet und schlug ihm den Stein wuchtig auf den Kopf.

Schuldgefühle stiegen in Lady Johanna auf, als ihr Opfer auf die Seite fiel. Sie bekreuzigte sich und sprach noch ein Gebet – diesmal eines zur Buße –, als sie sich hastig hinkniete, um die Wunde zu untersuchen und dann ihren Kopf auf seine Brust zu legen und seinem Herzschlag zu lauschen. Erleichtert atmete sie auf, als sie feststellte, dass sein Herz kräftig und stetig schlug. Sie blickte über die Schulter, sah, dass sich Blodwen nicht rührte, und widmete ihre Aufmerksamkeit wieder ihrem Opfer.

Lange Erfahrung sagte ihr, dass der arme Sedgewick nicht schlimm verletzt war; er würde bald wieder aufwachen und unter Kopfschmerzen leiden, die einen schwächeren Mann umbringen konnten, und dann würde er die Verfolgung aufnehmen. Mit ein wenig himmlischer Hilfe – die nur erwartet werden konnte, wenn keiner der Heiligen über diese sündige, doch notwendige Tat verärgert war – würde er annehmen, sie sei zur Abtei geflüchtet, und ihr folgen, wenn auch nur, um sich zu vergewissern, dass sie sicher dort eingetroffen war.

Nachdem sie behutsam eine Decke über dem Mann ausgebreitet hatte, den sie soeben bewusstlos geschlagen hatte – sein hellblondes Haar war bereits blutbefleckt, aber so war das nun mal bei Kopfwunden –, verstieß Lady Johanna gegen das achte Gebot und stahl das beste der Pferde, Gresham Sedgewicks kräftigen Hengst, der auf den heidnischen Namen Mithras hörte. Sie hatte das Maultier Zacheus absichtlich bei Gabriella gelassen, weil es langsam und störrisch war und Chalstreys Fortkommen nach Cornwall erschweren konnte, um ihr so zu erlauben, sie schnell einzuholen.

Dankbar darüber, das Sedgewick den Hengst noch nicht abgesattelt hatte, saß sie auf, ritt, um schnell zu sein, im Herrensattel, und trieb das Pferd durch das Gras und hinab durch die Birken und Eichen an der Straße des Königs, in der Hoffnung, jeden Verfolger zu verwirren. Als sie zufrieden und überzeugt war, den Eindruck erweckt zu haben, zur Abtei geflüchtet zu sein, trieb Lady Johanna den großen Mithras einen Hügelhang hinauf zu dem Weg, auf dem sie gekommen waren.

Wie die klugen Männer, die ausgeschickt worden waren, um Herodes in die Irre zu führen, ritt sie auf einem anderen Pfad, doch es gab keinen Zweifel an ihrem Kurs. Lady Johanna nahm ihre Verantwortung nicht auf die leichte Schulter, und sie würde nicht ruhen, bis sie ihre Schutzbefohlene gefunden hatte. Sie konnte zwar wenig tun, um Gabriella zu beschützen, doch sie war entschlossen, an ihrer Seite zu sein, um sie so gut wie möglich zu unterstützen.

Mutter Mary Benedict würde gewiss verstehen, dass der Zweck manchmal die Mittel heiligte. Lady Johanna konnte nur hoffen, dass Gott und Gresham Sedgewick der gleichen großzügigen Ansicht waren.

Als Gabriella beim Morgengrauen erwachte, war sie allein in dem Durcheinander der vom Tau feuchten Decken; Chalstrey musste schon länger fort sein, denn die Stelle, an der er gelegen hatte, war kalt.

Obwohl sie in der Nacht fast in Jubelstimmung gewesen war, fühlte sie sich deprimiert, als sie in den Nieselregen blickte –

würde er denn niemals aufhören? –, und sie strich ihr verknittertes Kleid glatt. Ihre Füße waren nackt, denn sie hatte gestern im Sumpf einen Schuh verloren und den anderen in einem Wutanfall in den Wald geschleudert. Dank Zacheus würden ihr in den endlosen Stunden der Reise, die vor ihr lagen, gewiss die Zehen abfrieren. Chalstrey würde sie alle zweifellos so unbarmherzig antreiben wie immer, bis jeder, Mensch und Tier gleichermaßen, einer Ohnmacht nahe sein würde.

Sie gelangte zu der schnellen Erkenntnis, dass es ihr nichts nutzen würde, hier unter dem Dach aus Fellen herumzusitzen, auf Decken, die nach einem Mann rochen, der sie rasend machte und zugleich faszinierte, und zu wünschen, dass die Dinge anders wären. Sie musste sich leider der Wirklichkeit stellen.

Sie kroch vom Lager, zog in dem erfolglosen Versuch, trocken zu bleiben, den dünnen Umhang über und eilte in die Büsche, um ein nötiges Geschäft zu verrichten. Der Himmel wusste, dass es die einzige Möglichkeit sein würde, die sie den ganzen Tag über haben würde, denn Chalstrey ließ sich von primitiven Bedürfnissen nicht aufhalten. Wie er und seine Männer es schafften, ihr Wasser stundenlang bei sich zu behalten, war ihr ein Rätsel.

Sie kehrte zurück und rollte die Decken zusammen, als Chalstrey durch die Büsche kam. Nichts an seinem Verhalten wies darauf hin, dass er Gabriella in der Nacht geküsst und damit völlig klar gemacht hatte, dass er sie begehrte.

Sie hätte sich die ganze Sache auch nur einbilden können. Doch das war natürlich nicht der Fall.

»Ich bin bereit«, sagte sie, damit er das kleine, aber einzige Vergnügen hatte, ihr zu befehlen, auf das verdammte Maultier zu steigen.

»Wünscht Ihr nicht zu frühstücken?«

Gabriella schüttelte den Kopf. Ihr war kalt, sie war barfuß, und sie reiste mit Männern, auf deren Ergreifung vermutlich ein Kopfgeld ausgesetzt war. Außerdem hatte einer dieser Männer sie geküsst, und sie hatte ohne Zurückhaltung reagiert. Unter solchen Umständen konnte sie kaum an etwas so Banales wie Essen denken.

Morgan näherte sich ihr und legte ihr die Hand auf die Stirn. Nachdem er sich vergewissert hatte, dass sie kein Fieber hatte – Gabriella war selten krank –, erklärte er sie für reittauglich und brach das provisorische Lager ab.

Vielleicht werden wir in der kommenden Nacht wieder zusammenliegen, dachte Gabriella, und ein süßer Schauer der Erwartung durchlief sie.

»Vielleicht können wir heute Nacht in einem Gasthof schlafen«, sagte sie. »Ich brauche dringend ein Bad.«

Er sammelte die Felle auf und nahm die Decken von ihrem Arm. Dann fragte er mit einem unverschämten Grinsen: »Soll ich Euch eins geben?«

Gabriella spürte, wie ihr der Vorteil in ihrem geheimen Spiel entglitt, als Röte in ihr Gesicht kroch. Sie wagte nicht, etwas zu sagen, damit er sich nicht wieder über sie lustig machen konnte, ging um ihn herum und schritt mit ihren nackten Füßen zum Lager.

Morgan half ihr auf Zacheus' schlammbefleckten und zitternden Rücken – dieser verfluchte Satansbraten wusste, dass sie keine freundlichen Gefühle für ihn hegte – und blieb dann den ganzen Morgen nahe an ihrer Seite. Gabriella konnte nicht ergründen, ob er das tat, weil er ihr misstraute oder weil er ihre Gesellschaft genoss.

Vielleicht war es ein bisschen von beidem.

Sie ritten in schonungslosem Tempo bis zum Mittag, und dann ließ Chalstrey zu jedermanns Überraschung halten. Im

Schutz einer Gruppe Eichen, die soeben ihre Blätter zu verlieren begannen, rasteten sie und verzehrten eine Mahlzeit aus kaltem Fleisch und frischem Brot, das sie unterwegs von der Frau eines Kleinbauern gekauft hatten. Die Männer streckten ihre Beine und machten Radau wie kleine Jungen, während Gabriella in der Astgabel eines alten Baums thronte, ihr Essen verzehrte und ihr Bestes tat, um ihre nachdenklichen und sogar frechen Blicke zu ignorieren.

Jeder Mann der Kompanie wusste natürlich, dass sie zweimal mit Morgan Chalstrey das Lager geteilt hatte. Zweifellos betrachtete man sie als eine Hure, und wer konnte den Männern das verdenken? Die Erkenntnis erregte ihren Zorn auf Morgan, und sie sehnte sich danach, sich für den Verlust ihrer Ehre zu rächen.

Das Problem war, dass sich ein Teil von Gabriella mehr von diesem rätselhaften Mann wünschte. Schockierend mehr.

Sie hatten vielleicht eine Viertelstunde gerastet, als Morgan zu ihr kam – so selbstsicher, als hätte er ein Recht darauf, das Bett mit ihr zu teilen – und ihr ein Paar kleine Lederstiefel gab.

»Die gehören dem jungen Kettleburn, dem Burschen mit dem leuchtend roten Haar. Er leiht sie Euch für die Dauer der Reise. Es sind seine besten, möchte ich hinzufügen.«

Gabriella nahm die Stiefel an, denn ihre Füße waren wie betäubt bis zu den Knöcheln, und zog sie an. »Danke«, murmelte sie und blickte an Morgan vorbei zu dem Jungen. Chalstrey stand sehr nahe bei ihr, und aus dieser Perspektive konnte sie ihn im Profil sehen.

Kettleburn schenkte ihr einen frechen Blick und grinste blöde.

Ihre Wangen glühten, und sie wollte die Stiefel sofort wieder ausziehen, doch Morgan hielt ihre Hand fest.

»Was ist?«, fragte er und blickte sie stirnrunzelnd an.

Gabriella kämpfte gedemütigt gegen Tränen an. »Diese Männer glauben, ich sei Eure Hure«, sagte sie leise. Unglücklich. »Und wer will ihnen das verdenken, wenn Ihr darauf besteht, jede Nacht bei mir zu liegen?«

Morgans Gesicht verdunkelte sich unheilvoll, und er wandte sich um, um seinen Blick über die Versammelten schweifen zu lassen.

Grinsende Gesichter in der Runde wurden ernst.

»Zu euren Pferden«, sagte Morgan kalt und mit einer Stimme, die nicht drohender klingen konnte als die des Teufels persönlich. »Ich bezahle euch nicht, um unter Bäumen herumzutollen wie Jungfern im Mai.«

Nachdem er Gabriella auf das Maultier gehoben hatte, stieg Morgan auf den Hengst Nimrod und ritt neben den jungen Kettleburn. Zwischen den beiden Männern entstand ein Wortwechsel, den Gabriella nicht verstehen konnte, so angestrengt sie auch lauschte, und als er endete, ritt Morgan davon, ohne auch nur einen Blick in ihre Richtung zu werfen. Ein grauhaariger Mann löste sich von den anderen, um neben ihr weiterzureiten.

Gabriella hoffte, dass dieser Mann ihr ständiger Begleiter sein würde; in diesem Fall konnte sie hoffen, einen erfolgreichen Fluchtversuch zu unternehmen.

Der Mann lachte gutmütig. »Ich kann erraten, was Ihr denkt, Mylady«, sagte er, »aber ich rate Euch, es nicht zu versuchen. Mylord hat Augen im Hinterkopf, und es hat nie einen besseren Reiter gegeben. Ihr könntet mich vielleicht im Nu abschütteln, aber Morgan würdet Ihr niemals entkommen.«

Gabriella war zwar ärgerlich darüber, dass sie so leicht durchschaut worden war, doch sie war auch fasziniert. »Warum nennt Ihr ihn ›Mylord‹?«, fragte sie.

Der ältere Mann spornte sein schlammbedecktes Pferd an,

und sie nahmen ihren Platz inmitten einer langen, gewundenen Kolonne von Reitern in gedämpfter Stimmung und ihren keuchenden Pferden ein.

»Weil das sein ordnungsgemäßer Titel ist«, erwiderte ihr Begleiter. »Hat Chalstrey Euch nie gesagt, dass er der Duke of Edgefield ist?«

6

Cyprian Avendall ballte seine rechte Hand zur Faust und donnerte sie auf die Tischplatte. Halsey, der Anführer des kleinen Trupps, den er nach St. Swithin's geschickt hatte, um seine Braut zu holen, und der jetzt bleich und schwankend vor ihm stand, zitterte vor Angst. Er roch nach Ale; zweifellos hatte er unterwegs in ein paar Tavernen Halt gemacht, weil es ihm davor gegraut hatte, solch schlechte Nachrichten zu überbringen. Hinter Halsey warteten in verschiedenen Stadien der Panik die Soldaten, drei nervös herumzappelnd, einer starr vor Furcht.

»Verdammt, verdammt, dreimal verdammt!«, donnerte Cyprian, erhob sich halb von seinem Sessel und sank dann benommen wieder zurück, als ihm das Blut in den Kopf stieg. »Ihr Idioten lasst zu, dass dieser diebische Hurensohn *meine Braut raubt!* Bei allen Heiligen, solche Blödheit kann ich nicht hinnehmen!«

Halsey schluckte, und sein Adamsapfel ruckte auf und ab. »Wir waren nur ein paar Mann, Mylord, gegenüber einem dutzend Gegner. Chalstrey und seine Horde waren ohne Vorwarnung plötzlich über uns, fielen aus den Bäumen …«

Cyprian sprach in langsamem, gemessenem Tonfall, damit er die Beherrschung behielt und nicht in seinem maßlosen Zorn ganz Avendall Hall zertrümmerte. »Wärt ihr wachsam gewesen, wie ich es euch geraten habe, dann hätte auch Chalstrey euch nicht kalt erwischen können. Wo ist der Hund jetzt?«

»Sicherlich auf dem Weg nach Edgefield Keep«, antwortete Halsey schnell, begierig darauf, zu gefallen und Gunst wiederzugewinnen. Wie dumm er war, nicht zu wissen, dass das unmöglich war – Cyprian war kein Mann, der einem eine zweite Chance gab. »Das sind nur zehn Meilen von hier, Mylord. Wir könnten den Kerl abfangen, ihm die Strafe verpassen, die ihm gebührt, und die Lady zurückfordern. Sie ist eine schöne Frau, Sir – Eure Wahl war klug und gut.«

Avendall knirschte mit den Zähnen. Der Gedanke, dass ausgerechnet Chalstrey mit seiner Auserwählten durch die Gegend reiste, machte ihn maßlos wütend. »Ihr habt gezeigt, dass ihr den Männern von Edgefield nicht gewachsen seid.« Er blickte zu dem hünenhaften Wachtposten am Portal des Empfangszimmers, und sofort wurde die Tür geöffnet und ein halbes dutzend Männer von gleicher beeindruckender Größe traten ein. Zu ihnen sagte Cyprian: »Bringt diese Jammerlappen nach unten und sorgt dafür, dass sie ordentlich ausgepeitscht werden, einer nach dem anderen.«

»Bitte, Mylord …«, flehte einer der unglücklichen Soldaten und handelte sich nur das Versprechen ein, zehn weitere Peitschenhiebe sowie Handschellen zu bekommen, bevor er fortgeschleppt wurde.

Halsey bäumte sich im Griff zweier Männer der Wachmannschaft auf, und seine Augen spiegelten eine derartige Mischung aus Furcht und Empörung wider, dass Avendall von der Bestrafung fast doch abgesehen hätte. Fast, aber nicht ganz.

»Dies ist ungerecht, Mylord«, protestierte Halsey. »Wenn einer die Peitsche verdient, dann ist es dieser Teufel Chalstrey, nicht wir.«

Cyprian erlaubte sich ein leichtes, angespanntes Lächeln. »Mach dir keine Sorgen in dieser Hinsicht«, sagte er in einem Tonfall beißender Nachsicht. »Chalstrey wird laut schreien und den Himmel um Erbarmen anflehen, bevor ich mit ihm fertig bin.« Er wedelte unmutig mit der Hand. »Entfernt dieses Ungeziefer!«, befahl er. »Allein die Anwesenheit solcher Feiglinge und Versager schlägt mir auf den Magen.«

Als das große Portal geschlossen und Avendall allein war, stieß er einen weiteren Fluch aus und sprang aus seinem Sessel auf, um in dem langen, freundlichen Raum unruhig auf und ab zu gehen. Das Wissen um das, was Morgan Chalstrey ihm abgenommen hatte, fraß an ihm wie ein Wurf halb verhungerter Füchse, und es kostete ihn gewaltige Mühe, seine Gefühle unter Kontrolle zu halten.

Er hatte seine Wahl bei den Redclift-Frauen gehabt, und er hatte seine Entscheidung sorgfältig getroffen. Die Jüngste sah zwar hübsch aus, doch sie war für seinen Geschmack zu schüchtern und zu zerbrechlich, um ihm das halbe dutzend Söhne zu gebären, das er haben wollte. Die mit dem kastanienbraunen Haar – Meg nannte sie sich – hatte Zuneigung zu ihm gezeigt, doch er hatte perverserweise die blonde Schwester ausgewählt, die kühle und distanzierte, weil er wusste, dass es eine Herausforderung für ihn sein würde, ihre Ergebenheit zu gewinnen.

Er zog ein Schwert aus einem Ständer an der Wand und zerschnitt die Luft damit in dem vergeblichen Versuch, etwas von seinem Zorn loszuwerden. Stattdessen aber weckte das vertraute Gefühl des Schwertgriffs in seiner Rechten den fast übermächtigen Wunsch in ihm, seinen Feind niederzuschlagen, je blutiger das Gefecht, desto besser.

Abermals sah er vor seinem geistige Auge Gabriella Redclift, das junge, sinnliche und verlockend süße Ding, das in diesen vielen Monaten auf sein Geheiß hin so sorgfältig gehegt worden war. Ein schreckliches Verlangen stieg in ihm auf wie ein Feuer, das sich durch trockenes Gras frisst, außer Kontrolle und gierig. Allmächtiger, er hatte das Weib nicht gekauft, um es in Chalstreys Bett enden zu sehen!

Avendall drosch von neuem mit dem Breitschwert durch die Luft und schlug ein Stuhlbein entzwei, sodass der Stuhl zu Boden krachte. Dann zwang er sich reuevoll, langsam, tief und gleichmäßig zu atmen, bis das Verlangen, wie ein Berserker zu wüten, ein wenig nachließ. Dann erfasste ihn eine neue Woge des Zorns ohne Vorwarnung und begrub ihn unter sich.

Er warf das Schwert fort, und es klirrte gegen die Wand, bevor es zu Boden polterte. Avendall schritt zum Fenster hinter seinem Tisch, stemmte sich auf die Fensterbank und starrte über die zerklüftete Landschaft, die an der steinigen Küste der wütenden See entlangführte und sich dann mit Chalstreys Land traf, und abermals versuchte er, ohne nennenswerten Erfolg, einen Zorn zu unterdrücken, der so alt und so elementar wie die See selbst war.

»Diesmal, Morgan, werde ich dich töten«, schwor er und konzentrierte alles, was er war, alles, was er jemals erhofft hatte und was ihm versagt geblieben war, auf den blühenden Besitz, den er nur vor seinem geistigen Auge sah.

Unterhalb von ihm, auf dem Haupthof, wurde der erste schreiende Missetäter herangeschleppt und an den Schandpfahl gebunden. Avendall lehnte sich ans Fensterbrett und wartete.

»Chalstrey soll ein *Duke* sein?«, sagte Gabriella spöttisch, als das verfluchte Maultier Zacheus neben dem lammfrommen Pferd des alten Soldaten dahintrottete. »Sir, Ihr scherzt – er ist nichts als ein Bandit.«

Der ältere Soldat lächelte. Vor ein paar Minuten hatte er sich als Will Bible vorgestellt und erklärt, dass er schon unter Chalstreys Vater gedient hatte. »Wie Ihr meint, Mylady«, erwiderte er in selbstgefälligem Tonfall.

Gabriellas Blick suchte Chalstrey, der wie stets an der Spitze der Kompanie ritt, und sie runzelte die Stirn. »Aber der Duke von Edgefield zählt zu den Favoriten des Königs. Ich habe Lieder und Gedichte über ihn gehört – er hat gegen die Türken und in Frankreich mit dem Schwarzen Prinzen gekämpft …«

»Aye«, stimmte Bible zu, auf einmal ernst und selbstzufrieden, was nicht gerade zu Gabriellas Beruhigung beitrug. »Das hat er getan. Und wird es vielleicht wieder tun, sollte Seine Majestät es von ihm verlangen.«

»Aber Chalstrey ist ein *Räuber*.«

»Meint Ihr, Seine Majestät und der Schwarze Prinz sind nicht noch rücksichtsloser?« Er nickte zu Morgans Rücken, der ihnen die ganze Zeit zugewandt war. »Dies sind harte Zeiten, Mylady, und es sind harte Männer erforderlich, um ungerechte Dinge ins Reine zu bringen.«

Gabriella war äußerst verwirrt. »Warum sollte sich solch ein Mann die Mühe machen, einem anderen Engländer die Braut zu rauben?«

Will seufzte und beobachtete Chalstrey nicht forschend, wie Gabriella es getan hatte, sondern mit einer gewissen wachsamen Vorsicht und auch Bewunderung. Es war klar, dass er – wie all die anderen in der Kompanie mit der bemerkenswerten Ausnahme Sedgewicks – Morgan so sehr fürchtete, wie er ihn respektierte.

»Nicht einmal für eine Schönheit wie Ihr es seid, werde ich riskieren, am Schandpfahl ausgepeitscht zu werden, Mylady. Wenn Ihr die Gründe für seine Unternehmungen erfahren wollt, müsst Ihr ihn selbst fragen. Ich möchte ihn nicht erzürnen.«

»Gewiss würde Morgan – Lord Edgefield – niemanden tatsächlich auspeitschen lassen, oder?«

»Er würde seine eigene Mutter an den Schandpfahl binden und auspeitschen, wenn sie unter seinem Kommando stünde und so dreist wäre, einen Befehl zu missachten.« Er hob eine graue und struppige Augenbraue. »Soll ich Euch die Narben zeigen, die mir sein Vater zufügte, als ich jung war und rebellisch sein wollte?«

Gabriella, insgeheim entsetzt und kein bisschen zweifelnd, dass er die Wahrheit sagte, schüttelte hastig den Kopf. Sie war in einem Kloster aufgewachsen und nie Zeugin irgendwelcher Gewalt geworden. Der Gedanke, dass jemand aus irgendeinem Grund ausgepeitscht wurde, machte sie fast krank und erfüllte sie mit Grauen, doch sie wusste, dass das Leben eines Soldaten tatsächlich hart war. Auch ihr eigener Vater hatte seine Männer mit der Peitsche diszipliniert, wenn er es für nötig gehalten hatte.

Die Unterhaltung schlief ein, und Gabriella, äußerst beunruhigt, richtete ihre Aufmerksamkeit wieder auf die Straße, die sich durch einen düsteren, nassen und gespenstisch stillen Wald wand. Sie sagte stumm ein episches Gedicht auf, das sie und ihre Schwestern lange auswendig gelernt hatten – eine tragische, jedoch wundervolle Geschichte von einem keltischen Krieger und seiner schönen Geliebten. Das half ihr ein wenig, sich von den Gedanken an ihre feuchte, schmutzige Kleidung, das strähnige Haar und ihre ungewaschene Haut abzulenken. Und vor allem von der unmittelbaren Zukunft, die mit jedem verstreichenden Moment weniger viel versprechend zu sein schien.

Beim Sonnenuntergang hörte der Regen auf, und fast

gleichzeitig verließen sie den Wald und gelangten an eine freie, windige Stelle. Hier stand eine recht große Steinhütte hinter hohen Zäunen, um die sich ein Stall, eine Kornkammer und andere verfallene Nebengebäude gruppierten. Ihre Dächer, allesamt aus schmutzigen Stroh, waren eingefallen.

Die Luft schmeckte leicht nach Salz. Gabriella runzelte die Stirn. Sie waren doch gewiss noch meilenweit von der See entfernt – oder etwa nicht? Sie hatte die Orientierung verloren; die Zeit schien nur ein schmutziges Band aus den Hufabdrücken der Pferde vor ihr zu sein.

Wie die Männer der Kompanie zügelte sie ihr Reittier und wartete auf Morgan Chalstreys Befehle, die unweigerlich folgen würden.

Er saß vor der Tür der Bauernhauses ab, zog seinen Dolch und wagte sich hinein. Einen Augenblick später tauchte er wieder auf und schob den Dolch in die abgenutzte Scheide an seinem Gurt.

Ein Duke?, fragte sich Gabriella erneut. Gewiss hatte Morgan die Persönlichkeit für den Titel Herzog, und es mangelte ihm auch nicht an Arroganz, doch solch ein bedeutender Mann hatte Besseres zu tun, als unschuldige Frauen und Nonnen zu belästigen!

»Die Pferde sind erschöpft«, sagte Morgan. »Wir werden hier übernachten und morgen früh weiterreiten.«

»Die Pferde«, beschwerte sich Will Bible, der immer noch dicht bei ihr war, im Flüsterton. »Von den Männern wollen wir gar nicht reden …«

Gabriella hörte ihn kaum, denn sie dachte an Lady Johanna, wie sie es oft getan hatte, seit Morgan die gute Frau so gefühllos mit Sedgewick zur Abtei zurückgeschickt hatte. War sie dort wohlbehalten eingetroffen? Machten sich die arme Meg und

Elizabeth jetzt Sorgen, weil sie von der Entführung ihrer Schwester erfahren hatten?

Vielleicht hatte Mutter Mary Benedict bereits den Sheriff alarmiert und ihn losgeschickt, um sie zu suchen und zu retten.

Sie saß still und in Gedanken versunken auf ihrem Maultier, während Morgan ein halbes dutzend Männer einteilte, um hier das Lager aufzuschlagen, ein halbes dutzend hierhin und dorthin und noch mehr an andere Stellen schickte. Als er Wachtrupps rings um das Bauernhaus postiert hatte, blieben nur er und Gabriella übrig.

Morgan schritt zu ihr, griff hinauf, um ihre Taille zu umfassen, und hob sie vom Maultier. Sie glitt an seinem gesamten gebieterischen, harten Körper hinab – ob es nun Zufall oder von ihm gewollt war, konnte sie nicht sagen –, bevor ihre Füße den Boden berührten.

Sonderbarerweise verschwand sofort die Kälte, die den ganzen Tag wie ein quälendes Gespenst in ihren Knochen gesteckt hatte.

»Wo werde ich schlafen?«, fragte Gabriella, obwohl sie es zu wissen glaubte. Sie war entsetzt darüber und frohlockte zugleich. Lüsterne Gefühle hatten von ihr Besitz ergriffen, doch um ihrer unsterblichen Seele willen musste irgendwie mit den sündhaften Sehnsüchten Schluss sein, die dieser Mann in ihr hervorrief. Ihr Blick fiel auf die zusammengerollte Peitsche, die an seinem Sattel hing, und die Wirkung war wie ein kalter Wasserguss in ihr Gesicht.

»Ihr werdet bei mir schlafen«, antwortete Morgan und wirkte für einen Moment genauso durcheinander wie sie. Es war, als ob seine eigenen Entscheidungen, soweit diese sie anbetrafen, ihn überraschten. »Im Haus.«

Gabriella schluckte. »Es gibt bereits respektloses Gerede, Mylord.«

Er grinste in dieser gewinnenden, schiefen Art, bei der sich nur ein Mundwinkel hob und er mehr wie ein vom Pfad der Tugend abgekommener Engel aussah als wie ein tapferer Duke und Freund des Königs. »In der Tat«, sagte er. »Vielleicht sollte ich einen Mann vorausschicken, um sicherzustellen, dass Avendall die Kunde ebenfalls ereilt.«

Seine Worte versetzten ihr einen Stich, als hätte er sie geschlagen. Doch für keinen Schatz der Welt oder des Himmels hätte sie ihn wissen lassen, wie sehr er sie gekränkt hatte. Wenn er sie dazu brachte, die Beherrschung zu verlieren, würde das bedeuten, dass sie ihm Macht über sie gegeben hatte, und diese Vorstellung war abscheulich.

»Ich verstehe«, flüsterte sie angespannt und verschränkte die Arme. »Das ist zweifellos der Grund, weshalb Ihr mich geküsst habt, während Ihr mit mir das Lager geteilt habt. Damit Ihr Euren alten Feind mit der Geschichte meiner unbeständigen Tugend quälen könnt!«

»Sie wird ihm gar nicht gefallen, nehme ich an«, sagte Chalstrey mit einem Nicken und falscher Bekümmertheit, wobei er die gespreizten Finger einer Hand in gespielter Verzweiflung auf seine Brust hielt. Die ganze Zeit tanzten in seinen Augen Funken fröhlichen Übermuts. »Ich gestehe, dass ich vorhabe, die Dinge noch schlimmer zu machen, bevor diese Reise zu Ende ist.«

Am liebsten hätte Gabriella ihn geschlagen, doch sie wollte nicht auf den Köder hereinfallen.

»Ihr werdet meine Hilfe brauchen, Sir, wenn Ihr mich zu einer Hure machen wollt«, bemerkte sie, als ein kalter Wind über das Land fegte, kaum bei ihrem Kleid Halt machte und in ihre schmutzige Haut biss. »Und ich habe nicht vor, Euch zu helfen.« Damit wollte sie an ihm vorbeirauschen, denn sie hatte einen Bach entdeckt, der wie ein dunkles Band jenseits des

Bauernhauses verlief, und sie wollte ihn erkunden. Vielleicht konnte sie ihr Kleid waschen und zumindest die Illusion genießen, sauber zu sein.

Als sie auf gleicher Höhe mit ihm war, packte er ihren Arm und zog sie zurück, damit sie ihm ins Gesicht sehen musste. »Ihr werdet ohne meine Begleitung nirgendwohin gehen, Gabriella«, sagte er.

Sie hob spöttisch eine Augenbraue. »Misstraut Ihr Euren eigenen Männern, Mylord?«, fragte sie und legte verächtliche Betonung auf die Anrede.

Morgans Miene verhärtete sich. »Vielleicht seid Ihr es, der ich misstraue, Mylady«, erwiderte er. Dann lockerte er seinen Griff, und seine Miene wurde weicher, wenn auch nur ein wenig. Er wirkte mehr bestürzt als ärgerlich. »Ich wollte nicht grob sein.«

Sonderbarerweise glaubte Gabriella ihm das. Von neuem fragte sie sich, was in seiner und Avendalls Vergangenheit passiert sein mochte, das Morgan Chalstrey, Duke von Edgefield und Gott weiß was sonst, dazu getrieben hatte, solch eine verzweifelte und verwegene Tat zu begehen.

»Will Bible sagte, Ihr würdet selbst Eure Mutter auspeitschen«, sagte sie und hob das Kinn. »Stimmt das?«

Morgan ließ sie mit einer hastigen Geste los, die ein Anzeichen auf gezügelten Zorn sein konnte. »Meine Mutter ist vor zehn Jahren an der Pest gestorben, Gott sei ihrer freundlichen Seele gnädig. Seht, ob das Haus Eurem Geschmack entspricht, Mylady, und unterdessen rede ich ein paar Worte mit einem meiner Männer.«

Jetzt hielt Gabriella ihn am Arm fest, als er sich abwandte, um von ihr fortzugehen. Sie hatte leichtsinnig gesprochen, und jetzt befürchtete sie, dass Will für ihre gedankenlosen Worte schlimm bestraft werden würde. Morgans Haut fühlte sich unheilvoll hart unter ihrer Hand an, und sie nahm an, dass sein Herz ebenso hart sein musste.

»Ich war es, der Euch gereizt hat, Mylord«, sagte sie hastig. »Lasst Euren Zorn bitte nicht an jemand anderem aus.«

Morgan blickte auf ihre Hand hinab und sah dann wieder in ihr Gesicht. Er wirkte belustigt, doch auf kalte Weise, auf eine Art, die tiefer ging als die beißende Kälte des Windes. »Meine Männer brauchen Euch nicht, um für sie um Gnade zu betteln, Gabriella. Ebenso wenig würde ich Euch Beachtung schenken, wenn sie es täten.«

Gabriella stieg das Blut in die Wangen. »Dann geht«, zischte sie. »Peitscht Eure Horde meinetwegen in blutige Fetzen. Aber denkt nur nicht, ich werde Euch Eure Barbarei verzeihen, wenn ich wieder mit meinem Lord Avendall zusammen bin!«

Für einen schrecklichen Moment dachte sie, er würde in Gelächter ausbrechen. Stattdessen seufzte er. »Avendall ist nicht Euer Lord«, sagte er. »Fürs Erste bin ich das. Und ich brauche Eure Fürsprache nicht, obwohl Ihr Euch selbst offensichtlich als Sprecherin für die halbe Welt ernannt habt. Außerdem«, fuhr er fort und ließ den Blick anzüglich über sie gleiten, »hatte ich nicht vor, jemanden auszupeitschen. Jedenfalls nicht im Augenblick.«

Gabriella machte einen Knicks und wandte sich dann mit einem Wirbeln ihrer Röcke von ihm ab, denn die Runde in diesem Spiel ging an ihn, und ihr blieb nur der Rückzug. Vorübergehend.

Sie glaubte, ein leises männliches Lachen zu hören, als sie vorsichtig über die Schwelle des Bauernhauses trat – wie es Mylord befohlen hatte. Nur das Straffen ihrer Schultern verriet, dass sie es gehört hatte, und sie blickte nicht zurück, um zu sehen, ob er es beobachtet hatte.

Das Innere des Hauses, längst verlassen, war kaum geeignet als Rattennest, geschweige denn für das Übernachten zweier menschlicher Wesen. Nichts von Nutzen war geblieben – weder ein Topf noch ein Bett –, aber es gab einen Dachboden und eine Feuerstelle mit einem Rauchabzugsloch im verfallenen Strohdach.

Gabriella ging wieder hinaus zu Zacheus, der mit zitternden langen Ohren vor dem Haus stand, und löste ihren Segeltuchbeutel vom Sattel. »Du bist eine hinterhältige Bestie«, sagte sie freundlich, »und wenn es Gerechtigkeit in der Schöpfung gibt, wirst du vom Blitz getroffen werden.«

»Höchst unfreundlich, Mylady«, bemerkte eine Stimme hinter ihr.

Sie wandte sich um, drückte ihren Beutel an sich und sah den rothaarigen Jungen, Kettleburn, in der Nähe stehen. Sein Blick war frech und leicht verächtlich, als er sie so abschätzend musterte, als sei sie ein Kalb auf dem Viehmarkt.

»Es gibt Kreaturen, die anscheinend dazu geboren sind, Unfreundlichkeit zu erleiden«, erwiderte sie ruhig. »Wenn sie nicht durch Zufall in Ungnade geraten, fordern sie das absichtlich heraus.«

»Ein Kuss für das Verleihen meiner guten Stiefel, Mylady«, sagte er mit öliger Stimme, bei der Gabriella eine Gänsehaut bekam. »Das ist gewiss kein zu hoher Preis, oder?«

»Eher würde ich barfuß bis London spazieren«, entgegnete sie, lehnte sich gegen das Maultier, um das Gleichgewicht zu bewahren, und hob einen Fuß, um den ersten Stiefel auszuziehen. Sie wollte ihm beide in sein sommersprossiges Gesicht schmeißen.

Es blieb rätselhaft, was den Jungen zu seiner Tat bewog. Der Mond war noch nicht aufgegangen, so konnte es nicht Verzauberung sein, die ihn hinriss. Was immer auch der Grund war, und obwohl Morgan Chalstrey irgendwo in der Nähe war – auch wenn er von Gabriella nicht gesehen wurde –, sprang der junge Kettleburn auf sie zu, packte sie mit seinen schmutzigen Händen an den Schultern und riss sie an sich, um sie zu küssen.

Zacheus, erschreckt durch die plötzliche Bewegung und ohnehin nie von sanfter Art, schrie laut und scheute zurück. Gabriella, die an ihm gelehnt hatte, um ihre geborgten Stiefel auszuziehen, stürzte in den Schlamm, der wie eine schwarze, klebrige See den Boden bedeckte. Kettleburn verlor das Gleichgewicht und fiel auf sie, ein Zufall des Schicksals, gewiss, aber einer, den er weidlich ausnutzte.

Gabriella wand sich, trat und schlug um sich, doch immer noch presste Kettleburn seinen feuchten Mund auf ihren. Sie war so angeekelt, dass sie sich fast übergeben musste, als der Junge plötzlich von ihr gerissen wurde.

»Was erlaubst du dir, du Hosenscheißer?«, schnarrte Morgan, packte Kettleburn hinten am Wams und riss ihn auf die Füße. Er stieß ihn beiseite, wo er unsanft von Will Bible aufgefangen und aufgerichtet wurde. »Bring ihn zu den Ställen und binde ihn wie ein Schwein an den Hackklotz. Ich nehme ihn mir später vor.«

Gabriella, die nicht mehr atemlos, jedoch immer noch fassungslos war, wollte sich aufrappeln, doch es gelang ihr nicht. Morgan reichte ihr eine Hand und zog sie mit einem lauten und demütigenden schmatzenden Geräusch aus dem Schlamm und auf die wackligen Füße.

»Was ist hier passiert?«, wollte er wissen. Die Männer, die noch Sekunden zuvor am Tatort gestanden hatten, verkrümelten sich.

Gabriella blickte hinab auf ihre verschmutzte Kleidung und konnte kaum ein Schluchzen der Wut und Verzweiflung unterdrücken. Ihr Blick fiel auf seinen Gurt, an dem er die Peitsche trug, die sie zuvor an seinem Sattel gesehen hatte. Als ihr Blick dem Morgans begegnete, wusste sie, dass der Ausdruck in ihren Augen flehend war, doch es war ihr gleichgültig. Wenn er sie hatte demütigen wollen, war ihm das gelungen.

Sie konnte den Blick nicht von der Peitsche lösen. »Wollt Ihr – wollt Ihr die Peitsche benutzen? Bei dem Jungen, meine ich?«

Morgan verschränkte die muskulösen Arme. Seine Miene war ausdruckslos. »Vielleicht werde ich das«, sagte er. »Er lässt mir kaum eine Wahl.«

Gabriella schluckte hart. Sie empfand natürlich keine Zuneigung für Kettleburn angesichts dessen, was der Mann getan hatte. Aber die Aussicht auf Gewalt und Morgans offensichtliche Bereitschaft, zu Brutalität zu greifen, nahm ihr den Atem. »Handelt nicht vorschnell ...«

Er war offensichtlich unbeeindruckt von ihrer Bitte. Es war etwas Unerbittliches in seiner Haltung. Etwas Wildes. »Bitte sagt mir nicht, wie ich meine Kompanie führen soll«, entgegnete er und wandte sich ab.

Gabriella trat vor und packte ihn am Ärmel. »Vielleicht war es meine Schuld«, sagte sie, verzweifelt bemüht, eine anscheinend unvermeidliche Grausamkeit zu verhindern. »Ja. Ich wollte – wollte sehen, ob ich ihn dazu bringen kann, mich zu küssen ...«

Chalstrey schenkte ihr offenkundig keinen Glauben. »Ihr sagt die Unwahrheit«, warf er ihr vor und wirkte noch ärgerlicher als zuvor. »Ich habe gesehen, was los war, Gabriella. Und ebenfalls ist die halbe Kompanie Zeuge davon gewesen.«

Sie atmete scharf ein und langsam und seufzend aus. »Wenn ich ihm verzeihen kann, könnt Ihr das dann nicht auch?«

Ein Muskel zuckte an Morgans Kinn, wo sich der Beginn eines Bartes zu zeigen begann. Gabriella fragte sich, wie sich sein Gesicht an ihrer Haut anfühlen würde …

»Nein«, stieß er hervor. »Das kann ich nicht.«

Gabriella schluckte, immer noch bemüht, nicht vor Erschöpfung und Verwirrung und unzähligen anderen Gefühlen in Tränen auszubrechen. Sie war am Ende ihrer seelischen Kräfte, und obwohl sie sich sicherlich erholen würde, bedurfte es dafür Zeit und Frieden. »Dann seid Ihr ein Scheusal.«

Morgan murmelte einen Fluch. »Sedgewick hatte Recht.« Er schaute sich wie Hilfe suchend um. Da war jedoch nur das Maultier. »Mir ist das über den Kopf gewachsen.« Er schlug ärgerlich die Hände gegen seine Seiten. »Möge Gott den Atem in meiner Lunge zu Feuer verwandeln, wenn ich jemals wieder solch einen blöden Plan ersinne …«

Gabriella starrte ihn an, verblüfft und hoffnungsvoll zugleich. Würde er sie freilassen, heim zur Abtei schicken oder nach Avendall Hall? »Mylord?«

»Was?« Morgan schrie fast.

In diesem Moment verließ sie der Mut, ihn nach seinen Absichten zu fragen, und sie suchte nach etwas – irgendetwas –, das sie sagen konnte. »Darf ich – darf ich hineingehen und – und mein Kleid wechseln?«

Morgan legte den Kopf zurück und blickte zum Himmel. Offenbar war der ebenso wenig hilfreich, wie das Maultier es gewesen war. »Tut, was Euch beliebt«, zischte er. Er war wütend, doch sie konnte nur spekulieren, aus welchem Grund. Sie nahm an, ihm missfiel, dass sie um Milde für den Flegel Kettleburn gebeten hatte. Oder vielleicht war es gar nicht sie, die seinen Zorn erregt hatte, sondern jemand anders.

»Ich hatte nicht bedacht, Mylady, dass es eine weit härtere

Bestrafung für Avendalls viele Sünden ist, Euch zu ihm zu lassen, statt Euch ihm wegzunehmen!«

Gabriella zog ihr Bündel aus dem Schlamm und eilte ins Haus, um dort leise und allein zu weinen.

Sie war kaum aus ihrem Kleid geschlüpft und hatte das andere angezogen, als Morgan hereinkam. Er hielt Brennholz auf dem Arm, das er vermutlich in einem der Nebengebäude gefunden hatte. Er warf es neben die Feuerstelle, ging in die Hocke und zog eine Zunderbüchse aus einer Tasche seines Wamses.

»Was ist mit Kettleburn geschehen?«, wagte sie zu fragen, jedoch mit leiser, zittriger Stimme.

Morgan wandte sich zu ihr um und sah sie an. »Vielleicht ist es besser, nicht zu fragen, Mylady«, sagte er und fuhr fort, ein Feuer in Gang zu bringen.

Gabriella schloss die Augen und schwankte leicht. »Wie konntet Ihr so grausam sein?«

Das Holz fing Feuer, und Morgan richtete sich auf und klopfte sich den Staub von Händen und Kleidung. »Grausam? Wisst Ihr, was einem Soldaten auf dem Schlachtfeld passieren kann, sogar einer ganzen Armee, wenn ein Mann – nur einer – die Befehle nicht befolgt? Habt Ihr eine Ahnung, auch nur die vagste Vorstellung, was die Türken mit einem Gefangenen anstellen, den sie schnappen, weil er undiszipliniert oder feige war und zurückfiel oder zu desertieren versuchte?«

Gabriella hob eine Hand, gebot ihm Schweigen und schloss die Augen. »Ich habe es gehört«, flüsterte sie.

»Ihr habt es nicht *geträumt«*, sagte Morgan heftig. »Und ich bin nicht ›grausam‹ genug, um es Euch zu erzählen. Es reicht zu sagen, Mylady, dass in einer Kompanie wie unserer Gehorsam alles ist und Ungehorsam nur von Verrat bei der strengsten Bestrafung übertroffen wird. Wenn ich auch nur einen Mann bei Disziplinlosigkeit ungestraft lasse, werde ich bald Chaos haben.«

Sie presste die Hand auf den Mund, und ihre Augen füllten sich mit Tränen, obwohl sie mit aller Macht dagegen ankämpfte. »Ich bin kein Soldat«, wandte sie mit gebrochener Stimme ein.

Morgan wurde daraufhin freundlicher, wenn auch nur ein wenig, und zögernd ging er steif und plump auf sie zu und nahm sie in die Arme. Sie sträubte sich nicht, sondern sank gegen ihn, zitternd vor Erschöpfung und Kummer und dem Verlangen, Trost zu finden, den sie nie gekannt hatte.

»Ihr seid so kalt«, sagte er, als informiere er sie über etwas, das ihr bis dahin noch nicht in den Sinn gekommen war. »Kommt – stellt Euch ans Feuer. Ich werde Essen und Decken bringen, und Ihr könnt ausruhen …«

»Ich hätte lieber Wasser«, sagte sie, schaute zu ihm auf. All ihre Zerbrechlichkeit war deutlich in ihren Augen zu sehen, denn sie konnte sie nicht verbergen. »Heißes Wasser. Flüsse davon.«

Morgan lachte heiser, und dann küsste er ihre Nasenspitze. Trotz allem spürte sie Wärme in sich aufsteigen, als hätte sie soeben einen tiefen Schluck Glühwein getrunken. Ein Schimmer von Leidenschaft flammte in seinem Blick auf. »Werdet Ihr das als meine Buße akzeptieren?«

Sie zögerte und nickte dann. »Was ist mit Kettleburn?«, wagte sie zu fragen. »Was wird mit ihm geschehen?«

»Das geht Euch nichts an«, erwiderte er.

Sie biss sich auf die Unterlippe. »Doch«, beharrte sie.

»Die Antwort wird Euch nicht gefallen.«

Sie standen eine Zeit lang schweigend da und starrten einander abschätzend an. Dann, aus einem Grund, den Gabriella nicht einmal hätte nennen können, um sich vor dem Fegefeuer zu retten, stellte sie sich auf die Zehenspitzen und küsste ihn leicht und kurz auf den Mund.

Verblüfft warf Morgan den Kopf zurück und lachte. In seinen Augen funkelte einen Moment Mutwillen und im nächsten dunkle Magie, und dann neigte er sich hinab und nahm Gabriellas Mund mit seinem in Besitz. Der Kuss, zunächst vorsichtig leicht, wie es ihrer gewesen war, wurde kräftig und gebieterisch und raubte Gabriella das innere Gleichgewicht und die Vernunft.

»Vielleicht«, sagte er schließlich, als er sich zurückzog, »ist ein Kuss von Euch ein paar Peitschenhiebe wert.«

Sie hoffte, dass er nur scherzte, wagte es jedoch nicht, das Thema Kettleburns Bestrafung weiterzuverfolgen, damit sie die Dinge nicht verschlimmerte. »Ihr könntet das Maultier schlachten, wenn Ihr jemandem Gewalt antun müsst«, schlug sie aus einem heiteren Impuls heraus vor.

Er lachte von neuem. Dann verließ er sie entschlossen und blieb so lange fort, dass Gabriella um ihn zu bangen begann und noch mehr um das heiße Wasser, das er versprochen hatte. Ihrer Schätzung nach war mindestens eine Stunde vergangen, bis er endlich zurückkehrte. Er tauchte mit einem Holzeimer mit dampfendem Wasser in jeder Hand in der Tür auf, und als Gabriella sich zu ihm umwandte, weil sie ihn beim Schüren des Feuers aus dem Augenwinkel wahrgenommen hatte, trafen sich ihre Blicke. Es war fast, als erkenne er sie nicht wieder, sei amüsiert, sie hier zu finden.

»Ihr habt zu Abend gegessen?«, fragte er mit belegter, leiser Stimme.

Gabriella empfand ein unerklärbar prickelndes Gefühl. Gewiss hatte es nichts mit den Fantasien ihrer Kindheit zu tun – ein bisschen heißes Wasser, ein schurkischer Herzog, eine

Nacht, die sicherlich auf einem Fell auf dem Erdboden verbracht werden würde.

»Ja«, antwortete sie leise. Vielleicht hat mich der Herbstmond, voll und golden, verzaubert, dachte sie. »Will hat Brot und Eintopf gebracht.«

Morgan trat schließlich ein, als hätte er soeben einen unsichtbaren Widerstand überwunden, und stellte die Eimer ab. »Hier, Mylady«, sagte er, »nehmt Euer Bad, so bescheiden es auch ist. Und beeilt Euch, denn ich kann nicht beschwören, dass diese Eimer dicht sind. Einer der Männer hat sie in einem Schuppen gefunden.«

Gabriella befeuchtete nervös ihre Lippen und verschränkte die Hände. Sie war schließlich Jungfrau, war bis vor kurzem noch in St. Swithin's gewesen und nicht halb so wagemutig wie ihre Schwester Meg, obwohl sie wünschte, es sein zu können. »Ihr, Ihr wollt doch nicht – bleiben?«

»Natürlich will ich bleiben«, erwiderte Chalstrey. »Wer soll Euch bewachen, wenn ich nicht hier bin?«

Und wer wird mich vor ihm bewachen?, dachte Gabriella. Nein, mehr vor mir selbst?

»Ihr werdet nicht die Hütte verlassen?«, fragte sie mit einem sehnsüchtigen Blick zu dem Wasser. Schon jetzt kühlte das kostbare Nass ab, versickerte vielleicht aus undichten Stellen der alten Eimer im Boden.

»Aye, so ist es«, antwortete Morgan mit einem langen, leidenden Seufzen. »Aber beeilt Euch bitte. Ich bin müde und habe noch nicht gegessen.«

Gabriella beobachtete mit großen Augen, wie er eine Schau daraus machte, hinauszugehen. Sie hörte ihn draußen leise mit einem anderen Mann sprechen und befürchtete, er könnte jeden Moment zurückkehren. Weil sie sich jedoch unbedingt waschen wollte, riss sie sich die Kleidung vom Leib, benutzte das

Stück Stoff, dass sie vom Saum ihres Unterhemds abgerissen hatte, als Waschlappen und begann so etwas wie ein Bad. Es war ein Segen, das warme Wasser auf der Haut zu spüren.

Nur ein paar Minuten waren vergangen, während sie sich gewaschen hatte, davon war sie überzeugt, und dennoch raste ihr Puls, und ihre Haut brannte mit der Glut einer besonders köstlichen Scham. Sie war kaum fertig und zog gerade ihr Unterhemd wieder an, als er eintrat und einen Schwall kalter Abendluft mitbrachte, der sie erzittern ließ.

Chalstreys Miene war gequält, als er sie musterte, und er rieb sich über den Nacken, eine Geste, die sie inzwischen als ein Zeichen von Anspannung erkannt hatte. »Gott im Himmel, Gabriella, warum müsst Ihr ein so schöner Anblick sein?«

Sie war geschmeichelt, obwohl ihr die Vernunft sagte, dass sie keine Komplimente von solch einem Schuft wie dem Duke of Edgefield annehmen sollte.

Gabriella ging über seine Bemerkung hinweg, weil sie nicht wusste, wie sie darauf reagieren sollte. »Ich bin Euch äußerst dankbar für das Wasser, das Ihr gebracht habt, Mylord«, sagte sie.

Morgan stöhnte auf. »Gabriella, Gabriella«, sagte er klagend. »Bitte, sagt solche Dinge nicht leichthin. Ihr wisst nicht, wie ein wehrloser Mann solch eine Bemerkung deuten könnte.«

Sie lächelte vorsichtig, glaubte, ihn zu verstehen, war sich jedoch wie stets bei diesem Mann nicht ganz sicher und begann, die Felle auf einem relativ sauberen Platz des schmutzigen Bodens auszubreiten. »Ich nehme an, heute Nacht werde ich gut schlafen«, sagte sie.

Er sah sie einen Augenblick aufmerksam und ernst an. »Gabriella – wisst Ihr – könnt Ihr Euch auch nur vorstellen …?«

»Was?«, fragte sie und blickte ihn ernsthaft verwirrt an.

»Euer Anblick. Euer Verhalten. Die Art, wie Ihr einen anseht. Guter Gott, Gabriella, wenn dies Rache ist, dann ist es eine Marter, die der Türken würdig ist!«

Gabriella hielt im Herrichten des Lagers inne und näherte sich dem Mann, der sie so durcheinander brachte, der sie so erfreute und erzürnte. »Rache?«

»Wenn ich bei Euch liege …« Er verstummte und wandte sich in unverhohlener Aufregung von ihr ab. »Mein Groll gilt Avendall, nicht Euch.« Er bemühte sich sehr und fast komisch, sie nicht anzuschauen, als er sich bückte und sich eines der Felle und eine Wolldecke schnappte. »Ich werde dort bei der Tür schlafen. Ihr könnt hier ruhen, neben dem Feuer. Aber legt Euch bitte nicht zu nahe an die Flammen, damit kein Funke …«

Gabriella war amüsiert darüber, wie der sonst wortgewandte Mann in einer perfekt normalen Situation Mühe hatte, sich auszudrücken, doch sie hatte genügend Taktgefühl, um es nicht zu zeigen. Sie sagte sich, dass sie ihm das schuldig war, nachdem er sie vor Kettleburn gerettet und ihr Wasser zum Waschen gebracht hatte.

»Werdet Ihr heute Nacht nicht neben mir schlafen wie zuvor, Mylord?«

Chalstrey fuhr sich mit gespreizten Fingern durchs Haar, das – wie sein Bart – dringend der Künste eines Barbiers bedurfte. Sein Rücken war steif unter dem Wams und dem Kettenpanzer, und sein Schwert steckte selbst jetzt noch in der Scheide an seiner Hüfte. »Das wage ich nicht«, antwortete er schließlich deprimiert.

Bevor Gabriella ihn noch mehr verhöhnen konnte – in Wirklichkeit wollte sie weder, dass Morgan sie verließ, noch, dass er sie sich nahm, sondern einfach, dass er neben ihr lag, ein starker Trost in der kalten und Furcht einflößenden Dunkelheit einer Gegend, die ihr fremd war –, entstand draußen ein Tumult. Blitzschnell zog Chalstrey sein Schwert und stürzte zur Tür hinaus.

Gabriella folgte ihm mit gerunzelter Stirn und sah, dass der Hof vom tanzenden Schein zahlreicher Fackeln erhellt war. Einen schrecklichen, wundervollen Moment dachte sie, endlich sei Avendall mit vielen Männern gekommen, um sie zu retten.

Stattdessen tauchten zwei von Morgans Soldaten zu Pferde aus der kalten Dunkelheit auf und führten das Pferd eines dritten Reiters zwischen sich.

Gabriella erkannte zuerst das Pferd; es war Mithras, Sedgewicks geschätzter Hengst. Aber auf dem Rücken des Pferdes saß Lady Johanna, die mitgenommen, erschöpft und leicht triumphierend aussah.

Sie hockte zusammengesunken im Sattel, ihre Nonnentracht so nass und verschmutzt wie Gabriellas Kleid, und sie lächelte auf Morgans erhobenes und zweifellos ungläubiges Gesicht herab.

»Wir haben diese Frau auf dem Waldweg gefunden, Mylord«, meldete einer der Männer Chalstrey. »Was soll mit ihr geschehen?«

»Diese Frage wage ich nicht zu beantworten, weil ich befürchte, von Gottes Zorn getroffen zu werden«, erwiderte Morgan. »Kehrt auf eure Posten zurück.«

Die beiden Männer ritten sofort davon und überließen die abtrünnige Nonne ihrem Schicksal.

Morgan sprach in vorsichtigem, gemessenem Tonfall mit Lady Johanna, als er ihr aus dem Sattel half. »Sagt Ihr mir bitte, wo mein geschätzter Freund Gresham ist?«

»Ihr braucht Euch um den jungen Sedgewick keine Sorgen zu machen, Mylord«, erwiderte Lady Johanna überzeugt und musterte Gabriella, die immer noch wie erstarrt auf der Türschwelle verharrte, mit nachdenklichem, wissendem Blick. »Der wird putzmunter wie eh und je sein, wenn erst seine Kopfwunde geheilt ist.«

7

Als sich die Reisenden Edgefield Keep näherten, begrüßte sie der Geruch der See, gehüllt in salzigen Dunst. Gabriella saß hinter Chalstrey auf dem Hengst Nimrod und klammerte sich fest, um nicht herunterzufallen, während Lady Johanna auf dem störrischen Maultier hockte. Seit dem Tag der Entführung war eine volle Woche vergangen, und Gabriella war wie betäubt vor Erschöpfung und schwebte durch die Korridore ihres Lebens wie ein schlafwandlerischer Geist.

Vor ein paar Tagen – waren es drei, vier oder sogar fünf? – war Lady Johanna auf Sedgewicks Pferd keck zurückgekehrt und von Chalstreys Trupp auf der Straße abgefangen worden. Ihre Kleidung war unordentlich und verschmutzt gewesen, der Nonnenschleier verrutscht. Morgan hatte zwei Männer mit Sedgewicks Pferd zur Abtei zurückgeschickt, um ihn abzuholen. Seither hatten sie sich nicht mehr blicken lassen, und es gab Gerüchte in der Kompanie, dass Gresham Sedgewick, verärgert über Chalstrey, sich entschieden hatte, seinen eigenen Weg zu gehen. Es hieß, die Männer, die er zu ihm geschickt hatte, seien genau der Typ, der bei einem solchen Plan mitmachen würde.

Gabriella dachte an die Nacht in dem Bauernhaus zurück, als sie nahe daran gewesen war, ihre Unschuld an Morgan Chalstrey zu verlieren. Es war göttliche Vorsehung, dachte sie erleichtert, dass Lady Johanna sie genau zu diesem Zeitpunkt gefunden hatte, sonst wäre es geschehen. Stattdessen hatten die Frauen auf den Fellen geschlafen, und Morgan hatte sich auf dem kalten Boden bei der Tür ausgestreckt, ohne auch nur eine wärmende Decke zu haben.

Gabriella hatte sich ein Decke mit der Nonne geteilt und war in der Nacht zu Morgan geschlichen, um die zweite Decke behutsam über ihm auszubreiten. Seither hatte sie jede Nacht den Schlaf der Unschuldigen geschlafen, und war sie auch nicht ganz erfreut darüber, so war sie natürlich überglücklich, dass Lady Johanna zurückgekehrt war.

Als sie jetzt hinter Chalstrey auf dem Hengst saß, erlaubte sie sich nicht, einzugestehen, wie sehr es ihr gefiel, seine Nähe zu spüren, die Arme um die schlanken Hüften zu halten und die Beine gegen seine zu pressen. Es gab Momente, in denen sie überzeugt war, seinen starken stetigen Herzschlag durch sein dickes Lederwams hören zu können.

Innerlich seufzte sie auf. Sie sollte diesen Mann verabscheuen, das war ihr klar, doch ein Teil von ihr sehnte sich nach ihm, und außerdem waren ihr Ruf und die Aussicht auf eine Ehe zweifellos dahin. Wenn sie schon die Konsequenzen einer Liebesaffäre erleiden musste, warum sollte sie dann nicht auch deren Freuden kennen lernen? Sie würde die Erinnerung daran in ihrem Herzen bewahren, um ihr ganzes Leben lang davon zu zehren.

Tatsächlich bewahrte Gabriella ein Geheimnis und bedauerte, dass Lady Johanna nicht ein paar Stunden später zurückgekehrt war, vielleicht erst am Morgen, aber sie erlaubte sich auch nicht, sich zu viele Gedanken darüber zu machen. Es gab Zeiten, in denen es besser war, an andere Dinge zu denken … an ihre Schwestern, zum Beispiel. An das kleine Kartoffelfeld in St. Swithin's, wo sie so viele Stunden lang gearbeitet, gepflanzt, gejätet und gewässert und jeden Moment davon gehasst hatte. An die Märkte des Sommers und Herbstes, deren Besuch ihn Mutter Mary Benedict manchmal erlaubt hatte, zusammen mit Elizabeth und Meg, und wo sie den Komödianten zugeschaut, sich die Lieder der Troubadoure angehört und den Geschichten von heruntergekommenen Barden gelauscht hatten. An denen sie die Ferkel von irgendeinem entlegenen Bauernhof auf den Armen gehalten und sich Süßigkeiten gekauft hatten, wenn noch eine Münze übrig gewesen war, um sie langsam zu essen, damit sie lange etwas davon hatten.

Warum, fragte sich Gabriella, habe ich diese Zeiten nicht richtig geschätzt? Warum ist mir nie klar gewesen, wie vergänglich solche einfachen Freuden sein können, wie kostbar?

»Ich bin überzeugt, dass es deinen Schwestern gut geht, Gabriella«, sagte Lady Johanna. Sie hatte natürlich auf ihre aufmerksame, scharfsichtige Art die Miene und das Verhalten ihrer Schutzbefohlenen beobachtet. »Du wirst ihnen schreiben wollen, und wenn ich nach St. Swithin's zurückkehre, werde ich deinen Brief mitnehmen.«

Der Gedanke heiterte Gabriella unermesslich auf, und sie lächelte. »Gewiss wird Lord Sedgewick seinen Weg zur Abtei finden, und Meg und Elizabeth werden erfahren, dass ich wohlauf bin.« Sie spürte, dass Morgan zuhörte, obwohl ihm das nicht anzumerken war, und fügte für seine Ohren hinzu: »Mal abgesehen von den Qualen, die ich in jüngster Zeit erlitten habe.«

Sie wurde mit einem leichten Versteifen der Muskeln seines Oberkörpers belohnt; das spürte sie an den Unterseiten ihrer Oberarme, mit denen sie sich an ihm festhielt.

Lady Johannas Augen leuchteten fröhlich. »Aye«, stimmte sie zu. »Aber du darfst sie nicht mit Klagen beunruhigen, Gabriella. Das würde sie sehr betrüben, da sie nicht in der Lage sind, dir zu Hilfe zu kommen.«

»Vielleicht wird Sedgewick sie zu mir bringen, als besonderen Gefallen für mich.«

Morgan drehte den Kopf und blickte auf sie hinab. »Sedgewick wir nur eines im Sinn haben, wenn er zurückkehrt«, sagte er ernst. »Mir die Haut abzuziehen, weil er mir die Schuld daran geben wird, dass ich ihm eine heimtückische und hinterhältige Nonne aufgehalst habe.«

Die besagte Nonne lächelte milde. »Gewiss wird er mir verzeihen.«

»Ihr seid anscheinend von vielem überzeugt«, entgegnete Morgan. »Vielleicht erlaubt ihr mir, zu bemerken, dass Ihr und Euer Maultier von der Natur aus gut zueinander passen.«

Lady Johannas Lächeln wurde breiter. »Da sagt Ihr etwas Wahres, Lord Edgefield«, antwortete sie. »Zacheus lässt sich nicht leicht von einem Kurs abbringen, den er sich in den Kopf gesetzt hat, und ich auch nicht.«

Morgan nickte in stummer Anerkennung einer würdigen Gegnerin, doch Gabriella entging nicht das leichte Zucken um seine Mundwinkel, bevor er seine Aufmerksamkeit wieder dem Weg widmete.

Die Sonne stand hoch am Himmel, als nach stundenlangem Ritt endlich Edgefield Keep vor ihnen auftauchte. Blauweiße Flaggen flatterten wie ein Willkommensgruß in der salzigen Brise auf mehreren Türmen, und das geflüsterte Lied der See lockte das Ohr wie eine ferne Melodie. Die Zugbrücke war herabgelassen, die Mauern der Burg waren hoch und trutzig, und Posten standen auf den Wällen. In den Fenstern, alle außer Reichweite auch der schnellsten Pfeile, spiegelte sich die Sonne in den Scheiben.

Gabriella atmete tief durch. »Allmächtiger!«, flüsterte sie andächtig.

Morgan wandte den Kopf und grinste sie an. »Kein so schreckliches Gefängnis, nehme ich an«, bemerkte er.

Gabriellas Überschwang verschwand sofort bei dem Wort »Gefängnis«, während Lady Johanna ungläubig starrte, zuerst auf die Burg und dann auf deren Herrn und Meister.

Schließlich gewann die Nonne ihre Gelassenheit wieder, bekreuzigte sich und murmelte etwas über Gottes rätselhafte Wege.

Morgan warf einen Seitenblick zu ihr, erwiderte jedoch nichts. Stattdessen spornte er Nimrod zum Fuß der Zugbrücke und zwang Gabriella, sich noch stärker festzuklammern, damit sie den nachfolgenden Pferden nicht vor die Hufe fiel.

Lady Johanna hielt das Tempo wacker mit und warf Gabriella einen beruhigenden Blick zu.

In den Mauern erwartete sie ein regelrechtes Dorf voller jubelnder, lächelnder Leute, und Gabriella wurde an ihre Fantasien zu Beginn der Reise erinnert, in denen sie sich ausgemalt hatte, an einem solchen Ort zu sein. Der Unterschied bestand natürlich darin, dass in ihren Träumereien die Burg Avendall gehört hatte und die Bewohner *seine* Vasallen gewesen waren, nicht die Chalstreys.

Dennoch erlaubte sie sich, so zu tun, als genieße sie den fröhlichen Empfang, als schließe er sie tatsächlich ein, nicht nur Morgan und seine vom Ritt müden Soldaten, die von strahlenden Frauen und aufgeregten Kindern begrüßt wurden, welche zwischen den Pferden herumsprangen.

Gabriella entging nicht, dass manche der Frauen sie mit abschätzenden und nicht gerade freundlichen Blicken musterten, und das beunruhigte sie ein bisschen. Sie straffte die Schultern, nahm eine hochmütige Haltung ein und starrte zurück.

Als die Zugbrücke hinter ihnen hochgezogen war, entließ Morgan die Kompanie seiner Männer mit Ausnahme des armen Kettleburn, der mit düsterer Miene in Schande ritt, die Hände ans Sattelhorn gefesselt. Gabriella hatte den jungen Mann oftmals verstohlen beobachtet und versucht, herauszufinden, ob er für seine Missetat ausgepeitscht worden war oder nicht, aber sie konnte es nicht sagen, und nie war über das Thema gesprochen worden, jedenfalls nicht in ihrer Gegenwart.

»Was ist mit mir, Mylord?«, fragte Kettleburn und blickte Morgan finster an. Obwohl er es in angemessener Form sagte, war sein Tonfall bitter und gefährlich frech.

»Danke den Heiligen, dass hier Frauen anwesend sind, denn wenn das nicht der Fall wäre, würde ich dich von diesem Pferd herunter in den Dreck schleudern«, antwortete Morgan. »Du wirst eine Nacht eingesperrt verbringen und über deine Schandtaten nachdenken. Wenn du dann Glück hast und ich zufällig in milder Stimmung bin, wirst du freigelassen werden.«

Kettleburn wurde rot, weil er einen so harten Dämpfer bekam, und er warf einen hasserfüllten Blick zu Gabriella, als sei sie an allem schuld, was jetzt vor ihm lag und was er bereits durchgemacht hatte. Er setzte zu einer Erwiderung an, besann sich offenbar jedoch anders und hielt klugerweise den Mund.

Morgan rief einen der Dorfbewohner, nach der kräftigen Statur und der rußgeschwärzten Lederschürze zu schließen ein Schmied. »Kümmere dich um unseren Hofnarren«, sagte Chalstrey. »Ich möchte ihn behandelt wissen wie eines unserer störrischsten Pferde, aber nicht besser.«

»Aye, Mylord«, stimmte der Schmied zu, wischte sich mit einer geschwärzten Hand über die Stirnlocke, zerrte dann den armen Kettleburn mit einer einzigen Bewegung vom Pferd und warf ihn sich mit einer weiteren über die breiten Schultern. »Und wo soll ich dieses irregeleitete Fohlen anbinden, Mylord? Im Verlies?«

»Das wäre eine Beleidigung für unschuldige, hart arbeitende Ratten«, erwiderte Morgan. »Bring ihn in den alten Kornspeicher, gib im Wasser und ein bisschen zu essen, und verriegele die Tür.«

Kettleburn, der auf so entwürdigende Weise zwischen vielen lachenden Männern hindurchgetragen wurde, welche die Gelegenheit nutzten, ihn mit ihren Handschuhen oder den Zügeln zu schlagen, als er sie passierte, sagte kein Wort.

Zu spät hatte er gelernt, dass bei Chalstrey kluges Schweigen eine Tugend war. Gabriella merkte sich die Lektion und nahm sich vor, beim Duke of Edgefield entsprechend vorsichtig zu sein.

Gabriella war niemals in einer Burg dieser Größe und Pracht gewesen. Im Vergleich dazu war Redclift Hall, das Zuhause ihrer Kindheit, eine überfüllte und zugige Stätte aus knarrenden, wurmstichigen Balken und bröckelnden Steinen, die kaum als Taubenschlag dienen konnte.

Morgan verschwand fast sofort. Gabriella empfand einen Stich von seltsamer, unbegründeter Eifersucht und hoffte, dass keine Frau auf seine Rückkehr wartete, um ihn privat zu begrüßen – und dann schalt sie sich stumm eine Närrin. Chalstrey machte sich nichts aus ihr; er benutzte sie, um sich an einem alten Feind zu rächen, und es würde klug sein, das in Erinnerung zu behalten.

Die Aufgabe, sie und Lady Johanna durch das Schloss zu führen, fiel Chalstreys Diener Ephraim Frame zu, einem großen und spindeldürren Mann mit scharfen Zügen und einem freundlichen Gesicht.

Unter Frames Anleitung erfuhr Gabriella bald, dass das untere Geschoss von Chalstreys Feste die Küchen, die Quartiere der Dienerschaft und Lagerräume beherbergte. Darüber befand sich das große Ratszimmer, wo Morgan mit Beratern über Themen wie Krieg und Finanzen und allgemeine Unternehmungen konferierte. Es gab auch einen großen Saal, in dem förmliche Essen und gelegentliche Feste stattfanden. An jedem Ende befanden sich Galerien für Musikanten, und Gabriella konnte sich leicht fröhliche Musik vorstellen, zu der vornehme Leute in feiner Kleidung und mit Juwelen geschmückt tanzten.

Eine große Treppe führte vom Gang neben der geräumigen Halle empor, und Ephraim stieg hinauf, zweifellos in der Erwartung, dass ihm Gabriella und Lady Johanna folgten, was sie natürlich auch taten. Als sie durch die Burg geführt wurden, merkte sich Gabriella jede Einzelheit für den Brief, den sie im Geiste für ihre Schwestern verfasste, seit Lady Johanna den Vorschlag gemacht hatte. Nachdem sie den Text so viele Male durchdacht hatte, brauchte sie ihn nur noch auf Pergament niederzuschreiben.

Der Diener ging an mehreren gewaltigen Türen vorbei, alle mit eisernen Schlüssellöchern, und verharrte vor der letzten Tür an dem Gang. Er verneigte sich, öffnete die Tür zu der Kammer, und Gabriella vernahm die Geräusche der See.

Mit einem kleinen Freudenschrei eilte sie über die Schwelle, vergaß – jedenfalls vorübergehend – ihre problematische Lage und blieb inmitten des Raumes stehen.

Es war eine enorm große Kammer mit zwei gewaltigen Betten, dicken Kissen und Decken aus schimmerndem, goldenem Samt. An einer Wand stand ein schöner Schreibtisch, und es gab einen Balkon, offen an diesem schönen und milden Tag, sodass die Musik der nahen See hereindringen konnte.

Gabriella, die über den Ozean nur gelesen und Geschichten gehört hatte, war fasziniert. Sie ging auf den Balkon hinaus und beobachtete, wie die Wellen an den felsigen Strand schlugen und Gischt in den Himmel von Cornwall stieg. So müde sie auch war, so gefangen sie auch sein mochte, sie war entzückt.

»Hast du so etwas jemals gesehen?«, flüsterte sie, als Lady Johanna zu ihr trat.

Die Nonne legte sanft eine Hand auf Gabriellas Schulter. »Gottes Welt enthält viele Wunder«, sagte sie. »Nein, ich habe noch niemals so tiefes Wasser gesehen. Komm herein, Kind. Du wirst genug Zeit haben, um die See zu betrachten, wenn du etwas gegessen und dich ausgeruht hast.«

Widerstrebend folgte Gabriella ihrer Anstandsdame zurück in die Schlafkammer. Dort füllten Dienerinnen eine kupferne Wanne mit warmem, parfümiertem Wasser, während andere ein Mahl aus Wachtelpastete, gekochten Weißen Rüben und Obst auf einem Tisch vor dem Feuer auftrugen. Ephraim beaufsichtigte alles und gab dem einen oder anderen Mädchen leise Anweisungen.

»Seine Lordschaft wünscht mit Euch im Ratszimmer zu sprechen, wenn Ihr gegessen habt und dazu geneigt seid«, sagte er höflich zu Lady Johanna und ließ Gabriella uneingeladen.

Es machte ihr nichts aus, denn sie hatte seit Weihnachten keine Wachtelpastete mehr gegessen und kam fast um vor Hunger. Außerdem wollte sie sich in diese Badewanne legen, bevor das Wasser kalt wurde.

»Ich möchte Lord Edgefield jetzt gleich sehen, wenn es Euch recht ist«, sagte Lady Johanna. »Ich habe ebenfalls etwas zur Sprache zu bringen.«

Gabriella schenkte dem Wortwechsel keine Beachtung. »Ich werde die Hälfte der Wachtelpastete für dich übrig lassen«, versprach sie.

Lady Johanna lachte und schüttelte den Kopf. »Iss nur, Kind«, sagte sie. »Ich habe nicht so viel Appetit wie du.«

Damit befahl Ephraim die Dienerinnen hinaus, und er und Lady Johanna verließen hinter ihnen die Kammer. Die große Tür fiel dumpf ins Schloss, und erst später kam Gabriella in den Sinn, dass das Geräusch etwas beunruhigend Endgültiges hatte.

Morgan erhob sich aus dem Sessel hinter seinem Schreibtisch, als die Nonne dicht hinter Ephraim das Ratszimmer betrat. Eine Platte mit kaltem Truthahn und ein Krug mit Holunderbeerwein waren für Chalstrey serviert worden, doch er hatte beides noch nicht angerührt.

»Ihr habt Euch erfrischt?«, erkundigte sich Morgan, der das Feuer in Lady Johannas Augen bemerkte und sich innerlich darüber wunderte, dass sie keine Rüstung trug und Armeen führte, um die Franzosen zu besiegen und die Türken zurückzutreiben. Er hütete sich, bei diesem Gedanken zu lächeln.

»Das brauche ich nicht«, erwiderte die gute Lady. Sie richtete den Furcht einflößenden Blick auf Ephraim. »Ihr könnt gehen«, sagte sie, als sei er ihr zu Diensten und nicht Chalstrey.

Chalstrey äußerte keinen Einwand. Nein, er war viel zu sehr darauf konzentriert, eine angemessen ernste Miene zu behalten.

Als sich die große Tür hinter dem verwunderten Ephraim geschlossen hatte, wies er auf einen Stuhl, auf dem die Nonne mit der Würde einer Monarchin, die ihren rechtmäßigen Thron besteigt, Platz nahm.

»Die gegenwärtige Situation wird Eurer Sache nicht dienlich sein«, erklärte sie.

Morgan schob die Platte mit dem Truthahn zu ihr hin. »Bedient Euch, Lady. Ich befürchte, Ihr habt Euch zuvor nicht die Zeit dazu genommen.« Er legte eine Pause ein, musterte sie und fügte sarkastisch hinzu: »Zweifellos hat es Euch alle Kraft gekostet, meinen Hauptmann niederzuschlagen und sein Pferd zu stehlen.«

Sie blickte auf das Essen, und kurz flammte ein schmachtender Ausdruck in ihren Augen auf, doch sie hatte ihn schnell wieder unter Kontrolle, und er verschwand. Lady Johanna war anscheinend eine Person, die Prioritäten zu setzen wusste. »Was genau habt Ihr mit Gabriella vor?«, fragte sie.

Morgan setzte sich auf die Schreibtischkante, nahm eine Scheibe gerösteten Truthahn und knabberte daran. Er runzelte nachdenklich die Stirn. »Wie meint Ihr das?«

»Ihr wisst genau, was ich meine«, erwiderte die Nonne in energischem Tonfall, der gar nicht nonnenhaft war. »Gabriella ist ein unschuldiges Mädchen, fast noch ein Kind. Sie stammt aus einer guten, aber verarmten Familie. Sie hat einen hellen Verstand, ein tapferes Herz und einen edlen Geist. Sir Cyprian Avendall hätte ihr die Chance einer guten Partie geboten, obwohl sie ihrem Ehemann keine Mitgift vorweisen kann. Ihr habt höchstwahrscheinlich jede Hoffnung, dass sie Lady Avendall wird, zunichte gemacht, und ich möchte wissen, was Ihr als Widergutmachung vorschlagt.«

Morgan nahm sich Zeit, um zu kauen und zu schlucken, sich Wein einzuschenken und gemächlich daran zu nippen. Er genoss das Wortgefecht mit Lady Johanna – es gab für ihn keinen Zweifel, dass sie jedem seiner Männer mit Ausnahme von Segdewick in dieser Hinsicht überlegen war –, und er wünschte, den verbalen Schlagabtausch zu verlängern.

Die Nonne verschränkte die Arme und saß ruhig da, aber ihre Haltung und ihr Gesichtsausdruck ließen keinen Zweifel daran, dass sie nicht von der Stelle weichen würde, bis alle noch so unverschämten Fragen zu ihrer Zufriedenheit beantwortet sein würden.

»Was sollte ich Eurer Meinung nach tun?«, fragte er einsichtig und breitete die Hände in einer aufnahmebereiten Geste aus.

»Habt Ihr keine Frau?«

Morgan zuckte zusammen. »Nein«, gab er zu. »Ebenso wenig wünsche ich, mir eine zuzulegen.«

»Ich bin mir völlig sicher«, erwiderte Lady Johanna, »dass Gabriella niemals gewünscht hat, dass sie entführt und ihr guter Ruf ruiniert wird.«

»Ich hatte einen Grund für das, was ich tat.«

»Ja«, pflichtete ihm die unerschrockene Nonne bei, »Rache für irgendein Vergehen von Avendall.«

»Eine Missetat, über die Ihr nichts wisst«, erklärte Morgan.

»Vielleicht hättet ihr die Freundlichkeit, mich aufzuklären.«

Er schüttelte den Kopf. »Das kann ich nicht«, sagte er, und das stimmte. Er hatte nicht einmal bei Sedgewick, seinem vertrautesten Freund, über Rebecca sprechen können, sondern nur belanglose Dinge erwähnt.

Zu Morgans großer Überraschung stand Lady Johanna auf, schritt zu ihm und legte eine Hand auf seine.

»Ich glaube Euch«, sagte sie ruhig und mit einem Maß an Wohlwollen, das ihm zu Herzen ging. »Aber es kommt eine Zeit, an der wir die Vergangenheit ruhen lassen und an die Zukunft denken müssen, so schmerzlich das Unrecht auch sein mag, das uns widerfahren ist. Ihr seid ein ungewöhnlicher Mann, Morgan Chalstrey, aber wie so viele tapfere Narren konzentriert Ihr Eure Gedanken auf den Horizont und nehmt nicht wahr, was bereits in Eurer Reichweite ist.«

Bei der Erinnerung an Rebecca und daran, was Avendall ihr angetan hatte, brach Morgan kalter Schweiß aus. Er war öfter, als er zählen konnte, in diesem Zustand erwacht, zitternd und fast krank von einem Albtraum, aber er hatte dieses Phänomen nie bei Tageslicht erlebt.

Er wandte Lady Johanna den Rücken zu und ging zum Fenster, um über die See hinwegzublicken, die sein ganzes Leben lang einen sonderbaren Einfluss auf ihn gehabt hatte. »Geht jetzt«, sagte er mit belegter Stimme, »ich bin keine gute Gesellschaft.«

Ohne ein weiteres Wort verließ die Nonne den Raum.

Gabriella lag schlaflos auf ihrem Bett und starrte in die Schatten an der Decke, während Lady Johanna auf dem anderen Bett schnarchte. Weit jenseits der geschlossenen Balkontür murmelte die See, und Gabriella stellte sich vor, dass es wie der Pulsschlag der Erde klang.

Sie seufzte. Es war ausgesprochen unangenehm, verhätschelt in Seide, frisch gebadet und gesättigt dazuliegen und sich die ganze Zeit danach zu sehnen, stattdessen auf einem Fell neben einem gewissen Mann zu liegen. Ja, erkannte Gabriella staunend, sie würde freudig auf all den jetzigen unvertrauten Komfort verzichten, um wieder in ihrem mit Schlamm bespritzten Kleid, barfuß und frierend, ohne köstliches Essen und nur mit dem Himmel als Dach vorlieb zu nehmen.

Gabriella drehte sich auf die rechte Seite und schloss fest die Augen, aber es nutzte nichts. Sie hatte tief und lange geschlafen, nachdem sie gegessen und gebadet hatte, und war jetzt einfach nicht mehr müde. Sie konnte an nichts anderes als an Chalstrey denken – an die Art, wie er lächelte und wie er sie finster anblickte, oder daran, wie sie sich gefühlt hatte, als er sie in jener Nacht in dem Bauernhaus geküsst hatte, kurz bevor Lady Johanna – gerade noch rechtzeitig – zurückgekehrt war.

Sie erzitterte, als sie von einer Hitzewoge erfasst wurde und sich von ihrer rechten Seite auf die linke wälzte, um sie abzuschütteln. Vielleicht war Morgan in diesem Augenblick, während sie allein hier lag, mit einer Frau zusammen. Mit einer lachenden, weltgewandten Frau, die wusste, was sie tun und sagen musste, um ihm zu gefallen, die sein Verlangen wecken und dann befriedigen konnte.

Gabriella unterdrückte ein Aufstöhnen. Wenn sie nur niemals diesem furchtbaren Mann begegnet wäre! Sie wäre jetzt ordnungsgemäß verheiratet und würde zumindest die verbotenen Geheimnisse des Ehebetts kennen. Vielleicht würden ihre Schwestern sogar bereits unterwegs nach Cornwall sein, um nie wieder von ihr getrennt zu werden.

Sie versuchte, sich vorzustellen, wie Avendall aussah, so hoffnungsvoll, wie ein Schiffbrüchiger nach der rettenden Planke auf dem Wasser Ausschau hält, und stellte fest, dass sie sich nicht mehr an seine Gesichtszüge erinnern konnte.

Chalstrey hat mir sogar diese Erinnerung geraubt, dachte sie ärgerlich.

Es hielt sie nicht länger im Bett – sie würde gewiss schreien, wenn sie liegen blieb –, und so erhob sie sich schnell und zog das bestickte wollene Nachthemd an, das eine der Dienerinnen ihr zuvor gebracht hatte. Sie hatte nicht gefragt, wem solch ein feines Kleidungsstück gehören mochte, und sie erlaubte sich auch jetzt nicht, sich diese Frage zu stellen.

Vorsichtig und bedacht darauf, Lady Johanna nicht zu wecken, die von ihren eigenen Abenteuern erschöpft war, durchquerte Gabriella auf Zehenspitzen die vom Mondschein erhellte Kammer und öffnete die Tür einen Spalt.

Entlang der Korridorwand flackerten Talglichter in metallenen Haltern, rochen nach Fett und schufen ein unbeständiges Glühen. Im Gang war es kalt, und Gabriella erschauerte und schalt sich eine Närrin. Warum schleiche ich hier im Dunkeln herum?, dachte sie ärgerlich. Leute, die so etwas taten, hatten sich selbst zuzuschreiben, wenn ihnen unterwegs etwas Unangenehmes zustieß.

»Gabriella?«

Die Stimme erschreckte sie zu Tode. Sie zwinkerte und spähte in das Dunkel.

Morgan nahm im schwachen Schein einer Kerze aus den Schatten Gestalt an und zog ein Talglicht aus dem Halter. Er hielt es hoch, und der Lichtschein fiel auf sie.

»Was macht Ihr hier?«

Gabriella wünschte, sie hätte nicht ihrer impulsiven Natur nachgegeben, sondern wäre in ihrer Schlafkammer geblieben. Ein Teil von ihr, der romantische Teil, gebildet aus Träumen und Wünschen, hatte unbestreitbar gehofft, Chalstrey zu begegnen, doch die Realität war äußerst beunruhigend.

Sie überlegte schnell und verzweifelt. »Ich wollte fliehen«, log sie in einer plötzlichen Eingebung, sah jedoch Morgan sofort an, dass er ihr nicht glaubte.

Ein Mundwinkel hob sich in diesem vertrauten Grinsen, aber es verschwand so schnell, dass sie nicht sicher sein konnte, ob sie es überhaupt gesehen hatte. »Sagt mir die Wahrheit, Gabriella. Wenn Ihr lügt, gefährdet Ihr Euer Seelenheil.«

Gabriella biss sich auf die Unterlippe und sah Morgan kläglich an. »Dann muss ich gestehen, Mylord«, sagte sie leise. »Ich hatte gehofft, Euch zu finden.«

»Das habt Ihr ja nun. Was wollt Ihr?«

Sie schluckte und sammelte ihren ganzen Mut. »Ich wollte wieder bei Euch liegen und mich von Euch küssen lassen.«

8

»Himmel hilf!«, sagte Morgan, als spreche er ein Stoßgebet. Er betrachtete Gabriella mit einem Ausdruck von ehrfürchtiger Bestürzung.

Gabriella hielt den Mund und wartete.

Er trat einen Schritt auf sie zu, immer noch die flackernde Kerze in einer Hand, und dann blieb er durch irgendeine innere Kraft stehen, die kaum stark genug zu sein schien, um ihn zurückzuhalten. »Gabriella«, krächzte er. Jetzt sah sie, dass sein Gesicht ein fast übermächtiges Gefühl widerspiegelte, eines, das sie noch nicht verstehen konnte, und sie nahm den Geruch von Rum an seiner Kleidung und seinem Atem wahr. »Ihr dürft mich dies nicht bitten – es geht über meinen Verstand, Euch in den Armen zu halten und zu küssen und mich dann abzuwenden. Wenn ich bei Euch läge, könnte ich weder mir selbst noch meiner Ehre vertrauen.«

Die Kerze in seiner Hand ging aus, und er warf sie mit einer gemurmelten Verwünschung beiseite. Die Dunkelheit schien sie beide zu verschlingen, denn die anderen Talglichter waren fast herabgebrannt und spendeten nur schwachen Lichtschein.

»Guter Gott, Gabriella, versteht Ihr, was ich Euch sage?«

Sie schluckte und hob das Kinn. »Ja«, erwiderte sie ruhig. »Ich glaube, ich verstehe es.« Sie streckte eine Hand aus und berührte Morgans Brust. Sofort packte er ihr Handgelenk, fast wie ein Seemann, der sich in bewegter See an etwas festhält.

Er stieß einen leisen Laut aus, den Gabriella nicht zu deuten wusste, und dann – so schnell, wie er sie einen Moment zuvor festgehalten hatte, hob er sie von den Füßen und in seine Arme. Dort, inmitten dieses sonst verlassenen Korridors, küsste er sie, nicht sanft wie zuvor, sondern mit einem fordernden Verlangen, das ihr Blut in Wallung brachte.

»Wenn Ihr möchtet, dass alles so bleibt, wie es ist«, sagte er zu ihr mit angehaltenem Atem, »sagt es mir jetzt, dann bringe ich Euch sicher zu Eurer Tür zurück.«

Sie wusste, dass ihr Handeln übereilt und vermutlich ebenso dumm wie sündig war, aber es war ihr egal. In irgendeinem Moment – vor einer Ewigkeit, sie hätte nicht sagen können, wann – hatte sie unerklärliche Gefühle für diesen Mann entwickelt. »Nein«, sagte sie schlicht. »Ich werde Euch nicht verlassen.«

Morgan hielt Gabriella immer noch auf den Armen wie eine Trophäe, die er auf dem Schlachtfeld erbeutet hatte, und ging zu einer nahen Tür, um sie mit einem Fuß aufzustoßen.

Drinnen brannte ein Feuer in einem Kamin, doch Gabriella nahm nichts davon wahr. Es war ihr gleichgültig, welcher Raum es war; es zählte nur, dass Morgan ihr gehören würde, so kurz es auch sein mochte, und sie ihm. Sie hatte sich entschieden, nicht über diese herrliche Tatsache hinaus zu denken, und es war mehr ihr starker Wille gewesen als irgendeine weltfremde Vorstellung, der sie zu dieser Entscheidung veranlasst hatte.

Morgan stieg einige Stufen auf ein Podium hinauf und legte Gabriella behutsam auf ein Bett, das so groß und weich war wie dasjenige, dass sie kurz zuvor verlassen hatte. Nach einem Moment völliger Stille von ihnen beiden schlug er mit einem Feuerstein Funken und zündete eine Öllampe auf dem Nachttisch an.

Gabriella errötete, nicht vor Scham, sondern aus Stolz, als er sich lange Zeit ließ, um sie bewundernd zu betrachten. Sie war attraktiv, das sagte ihr der Blick dieses Mannes.

Er lächelte. »Ihr braucht das Licht nicht zu scheuen.« Es war eine Feststellung, keine Frage.

»Ich habe nichts zu verbergen, Mylord.« In ihrer Unschuld war sie wie Eva im Paradies, mit keiner Ahnung von Schamgefühl, doch sie nahm an, dass sie dieses Gefühl noch kennen lernen würde. Im Augenblick machte es ihr jedoch einfach nichts aus.

Morgan stemmte sich mit den Händen zu beiden Seiten ihres Kopfes auf und neigte sich über sie, sodass sein Gesicht nur Zentimeter über ihrem war. Der Schein der Lampe schien etwas in seinen Augen zu entfachen, das unendlich zärtlich war. »Ihr sprecht zweifellos die Wahrheit, Mylady, aber ich sollte mir das selbst ansehen.«

Gabriella erzitterte, als Morgan die Bänder am Oberteil ihres Nachthemds löste, aber es war keine Zurückhaltung in ihr, nur eine merkwürdige, brennende Begierde. Sie beobachtete ihn, als er das Kleidungsstück teilte wie den Vorhang vor einem großen Orakel und staunend auf ihre nackten Brüste starrte.

Dann sah er ihr in die Augen und lachte tief und kehlig. Sie nahm an, dass er zumindest ein wenig betrunken war – sie hatte ihn zuvor noch nicht so erlebt –, und während ihr das vermutlich etwas hätte ausmachen sollen, tat es das in keinster Weise.

Zärtlich, doch mit dem aufschlussreichen Geschick, das nur von viel Übung herrühren konnte, kleidete er sie aus, und sie lag willig und fügsam, sogar erwartungsvoll unter seinen Händen, sich bewusst, dass sie bald das große Geheimnis erfahren würde, das ihr so lange versagt geblieben war.

Er setzte sich auf die Matratze neben sie, noch voll bekleidet, umfasste ihre Brüste und rieb zärtlich die Spitzen mit den Daumen.

Ein so köstliches Gefühl stieg in Gabriella auf, dass sie nach Luft schnappte und sich ihm entgegenwölbte. Ihr Körper schien zu wissen, was ihn erwartete, doch ihr Verstand war voller Neugier.

Morgan lachte leise und neigte sich über sie, um ihre Brustwarzen zu küssen, erst eine, dann die andere.

Als Morgan sie in den Mund nahm und daran saugte, stöhnte Gabriella vor Wonne auf, so köstlich war dieses neue Gefühl.

Unbewusst grub sie die gespreizten Finger in Morgans Haar und presste ihn an sich, warf den Kopf hin und her, überzeugt davon, dass solche Lust einer sterblichen Frau nicht lange zuteil werden konnte.

Als Morgan mit wachsendem Verlangen ihre Brüste mit der Zunge umschmeichelt hatte, zog er sich zurück und begann die Unterseite ihres Kinns, den Hals und ihr Schlüsselbein zu küssen. Jede Stelle von ihr war im Einklang mit ihm, gestimmt wie die Laute eines Minnesängers, und sie versuchte, ihn zu ihren Brüsten zurückzuziehen.

Er lachte, und der Laut zitterte gegen die Haut zwischen Hals und Schulter. »Oh, Mylady, da gibt es noch mehr, so viel mehr, das ich dir zeigen muss.«

Damit begann Morgan langsam an ihrem Körper hinabzuküssen, und jedes Mal, wenn Gabriella dachte, er würde jetzt sicherlich aufhören, küsste er weiter. Als er mit der Zungenspitze ihren Bauchnabel umkreiste, stieß sie einen so lusterfüllten Schrei aus, dass er ihr eine Hand auf den Mund legte.

Ihr Körper war feucht vom Schweiß, ihr Haar klebte an Schläfen und Nacken, und ihr flacher Bauch glühte dort, wo Morgan daran kostete.

Er hob den Kopf und atmete tief durch. »Ich werde dich

jetzt nehmen, Gabriella, auf die Art, wie ich einen Pfirsich am Ende des Sommers oder eine Leckerei genießen würde. Du wirst vielleicht schreien wollen, aber das solltest du nicht, damit du nicht den Zorn einer gewissen Nonne auf uns beide herausforderst. Habe ich dein Versprechen?«

Nach nur kurzem Zögern nickte Gabriella heftig, und Morgan zog die Hand von ihrem Mund.

Fast gleichzeitig teilte er die Seide, die ihre intimste Stelle bedeckte, um dort zu schwelgen, und Gabriella vergaß ihren Namen, ganz zu schweigen von dem Versprechen, das sie soeben gemacht hatte. Sie hob ihre Hüften in einem Angebot, das so alt war wie die Zeit, stemmte die Hacken in die Tiefen des Betts, bog den Kopf zurück in die Kissen, und aus ihrem Mund kam ein kehliger, triumphierender, animalischer Laut, zu dem sie sich nicht im Traum fähig gehalten hätte. Sofort umfasste sie Morgans Kopf, umklammerte ihn verzweifelt, denn wenn er sich zurückzog, würde sie das nicht ertragen können.

Er lachte, doch er zog sich nicht zurück. Stattdessen verstärkte er noch das wundervolle Crescendo, das sich in ihr aufbaute, während sie sich auf dem Bett wand, bis schließlich der erlösende Höhepunkt kam.

Morgan hob den Kopf nur, als ihre Erregung abklang und sie sich entspannte. Erst als er sich aufgerichtet und sich seiner Kleidung entledigt hatte, sah sie ihn durch halb geschlossene Lider an.

»Noch mehr, Mylord?«, flüsterte sie ungläubig.

Er lächelte, aber dann wurde er schnell ernst. »Aye, Mylady.« Er legte sich neben sie, zog sie an sich, rieb mit Lippen, die nach Moschus dufteten, über ihre Schläfe und raunte: »Ich werde behutsam sein, Gabriella, es wird nicht wehtun.«

Sie umfasste sein Gesicht mit beiden Händen und sah ihm tief in die Augen. »Ich möchte alles fühlen.«

»Du weißt nicht ...«

Gabriella legte eine Fingerspitze auf den sinnlichen Mund, der ihr so erstaunliche Wonnen bereitet hatte. »Ist nicht der Schmerz ein Teil des Vergnügens?«

Morgan seufzte, doch dann küsste er sie, sehr zärtlich, aber tief, und streichelte sie. So leicht weckte er von neuem ihr Verlangen, auf eine ruhigere, jedoch nicht minder verzweifelte Weise wie zuvor.

Er nahm sich viel Zeit, Gabriella vorzubereiten, und sie war gerührt, denn selbst in ihrer relativen Unschuld wusste sie, dass es ihm schwer fiel, geduldig zu sein. Sie spürte sein Verlangen in seinem kräftigen Körper, sah es in seinem Gesicht, seinen Augen, aber er zügelte es noch ihr zuliebe.

Als er schließlich ihre Beine teilte und sie nahm, war sie benommen, fast berauscht von neu erwachtem Verlangen.

»Langsam, Gabriella«, bat er, und seine Männlichkeit war hart und drängend am Portal des Ortes, den er bald erobern würde.

Gabriella wollte nichts von Zurückhaltung hören; wenn es nötig war, dass sie litt, wollte sie es hinter sich bringen. Sie wünschte, Morgan so zu befriedigen, wie er sie befriedigt hatte, und so streichelte sie über seinen gespannten Rücken hinab und umfasste kühn sein Gesäß in dem Versuch, ihn auf sich zu stoßen.

Mit einem lang gezogenen Stöhnen, das so animalisch war wie ihre eigenen Laute der Lust gewesen waren, verlor Morgan schließlich die Kontrolle über sich und gab ihrem Drängen nach. Er tauchte tief in sie hinein und durchdrang ihr Jungfernhäutchen. Der Schmerz, den Gabriella empfand, war kurz und scharf, doch mit dem nächsten Herzschlag war sie darüber hinweg und wurde von einem viel stärkeren Gefühl erfüllt. Während sich Morgan auf ihr bewegte, passte sich

Gabrielle ihm an, hob und senkte sich im Rhythmus mit ihm.

Dieser magische Einklang dauerte ewig – so kam es Gabriella jedenfalls vor –, doch selbst die Ewigkeit war nicht lang oder groß genug, um das aufzuhalten, was wie mit Urgewalt über sie hereinbrach.

Morgan warf seinen Kopf zurück und schrie auf, als sein Höhepunkt nahte, während Gabriella aufschluchzte und sich an seinen Rücken klammerte wie eine gefallene Bergsteigerin, die sich vor dem Absturz festklammert. Sie spürte eine heiße Woge tief in sich, die sie völlig auszufüllen schien und ein Lustgefühl in ihr hervorrief, das fast zu stark war, um es zu ertragen.

Schließlich sank Morgan erschöpft und um Atem ringend neben sie. Er hielt sie fest in den Armen, als er sich auf die Seite drehte. Gabriella klammerte sich an ihn und erbebte, als sie das Gefühl hatte, von kleineren Wellen erfasst und davongetrieben zu werden.

»Nach dieser Nacht ist mir meine Verdammung gewiss, wenn ich sie nicht schon vorher verdient hatte«, murmelte Morgan nach langem Schweigen. »Und sie war jede Flamme des Höllenfeuers wert.«

Gabriella war sich vollkommen bewusst, dass sie immer noch vereint waren und sein Glied in ihr wuchs und wieder hart wurde. Sie konnte ein leises freudiges Seufzen der Erwartung nicht unterdrücken. »Du solltest über solche Dinge nicht scherzen, Mylord.«

Langsam begann sich Morgan zu bewegen. Er packte sie an den Hüften und wiegte sie rhythmisch näher zu sich.

»Es gibt Dinge im Leben, Gabriella, die nur durch Scherzen bewältigt werden können.«

Sie stöhnte leise, als Morgan sie behutsam zu einem weiteren Sturm der Gefühle trieb, der sie bereits halb hinwegfegte, und fand weder die Kraft noch die Worte, um zu antworten.

»Gabriella«, keuchte Morgan. »Gabriella. Mit welcher Zauberei hast du es geschafft, mich zu einem solchen Narren zu machen?«

»Mit keiner, Mylord«, wisperte sie an seinen Lippen. »Ich kann nicht – oooh – zaubern …«

Morgan brachte sie zum Verstummen, und sein Kuss war so tief, wie er ihren Körper in Besitz genommen hatte. Seine gedämpften Lustschreie schienen in ihr widerzuhallen und ihre in ihm, und als sie beide die Erfüllung gefunden hatten, schliefen sie ein.

Das scharfe Flüstern ihres Namens riss Gabriella schlagartig aus den Tiefen ihren Schlafs. Sie öffnete die Augen und sah Morgan auf sich herablächeln, eingerahmt vom ersten schwachen Licht der Morgendämmerung.

Zuerst war sie durcheinander, doch im nächsten Moment erinnerte sie sich an alles, und Hitze stieg in ihr Gesicht. Sie wollte den Blick abwenden, doch Morgan umfasste ihr Kinn und verhinderte es.

Er lächelte über alles, was er in ihren Augen las, und gab ihr einen schnellen, schelmischen Kuss. »Beeil dich und zieh dich an, bevor Ephraim wie üblich mit heißem Wasser und meinem Rasierzeug kommt und dich so süß, mit zerwühltem Haar und wunderschön dort liegen sieht.«

Gabriella wusste nicht ganz, ob sie empört oder geschmeichelt sein sollte, und sie konnte nicht länger darüber nachdenken. Morgan reichte ihr das Unterhemd und das Nachthemd, das er ihr in der Nacht so geschickt ausgezogen hatte, und sie nahm die Kleidungsstücke, sprang aus dem Bett und begann hineinzuschlüpfen.

Morgan saß, gut aussehend wie immer – obwohl er eine Rasur brauchte –, völlig schamlos wie ein heidnischer Gott mitten auf dem Bett und beobachtete sie mit einem Ausdruck belustigter Anerkennung, als sie sich mit den verknoteten Bändern ihres Oberteils abmühte.

Schließlich rutschte er zur Kante der Matratze, kniete sich dort hin und ergriff Gabriellas Hand. Er zog sie an sich, entknotete die Bänder, doch anstatt sie zuzubinden, öffnete er das Oberteil ihres Kleides, zog das Unterhemd herunter und liebkoste jede der Spitzen mit der Zungenspitze, bis sie hart wurden.

Gabriella stand während dieses kurzen und köstlichen Martyriums – trotz allen Stolzes – zitternd da. Ihre Wangen mussten noch röter geworden sein, denn sie fühlte sich, als hätte sie Fieber bekommen, und sie konnte einen kleinen Aufschrei ekstatischer Verzückung nicht unterdrücken.

Sie hatte kaum Zeit, sich zu sammeln, als Morgan – ebenso schnell – ihr Unterhemd wieder hochzog, das Kleid schloss und die Bänder geschickt zuband.

»Geh jetzt«, sagte er. »Ephraim versorgt mich seit fünfundzwanzig Jahren, und in all der Zeit hat er sich niemals verspätet.«

Sie passte auf, dass sie nicht vom Podium stürzte, stieg vorsichtig die Stufen hinunter und eilte zur Tür. Schritte hallten auf dem Steinboden des Korridors, und sie blickte entsetzt zu Morgan zurück.

Er wies auf einen mit Schnitzereien und Malereien verzierten Schirm in einer Ecke des Raums, und sie hatte sich kaum dahinter geduckt, als jemand flüchtig an die Tür klopfte. Gleich darauf war das Klicken eines Riegels und das leichte Knarren der Angeln zu hören.

Gabriella, die hinter der spanischen Wand kauerte, hielt den

Atem an und schloss die Augen. Die Demütigung der Entdeckung drohte, und Gabriella wagte nicht einmal zu beten.

»Habt Ihr gut geschlafen, Mylord?«, hörte sie Ephraim fragen, wie er es vermutlich seit dem ersten Tag in Morgans Diensten jeden Morgen getan hatte.

»Oh, in der Tat sehr gut«, erwiderte Morgan leichthin, und Gabriella nahm einen gewissen subtilen Unterton in seiner Stimme wahr, der sicherlich dazu dienen sollte, sie zu ärgern. Sie lauschte mit glühenden Wangen, als der Herr von Edgefield Keep im Raum hin und her ging, zweifellos schamlos nackt.

Sie spähte durch eine der Ritzen zwischen den drei Teilen der spanischen Wand und geriet in atemlose Panik, als Ephraim auf das Podium stieg und die Bettdecke aufschlug, offenbar in der Absicht, das zerwühlte Bett zu machen.

»Ich sehe, Ihr habt kürzlich einen Gast unterhalten«, bemerkte der Diener trocken.

Starr vor Entsetzen, hielt Gabriella den Atem an, damit sie nicht in wilde Hysterie ausbrach und sich verriet.

Sie konnte Morgan nicht sehen, doch sie nahm das Platschen von Wasser wahr, zusammen mit seiner völlig arroganten Antwort.

»Aye«, sagte er in heiterem Tonfall. Ein schwaches schabendes Geräusch wies darauf hin, dass er sich rasierte, und Gabriella hegte flüchtig den Wunsch, dass er sich mit dem Rasiermesser die Kehle durchschneiden würde. »Ein heißes und liederliches kleines Weibsstück – aus der Küche, nehme ich an.«

»Tatsächlich«, sagte Ephraim ohne Überzeugung, nahm die Bettwäsche, schritt damit zur Tür und öffnete sie.

Erst als sie die Tür ins Schloss fallen hörte, kam Gabriella aus ihrem Versteck. Sie kochte vor Zorn.

Morgan stand vor einem schmalen Spiegel an der Wand, das Rasiermesser in der Hand, halb rasiert, nur mit einem grünen, wollenen Morgenmantel bekleidet, der einen bezaubernden Kontrast zu seinen blauen Augen bildete. Er grinste herzlich. »Habe ich deinen Zorn erregt, Mylady – weil ich dich als heißes und liederliches Weibsstück bezeichnet habe?«

»Ja!«, stieß Gabriella hervor, immer noch fast atemlos vor Anspannung. Ephraim hätte sie beinahe entdeckt, und sie war alles andere als überzeugt, dass der ältere Diener keinen Verdacht geschöpft hatte.

Morgans Lächeln wurde breiter. »Gut.« Er wandte sich wieder dem Spiegel zu und setzte seine Rasur fort. »Leidenschaft jeder Art passt zu dir. Und jetzt geh bitte, Mylady, bevor ich dich wieder in mein Bett locke und einen Skandal heraufbeschwöre, der die Wände der Kapelle erschüttern würde.«

Gabriella konnte es sich nicht leisten, ihn herauszufordern, jedenfalls nicht im Augenblick. Sie bedachte ihn mit einem giftigen Blick, raffte ihr besticktes Kleid und marschierte zur Tür. Nachdem sie das Gesicht verzogen hatte, weil die Angeln knarrten, spähte sie den Korridor in beide Richtungen entlang und eilte dann zu der Kammer, in der sie hätte schlafen sollen.

Lady Johanna war bereits aufgestanden, wie Gabriella mit sinkendem Mut sah, als sie in das Zimmer stürzte. Die Nonne hatte ihre Ersatztracht und ihren Nonnenschleier angezogen, stand am Fenster und schaute hinaus.

Gabriella blieb mitten in der Kammer starr stehen, schuldbewusst und trotzig zugleich. Sie war fast zwanzig, ein Alter, in dem viele Frauen nicht nur ein Kind, sondern mehrere Kinder hatten. Und obwohl sie gehofft hatte, dass ihre Rückkehr unbemerkt bleiben würde, bereute sie es nicht, sich Morgan hingegeben zu haben.

Lady Johanna drehte sich um und betrachtete sie mit ausdrucksloser Miene. »Wird er dich heiraten, Kind?«

Gabriella hatte nicht daran gedacht, das zu fragen, so panisch war sie aus Morgans Schlafgemach geflüchtet, um nicht gesehen zu werden. Sie biss sich auf die Unterlippe, plötzlich von großer Sorge erfüllt. »Ich glaube nicht«, flüsterte sie unglücklich.

»Würdest du Chalstrey heiraten, sollte er dir einen Antrag machen?«

Weil sie keine Mitgift hatte, war Gabriella nie gefragt worden, ob sie einen Verehrer akzeptierte oder ablehnte. Und sie konnte nicht an Morgans Ehre appellieren, denn sie war bereitwillig zu ihm gegangen, hatte sich ihm in den Weg gestellt und ihn *gebeten,* es mit ihr zu tun. »Das wird er nicht tun«, erwiderte sie, mit festerer Stimme, das Kinn reuelos erhoben.

»Du hast meine Frage nicht beantwortet«, sagte Lady Johanna und nahm ihr Messbuch. Die Glocken im Turm der Kapelle läuteten bereits, um die Messe anzukündigen, obwohl es noch nicht ganz hell war.

Gabriella glaubte, einen Kloß in der Kehle zu haben. Unglücklich schluckte sie und blinzelte gegen Tränen an. Es hatte keinen Sinn, wegen eines Umstands zu weinen, den sie sich selbst zuzuschreiben hatte. »Wenn ich das Recht hätte, einen Ehemann zu wählen«, sagte sie, »würde ich keinen anderen als Morgan Chalstrey haben wollen.«

Lady Johanna dachte einen Moment schweigend darüber nach. Dann nickte sie und eilte zur Tür. Der Luftzug erfasste die Flammen der Öllampen, die wild zu flackern begannen. Erst als die Nonne fort war, ließ Gabriella ihren Tränen freien Lauf.

Avendall war allein in seinem Privatgemach, als ein ungehobelter Kerl namens Kettleburn zu ihm gebracht und unsanft über die Türschwelle gestoßen wurde. Der Junge war rothaarig, ein sicheres Anzeichen auf eine störrische Natur, und er kam von Edgefield Keep, was sich als nützlicher Umstand erweisen konnte.

»Du bist Chalstreys Mann«, sagte Cyprian und warf einen abgenagten Hühnerknochen in seinen kalten Kamin. »Bringst du eine Botschaft, oder bist du einfach nur lebensmüde?«

»Ich habe den Duke verlassen«, sagte Kettleburn in wenig höflichem Tonfall.

Cyprian nahm die Unverschämtheit nur hin, weil er vermutete, dass dieser sommersprossige Kerl ihm Dinge erzählen würde, die er gern wissen wollte. »Man hat dich davongejagt, hat man mir erzählt«, sagte er und beobachtete den Jungen unter halb gesenkten Lidern, während er vorgab, sich auf die Auswahl eines anderen Stücks Hühnerfleisch zu konzentrieren. Er wartete, bis Kettleburns Gesicht die gleiche Farbe wie sein Haar angenommen hatte, und sprach dann weiter. »Er ist ein harter Herr, dieser Chalstrey.«

Kettleburn sagte nichts, doch sein Gesicht war unter den Sommersprossen noch immer hochrot.

»Komm, komm«, forderte Avendall ihn mit kalter und ruhiger Stimme kauend auf. »Du verschwendest meine Zeit, und das ist ein Vergehen, das ich nicht leicht hinnehme. Sag mir, was du willst, oder verschwinde.«

»Es geht um die Frau«, gab Kettleburn widerwillig preis. »Diejenige, die wir geraubt haben.«

»Gabriella«, sagte Avendall leise. Jetzt galt diesem kleinen Verräter seine volle Konzentration, doch er zwang sich, kein Interesse zu zeigen, und war wie stets erfolgreich damit. Er hatte Spione in Edgefield Keep, und er war über Gabriellas Ankunft und ihren formellen Status als Gefangene informiert. Aber er hatte noch nicht erfahren und wollte unbedingt wissen, ob Edgefield, ein legendärer Frauenverführer, das junge Ding flachgelegt hatte oder nicht.

Avendalls Hand krampfte sich um seinen Weinbecher, und er hoffte, dass Kettleburn es nicht wahrnahm. »Was weißt du über die Lady?«, fragte er in der glatten und fast herzlichen Art, die er sich normalerweise für Idioten, kläffende Hunde und Frauen aufsparte.

»Dass sie sehr schön ist«, sagte Kettleburn und schielte auf das Hühnchenfleisch auf Cyprians Teller. »Und dass Chalstrey Gefallen an ihr hat.«

Cyprian nahm sich lange Zeit, um etwas zu antworten, denn er traute seiner Stimme nicht. »Ich verstehe. Und hat sie ihrerseits Gefallen an ihm?«

Kettleburn erlaubte sich ein Lächeln, dieser unverschämte Kerl. Cyprian hätte ihn auspeitschen lassen, wenn er auch nur schief geguckt hätte, und er sagte sich, dass Edgefield nachlässig in Sachen Disziplin geworden war. Vielleicht war sein alter Feind nach seiner verspäteten Rückkehr nach England lasch geworden.

»Die Lady ist so feurig wie eine noch nicht zugerittene Stute«, erwiderte Kettleburn.

Cyprians rechte Hand krampfte sich um den Griff seiner Peitsche, doch weil so viel auf dem Spiel stand, beherrschte er sich. Er wusste, dass sein Gesicht ausdruckslos blieb und er nicht mal mit den Wimpern zuckte.

»Noch nicht zugeritten?«, wiederholte er, als verstünde er diesen zweideutigen Vergleich nicht.

»Ihre Lady wird gut bewacht, Mylord. Von einer Nonne. Und obwohl Chalstrey bei ihr gelegen hat, diente das nur dem Zweck, sie von uns anderen fern zu halten.«

Sollte das möglich sein? Cyprian konnte kaum glauben, dass Edgefield Gabriella nicht angerührt hatte – es wäre Ehrensache für ihn, nach diesem Streit vor Jahren um die arme Rebecca. Aber vielleicht hatte er, Avendall, die moralische Standhaftigkeit seiner erwählten Braut unterschätzt?

Er musste unwillkürlich lächeln – das erste Anzeichen auf den Verlust der Selbstkontrolle, das er bei diesem Gespräch zeigte.

»Warum überbringst du mir diese Nachrichten?«, fragte er, nahm sich eine Scheibe Brot und brach sie. »Was erhoffst du dir durch den Verrat an deinem Herrn zu gewinnen?«

»Ich habe es Euch schon gesagt«, erwiderte Kettleburn kalt, »Chalstrey ist nicht mehr mein Herr. Er schickte einen Mann, um mich nach dem ersten Hahnenschrei wegzujagen und mir eine Botschaft auszurichten – wenn ich jemals wieder einen Fuß auf sein Land setze, wird er mich nicht vor Strafe verschonen. Er gab mir nicht einmal Gelegenheit, mich von einigen Mädchen im Dorf zu verabschieden, so schnell musste ich verschwinden.«

Avendall dachte nach und verbarg seine Freude hinter einer ausdruckslosen Miene. Er rief seinen Diener in einer trügerisch müßigen Weise. Als der Mann auftauchte, sprach er ruhig mit ihm.

»Führe diesen Mann in die Küche, wo er eine Mahlzeit erhalten soll. Dann schick einen Boten mit meiner Fahne nach Edgefield Keep. Er soll dem Duke ausrichten, dass er meine Braut nach Avendall Hall bringen soll. Wenn er meine Forderung nicht erfüllt, werde ich ihn mit meiner Armee angreifen.«

Kettleburn strahlte, offensichtlich erfreut über die Aussicht auf ein Blutbad. »Chalstrey ist des Kämpfens müde«, sagte er, und seine Vergnügtheit verblasste zu einem Ausdruck der Unsicherheit. »Aber er ist stolz wie Luzifer persönlich und wird Eure Worte nicht freundlich aufnehmen.«

»Wenn du dein Brot und deinen Wein gehabt hast«, fuhr Avendall fort, als hätte Kettleburn nicht gesprochen, »verschwindest du von hier und wirst deine ekelhafte Visage nicht mehr in meinen Mauern zeigen.«

Kettleburn wirkte wie betäubt, dann ärgerlich, doch er folgte dem Diener hinaus. Als die Tür hinter ihnen geschlossen war, sprang Avendall auf, um unruhig auf und ab zu gehen.

Gabriella hatte wie jeder sonst in der Burg vom Nahen eines Trupps Männer von Avendall Hall gehört. So verstand sie es, in der Nähe zu sein, als das äußere Tor geöffnet wurde und ein einzelner Reiter das Fallgatter passierte.

Morgan erwartete ihn und nahm die Schriftrolle, die ihm der Reiter vom Pferd herabreichte, ohne irgendeinen Kommentar entgegen.Die Bewohner der Burg und des Dorfes beobachteten sein Gesicht auf irgendein Anzeichen darauf, welche Botschaft Avendalls Mann gebracht hatte.

Schließlich blickte Morgan von dem Pergament auf und lächelte, kniff die Augen gegen die blendende Helligkeit der Herbstsonne zusammen. Er hielt die Botschaft hoch, wie um sie zurückzugeben. »Hier ist meine Antwort«, sagte er. Damit ließ er die Schriftrolle los, und bevor sie zu Boden fallen konnte, zog er sein Schwert und zerschnitt sie in zwei Teile.

Der Reiter blickte finster und hob die Stimme, damit alle ihn hören konnten. »Mylord Avendall hat geschworen, sollte Edgefield sich weigern, seine Forderungen zu erfüllen, wird er mit Soldaten kommen und seine Burg dem Erdboden gleichmachen und mit ihr alle, die sie verteidigen.«

Morgans Soldaten lachten höhnisch bei dieser Ankündigung

und stießen sich mit den Ellbogen an, und die Kinder, besonders die Jungen, schienen alles für ein großes Spiel zu halten. Vereinzeltes Gekicher war unter den Frauen zu hören, aber einige von ihnen sahen so aus, wie sich Gabriella fühlte – entsetzt.

»Sie dürfen nicht zu den Waffen greifen«, flüsterte sie Lady Johanna zu, die neben ihr stand. »Nicht aus einem so nichtigen Anlass!«

»Aber ich befürchte, das werden sie tun«, erwiderte die Nonne. Ihr Gesicht war aschfahl.

Gabriella wusste, dass es keinen Sinn hatte, an Morgans Vernunft zu appellieren. Er hatte kein Wort mehr mit ihr gesprochen, sie nicht einmal angesehen, seit er sie an diesem Morgen aus seinem Schlafgemach geschickt hatte. Er mochte sie in seinem Bett wünschen, aber er würde keinen Rat von ihr annehmen.

Sie stahl sich davon, eilte unbemerkt durch die dumme, vergnügte Menge, und ein verzweifelter und verwegener Plan nahm Gestalt an.

9

Zwei Stunden nach der Überbringung von Sir Avendalls Ultimatum verließ Gabriella Edgefield Keep mit einer Gruppe von Pilgern, die in der Nacht zuvor in den Mauern der Burg Schutz gesucht hatten. Sie trug Lady Johannas Ersatztracht, und der Nonnenschleier bedeckte ihr blondes Haar. Als sie über die Zugbrücke und hinaus in die offene Landschaft ging, hielt sie den Blick gesenkt.

Der kleine Truppe erreichte die Straße, und die Pilger machten sich auf den Weg zum fernen London, während Gabriella nach Avendall Hall aufbrach. Die frischen Hufabdrücke vom Pferd des Boten und denen seiner Begleiter sagten ihr, welche Richtung sie nehmen musste, denn sie hatte natürlich nicht gewagt, jemanden in Edgefield Keep danach zu fragen.

Sie ging schnell und blickte oftmals über die Schulter, um sich zu vergewissern, dass niemand in der Burg die einsame Wanderin auf der leeren Straße bemerkte. So eilte Gabriella Hals über Kopf ihrem Schicksal entgegen.

Als die Dämmerung einsetzte und am Horizont noch kein Anzeichen auf Avendall Hall zu sehen war, tauchte ein Mann in der grob gewebten Kleidung eines Bauern auf einem Karren auf, der von einem grauen Ochsen gezogen wurde. Gabriella spielte mit dem Gedanken, fortzulaufen. Doch als der Bauer sie als »Werte Dame« grüßte, erinnerte sie sich an ihre Verkleidung und neigte vorsichtig den Kopf, wie sie es von Lady Johanna und den anderen Nonnen von St. Swithin's gesehen hatte.

»Werde ich bald nach Avendall Hall kommen?«, fragte sie und betrachtete sehnsüchtig den mit Heu gefüllten Karren. Ihr schmerzten vor Müdigkeit die Beine, ihre Füße brannten, und sie war von Zweifeln erfüllt.

Der Bauer bedachte sie mit einem freundlichen und zugleich mitleidigen Blick. »Nein, werte Dame – die Burg ist noch sieben Meilen entfernt.« Er wies nach hinten auf den Karren. »Ich fahre zufällig selbst dorthin, um meine Tochter Bess abzuholen. Ich würde mich über ein wenig Gesellschaft freuen, wenn Ihr mitfahren wollt.«

»O ja!«, rief Gabriella erfreut und vergaß, nonnenhaft zu sein. Sie sprang geradezu auf den Karren. Als ihre Füße herabbaumelten, bemühte sie sich, ein frommeres Verhalten zu zeigen. »Ich danke Euch«, sagte sie spröde. »Ihr seid sehr freundlich.«

Der alte Mann lächelte, trieb den Ochsen mit einem langen Stock an, und der Karren setzte sich in Bewegung und rumpelte über den zerfurchteten Weg, der nach Avendall Hall führte.

Eine Zeit lang unterhielten sie sich, hauptsächlich über die Tochter des Bauern, ein hübsches Ding mit widerspenstiger Natur, das als Küchenmädchen arbeitete und sich mit einem Stallburschen in Schwierigkeiten gebracht hatte. Avendalls Hausdame, eine Mistress Cooper, duldete keine solchen Techtelmechtel und hatte das Mädchen vor die Wahl gestellt, entweder zu gehen oder mitsamt ihrem Liebhaber hinausgeschmissen zu werden. Die Kunde von der misslichen Lage der Tochter hatte Bess' Eltern durch einen fahrenden Händler erreicht, und weil auf den verschlungenen Pfaden solcher Männer zwangsläufig sehr viel Zeit verging, konnte niemand sagen, welches Schicksal das arme Mädchen inzwischen ereilt haben mochte.

Gabriella versuchte ihr Bestes, um den Bauern zu beruhigen, doch das lenkte sie nur wenig von ihren eigenen Sorgen ab. Sie hatte einen Mann verlassen, den sie liebte, um zu einem anderen zu gehen, bei dem sie ein ungutes Gefühl hatte – alles in der Hoffnung, eine Schlacht zu vermeiden, die mit Sicherheit in einem sinnlosen Blutbad enden würde und höchstwahrscheinlich mit dem Tode von einem der Männer oder beiden. Vielleicht konnte sie vernünftig mit Avendall reden oder sogar seine Zuneigung gewinnen.

Sie hatte keine Ahnung, wie sie empfangen werden würde – das an sich war schon erschreckend genug, doch selbst wenn sie von Avendall akzeptiert und mit offenen Armen aufgenommen werden würde, sah sie sich immer noch einer schlimmen Zukunft gegenüber. Sie war zwar überzeugt, dass Chalstrey keine ernsthaften Gefühle für sie hegte, doch sie liebte ihn und würde ihn wohl alle Tage, Monate und Jahre ihres Lebens lieben.

Wenn Avendall sie noch als Ehefrau haben wollte, würde sie ihn heiraten und den Rest ihre Lebens mit aller Geduld ertragen, die sie aufbringen konnte. Wenn er sie jedoch nicht mehr wollte, würde er sie wegjagen, und sie würde mittellos dastehen.

Sie entschied sich, nicht an diese Möglichkeit zu denken. Im Moment zählte nur, dass Avendalls Forderung erfüllt und ein blutiger Konflikt vermieden wurde. Im Vergleich dazu war jede andere Sorge unbedeutend.

Es war längst dunkel geworden, als der Ochsenkarren durch ein Nebentor rollte und auf einem von Fackeln erhellten Hof von Avendall Hall hielt.

Gabriella dankte dem Bauern, stieg vom Wagen und straffte die Schultern. Dann ging sie wie eine Märtyrerin, die entschlossen war, nicht vor einem ausgehungerten Löwen zu zittern, zur Eingangshalle der Burg, die kalt und abweisend vor dem sternenübersäten Himmel aufragte.

Nach kurzem Zögern nahm Gabriella all ihren Mut zusammen und näherte sich dem Haupteingang, wo Wachen postiert waren, drohend und ernst im hellen Licht weiterer Fackeln.

Bevor sie angesprochen werden konnte, sogar bevor sie ihre Identität und den Zweck ihres Besuchs nennen konnte, tauchte Sir Avendall persönlich in dem hohen überwölbten Torgang auf. In dem Moment, in dem sie ihn sah, erinnerte sie sich an all die beunruhigenden Eindrücke, die sie bei ihrer ersten Begegnung, über ein Jahr zuvor in der Abtei, gewonnen hatte.

Er verharrte und schätzte sie mit einem schnellen, ausdruckslosen Blick von Kopf bis Fuß ab.

Gabriella war sich nicht sicher, ob er sie wieder erkannte, und machte einen respektvollen Knicks. Dann sagte sie klar und deutlich: »Ich bin Gabriella Redclift, Mylord.«

Avendall schritt steif das halbe dutzend Treppenstufen herunter, aber er schenkte ihr kein Lächeln zur Begrüßung, küsste ihr nicht romantisch die Hand. Ein Muskel an seinem Kinn zuckte, und nicht zum ersten Mal empfand Gabriella nicht nur Besorgnis und Widerstreben, sondern auch Unbehagen.

Hier war der Mann, der allem Anschein nach keine Spur von Humor oder Heiterkeit in sich zu haben schien. Dieser Gedanke – mehr als jeder andere – weckte in Gabriella den Wunsch, dass sie ihren Plan, die Dinge in Ordnung zu bringen, nicht so übereilt hätte in die Tat umsetzen sollen. Es war nicht seine kaum gezügelte Wut, die sie betroffen machte – sie war verständlich, denn schließlich hatte Morgan seine zukünftige Frau entführt. Nein, was Gabriella wirklich erschreckte, als sie

Avendall jetzt anblickte, war die Erkenntnis, dass sein mörderischer Zorn wenig oder gar nichts mit ihr zu tun hatte.

Und dafür ausschließlich mit Morgan Chalstrey.

In ihrer Naivität und ihrem Stolz hatte Gabriella befürchtet, dass sie der Grund für einen Krieg sein würde. Jetzt wurde ihr klar, dass sie nur ein Vorwand war.

»Warum tragt Ihr diese lächerliche Kleidung?«, fragte er und ergriff sie am Oberarm, dass es schmerzte.

Zuvor ängstlich, war Gabriella jetzt von Empörung erfüllt. »Lasst mich sofort los!«, sagte sie und stemmte die Hacken ein, als er sie die Treppe hinaufzerren wollte. »Ihr tut mir weh!«

Avendall starrte sie eine scheinbare Ewigkeit lang finster an, dann lockerte er den Griff. »Macht mir keine Szene«, warnte er mit leiser Stimme, und sein Tonfall war weitaus bedrohlicher, als es sein schmerzhafter Griff gewesen war. »Ich bin hier der Herr, und Ihr wärt klug beraten, Euch das zu merken.«

Gabriella gab nach, nicht weil sie ihr Verhalten bedauerte, sondern weil sie wusste, dass sie nicht gewinnen konnte. Jedenfalls jetzt nicht.

»Ja, Mylord«, sagte sie und täuschte Ängstlichkeit vor.

Avendall drückte eine Hand auf Gabriellas Rücken und führte sie an den Wachen vorbei in die große Kammer, die vermutlich als Empfangshalle diente. Ein Feuer brannte niedrig in einem Kamin in einer fernen Ecke, und Gabriella sehnte sich danach, eine Weile dort stehen und ihre Hände und ebenso ihre Seele aufwärmen zu können, doch es sollte nicht sein.

Avendall verlangsamte nicht seine Schritte, und dementsprechend ließ er ihr keine Gelegenheit zum Verweilen. Als sie die Haupttreppe hinaufstiegen, spürte Gabriella, wie kaltes Entsetzen in ihr aufstieg. Vielleicht brachte Avendall sie in seine Schlafkammer – es war ihr zuvor nicht in den Sinn gekommen, dass er sich so bald solch eine Freiheit herausnehmen könnte – um sie dort zu nehmen, wie Morgan es getan hatte. Doch diesmal würde die Erfahrung nicht so angenehm sein, davon war sie überzeugt.

Gabriella spielte mit dem Gedanken, zur Tür zu flüchten, doch sie wusste, dass sie nie bis zum Fuß der Treppe kommen konnte, geschweige denn durch die große Halle und an diesen grimmig aussehenden Wachen vorbei.

»Wohin gehen wir?«, fragte sie mit all der Mäßigung, die sie aufbringen konnte angesichts der Tatsache, dass sie befürchtete, sich übergeben zu müssen oder ohnmächtig zu werden. Als er nicht sofort antwortete, fügte sie ein zittriges »Mylord?« hinzu.

»Ich möchte Euch untersuchen«, sagte Avendall, so ruhig, als hätte er seinen Namen genannt oder geäußert, dass es ein milder Abend war, oder als hätte er die Farbe seines Lieblingspferdes erwähnt.

Sie waren zum oberen Treppenabsatz gelangt, und Gabriella fuhr herum, wenn auch vorsichtig. »Mich *untersuchen,* Mylord? Zu welchem Zweck … in welcher Hinsicht …?« Sie beobachtete, wie sich sein Gesicht verdüsterte. »Wollt Ihr meine Zähne zählen?«

Seine Stimme klang unverändert, doch in seinen Augen blitzte ein schrecklicher Zorn. »Eure Zähne interessieren mich nicht, Gabriella. Es ist Eure Tugend, die ich beurteilen will.«

Gabriellas Augen weiteten sich. Ihr Magen begann zu rebellieren. »Guter Gott!«, rief sie, ein Ausdruck, den sie von Morgan gelernt hatte.

Avendall kniff die Augen zu Schlitzen zusammen, äußerte sich jedoch nicht zu ihrem Ausruf. »Das ist nicht ungewöhnlich«, sagte er sehr ruhig, doch seine Miene war wütend. »Man hat mir erzählt, Ihr habt es mit Chalstrey im Bett getrieben, ganz nach seiner Laune.«

Das Blut schoss ihr ins Gesicht, doch die Röte verschwand sofort wieder, und ihr wurde schwindelig. Sie versuchte, an ihrem Peiniger vorbeizuschlüpfen – kein Fluchtversuch schien jetzt zu verzweifelt zu sein –, doch er fing sie leicht ab, schlang einen Arm um ihre Taille und hob sie, zappelnd und tretend, von den Füßen.

»Was ist los, Mylady?«, keuchte er dicht an ihrem Ohr. »Wenn Ihr noch jungfräulich seid, habt Ihr keinen Grund zur Furcht.«

Gabriella vergeudete nicht den Atem mit Schreien – niemand würde ihr zu Hilfe kommen. Nur mit purer Willenskraft stellte sie ihr Sträuben ein, um ihre Kraft für den kommenden Kampf zu sparen.

Avendall trug sie in eine große, spärlich möblierte Kammer, stellte sie auf die Füße und schloss die Tür ab.

Seine Gefangene nutzte die Zeit, um sich nach einer Waffe umzusehen und fand keine. Der Schürhaken war zu weit fort, und es gab keine Dekorationsstücke oder kleine Skulpturen. Nur einen Sessel, zu schwer, um ihn anzuheben, einen Tisch, und – Gott schütze sie – ein Bett.

Avendall drehte sich zu ihr um, lehnte sich an die Tür und sah sie von neuem abschätzend an. »Runter mit diesem Nonnenschleier«, zischte er und bemühte sich nicht mehr, sie höflich anzusprechen. »Er versteckt dein Haar.«

Gabriella wagte nicht, sich zu widersetzen, doch sie hatte immer noch nicht vor, sich zu ergeben. In eisigem Schweigen streifte sie den Nonnenschleier ab, und ihre Fülle von blondem Haar fiel locker bis zu ihrer Taille herab.

Zum ersten Mal in ihrer Gegenwart lächelte Avendall. Das heißt, er grinste. »Schönheit entschädigt für so viele Sünden«, sagte er.

Gabriella erschauerte und hob das Kinn. »Wessen Sünden, Mylord? Meine oder Eure?«

»Oh, deine«, erwiderte er mit einer Art bitterer Heiterkeit. »Das heißt, alle außer dem Koitus mit Edgefield. Das würde ich nicht verzeihen.«

Gabriella hatte das Wort »Koitus« noch nie gehört, aber es fiel ihr nicht schwer zu erraten, was es bedeutete. Als Avendall einen Schritt auf sie zumachte, zog sie sich genau die gleiche Distanz zurück. »Und wenn ich mich zufällig einem anderen Mann als Chalstrey hingegeben hätte?«

Avendall machte eine ungeduldige Geste. »Schweig!«, zischte er, und Gabriella zuckte vor Angst zusammen. »Es gibt natürlich eine Möglichkeit, wie du dir – und mir – die Tortur ersparen könntest. Du könntest mir einfach die Wahrheit sagen.«

An diesem Punkt sagte sich Gabriella, dass sie nichts zu verlieren hatte. So oder so würde Avendall herausfinden, dass sie nicht mehr jungfräulich war, und so oder so würde er sich rächen wollen. Wenn sie zugab, was sie getan hatte, würde es wenigstens keinen Grund mehr geben, sie zu »untersuchen«.

Sie atmete tief durch und sagte: »Also gut. Ich habe die ganze gestrige Nacht in Morgans Bett verbracht.«

Das folgende Schweigen war schlimmer als Schreien, Furcht einflößender als Drohungen. Gabriella stand starr da, während Stolz und Entsetzen in ihr kämpften und Avendall sie mit den Augen eines Dämons anstarrte.

Als er sprach, klang seine Stimme leise. Tödlich. »Er hat dich also verführt.«

Gabriellas gefährlichste Eigenschaft war, dass sie zu impulsiv war, die sie längst hätte in den Griff bekommen müssen. »Nein, Mylord«, sagte sie ebenso leise. »Ich habe ihn gesucht und ihn gebeten, mit mir zu schlafen.«

In dem Augenblick, in dem sie dieses dumme Eingeständnis ausgesprochen hatte, bereute sie es, doch es war zu spät. Avendall sprang wutentbrannt auf sie zu und schlug ihr mit dem

Handrücken ins Gesicht, sodass sie zurücktaumelte. Fast wäre sie gestürzt, doch sie fing sich im letzten Moment.

»Es tut mir Leid, Mylord«, sagte sie, doch ihre Reue bezog sich auf ihre unachtsamen Worte, nicht auf die Nacht, die sie mit Morgan verbracht hatte, und er schien das zu wissen.

Bebend vor Zorn, packte Avendall sie am Hinterkopf, krallte die Finger förmlich in ihre Kopfhaut und stieß sie zur Tür.

Als er mit ihr draußen auf dem Gang war, packte er sie am Arm, und obwohl Gabriella vor Schmerz zusammenzuckte, wagte sie nichts zu sagen. In seinem Zorn war Avendall fähig, sie kopfüber die große Treppe hinunterzuwerfen, wo sie mit gebrochenen Knochen oder sterbend liegen bleiben würde.

Als sie nicht mit ihm Schritt halten konnte, packte er sie wieder um die Taille und trug sie den Rest des Weges. Auf die gleiche Weise stürmte er mit ihr durch die große Halle und nach draußen, und die Wachen gaben vor, nicht zu sehen, in welch zorniger Verfassung ihr Herr war.

»Mein Pferd!«, bellte Avendall, so laut, dass Gabriella, immer noch gegen seine Seite gepresst, die Augen schloss. »Sofort!«

Einer der Männer beeilte sich, den Befehl seines Herrn zu befolgen, und Avendall hielt weiterhin Gabriella. Es war fast, als hätte er vergessen, dass sie da war.

Unterdessen bemühte sie sich, nicht an all die Züchtigungen zu denken, die er sich in seinem wilden Zorn ausdenken mochte.

Nach nur ein paar Minuten kehrte der Mann der Wache zurück und führte einen imposanten grauen Hengst am Zügel.

Avendall warf Gabriella auf den Sattel und saß dann hinter ihr auf. Er war vermutlich ein erfahrener Reiter, und sie hatte bereits am eigenen Leib erfahren, dass er furchtbar stark war. Wenn er vorhatte, sich an Morgan zu rächen, würde er ein wilder Gegner sein.

Die Hufe des Hengstes klapperten über die Pflastersteine des Haupthofes, und auf Avendalls gebrüllten Befehl hin wurde das schwere Tor geöffnet.

Gabriella schloss von neuem die Augen, und der Wind schlug ihr ins Gesicht und nahm ihr den Atem, so schnell trieb Avendall das gewaltige Pferd über das dunkle, gewundene Band der Straße. Weil sie überzeugt war, dass sie sterben würde, bat sie die Heilige Jungfrau stumm um Fürsprache, damit ihr all ihre Sünden vergeben wurden und sie in den Himmel aufgenommen werden würde. Oder ihr wenigstens die Qualen der Hölle erspart bleiben würden.

Als nach einer scheinbaren Ewigkeit Edgefield Keep in Sicht kam, war Gabriella erleichtert, und zugleich stieg Angst in ihr auf. Würde Avendall Morgan in dieser Nacht zum Kampf herausfordern?

Sie erschauerte bei dem Gedanken. Wenn das geschah und Morgan durch Avendalls Schwert zu Tode kam, würde sie ein großes Maß der Schuld haben. Sie war nach Avendall Hall gegangen, weil sie die Hoffnung gehabt hatte, zwischen Avendall und Chalstrey Frieden zu stiften. Wie hatte solch eine noble Absicht so schief gehen können?

Am Fuß der Zugbrücke, die nicht hochgezogen war, zügelte Avendall den Hengst mit solcher Kraft, dass er wieherte und zurücktänzelte.

»Chalstrey!«, brüllte Avendall. »Komm raus! Ich habe dir deine heiße Hure zurückgebracht!«

»Was soll das heißen, *sie ist fort?«*, brüllte Morgan und vergaß für einen Moment, dass die Frau, die er anschnauzte, eine Nonne war.

Lady Johanna stand vor ihm in der großen Halle und wirkte

aufgeregt und durcheinander. »Ich habe es fast befürchtet«, meinte sie ärgerlich. »Aber einer der Dorfbewohner brach sich heute das Bein, und beim Hauspersonal gab es eine Geburt. So bin ich erst vor kurzem in unsere Kammer zurückgekehrt und habe festgestellt, dass die Tracht und der Nonnenschleier verschwunden sind. Ich nehme an, dass Gabriella die Sachen angezogen und sich aus der Burg gestohlen hat.«

Morgan fühlte sich elend und ebenso wütend. Es war dunkel, und draußen gab es Gefahren – Wölfe schlichen, vom Hunger aus den Wäldern getrieben, herum, um Schafe und andere Beute zu reißen, und Räuber schnitten ihren Opfern die Kehle durch.

Er schloss für einen Moment die Augen und zwang sich, ruhig zu bleiben. Bei der Vorstellung, dass Gabriella etwas zustieß, krampfte sich sein Magen zusammen.

»Wie kann sie sich fortgestohlen haben?«, murmelte er, mehr im Selbstgespräch als zu Lady Johanna. Er konnte anscheinend nicht mehr klar denken, ein alarmierender Umstand. Schließlich war er ein erfahrener Soldat, und Strategie war sein größtes Talent. »Ich hatte jedes Tor unter Bewachung, seit wir eingetroffen sind.«

Die Nonne wirkte ungeduldig. »Ich habe doch gesagt, dass meine Ersatztracht und mein Schleier verschwunden sind. Gabriella muss die Burg mit dieser Pilgergruppe verlassen und meine Kleidung getragen haben. Ich vermute, sie ist auf dem Weg nach Avendall Hall.«

Die schreckliche Bedeutung von Lady Johannas Worten dämmerte Morgan, und sein Mund klaffte auf. »Guter Gott – das würde sie nicht tun!« Er vergaß sich, packte Lady Johanna an den Schultern und schüttelte sie. »Oder?«

Lady Johanna seufzte. »Ich befürchte es, Mylord. Sie war hier, als die Botschaft kam, und wurde Zeugin Eurer Antwort.

Ich bin überzeugt, Gabriella betrachtet sich als Grund für die Schwierigkeiten und ebenfalls als deren Lösung. Sie hofft, Euren Tod verhindern zu können und Avendalls Tod ebenfalls.«

Morgan spürte, wie ihm das Blut aus dem Gesicht wich, als er sich vorstellte, was Avendall Gabriella alles antun könnte, besonders, wenn er argwöhnte, dass sie mit einem anderen Mann das Bett geteilt hatte. Und Gabriella war geradeaus und naiv genug, um die Wahrheit zuzugeben, wenn sie von Avendall unter Druck gesetzt wurde.

Er rief den Wachtposten vor seinem Ratszimmer zu sich, und als der Mann auftauchte, befahl er ihm barsch, sofort sein Pferd satteln zu lassen.

Lady Johanna klammerte sich mit beiden Händen an seinen Arm. »Mylord, Ihr müsst vernünftig sein – Avendall wird Euch nicht vorlassen, es sei denn, um Euch zu ermorden! Ich hingegen würde gewiss empfangen werden …«

»Und was würdet Ihr dann tun?«, blaffte Morgan und riss sich los. »Eine Predigt halten? Ich kenne Avendall besser als Ihr, Lady, und ich schwöre Euch, er wird dem freundlichen Tadel einer Nonne keine Beachtung schenken!«

»Ihr seid überreizt …«

»Aye«, zischte Morgan und schritt zur Tür. »Das bin ich und noch mehr.«

Lady Johanna zwängte sich an ihm vorbei und blockierte ihm mit ausgebreiteten Armen den Weg. Wenn die Umstände nicht so ernst gewesen wären, hätte er vielleicht über ihr kühnes Spektakel gelacht.

»Ich bitte Euch, Mylord«, rief sie, »handelt nicht unbesonnen – sucht Rat bei Euren besten Männern …«

Morgan verneigte sich spöttisch. »Dank Eurer eigenen Unbesonnenheit, gute Lady, liegt der fähigste und wertvollste Mann meiner Kompanie vermutlich im Krankenzimmer von

St. Swithin's, wenn er nicht bereits von den Wölfen verschlungen oder von Räubern überfallen worden ist, bevor er auch nur das Tor der Abtei erreicht hat, *falls* Ihr ihn nicht mit diesem Stein erschlagen habt.«

Bei diesen Worten zuckte Lady Johanna zusammen, doch sie ließ sich nicht beirren. Fast hätte sie die hartnäckigen Gerüchte erwähnt, dass Sedgewick absichtlich nicht zu seinem Herrn zurückgekehrt war, doch dafür war sie zu klug. »Avendall wird Euch bestimmt töten!«, erwiderte sie.

Morgan schob sie gewaltsam beiseite und schritt an ihr vorbei. Er war gerade bis zum Hof gekommen, als ein Junge von acht, neun Jahren aus dem Dorf gerannt kam und sich um Atem ringend an ihn klammerte. »Mylord, Mylord, es ist Avendall! Ich soll Euch sagen, dass er die Frau Gabriella bei sich hat!«

Morgan schob den Jungen geistesabwesend von sich und rannte los. Eine Menschentraube hatte sich innen vor dem Tor versammelt, doch es war noch geschlossen.

»Öffnen!«, befahl er den Torwächtern.

»Es könnte eine List sein, Mylord«, gab ein Mann zu bedenken, doch die Torflügel knarrten bereits in den gewaltigen Angeln.

Morgan stürmte durch die Öffnung und verharrte abrupt auf der Zugbrücke. An ihrem Fuß befand sich Avendall auf einem schweißbedeckten Pferd. Gabriella war bei ihm, das Haar offen und vom Wind zerzaust. Im Schein der Sterne und dem rötlichen Flackern der Fackeln der Männer, die sich hinter Morgan versammelt hatten, spiegelten ihre weit aufgerissenen Augen Furcht wider.

»Ich dachte schon, du bist nicht mehr interessiert«, höhnte Avendall, riss Gabriella mit einem Arm aus dem Sattel und hielt sie an der Taille gepackt. Sie schwebte über den rauen Planken der Zugbrücke in der Luft. Wenn er sie fallen ließ, konnte sie leicht in den Burggraben stürzen, der ohne Wasser und dafür voller spitzer Steine war, oder von dem nervösen Hengst niedergetrampelt werden. »Willst du sie nicht, Edgefield? Vielleicht hast du andere Vergnügungen gefunden, nachdem jetzt dein wahres Ziel vor dir steht?«

Morgan war Soldat, und seine lange Erfahrung diente ihm gut in dieser Situation. Wenn er den Kopf verlor, konnte Gabriella leicht ihr Leben verlieren oder schlimm verletzt werden.

Er sprach mit ruhiger Stimme. »Sag mir, welche Antwort du hören willst, Cyprian«, erwiderte er, »und ich werde sie dir geben.« Zum Glück behielt Gabriella die Ruhe, starrte stumm zu Morgan und klammerte sich mit beiden Händen an Avendalls Arm, der sie festhielt.

Cyprians Lachen verstummte so abrupt, wie es begonnen hatte – er war von eifersüchtigem Zorn erfüllt –, und er grollte: »Meinst du, ich würde mich mit dem zufrieden geben, was du übrig gelassen hast?«

Morgan trat vorsichtig einen Schritt vor, eine Hand auf dem Griff seines Schwerts. »Bist du seit unserer letzten Begegnung so ein mieser Kämpfer geworden, dass du eine Frau als Schutzschild benutzen musst?«, konterte er. Er durfte weder zu laut noch zu leise sprechen, weder zu herausfordernd noch zu nachgiebig.

Avendall fluchte. Und dann – ohne Vorwarnung – schleuderte er Gabriella von sich. Sie stürzte auf die Planken, und Morgan näherte sich ihr ruhig und reichte ihr die Hand, ohne sie anzublicken.

Sein Blick war auf Avendall gerichtet, und er äußerte nur ein Wort:

»Wann?«

Avendall verstand sofort. »Morgen Mittag«, antwortete er. Er zog seinen Dolch und wies auf das halb geöffnete Tor hinter Morgans Rücken. »Lanzen, und hier bei dir. Ich möchte nicht, dass es eine unbequeme Distanz zwischen deiner Todesstätte und deinem Grab gibt, Mylord Edgefield.«

Gabriella stand stumm neben Morgan, doch er spürte ihr Zittern, ihre angeborene Würde und ihre Furcht. Aus dem Augenwinkel heraus sah er, dass eine Träne über ihre Wange rann.

Morgan würde sich nicht zu einer Dummheit hinreißen lassen, das war unter anderem sein Vorteil. »So sei es«, stimmte er gelassen zu, und seine Hand öffnete und schloss sich über dem Schwertgriff.

Mit einem Nicken und einem langen, unergründlichen Blick auf Gabriella wendete Avendall sein Pferd und ritt in die Dunkelheit davon.

Gabriella trug tatsächlich Lady Johannas Nonnentracht, doch ihr offenes Haar zeugte davon, dass der Schleier unterwegs irgendwie verloren gegangen war. Sie blickte so kläglich zu Morgan auf, dass ihm die Strafpredigt, zu der er Luft geholt hatte, im Hals stecken blieb.

»Hat er dir etwas angetan?«, fragte er.

»Er war grob zu mir«, gab Gabriella mit der für sie typischen Mischung aus Aufrichtigkeit und Stolz zu, »aber das macht nichts – ich bin jetzt in Sicherheit.«

Morgan wies mit spöttischer Großartigkeit zum Tor, und Gabriella ging voraus, das Kinn hoch erhoben und das Kreuz durchgedrückt.

Hinter ihr schüttelte Morgan den Kopf. Morgen oder übermorgen würde er Lady Gabriella die Feinheiten von Vernunft, Demut und weiblichem Gehorsam lehren. Doch jetzt wollte er sich nur um alle Wunden kümmern, die Avendall ihr vielleicht zugefügt hatte und – sollte Gabriella sich dazu als bereit erweisen – sie so zärtlich lieben, so gründlich, dass sie das Martyrium dieser Nacht vergessen würde.

Gabriella schenkte den Dorfbewohnern, die sie und Morgan passierten, keine Beachtung, Ebenso wenig den Soldaten auf dem Hof oder den Dienern in der Burg. Sie war auf dem Weg zu Chalstreys Bett, das wusste sie, und die anderen wussten es auch. Es war ihr egal.

Sie hatte bloß den einen Wunsch, sicher in Morgans Armen zu liegen. Sie würde nicht an den nächsten Tag morgen denken, schwor sie sich selbst, bis er mit all seiner schrecklichen Gefahr kommen würde.

Als sie Morgans Kammer erreichten – welchen Kontrast bot sie mit dem hellen Kaminfeuer, den feinen Tapeten, Teppichen und eleganten Möbeln zu Avendalls karger Zelle! –, setzte Chalstrey sie in einen Sessel und reichte ihr einen Becher mit Wein.

Als sie daran nippte und das Gefäß mit beiden Händen umklammerte, damit das Zittern aufhörte, berührte er zärtlich ihr zerzaustes Haar. Fast ehrfürchtig.

»Ich komme gleich wieder zu dir«, sagte er.

Gabriella wollte ihn bitten zu bleiben, doch sie war zu stolz und zu erschöpft. Sie nickte und senkte den Blick, damit er ihren Augen nicht ansah, wie sehr sie ihn brauchte.

Genau wie er versprochen hatte, kehrte Morgan ein paar Minuten später zurück und brachte ein blaues Seidenkleid mit, das mit goldenen Stickereien verziert war. Er legte es ihr auf den Schoß und kniete sich vor sie, um in ihr Gesicht zu blicken. Dann nahm er ihr den Becher mit Wein ab, den sie bereits zweimal gefüllt und leer getrunken hatte, stellte ihn beiseite und ergriff ihre Hände.

»Deine Finger sind so kalt, Mylady«, sagte er mit einer Besorgnis, die sie unsagbar schön fand, weil sie so sehr im Gegensatz zu seiner normalen unnachgiebigen Strenge stand.

Gabriella kämpfte gegen Tränen an. Sie war es gewohnt, gescholten zu werden, und fast unempfindlich dagegen, doch gegen Zärtlichkeit war sie wehrlos. Es hatte sie zu selten gegeben in ihrem Leben, abgesehen von der Zärtlichkeit ihrer Schwestern, und diese waren trotz all ihrer Liebe so verloren wie sie gewesen.

»Es tut mir Leid, Mylord«, sagte sie kläglich. »Ich wollte helfen, aber stattdessen habe ich alles nur schlimmer gemacht.«

Morgan legte eine Fingerspitze auf ihre Lippen. »Pst«, sagte er lächelnd. »Ich werde all diese Dinge, die du dir selbst sagst, ein anderes Mal aussprechen. Überlass sie mir. Jetzt möchte ich mich um dich kümmern.«

Gabriella schniefte, und eine weitere Träne rann über ihre Wange. »Ich glaube, es wäre leichter für mich, wenn du toben und mich anschreien und beschimpfen würdest.«

Morgan richtete sich zur vollen Größe auf, und ein leichtes Lächeln spielte um seine Lippen. Dann kamen mehrere Diener herein, hielten den Blick gesenkt und trugen eine Wanne aus Kupfer und Messing. Nachdem sie ihre Last vor dem Kamin abgestellt hatten, eilten sie wieder hinaus.

Gabriella starrte mit großen Augen auf die Wanne. Sie hatte nie etwas sündig Verlockenderes als diese Badewanne gesehen, die im Schein des Feuers golden schimmerte.

Morgan war damit beschäftigt, seinen Schwertgurt abzulegen, die Stiefel auszuziehen, sich Wein einzuschenken und in nachdenklichem Schweigen daran zu nippen.

Einen Augenblick später kehrten die gleichen Diener zurück, so behutsam wie zuvor, und brachten Eimer mit warmem

Wasser. Sie füllten die schöne Wanne und zogen sich schnell zurück.

Diesmal schloss Morgan die Tür hinter ihnen und verriegelte sie, und Gabriellas Herz, in dieser Nacht bereits überbeansprucht,schlug noch schneller.

Morgan kam zu ihr, kniete sich erneut hin und zog ihr die Schuhe aus. Dann richtete er sich auf und ließ auch sie behutsam aufstehen, um ihr die von ihr gestohlene Nonnentracht und das Unterhemd auszuziehen.

Im Schein des Kaminfeuers suchte er jeden Zoll ihrer Haut nach blauen Flecken ab und küsste jeden. Sie erzitterte, und das nicht vor Kälte, als er sie in die schöne Wanne stellte.

Mit einem weichen Tuch und parfümierter Seife, diesem seltenen Luxus, badete Morgan sie, und dann sank sie ins Wasser, um sich abzuspülen. Er wusch ihr Haar, bis all die Strähnen entwirrt waren und es glänzte.

Als das kleine Ritual vollbracht war, zog er Gabriella wieder hoch und trocknete sie ab, mit einer Zärtlichkeit, bei der ihr Blut in Wallung geriet. Gerade als sie überzeugt war, keine Sekunde mehr auf den eigenen Füßen stehen zu können, sondern ohnmächtig zu werden, hob er sie auf seine Arme und trug sie zu seinem Bett.

»Die Entscheidung liegt bei dir, Gabriella«, sagte er, als er sie auf die glatten, warmen Laken legte. »Wenn du es vorziehst, werde ich in einem Sessel neben dem Feuer schlafen.«

Sie schüttelte den Kopf. »Ich möchte dich hier haben, Mylord«, flüsterte sie. »Bei mir.«

10

Gabriella lag schlafend neben Morgan, eine heidnische Göttin, die sich noch nicht ihrer einzigartigen Macht bewusst war. Ihr Gesicht, obwohl noch etwas an den Stellen geschwollen, wo Avendall sie geschlagen hatte, zeigte diesen Ausdruck stillen Triumphs, den nur die kürzliche und gründliche Anbetung eines Geliebten, eines Verehrers, hervorrufen konnte. Der wohlgeformte, ein wenig geschwollene Mund, so leicht zu einer Frechheit bereit, wenn Gabriella wach war, zeigte ein schwaches, äußerst geheimnisvolles Lächeln.

Morgan, der wach auf der Seite lag, sich auf einen Ellenbogen aufgestemmt hatte und sie bewunderte, empfand ein hilfloses, sehnsüchtiges Gefühl im tiefsten und geheimsten Winkel seiner Seele.

Das Lächeln, das um seine eigenen Lippen spielte, war bitter und flüchtig. *Aber du hast keine Seele, Chalstrey,* rief er sich in Erinnerung, *und kein Herz.* Rebecca hatte beides mitgenommen, als sie gestorben war. Außerdem war er Soldat und neigte nicht zu Sentimentalitäten. Wenn der König winkte, wie es zwangsläufig wieder der Fall sein würde, dann würde er gehorchen müssen.

Gabriella bewegte sich und stieß einen leisen Laut aus, etwas zwischen einem Wimmern und einem sehr intimen Seufzen. Das Mondlicht fiel auf ihre nackten Brüste, und Morgan spürte eine fast schmerzhafte Spannung in seinen Lenden, als er sich in Erinnerung rief, wie köstlich es war, sie mit der Zunge zur Ekstase zu bringen, ihre Hände in sein Haar verkrallt zu spüren, ihr Flehen zu hören, das sie bei keiner Qual der Erde unter anderen Umständen geäußert hätte.

Morgan zeichnete die aristokratische Linie ihrer perfekten Nase federleicht mit einer Fingerspitze nach. Selbst wenn er sich einen Schuft schalt, weil er die kleine Range auf seine Weise benutzt hatte, und einen Idioten, weil er ebenso benutzt worden war, begehrte er sie von neuem. Verzweifelt.

Er neigte sich über sie und spielte mit der Zungenspitze erst an einer ihrer Brustspitzen, dann an der anderen.

Gabriella stöhnte auf, und ihre Lider flatterten. »Morgan«, wisperte sie und seufzte. Es war kein Tadel, sondern eine Einladung, weich und süß und zu verlockend für einen Sterblichen, um widerstehen zu können.

Morgan neigte sich auf Gabriella, verharrte leicht auf ihr und strich ihr das seidige Haar aus der Stirn zurück. Und dann sprach er Worte, die er keiner anderen Frau jemals gesagt hatte, obwohl er viele Frauen gehabt hatte.

»Ich brauche dich«, gab er zu, und es fiel ihm so schwer, dass es selbst ihn überraschte.

Sie öffnete die wundervollen, ausdrucksvollen Augen, gab einen leise schmachtenden Laut von sich, bei dem es vollends um ihn geschah, und hob einladend ihre Hüften.

Morgan tauchte mit einem leisen, dankbaren Schrei in sie, und sie empfing ihn begierig, bewegte sich mit ihm, ihr Körper so geschmeidig und graziös wie ein Weidenzweig in der Frühlingsbrise. Sie murmelte zärtliche Worte, als er sich auf und ab bewegte, zuerst langsam und gemessen, dann schneller, tiefer, fordernder.

Als er sich schließlich nicht mehr zügeln konnte und sich

seine Ekstase so gewaltig entlud, dass sich seine Seele vom Körper zu trennen schien, fand Gabriella inmitten seines Höhepunkts die eigene Erlösung unter ihm.

Er sank neben ihr zusammen, völlig erschöpft und so befriedigt, wie er es nie gewesen war, ehe diese besondere Frau in sein Leben getreten war. Bevor ihn der Schlaf übermannte, war sein letzter Gedanke die Frage, wie er es ertragen würde, wenn er zwangsläufig von ihr Abschied nehmen musste.

Am nächsten Morgen stellte Gabriella nach dem Erwachen fest, dass sie allein im Bett lag. Der Lärm einer Armee, die sich auf eine Schlacht vorbereitete, schien von den kalten Mauern der Burg widerzuhallen. Sie stand auf und kleidete sich hastig an. Während sie ihr Haar zu Zöpfen flocht und auf dem Kopf feststeckte, beobachtete sie am Fenster, wie Diener im Hof auf dringenden und geheimnisvollen Botengängen hin und her eilten.

Morgans Kammer lag hoch in der Burg, und Gabriella konnte von ihrem Standort aus das Haupttor und den Kampfplatz sehen, an dem das Duell stattfinden würde. Dort waren bereits Männer beschäftigt, bereiteten den Kampfplatz vor, während andere die Sitze anwärmten, die für bedeutende Zuschauer reserviert waren. Wiederum andere lieferten sich mit Schwertern und Lanzen Scheingefechte, und die Bogenschützen errichteten ihre Ziele und absolvierten Übungsschüsse. Das geplante Duell zwischen Chalstrey und Avendall hatte sich offenbar zu einem Turnier ausgeweitet.

Furcht erfasste Gabriella, als sie sich die Schrecken vorstellte, die dieser Tag bringen konnte, und sie klammerte sich an den Fensterrahmen, als Lady Johanna eintrat. Glücklicherweise erwähnte sie mit keinem Wort die offenkundige Tatsache, dass Gabriella die Nacht in diesem Raum verbracht hatte.

»Sieh – da in der Ferne«, sagte die Nonne und stellte sich neben Gabriella.

Es war ein klarer, kalter Morgen, und Gabriella blinzelte gegen den blendenden Sonnenschein an. Dann, weit entfernt auf der Straße, über die sie erst gestern gekommen war, näherte sich eine Prozession – Avendall, auf seinem Satan von Pferd. Ein Reitertrupp folgte ihm dichtauf. Einige der Männer trugen Rüstungen, andere rotgoldene Banner, die im Wind flatterten.

Gabriella erschauerte, und ihr Blick schweifte zurück über die Mauern der Burg, suchte nach Morgan. »Wo ist er?«, fragte sie sich besorgt. Sie wurde sich erst bewusst, dass sie laut gesprochen hatte, als Lady Johanna antwortete.

»Edgefield ist in der großen Halle, wo seine Rüstung für seine Inspektion ausgestellt ist. Eine ziemliche protzige Zurschaustellung ist das – die Junker waren die ganze Nacht auf, um das Ding auf Hochglanz zu polieren.«

»Ich habe schlimme Angst«, bekannte Gabriella und wandte sich ihrer Freundin zu.

»Dann bist du trotz allem eine vernünftige junge Frau. So verhältst du dich allerdings nicht immer.«

Gabriella senkte kurz den Blick, bevor sie Lady Johanna in die Augen sehen konnte. »Ich habe gesündigt«, platzte sie kläglich heraus, »und ich werde bestimmt in die Hölle kommen, weil ich dieses Problem zwischen Chalstrey und Avendall verursacht habe!«

»Kind«, tadelte Lady Johanna sanft, »dafür kann man dir keine Schuld geben. Du musst wissen, dass die Feindseligkeit vor langer, langer Zeit entstanden ist.«

»Und was ist, wenn Morgan ums Leben kommt?« Gabriella konnte kaum den Gedanken an diese Möglichkeit ertragen, doch er war sehr realistisch. Sie hatte schließlich das wahre Ausmaß von Avendalls Zorn gesehen und am eigenen Leib erfahren. Sie berührte den blauen Fleck auf ihrer rechten Wange, die verletzte Stelle, die Morgan in der vergangenen Nacht geküsst und zu rächen geschworen hatte.

»Wir müssen beten, dass er verschont wird«, sagte die Nonne. Sie schenkte Avendall, der soeben den Fuß der Zugbrücke erreichte, keine Beachtung und sah stattdessen Gabriella an. »Wir sollten darum bitten, dass Gott – wenn er will – beide Männer am Leben lässt, damit sie zu diesem Tag zurückblicken und den Kopf schütteln, wenn sie bedenken, welchen Preis sie für ihre Arroganz und ihren Stolz hätten zahlen können.« Sie legte eine Pause ein, fuhr nur ungern fort, war zugleich jedoch entschlossen dazu. »Wir sollten nicht von Sünde sprechen, denn es ist nur natürlich für einen Mann und eine Frau, miteinander zu schlafen. Aber was wird aus deiner Zukunft, Gabriella? Was ist, wenn du ein Baby von Chalstrey bekommst?«

Gabriella wandte sich vom Fenster ab, doch zuvor sah sie noch, wie das Tor von Edgefield Keep aufschwang, um Avendall und sein fein gekleidetes Gefolge einzulassen. Avendall, der selbst in diesem Augenblick wirkte, als bringe er den Tod in diese scheinbar unüberwindlichen Mauern, den Tod für den Mann, den Gabriella mit dem Herzen und der Seele liebte.

»Wenn ich Chalstreys Baby in mir trage«, erwiderte Gabriella ziemlich heftig, »betrachte ich mich als gesegnet, ob ich nun seine Ehefrau oder Mätresse bin.«

»Und was wird aus dem Kind? Wenn es ein Junge ist, wird er dich dann ehren, wenn er als Mann heranwächst und hilflos mit ansehen muss, wie andere Söhne, geboren in einer Ehe, Edgefields Land und seinen Namen beanspruchen?

Wenn es ein Mädchen ist, wird es einen noblen Mann heiraten oder als Bauer in einem politischen Schachspiel benutzt oder als Kurtisane weggegeben werden?« Als Lady Johanna sah, dass ihre Fragen ins Schwarze getroffen hatten, fuhr sie freundlicher fort: »Auf jeden Fall, Gabriella, bist du nicht dafür geeignet, nur eine Verzierung zu sein, eine Gespielin im Bett. Nein, mein Kind, nicht du. Deine Gefühle und dein Stolz sind zu stark für solch eine frivole und leere Existenz. Du brauchst einen Mann, der dir einen festen Platz im Mittelpunkt seines Lebens gibt, und du wirst niemals zufrieden sein mit weniger als seiner ganzen Hingabe, ganz gleich, wie du jetzt darüber denken magst. Hast du vergessen, warum du so begierig darauf gewesen bist, überhaupt nach Cornwall zu kommen?«

Gabriella sah ihre Freundin betroffen an. Die Wahrheit ihrer Worte konnte nicht geleugnet werden. Es war zwar wie ein Zauber, von Morgan geliebt zu werden, und er konnte ihr himmlische Wonnen bereiten, aber sie wusste, dass dies allein für sie nicht reichen würde. Sie war stark, besaß einen guten Verstand, und seit dem Beginn ihres Abenteuers an jenem Tag auf der Straße des Königs hatte sie gewusst, dass sie diese Attribute und andere vollständig nutzen musste.

»Du willst doch nicht ernsthaft vorschlagen, dass ich Avendall heiraten soll?«, fragte sie fast im Flüsterton. »Er hat mich verächtlich zurückgewiesen – hast du nicht gesehen, wie er mich gestern Nacht Morgan vor die Füße geworfen hat?«

Lady Johanna presste die Lippen zusammen, wie es ihre Art war, wenn sie sich ärgerte oder besorgt war. »Avendall ist ein Teufel, und ich möchte nicht, dass du dich mit einem wie ihm einlässt. Aber du spielst mit dem Feuer, wenn du mit irgendeinem Mann schläfst, der dich nicht zur Frau nimmt.«

Tränen brannten in Gabriellas Augen. Selbst wenn Morgan

das heutige Duell überlebte, würde bald der Tag kommen, an dem sie gezwungen sein würde, ihn zu verlassen. Es wäre besser, zur fernen Redclift Hall zurückzukehren und die Leitung des verfallenen Besitzes ihrer Mutter und ihres Stiefvaters zu übernehmen, als ohne ihn in Edgefield Keep zu bleiben.

Sie nickte freudlos, um Lady Johanna wissen zu lassen, dass sie verstand. Dann verließen sie zusammen das Schlafgemach, um zur großen Halle zu gehen.

Morgan nahm Gabriellas Anwesenheit kaum zur Kenntnis, so vertieft war er in die Vorbereitungen für den heutigen Kampf. Und dieser Mann hatte in der vergangenen Nacht in ihren Armen vor Erregung gebebt und ihr gestanden, dass er sie brauchte!

Gabriella war zu stolz, um seine Aufmerksamkeit zu erbitten. Sie hätte ihn genauso gut gar nicht dort stehen sehen können, so wenig Beachtung schenkte sie ihm. Stattdessen rauschte sie mit hoch erhobenem Kopf an ihm vorbei zur äußeren Treppe auf dem Weg zum Kampfplatz, wo sie die Bänke betrachten wollte, auf denen die Zuschauer sitzen würden.

Morgan brachte sie dazu, würdevoll stehen zu bleiben, indem er einfach schlicht »Gabriella!« sagte.

Man wäre bei seinem Tonfall nicht auf die Idee gekommen, dass er nur Stunden von seinem grausigen Tod entfernt war – er klang verwegen, sogar frech. Aufgebracht, weil ein sonst so gescheiter Mann so dumm sein konnte, wandte sich Gabriella mit glühenden Wangen zu ihm um. Lady Johanna blieb neben ihr stehen.

Gabriella neigte den Kopf, wie es die Sitte gebot, denn Morgan war schließlich trotz allem der Herr von Edgefield Keep und Lehnsherr für alle, die in den Mauern der Burg lebten, doch sie verzichtete auf den tiefen Knicks, den sie bei jedem anderen Mann seines Standes gemacht hätte. Ebenso äußerte sie nicht das erwartete »Ja, Mylord?«.

Morgan näherte sich ihr mit leicht gerunzelter Stirn, und zu Gabriellas insgeheimen Kummer sorgte allein die Nähe dieses Mannes für eine Beschleunigung ihres Pulses. Als sie nicht den Blick hob, um zu ihm aufzuschauen – sie betrachtete ihn durch die fast gesenkten Wimpern –, umfasste er ihr Kinn und hob es an, sodass sie gezwungen war, ihn anzusehen. Hitze wallte in ihr auf, so plötzlich und verzehrend, dass es ihr den Atem verschlug.

»Wohin willst du, Mylady, in solch großer Eile?«, fragte Morgan nicht unfreundlich.

»Ich bin heute Morgen ein wenig unruhig, Mylord«, erwiderte Gabriella zögernd. »Ich wollte mir den Kampfplatz ansehen.«

Daraufhin ertönte leises männliches Gelächter hinter Morgan, was klarmachte, dass die beiden Soldaten und vier Junker in seiner Begleitung den Wortwechsel mitbekommen hatten. Morgan erstickte ihre Belustigung, indem er den Kopf wandte und ihnen einen kurzen Blick zuwarf. Dann schaute er wieder Gabriella an, aber glücklicherweise, ohne sie zu berühren. Sie konnte wieder richtig atmen und brauchte nicht zu befürchten, dass ihr Herz aus der Brust sprang und wie ein Jagdfalke hinter der Beute her davonflog.

»Den Kampfplatz?«, fragte Chalstrey.

Gabriellas Gesicht war gerötet von einer Aufregung, die sie nur zu gut kannte – es hatte nichts mit Empörung zu tun, sondern mit den leidenschaftlichen Gefühlen, die Morgan so verdammt leicht in ihr weckte. »Eigentlich sind es die Plätze für die Zuschauer, die mich interessieren, Mylord«, sagte sie verlegen. »Ich sah sie von meinem Fenster aus, und sie wirkten ziemlich wackelig, und diejenigen, die während der … der Konfrontation darauf sitzen, könnten zu Schaden kommen.«

Ein leichtes Lächeln spielte um den Mund, den Gabriella nur Stunden zuvor mit solcher Hingabe geküsst hatte, und allein die Erinnerung verursachte jenes köstliche Unbehagen in der Region ihres Körpers, die Morgan so meisterhaft erobert hatte.

»Ist das deine größte Sorge?«, fragte er leise.

Gabriella erwiderte endlich seinen Blick, und all ihr Kummer und der sich daraus ergebende Missmut standen ihr im Gesicht geschrieben. »Nein, Mylord. Ich befürchte, dass du von einer Lanze aufgespießt wirst wie ein gehäuteter Hase vom Bratspieß.«

Leises, nervöses Gelächter ertönte von der kleinen Versammlung am Tisch, auf dem Morgans Rüstung lag wie die glänzenden, abgetrennten Teile einer menschlichen, metallenen Gestalt. Doch dieses Mal tadelte er die Männer nicht. Stattdessen starrte er Gabriella wütend an.

»Mach dir um mich keine Sorgen, Mylady«, sagte er in leisem und dennoch scharfem Tonfall, jedes Wort wohl überlegt. »Ich bin ein fähiger Soldat und kann mich Typen wie Cyprian Avendall ehrenvoll entledigen.«

»Oh«, erwiderte Gabriella und passte sich ihm in Blick und Tonfall an, genau wie sie sich in der Nacht seinen Stößen und seiner Ausdauer im Bett angepasst hatte, »dann soll es also Avendall sein, der stattdessen aufgespießt wird. Ich bin sehr getröstet durch diese Neuigkeiten!«

Morgans Nase war nur einen Zoll, vielleicht weniger, von ihrer entfernt. »Das solltest du auch sein angesichts dessen, was dieser Hundesohn dir angetan hat!«

»Aye, es stimmt, dass ich keine Sympathie für Avendall empfinde. Aber ich würde ihn nicht rächen wollen – es ist Gott allein, dem das zusteht. Und wenn du mich jetzt freundlicherweise gehen lässt, werde ich den Kampfplatz aufsuchen, wie ich es von Anfang an vorhatte.«

»Geh«, grollte Morgan mit einer wütenden Handbewegung.

»Vielleicht solltet Ihr dem Weibsbild ein Schwert und eine Rüstung geben, Mylord«, bemerkte einer der Soldaten. »Ich schwöre, sie könnte sich gegen Avendalls Männer behaupten, ohne unsere Hilfe zu brauchen.«

»Ruhe!«, bellte Morgan, und Gabriella, anstatt sich zurückzuziehen, blieb an seiner Seite stehen.

»Ich möchte dich bitten, Sir, nicht zu schreien!«, brüllte sie.

Er starrte finster auf sie nieder. »Du strapazierst meine Geduld unnötig!«

Gabriella hob das Kinn. »Gut«, sagte sie. »Dann ist der Tag nicht vergeudet!«

»Komm«, griff Lady Johanna entschlossen ein und ergriff Gabriellas Arm.

»Die haben mich Weibsbild genannt«, protestierte Gabriella, sowohl an Morgan als auch an die Nonne gewandt, als sie zur Tür gezogen wurde.

Lady Johanna lächelte, gab jedoch keinen Kommentar zu dem Wortwechsel, der soeben in der großen Halle stattgefunden hatte. »Ich muss im Dorf nach einem neugeborenen Baby schauen und mich auch um die Mutter kümmern. Du bist zu aufgeregt – bitte, sei vorsichtig, Gabriella, und gerate nicht vor ein Schlachtross.«

Gabriella nickte geistesabwesend, immer noch wütend wegen des Streits mit Morgan, und stürmte zum Kampfplatz davon.

Avendall sah das Mädchen über Chalstreys Burghof marschieren. Ihr Gesicht war um den blauen Fleck gerötet, den er ihr zugefügt hatte, und die Haube ihres Kleides war herabgefallen, um ihr glänzendes, honigfarbenes Haar zu enthüllen. Avendall empfand einen Stich des Bedauerns bei diesem Anblick, und das nicht zum ersten Mal nach seinem unbesonnenen Handeln in der Nacht.

Er saß ab und gab einem seiner Begleiter die Zügel seines Hengstes, während sein Blick Gabriella folgte.

Verdammt, ich bin ein Dummkopf gewesen, sie so zu behandeln, dachte Avendall. Blöder gehts nicht.

Aus einem Impuls heraus folgte er ihr. Er wollte sich nicht entschuldigen, das kam nicht infrage; so verlockend das Weibsstück auch war, es war befleckt und konnte deshalb nicht seine Braut und die Mutter der herrlichen Söhne sein, die er zeugen würde. Dennoch wünschte er, sie nicht so übereilt verstoßen zu haben – sie wäre eine feine Gespielin im Bett, für eine Nacht oder tausend, und hätte er Chalstrey besser ärgern können, als ihm seine gegenwärtige Favoritin wegzunehmen?

»Demoiselle«, rief er ihr nach, ein wenig heiser wie ein nervöser junger Stallbursche, der versucht, sich an eine hübsche Küchenmaid heranzumachen.

Sie wandte sich um, und von neuem wunderte er sich über seine Dummheit. Gabriella war zu ihm gekommen und hatte sich als seine Frau angeboten. Und nur weil er seinen Zorn nicht hatte beherrschen können – mit seinem Jähzorn hatte er sich schon bei vielen anderen Anlässen Probleme eingehandelt –, hatte er sich nicht nur um die köstlichen Wonnen ihres Körpers gebracht, sondern auch um die Gelegenheit, eine alte Rechnung mit seinem alten Feind zu begleichen.

Avendall beobachtete mit geheimem Vergnügen, wie ihr schönes Gesicht Erkennen und dann Ungläubigkeit widerspiegelte. »Guten Morgen, Mylady«, sagte er und verbeugte sich leicht, aber freundlich.

Gabriella bedachte ihn mit einem Blick, der bei einer Kuh die Milch im Euter gerinnen lassen konnte, und fuhr herum, um weiterzugehen.

Er hielt sie auf, indem er sie am Arm fasste, jedoch sanft diesmal, trotz der Wut, die in ihm aufwallte, denn es war ihm nur zu bewusst, dass überall Chalstreys Männer waren und sicherlich interessiert zuschauten.

»Bitte, Mylady, erlaubt mir, mein Bedauern über die unglücklichen Ereignisse bei unserer letzten Begegnung auszusprechen.« Avendall sprach sanft und mit einem freundlichen Ausdruck in den Augen – wie er hoffte –, doch in Wirklichkeit war er über ihr unverschämtes Verhalten empört wie zuvor und von dem Verlangen erfüllt, ihr die ordentliche Tracht Prügel zu verpassen, die sie verdiente.

Gabriella sah finster auf seine behandschuhte Hand, bis er sie von ihrem Arm nahm. »Bitte fasst mich nicht noch einmal an«, warnte sie. »Ich brauche nur zu schreien, und Ihr werdet von einem dutzend Pfeilen aufgespießt werden.«

Avendall rang um Beherrschung, und es fiel ihm unsagbar schwer, seinen Jähzorn zu zügeln. »Ihr habt großes Vertrauen in die Fähigkeiten der Männer Eures Geliebten«, sagte er glatt. »Aber bedenkt, Demoiselle, ich bin nicht allein nach Edgefield Keep gekommen, und meine eigenen Soldaten verstehen es, mich zu verteidigen. Gewiss wollt ihr nicht Zeugin von noch mehr Blutvergießen werden, als ihr sehen müsst, wenn Chalstrey und ich uns in einer Stunde auf dem Kampfplatz treffen.«

Sie schluckte, doch ihre Augen – ihre wundervollen Augen, deren Ausdruck stets wechselte – blitzten immer noch von dem offensichtlichen Wunsch, ihm einen Dolch durchs Herz zu stoßen. »Was wollt ihr von mir?«

Avendall lächelte. »Ich glaube, das wisst Ihr. Und zufällig werde ich es bekommen, wenn das heutige Duell entschieden wird, wie ich es voraussage. Wer wird Euch davor retten, Süße, Siegesbeute zu werden, wenn ich Chalstrey ein für alle Mal erledigt habe?«

Sie erschauerte sichtlich, und Avendall ergötzte sich daran. Er war entzückt von dem sinnlichen Versprechen ihrer vollen Brüste, ihres wohlgeformten geschmeidigen Körpers. Es würde eine schwierige, jedoch äußerst lohnende Aufgabe sein, ihren widerspenstigen Geist zu zähmen.

»Aller Wahrscheinlichkeit nach, Sir, wird Lord Edgefield Euch erledigen«, bemerkte sie mit einer Ruhe, die, wie er wusste, vorgetäuscht war. »Dann könnt Ihr Euch Eure Siegesbeute vom Teufel holen, nehme ich an.«

Avendall verspürte den Wunsch, sie zu schlagen, doch sein Bedauern darüber, dass er sie so übereilt davongejagt hatte, war größer denn je. Er würde auf dem Kampfplatz siegen – er *musste* es –, und dann konnte ihn niemand daran hindern, die Frau für sich zu beanspruchen, die rechtmäßig ihm gehörte. Sie würde sein Bett als seine Mätresse zieren; das und mehr schuldete sie ihm.

Er verzichtete auf Gewalttätigkeit und fuhr lächelnd fort. »Ich werde mit Euch schlafen, bevor der Mond aufgeht«, versprach er, »aber seid vorgewarnt, meine Lady – ihr werdet meine Liebkosungen nicht so sanft wie die Chalstreys finden und werdet entdecken, dass es bei mir härter zugeht.«

Gabriella spuckte ihn an, voll ins Gesicht, und kurz spielte Avendall mit dem Gedanken, die kleine Hure zu erwürgen, gleich hier, mit den meisten Bewohnern von Edgefield Keep als Publikum. Doch von der Vorfreude, sie zu unterwerfen, erfüllt, hielt er sich mühsam zurück. Und weil er die Hand eines Soldaten auf seiner Schulter spürte.

»Bitte, Mylord, seid nicht unbesonnen. Ihr werdet sicherlich Genugtuung auf dem Kampfplatz finden.«

Avendall brauchte nicht hinzusehen, um zu wissen, dass der Soldat Withcomb war, sein fähigster Bogenschütze und Reiter, der eingegriffen hatte. Niemand sonst in seiner Kompanie hätte das gewagt.

»Aye«, erwiderte Avendall heiser und sah aus schmalen Augen, wie sich Gabriellas Gesichtsausdruck völlig veränderte. »Kümmere dich um die anderen, Withcomb. Ich habe mich schon unter Kontrolle.«

Withcomb ging davon und zog sein Pferd hinter sich her.

Gabriella sprach in fast höflichem Tonfall. »Ihr habt immer noch die Macht, dies zu stoppen. Chalstrey wird das nicht tun, aber vielleicht seid Ihr der Klügere, trotz all Eures Jähzorns.«

Avendall verschränkte die Arme: Er war jetzt irgendwie im Vorteil, und er wollte das Meiste daraus machen. »Was schlagt Ihr mir vor?«

»Sammelt Eure Männer und reitet nach Avendall Hall zurück. Sofort. Und lasst keinen Kampf, kein Blutvergießen, kein Töten zu.«

»Ich soll mich vor meinen eigenen Männern erniedrigen, ganz zu schweigen vor meinem ältesten Feind und all seinen Vasallen? Was habe ich von einer solch großartigen, aber blöden Geste?«

Gabriella biss sich auf die Unterlippe. Ihr Mund war wund gerieben – vermutlich von Chalstreys Bartstoppeln oder von zu vielen Küssen; verdammt sollten die beiden sein, sie würden die Quittung dafür bekommen.

»Ich könnte mit Euch nach Avendall Hall reiten«, sagte Gabriella mit leiser Stimme nach scheinbar endlosem Schweigen.

»So reizvoll ich diese Idee auch finde, meint Ihr allen Ernstes, Chalstrey würde ein solch nobles Opfer von Euch auch nur für einen Moment gutheißen?« Er musste sie einfach berühren, strich leicht über den blauen Fleck auf ihrer Wange. Ohne auf ihre Antwort zu warten, fuhr er fort: »Vielleicht haltet Ihr mich für einen Narren, Mylady, aber ich weiß eine List zu durchschauen. Ihr würdet eher mit Luzifer persönlich schlafen, als in mein Bett zu steigen – was leider uninteressant ist, denn Ihr werdet zweifellos die Schenkel für mich spreizen –, aber ich bin sehr beleidigt, weil Ihr gehofft habt, mich täuschen zu können. Habt Ihr vergessen, dass Ihr mich angespuckt habt? Habt Ihr mich nicht vorhin mit der Drohung von Chalstreys Sieg auf dem Kampfplatz verhöhnt?«

»Das war voreilig von mir«, sagte sie und gab sich unterwürfig.

Avendall lachte. »Oh, in der Tat. Vielleicht wird Eure jüngere Schwester fügsamer sein.« Er genoss es, Gabriellas Entsetzen zu sehen.

»Was meint Ihr damit?«, fragte sie.

Er lächelte. »Ich lasse mir die süße, gefügige Schwester kommen – ich glaube, sie heißt Elizabeth. Wir werden bei ihrer Ankunft heiraten, und diese Braut, das kann ich Euch versprechen, wird nicht geraubt werden, bevor sie bei mir ist.«

Gabriella war totenbleich geworden, und sie schwankte leicht. »Nicht Elizabeth«, sagte sie flehend. »Sie ist erst sechzehn und wie ein Kind ...«

»So gefällt es mir«, sagte Avendall. Aus dem Augenwinkel sah er Chalstrey nahen, und er legte in einer lässigen Bewegung die Hand auf seinen Schwertgriff. Sollte Edgefield ihn herausfordern, hier mitten auf dem Hof, würde er mit Freuden kämpfen.

Ohne Chalstrey wahrzunehmen, klammerte sich Gabriella

mit beiden Händen an Avendalls Arm. »Ihr dürft nicht Elizabeth zur Frau nehmen«, schluchzte sie. »Sie wird gewiss zu Grunde gehen – ich werde das nicht zulassen!«

Avendall ignorierte sie und wandte seine volle Aufmerksamkeit seinem Gastgeber und Feind zu.

Chalstrey blieb jetzt neben Gabriella stehen, starrte finster auf ihre Hände, die immer noch um Avendalls Unterarm geklammert waren, und obwohl sie nicht in seine Richtung blickte, schien sie seinen Zorn zu spüren. Sie sprang plötzlich zitternd zurück.

»Ich werde beten, dass Chalstrey Euch tötet!«, stieß sie hervor.

Avendall starrte seinen Feind an, obwohl seine Antwort Gabriella galt. »Ihr solltet hoffen, dass Gott Eure Gebete erhört, meine Lady, denn Ihr werdet die besten Eurer Tage – und die Nächte natürlich auch – als meine Hure verbringen. Ich kann euch mit dem Wissen trösten, dass sich Eure köstliche junge Schwester eine Pause von der Erfüllung ihrer ehelichen Pflichten gönnen wird, wenn ich bei Euch bin.«

In diesem Augenblick verlor Gabriella völlig die Fassung, wie von Avendall beabsichtigt, und warf sich mit einem Aufschrei auf ihn, kratzend, zischend und beißend wie eine Furie. Er lachte über die paar Hiebe, die sie ihm versetzen konnte, bevor Chalstrey von hinten ihren Arm packte, ihre schlanke Taille umfasste und sie zurückriss.

Chalstrey hielt sie fest und schenkte ihr nicht mal einen Blick. »Ruhig«, sagte er und erntete nur einen Tritt gegen das Schienbein und erneute Versuche, sich loszureißen.

Chalstrey blieb bewundernswert ruhig. Er fluchte und rief dann jemanden namens Jocko. Ein argwöhnisch blickender Mann löste sich aus der kleinen Gruppe, die sich um die drei versammelt hatte, um zu gaffen und zu tuscheln.

»Bring Mylady ins Ratszimmer«, befahl Edgefield und stieß die sich wild wehrende Frau in Jockos Arme. »Und halte sie dort fest, bis ich ihre Freilassung befehle.«

»Nein!«, schrie Gabriella. »Nein, Morgan, bitte – du darfst mich nicht einsperren ...«

»Wenn du noch einen Moment zögerst, wirst du es bereuen!«, sagte Edgefield zu dem unglücklichen Jocko, während er Gabriella ignorierte und keine Sekunde den Blick von Avendalls Gesicht löste.

Jocko brauchte keine weitere Aufforderung und eilte fort, wobei er alle Mühe hatte, das um sich schlagende Mädchen im Griff zu halten, das weiterhin Chalstrey anflehte, sie nicht einzusperren.

»Die Lady hat mir ein interessantes Angebot gemacht«, sagte Avendall, als Gabriella und Jocko in der Burg verschwunden waren. »Sie hat mir ihre Tugend angeboten, so weit sie noch welche hat –, wenn ich Edgefield Keep verlasse, ohne mit dir zu kämpfen.«

Avendall hätte gewettet, dass diese Worte seinen Feind erzürnten, und Chalstreys Reaktion gab ihm Recht.

Im Affekt wollte Edgefield sofort sein Schwert ziehen, doch dann besann er sich offensichtlich anders. Seine Anspannung, sein Wille zum sofortigen Kämpfen waren offensichtlich, doch er war trotz all seiner Schwächen ein Mann von Ehre, von seiner Kindheit an zur Ritterlichkeit erzogen. Mit einer Geste seiner behandschuhten Hand forderte er Avendall auf, ihm zum Kampfplatz vorauszugehen.

Die beiden Männer gingen Seite an Seite, und es fiel kein Wort mehr. Ihre Rüstungen wurden gebracht, und das Ritual des Anlegens begann. Ihre Pferde wurden auf den Kampfplatz geführt, und man half ihnen beim Aufsitzen, bevor ihnen die schweren Lanzen angereicht wurden.

Avendall nahm seine Position an einem Ende des Platzes ein, Chalstrey am anderen.

Der lang erwartete Tag der Abrechnung war gekommen, und Avendall war sehr erfreut.

Auf dem oberen Korridor gelang es Gabriella endlich, sich aus Jockos Griff zu winden, und während er noch um sein Gleichgewicht rang, rannte sie fort in die entgegengesetzte Richtung, wobei sie ihre Röcke raffte, um nicht zu stolpern.

Jocko war Soldat und körperlich in Form, doch er war auch beleibt und muskulös. Sein bestes Attribut war Kraft, nicht Schnelligkeit. Gabriella, stets leichtfüßig, rannte davon und gewann Distanz, als sie die Haupttreppe förmlich hinunterflog.

»Halt!«, brüllte Jocko fast flehend, als sie durch die große Halle schoss, eine weitere Treppe hinab und dann in den Burghof hinaus. »Bitte, Mylady …«

Gabriella hatte Mitleid mit dem armen Jocko, denn sie wusste, dass er ernste Schwierigkeiten bekommen würde, wenn Morgan von seinem Versagen erfuhr – sofern Morgan die Narretei überleben sollte, die auf dem Kampfplatz bevorstand. Sie konnte das Duell nicht verhindern und hätte es auch nicht getan, nachdem sie erfahren hatte, welche Bosheit und Grausamkeit Avendall für ihre sanfte und fromme Schwester geplant hatte. Sie hielt sich sogar selbst für fähig, den Mann persönlich umzubringen, wenn sie die Mittel dazu gehabt hätte.

Nein, Gabriella wollte nur aus einem Grund anwesend sein: Sie liebte Morgan Chalstrey, welche Gefühle er auch immer für sie hegen mochte. Wenn er triumphierte, würde sie dort sein, um den Sieg mit ihm zu teilen, wenn nicht zu feiern. Und falls er unterlag, würde sie zu Morgan rennen – und niemand würde sie aufhalten können – und ihn in die Arme schließen.

Avendall würde sie vielleicht fortschleppen, aber zuvor würde sie ihr Herz und ihre Seele für alle Ewigkeit dem Lord von Edgefield Keep versprechen.

11

Das erste Aufeinanderprallen von Stahl und Holz traf Gabriella wie ein Schlag, während sie zum Kampfplatz rannte. Es war, als wäre sie selbst in vollem Tempo von der Spitze einer Lanze getroffen worden. Tränen brannten in ihren Augen, doch sie lief weiter, fixiert auf ihr Ziel, ohne daran zu denken, dass sie von irgendjemandem verfolgt werden könnte.

Schließlich erreichte sie den Kampfplatz und blieb um Atem ringend an dessen Rand stehen.

Morgans Rüstung glänzte wie Silber im Sonnenschein, ebenso die Avendalls. Beide Männer trugen Visiere und hielten ihre Lanzen, als wären sie so leicht wie eine Gänsefeder. Ihre Pferde waren gereizt, doch nicht aus Furcht, wie Gabriella fand; nein, die Hengste waren wie ihre Herren begierig auf den Kampf.

Diese Erkenntnis verdrängte ein wenig von Gabriellas Entsetzen, und ein gewisser Abscheu stieg in ihr auf. Morgan und Avendall waren wie zwei Hirsche im Wald, entschlossen, bei jeder Gelegenheit und mit so viel Wucht wie möglich zusammenzuprallen.

Die Gegner nahmen ihre Positionen an den entgegengesetzten Enden des Platzes ein und preschten dann in einem Tempo aufeinander zu, bei dem Gabriella der Atem stockte. Dann vergaß sie alles, Avendalls Pläne, Elizabeth zu heiraten und sie,

Gabriella, als Konkubine zu nehmen, einfach *alles* außer der nächsten Kollision der Männer und Pferde.

Der Anblick des Zusammenpralls war so entsetzlich, dass Gabriella nach Luft schnappte und eine Hand auf den Mund presste. Die Lanzen trafen aufeinander und wurden pariert, dann von neuem eingesetzt. Und bei diesem zweiten Aufprall zersplitterte Morgans Lanze wie ein dünner Zweig an Avendalls Schild.

Avendall blieb im Sattel, doch der graue Hengst erbebte und warf den gewaltigen Kopf hin und her. Gabriella, die zitternd dastand und die Arme um sich geschlungen hatte, überkam das sonderbare Gefühl, dass die Pferde vielleicht ihren eigenen Kampf geführt hätten, wenn man ihnen die Gelegenheit gegeben hätte. Es war, als seien sie dafür gezüchtet worden und für nichts sonst.

Eine neue Lanze wurde feierlich gebracht und zu Morgan hinaufgereicht. Er hob sie so leicht wie zuvor an, obwohl Gabriella dachte, dass er in seiner Rüstung so benommen und voller blauer Flecken sein musste wie Avendall in seiner. Sie empfand kurz Wut auf Morgan, weil er so viel riskierte, weil er *alles* aufs Spiel setzte. Er hätte ebenso gut ihr Herz auf seiner Lanzenspitze tragen können, so verletzlich war sie.

Ein Signal wurde gegeben, und die Reiter brandeten von neuem aufeinander zu wie die Wogen zweier Ozeane, lange aufgestaut und jetzt plötzlich freigelassen. Sie prallten gegeneinander und schienen den Himmel ebenso wie die Erde zu erschüttern.

Staub wallte vom Boden auf, ein quirlender Vorhang, aufgewirbelt von den Hufen der Schlachtrösser, der die Kämpfenden völlig einhüllte. Sekundenlang herrschte eine unheimliche Stille, als hätte die Welt den Atem angehalten, um zu lauschen, zu warten.

»Er ist aus dem Sattel gefallen!«, rief einer der Männer in der Menge. Gabriella konnte in der sich langsam senkenden Staubwolke nur ein Durcheinander aus Pferden und Rüstungen erkennen und wusste daher nicht, wer vom Pferd gestürzt war – Avendall oder Morgan.

Ohne zu denken, rannte sie zur Mitte des Kampfplatzes, entwand sich leicht dem Griff von Lady Johanna, die sie aufgehalten hätte. Sie traf auf dem Kampfplatz ein und sah Avendall schmachvoll auf dem Boden hocken, während Morgan über ihm aufragte, das Schwert gezogen, das Visier hochgeklappt.

Avendall schüttelte die Männer ab, die zu ihm eilten, um ihm aufzuhelfen und stand selbst auf – eine schwierige Prozedur angesichts des Gewichts seiner Rüstung und des Schmerzes, den der Zusammenprall verursacht haben musste. Mit einer ärgerlichen Bewegung nahm er seinen Helm ab und schleuderte ihn zur Seite, enthüllte einen blutigen Kopf und strähniges Haar.

Gabriella trat einen Schritt näher auf Morgan zu, wagte es jedoch nicht, ihn zu berühren. Er nahm ebenfalls seinen Helm ab und ließ ihn in den Staub fallen. Er schenkte ihr keinen Blick, geschweige denn ein Wort, doch sie nahm an, dass er ihr viel zu sagen gehabt hätte – ausschließlich Vernichtendes –, wenn sie allein gewesen wären.

Junker von beiden Parteien bewegten sich fast auf Zehenspitzen, um die Zügel der mit Schaum bedeckten, wiehernden Hengste zu nehmen und sie fortzuführen, damit sie beruhigt, gestriegelt und gefüttert wurden.

Der Blick, den Morgan und Avendall tauschten, war fast so Furcht erregend, wie es der berittene Kampf gewesen war; Gabriella befürchtete, dass der eine oder andere in Flammen aufgehen könnte, entfacht vom heißen Atem eines wütenden Drachen.

Morgan hielt immer noch sein Schwert; Avendall war unbewaffnet.

Trotz all des Bluts in Avendalls Haar und der Schwellungen auf seiner Stirn und am Kinn wusste Gabriella, dass die öffentliche Niederlage ihn mehr verletzt hatte als die körperlichen Schläge, die er hatte einstecken müssen. Weil er sich selbst als Feind ihrer zerbrechlichen und verletzlichen Schwester und auch als der ihre erklärt hatte, empfand sie keine Spur von Mitleid mit ihm.

Es war Morgan, der das lange grauenhafte Schweigen brach. »Nur mein Schwur als Ritter hält mich davon ab, dir diese Klinge durch die Kehle zu treiben«, sagte er zu Avendall mit einer Stimme, die wegen ihres ruhigen, gemessenen Tonfalls nur noch schrecklicher klang. »Sammele deine Männer und verschwindet, bevor ich die Ehre vergesse und stattdessen den gesunden Menschenverstand sprechen lasse und dich auf der Stelle töte. Es wird heute keine weiteren Kämpfe mehr geben.«

Dieser Erklärung folgte ein allgemeiner Aufschrei der Enttäuschung und Bestürzung von den Dorfbewohnern und Soldaten, und Gabriella fröstelte bei dieser Reaktion auf Morgans Erklärung. Offensichtlich hätten sie ein großes Gemetzel vorgezogen, komplett mit gebrochenen Knochen, ausgestochenen Augen und strömendem Blut. Sie kämpfte gegen die Übelkeit an, die in ihr aufstieg, und drehte sich, um finster zu der Menge zu blicken, die Hände zu Fäusten geballt.

Die Leute waren natürlich unbeeindruckt von Gabriellas kaltem Zorn, doch auch Morgan wandte den Kopf und brachte Avendalls Leute und seine eigenen mit einem einzigen Blick zum Verstummen.

Avendall warf Gabriella einen giftigen Blick zu und unterstrich damit ohne ein einziges Wort jede üble Drohung, die er zuvor im Burghof ausgestoßen hatte. Dann bückte er sich, um seinen Helm aufzuheben, und nur ein leichtes Verziehen des Gesichts verriet, dass Morgan ihm tatsächlich weitere Verletzungen zugeführt hatte.

Es gab nichts, was er zu Morgan sagen konnte, ohne dass es unterwürfig wirkte, und so ging er einfach davon. Seine Männer schlossen sich ihm widerstrebend und gedrückt an. Pferde wurden geholt, und die Narretei des Tages war vorüber. Morgan lebte, und sehr wenig Blut war vergossen worden.

Gabriella stieß einen lang gezogenen Seufzer der Erleichterung aus und verschluckte sich fast daran, als Chalstrey seinen sorgfältig beherrschten Ärger auf sie richtete.

»Du«, krächzte er leise.

Gabriella wich unwillkürlich einen Schritt zurück. Sie wusste, dass Morgan sie niemals grob behandeln, geschweige denn schlagen würde, doch der Zorn, den sie in seinen Augen sah, ließ eine lange und möglicherweise öffentliche Schelte ahnen. Das Wissen, dass sie jedes scharfe, verletzende Wort verdient hatte, bot keinen Trost, denn Gabriella war keine Frau, die Vergnügen an Buße fand.

»Habe ich dir nicht befohlen, in das Ratszimmer zu gehen?«, fragte er und verfolgte sie Schritt für Schritt. Für jeden Schritt, den sie zurücksetzte, rückte er einen vor.

Gabriella blieb stehen und stellte sich ihm gegenüber, die Hände zu Fäusten geballt. Sie hielt Morgans zornigem Blick mit gleicher Wut stand. »Du hast mir nichts zu befehlen, Mylord!«, sagte sie, und ein leichtes Zittern ihrer Stimme verriet ihre Angst, die ihr tapferes Verhalten Lügen strafte. »Ich bin weder deine Frau noch eine Dienerin, weder Pferd noch Hund, weder Soldat noch Vasall. Kein Gesetz und kein Vertrag zwingt mich zu springen, wenn du pfeifst.«

Morgan stieß das Schwert mit einer geübten Bewegung in die Scheide und zog langsam einen der schweren Handschuhe aus, dann den anderen. Er schleuderte sie beiseite, und aus dem Augenwinkel sah Gabriella, wie ein Junge sich beeilte, die Panzerhandschuhe aufzuheben. »Du ärgerst mich sehr, Mylady«, presste Chalstrey durch die Zähne. »Ich bitte dich, mich nicht zu weit zu provozieren, denn ich habe bereits den größten Teil von der wenigen Geduld aufgebraucht, die der Herrgott mir zugeteilt hat.«

Um völliger Panik vorzubeugen, atmete Gabriella tief durch. »Ich habe nur gewünscht, anwesend zu sein, falls du im Kampf fällst und meinen Trost brauchst«, sagte sie und fand, dass die Äußerung sowohl vernünftig als auch der Wahrheit entsprechend und klug war.

Morgans Miene sagte ihr sofort, dass sie sich geirrt hatte. »*Falls ich im Kampf falle?*«, wiederholte er und wirkte sogar noch ärgerlicher als zuvor, wenn das überhaupt möglich war.

Die Menge, die begierig gelauscht hatte, zog sich fast erschrocken zurück, als könnte sie von Funken aus einem plötzlich aufflackernden Feuer erwischt werden.

Gabriella war wütend und vergaß prompt ihren Vorsatz, Morgan versöhnlich zu stimmen, bis sein schlimmster Zorn verraucht war. »Du bist äußerst arrogant, Mylord, und du hast den Verstand eines Ochsen, wenn du meinst, du seiest gegen die Fähigkeiten und die Macht anderer Männer gefeit. Nur eine Laune des Schicksals, und Avendall wäre im Triumph statt in Schande hier fortgeritten und hätte mich als Siegesbeute mitgenommen!«

»Vielleicht sollte ich ihn zurückrufen und dich als Geschenk anbieten«, sagte Morgan kühl. »Dann könnte ich den Frieden haben, der mir fehlt, seit ich dir begegnet bin.«

Gabriella stemmte die Hände auf die Hüften. Jetzt war es ihr gleichgültig, wer zuhörte. Sollte ihre Antwort die Mauern des Himmels einstürzen lassen! »Du bist mir nicht einfach begegnet, Mylord – deine Erinnerung ist so schlecht wie deine Beherrschung. Ich wurde *entführt* und gefangen gehalten ...«

Morgan unterbrach sie, indem er sie am Arm packte und in Richtung Burg zerrte. In der Ferne war Hufschlag zu hören, als Avendall und sein Trupp über die Zugbrücke ritt. Gabriella wirbelte zu Morgan herum, um ihm zu sagen, dass er der Hintern eines Ebers sei – die giftigste Beleidigung, die sie kannte –, und sie sah gerade noch, wie er die Augen verdrehte und dann schloss.

Seine Knie gaben nach, und er fiel in einer langsamen, fast graziösen Bewegung zu Boden, wobei er keinen Laut verursachte außer dem Klirren der Rüstung.

Sofort waren ihre Differenzen vergessen, und Gabriella warf sich neben ihm auf die Knie und suchte sein bleiches Gesicht nach Anzeichen auf Bewusstlosigkeit ab. Andere versammelten sich ebenfalls, doch Lady Johanna bahnte sich resolut einen Weg durch die Menschentraube, bückte sich und fühlte den Puls an Morgans Halsschlagader.

»Bringt ihn in seine Kammer«, kommandierte die Nonne forsch und richtete sich auf. »Und seid bitte vorsichtig.«

Vier starke Soldaten hoben Morgans reglose und schwere Gestalt vom Boden an und trugen ihn zur Burg. Gabriella eilte hinterher, und ihr Ärger auf Morgan wurde nur von ihrer Angst um ihn übertroffen. Sie hatte ihn sicher und unversehrt gewähnt, ihn für den Sieger gehalten. Jetzt befürchtete sie, dass er unter seiner Rüstung ernsthafte Verletzungen erlitten hatte. Wenn er sterben würde, dann würde das auch das Ende für sie sein, davon war sie überzeugt. Er war für sie wie die Luft zum Atmen, und ohne die Gewissheit, dass er lebte – irgendwo auf der Erde –, würde sie eingehen.

Gabriella wischte sich mit einer staubigen Hand die Tränen fort. Wäre sie doch in St. Swithin's geblieben und hätte das

Gelübde abgelegt, statt sich in Morgan Chalstrey zu verlieben!

Ja, sie liebte ihn. Es hatte keinen Sinn, sich selbst zu belügen.

In der Kammer gab Lady Johanna Befehle. Zieht Chalstrey die Rüstung aus, schnell, aber behutsam. Erhitzt Wasser. Bringt Tücher für Verbände. Schürt das Feuer im Kamin, und bringt Fackeln aus der ganzen Burg. Diener und Soldaten beeilten sich gleichermaßen, um ihre Wünsche zu erfüllen.

Gabriella hielt den Blick nur auf Morgans bleiches Gesicht gerichtet. Er war fast so kalkweiß wie die Leiche, die sie einst in der Abtei gesehen hatte, als ein Besucher, der bei einem Schneesturm Zuflucht gesucht hatte, in den frühen Morgenstunden neben dem Feuer im Krankenzimmer gestorben war.

Sie fühlte sich schwindelig und schloss die Augen.

»Ruhig, Gabriella«, sagte Lady Johanna und scheuchte die Soldaten vom Bett fort, damit sie den Patienten untersuchen konnte. »Du wirst keine Hilfe sein, wenn du vor Aufregung umkippst.«

»Soll ich die Blutegel holen?«, fragte einer der Soldaten besorgt.

»Auf keinen Fall«, erwiderte die Nonne scharf. »Und nun fort mit euch allen, damit ich mich in Ruhe um euren Herrn kümmern kann.«

Widerstrebend verließen alle die Kammer, mit Ausnahme von Gabriella, die nicht einmal dem Ruf von Gabriels Trompete gefolgt wäre. Ihre Augen waren groß vor Besorgnis, als sie näher ans Bett trat.

Morgan lag nackt da, und sein gesamter Oberkörper war von Blutergüssen übersät. Lady Johanna untersuchte jede seiner Rippen, gründlich, jedoch behutsam, fast zärtlich.

Er stöhnte und bewegte den Kopf auf dem Kissen, kam jedoch nicht zu sich.

»Wie ich es mir gedacht habe«, sagte Lady Johanna. »Edgefield hat für seinen Sieg mit ein paar gebrochenen Rippen bezahlt. Vielleicht hat er sogar innere Verletzungen erlitten, aber das glaube ich nicht. Durch die Stöße von Avendalls Lanze und seine eigenen Attacken hat der Meister offensichtlich seine Körperkräfte erschöpft.«

»Dieser dumme Mann«, wisperte Gabriella kläglich. »Wird er sterben?«

Lady Johanna lächelte, wenn auch etwas traurig. »Nein, mein Kind. Dein Morgan kann wegen mehr als seiner Sturheit mit einem Ochsen verglichen werden – er hat ebenso die robuste Konstitution eines jungen Bullen.«

Als hätte ihn etwas gezwungen, sich zu verteidigen, öffnete Morgan die Augen und blickte von Gabriella zu Lady Johanna und wieder zurück. In sein Gesicht war etwas Farbe zurückgekehrt, und Gabriella fühlte sich plötzlich überschwänglich, trotz all der neuen Schicksalsprüfungen, die vor ihr lagen.

»Bitte, sagt mir nicht, Avendall war so feige, zurückzukehren und mich von hinten niederzuschlagen«, brachte Morgan mühsam hervor. »Ich bedauere schon genügend, dass ich ihn am Leben gelassen habe, und wenn mir im Augenblick nicht die nötige Kraft fehlen würde, würde ich die Viper suchen und meinen Fehler korrigieren.«

Gabriella setzte sich auf die Kante der Matratze und strich ihm eine staubbedeckte braune Haarsträhne aus der Stirn. »Avendall ist fort, Mylord, besiegt. Du bist ohnmächtig geworden, weil du dich in deinem Zorn verausgabt hast und ein oder zwei Rippen gebrochen sind.«

»Ohnmächtig geworden!«, wiederholte Morgan dramatisch und mit einer Spur von Ärger. »Guter Gott, Gabriella, wählst du immer Worte, die mich wie eine zahnlose Großmutter wirken lassen?«

Sie biss sich auf die Unterlippe und senkte bekümmert den Blick. Sie hatte nicht vorgehabt, bei diesem Anlass oder den vorherigen Morgan als schwach darzustellen.

»Ihr müsst Euren Federkiel nehmen, Mylord, und all diejenigen Worte aufschreiben, die Euren beträchtlichen Stolz nicht verletzen«, sagte Lady Johanna und riss Leintücher in Streifen, mit denen sie seine Rippen verbinden wollte. »Wir hängen dann die Liste an die Tür der Kapelle, damit niemand in unvorsichtige Sprache verfällt.«

Morgans schmutziges und verschrammtes Gesicht rötete sich leicht vom geschickt formulierten Tadel der Nonne. »Wenn Ihr meint, Ihr könnt mich schelten, dann bringt mir bitte zuerst starken Wein zu trinken, damit ich mich gegen Euren Tadel ebenso wie gegen die Schmerzen meiner Verletzungen wappnen kann. Ich fürchte, beides zusammen wird mich umbringen, wenn ich keinen Trost finde.«

»Gabriella«, sagte Lady Johanna ohne zu zögern, »hol Wein für Mylord. Er wird ihn brauchen.«

Morgan lachte heiser und ließ sich, ergeben zwischen gierigen Schlucken aus dem Becher Wein, den Gabriella ihm an die Lippen hielt, die Rippen verbinden. Er verhielt sich tapfer, doch die Leichenblässe seiner Haut und der Schweiß auf seiner Stirn verrieten, wie sehr er litt. Lady Johanna verzichtete – vielleicht aus christlichem Erbarmen – auf ihre beißenden Bemerkungen, und als sie schließlich den Rest der Leinenstreifen um seine Brust gewickelt hatte, nickte sie zum Abschied und ging.

»Wenn diese Frau keine Nonne wäre, würde ich sie zum Hauptmann meiner Kompanie ernennen«, bemerkte Morgan und sank auf die Kissen zurück, während Gabriella sein Gesicht mit einem Tuch abtupfte, das sie in frisches Brunnenwasser getunkt hatte. Er runzelte die Stirn und blickte geistesabwesend zum Fenster. »Wo bleibt nur Sedgewick? Was hält ihn ab, zurückzukehren?«, murmelte er wie im Selbstgespräch. »Vielleicht hat er es satt, sich mit mir abzugeben. Gott weiß, wie oft er gedroht hat, seinen Abschied zu nehmen und somit auch seinen alten Freund zu verlassen.«

Hätte Morgan Gabriella angeschaut, hätte er gesehen, dass sie zusammenzuckte, als er Gresham Sedgewick erwähnte, den Lady Johanna mit einem Stein niedergeschlagen und ihn seines Pferdes beraubt hatte. Als ihr Sedgewick in den Sinn kam, dachte sie natürlich an die Abtei, die sein Ziel gewesen war, und an ihre Schwestern Elizabeth und Meg. Sie waren in schrecklicher Gefahr – beide, obwohl Avendall Meg nicht erwähnt hatte. Aber wenn die arme kleine Elizabeth nicht seinen Erwartungen entsprechen würde, war es gut möglich, dass er sich Meg an ihrer Stelle holte.

Ganz gleich, welche Verluste sie erleiden würde, ganz gleich, welchen Gefahren sie sich stellen musste, Gabriella konnte nicht zulassen, dass so etwas geschah. Sie würde buchstäblich den Tod vorziehen, als die Qualen zu ertragen, zuzusehen, wie Avendall das Leben ihrer Schwestern zerstörte, und sie war entschlossen, alles zu tun, um sie zu schützen.

Sie dachte an ihren Gönner, gewiss ein Mann mit Macht und Einfluss. Konnte sie sich an ihn um Hilfe wenden? Gewiss würde Lady Johanna angesichts der Bedrohung für Meg und Elizabeth bereit sein, seine Identität jetzt preiszugeben.

»Ich bin überzeugt, dass Lord Segdewick wohlauf und unterwegs nach Edgefield Keep ist«, sagte sie verspätet. Morgan wirkte alles andere als überzeugt. Seine Miene war bekümmert und verriet einen Schmerz, der tiefer und andauernder war als derjenige, der bei dem Spiel der Narren auf dem Kampfplatz entstanden war. »Ich hätte Gresham nicht so in Rage bringen sollen, wie ich es getan habe. Er war – ist – mein bester Freund.«

Gabriella griff nach der kleinen Holzschale, die einen Schlaftrunk aus Kräutern enthielt, den Lady Johanna auf dem Nachttisch zurückgelassen hatte. »Trink davon, Mylord, und mach dir bitte keine weiteren Sorgen. Sedgewick wird zurückkehren, und dann kannst du ihm Abbitte leisten.«

Nach einem skeptischen Blick auf die Substanz in der Schale schnitt Morgan eine Grimasse und nippte vorsichtig daran. Er spuckte sofort aus und besudelte das Bettzeug.

»Guter Gott, Mädchen, bei diesem Zeug muss ein Toter kotzen!«

Gabriella seufzte. »Mylord, du musst deine Medizin nehmen, oder ich bin gezwungen, Lady Johanna zu rufen, damit sie sich persönlich um dich kümmert.«

Morgan bedachte sie mit einem mörderischen Blick, nahm dann die Schale in beide Hände und trank den Inhalt auf einen einzigen todesverachtenden Zug. Nachdem er geschluckt und gewürgt hatte, schmetterte er die Schale zu Boden und stieß einen neuen und viel farbigeren Fluch aus.

Gabriella unterdrückte ein Lächeln und bemühte sich um eine ernste Miene. »Ich schwöre, du kannst als kleiner Junge nicht halb so schwierig gewesen sein«, schalt sie und zupfte die Bettdecke sorgfältig um ihn zurecht. »Und jetzt bist du ein erwachsener Mann und kriegst Wutanfälle.«

»Sprich mir nicht von Wutanfällen, Mylady«, warnte Morgan, und dann gähnte er herzhaft. Der Kräutertrunk zeigte bereits Wirkung. »Nicht, wo ich dich erst heute von Avendall wegreißen musste wie eine Löwin von einem Wildkadaver, damit du ihn nicht in Stücke reißt und mir das Vergnügen versagst, ihn vor der halben Grafschaft aus dem Sattel zu werfen.«

Gabriella runzelte die Stirn und rief sich die Szene auf dem Kampfplatz nur zu lebhaft in Erinnerung. »Was hat dich zurückgehalten, Mylord? Du warst trotz all der Demütigung, die

Avendall erlitten hat, mehr als gnädig mit ihm, als du ihn am Boden hattest.«

Morgan schloss die Augen. »Die Ehre verbietet jedem Ritter, einen entwaffneten Gegner zu töten.«

»Er hätte sich an deiner Stelle nicht so verhalten.«

Ein weiteres herzhaftes Gähnen. »Ich brauche die Ehre keines Mannes zu bewahren, außer meiner eigenen. Ich war, das muss ich gestehen, niemals zuvor in solch schlimmer Versuchung, ihn zu töten, wie in dem Augenblick, in dem ich ihm die Klinge an die Kehle hielt.«

Sie strich zärtlich mit den Fingerspitzen über sein verschrammtes Gesicht. »Warum hasst du ihn sosehr und er dich?«

Morgan hob die dichten Augenlider und sah sie mit verschwommenem Blick an. »Wegen Rebecca«, murmelte er, bevor Johannas Trank seinen wachen Verstand besiegte. Er kämpfte sichtlich gegen die Müdigkeit an und verlor den Kampf.

Rebecca. Gabriella wiederholte den Namen im Geiste, und es versetzte ihr einen Stich. Morgan war bereit gewesen, viel zu riskieren, um die verlorene Rebecca zu rächen, wer immer sie auch gewesen sein mochte. Er hatte einem anderen Mann die Braut geraubt, hatte auf Geheiß seines Feindes sein Leben auf dem Kampfplatz riskiert. Hätte er das Gleiche getan, fragte sie sich, wenn sie, Gabriella, Unrecht erlitten hätte wie diese Rebecca?

Es hat keinen Sinn, sich mit solch nutzlosen Fragen zu quälen, sagte sie sich. Sie musste Morgan und alles, was sie für ihn empfand, hinter sich lassen, ein für alle Mal, und zur St.-Swithin's-Abtei aufbrechen. Es galt, keine Zeit zu verlieren – sie musste vor Avendalls Männern bei ihren Schwestern sein. Wenn er *tatsächlich* Männer schickte, um das Mädchen zu holen. Vielleicht hatte er geblufft; möglicherweise hatte er erraten, dass sie bei Meg und Elizabeth am verwundbarsten war, und sie mit seiner Drohung bestrafen wollen.

Sie wusste aber, dass sie nicht riskieren konnte, sich auf Letzteres zu verlassen.

Lady Johanna wirkte nicht überrascht, als Gabriella sie nach der Abendandacht und dem Abendessen aufsuchte und ihr ruhig ihren Plan darlegte. Sie würde nach St. Swithin's reisen, auf jede ihr mögliche Weise, und alles tun, was sie konnte, um ihre Schwestern zu schützen. Mutter Mary Benedict würde ihr sicherlich helfen, wenn sie erst die Gefahr erkennen würde.

»Du bist bereit, Lord Edgefield zu verlassen?«, fragte die Nonne, als sie in der Abgeschiedenheit eines Gartens zusammen waren, der jetzt bis zum Frühling brachlag. »Obwohl er verwundet ist?«

»Ich will es nicht, aber es muss sein.« Sie wischte mit dem Handrücken eine Träne von der Wange. »Morgan geht es zwar ziemlich schlecht, aber er ist nicht ernsthaft verletzt. Morgen wird er zweifellos schon aufstehen, um weiter alberne Spiele auf dem Schlachtfeld zu treiben wie ein kleiner Junge.«

Lady Johannas Lächeln war freundlich. »Du bist ein nobles Geschöpf, Gabriella Redclift, doch auch ein übermütiges. Aber du hast Recht – es wird keinen besseren Zeitpunkt geben, Edgefield Keep zu verlassen, als heute Nacht, wenn alle Wachen abgelenkt sind und sich fragen, was aus ihrem Lord werden wird, und wenn der Lord selbst im Bett liegt und dich nicht verfolgen kann.« Sie legte eine Pause ein, überlegte und seufzte. »Nun gut. Ich werde mit dir reisen, denn du kannst es bestimmt nicht allein schaffen. Es ist ohnehin an der Zeit, dass ich zur Abtei zurückkehre und meine alten Pflichten erfülle, und außerdem möchte ich herausfinden, wie es dem jungen Sedgewick geht. Die Verzögerung seiner Rückkehr führt zu vielen Spekulationen und Sorgen bei den Dorfbewohnern und der Dienerschaft.«

Gabriella empfand Dankbarkeit und Erleichterung, denn sie hatte sich Begleitung gewünscht. Mit Lady Johanna hatte sie gewiss eine bessere Chance, die Abtei sicher und schnell zu erreichen. Dennoch hatte sie noch eine Frage. »Wirst du mir jetzt sagen, wie mein Wohltäter heißt? Vielleicht würde er eingreifen ...«

Lady Johanna versteifte sich. »Er ist weit fort, mein Kind, und mit anderen Dingen beschäftigt. Nein, wir schaffen das allein.«

Sie wandte sich nachdenklich ab, und Gabriella wusste, dass sie die Nonne nicht überreden konnte, ihre Schweigepflicht zu brechen und den Namen des Mannes preiszugeben, der in all diesen Jahren für Kost und Logis der Redclift-Schwestern in der Abtei bezahlt hatte.

»Ich fürchte, ich muss leider noch einmal zur Diebin werden ...«

»Was?«, flüsterte Gabriella, entsetzt bei der Vorstellung, sich bei einem Verbrechen zu beteiligen.

»Aye«, erwiderte Lady Johanna mit einem Seufzer fröhlicher Resignation und verschmitztem Zwinkern. »Wir werden uns Pferde besorgen müssen. Wenn wir versuchen, beide auf Zacheus zu reiten, wird er sicherlich bockig sein.«

Gabriella nickte, erwärmte sich für den Gedanken, Pferde zu stehlen, und dann steckten die beiden Frauen die Köpfe zusammen und erdachten im Flüsterton einen Plan.

Während Lady Johanna Morgan in der Eigenschaft als Krankenschwester einen weiteren Besuch abstattete, packte Gabriella hastig ihre wenigen Habseligkeiten in die Reisetasche, die sie nach Edgefield Keep mitgebracht hatte. Als sie die Tasche hinter der großen Truhe in der Kammer versteckt hatte, die sie mit der Nonne hatte teilen sollen, ging Gabriella zu Morgans Schlafgemach.

Morgan lag wie von ihr erwartet im Bett, und seine verbundene Brust hob und senkte sich unter den tiefen Atemzügen des Schläfers. Lady Johanna verließ den Raum, und obwohl sie es natürlich nicht erwähnte, wusste Gabriella, dass die Nonne sich auf den Weg zu den Ställen machte, um dort den wahrhaft verwegenen Diebstahl vorzubereiten.

Allein mit Morgan, setzte sich Gabriella auf die Kante des Bettes, in dem sie so glücklich und gründlich entjungfert worden war, und als silbriger Mondschein in den Raum fiel, legte sie ihre Stirn gegen seine. Ihre Tränen tropften unbemerkt auf sein Gesicht; in ihrem Kummer merkte Gabriella gar nicht, dass sie weinte.

Als sie schließlich an den Geräuschen im Burghof und auf dem Korridor erkannte, dass es Zeit zum Handeln war, küsste sie Morgan, berührte mit den Lippen so leicht wie eine Sommerbrise seinen Mund.

»Lebe wohl, Morgan Chalstrey, Duke of Edgefield«, flüsterte sie kaum hörbar. »Lebe wohl.«

Dann eilte sie aus Morgans Schlafgemach, denn sie wagte nicht, auch nur einen Moment länger zu verweilen, weil sie sonst ihre Entschlossenheit verloren hätte. Sie ließ die große Tür einen Spalt offen und schlüpfte auf den dunklen Gang hinaus.

Morgan war sich nicht sicher, wie viel Zeit vergangen war, seit Gabriella ihn verlassen hatte – eine Stunde, ein Tag? –, und glaubte für einen Augenblick, geträumt zu haben. Selbst Gabriella würde nicht so dumm sein, ohne Schutz zur anderen Seite von England aufzubrechen.

Er öffnete die Augen. »Verdammt«, murmelte er. Die Begegnung war *real* gewesen, wurde ihm nach und nach klar. Er verzog das Gesicht, warf die Decken zurück und setzte sich auf.

Es brannte keine Lampe, und in der Kammer war es stockfinster. Er tastete herum, bis er seine Hose, einen Rock, ein Lederwams und Stiefel fand. Sich in seiner Verfassung anzukleiden war eine Tortur, doch er schaffte es schließlich und tastete sich durch die Dunkelheit zur Tür. Er fluchte, als er sich am Türrahmen ein strategisch wichtiges Glied anstieß.

Er war auf halbem Weg auf der Haupttreppe, und der Lampenschein aus der großen Halle reichte bereits bis zu seinen Füßen, als er nach den Wachen rief.

Gabriella und Lady Johanna verließen die Burg durch das Nebentor, durch das am Morgen und Abend die Dorfbewohner auf dem Weg von und zu den nahen Feldern gingen, wo immer noch Kürbisse und Spätkartoffeln geerntet wurden. Die beiden Frauen trugen Umhänge mit Kapuzen, hielten die Köpfe gesenkt und mieden so gut es ging die Streifen Mondschein, die durch die Wolkendecke brachen. Sie waren jedoch nicht unauffällig – Gabriella ritt das alte weiße Maultier Zacheus, eine Kreatur, der es an den einfachsten Tugenden mangelte, sodass sie sogar christliche Nächstenliebe vermissen ließ. Lady Johanna war in vielerlei Hinsicht sogar noch auffälliger, denn ihr Reittier war ein grau gescheckter Wallach, der erst kürzlich zugeritten worden war.

Trotz all ihrer Behauptungen, dass ein kräftiges und schnelles Pferd über Entkommen oder Gefangennahme entscheiden konnte, argwöhnte Gabriella belustigt, dass Lady Johanna in Wahrheit eine sehr weltliche Vorliebe für gute Reitpferde hatte. Gewiss gab es in der Abtei, wo der schreckliche Zacheus als das einzige Transportmittel diente, keine Gelegenheit, solch einer Laune zu frönen.

Die Nonne hatte einen Kurs über Land geplant, bei dem sie die Straße mieden, und als sie Edgefield Keep weit hinter sich gelassen hatten – Gabriella erlaubte sich einen einzigen Blick zurück, trotz der Furcht, zur Salzsäule zu erstarren wie Lots Frau –, ritten sie ein wenig langsamer.

»Hast du jemals gewünscht, ein anderes Leben zu führen?«, fragte Gabriella, nachdem sie ein paar Minuten lang ihren Mut gesammelt hatte, aus Furcht, von Lady Johanna wegen ihrer Neugier zurechtgewiesen zu werden.

Die ältere Frau ließ sich mit der Antwort lange Zeit. »Ich nehme an, das wünscht sich jeder von uns dann und wann«, erwiderte sie schließlich. »Beeil dich, Gabriella – wenn du auch nur einen Moment mit diesem Maultier nachsichtig bist, wird es sich wie eine alte Kuh hinlegen und keine Wimper mehr rühren, wenn es keinen besonderen Grund dafür sieht.«

Danach ließ Gabriella sie in Frieden und grübelte, was hätte sein können.

12

Gabriella und Lady Johanna ritten, weit entfernt von Edgefield Keep, tief in den Wald, bevor der Einbruch der Dunkelheit sie zwang, im Schutz eines Birkenhains ein Lager aufzuschlagen. Im Schein des launischen Mondes, der gelegentlich durch die schnell dahinziehenden Wolken spähte, sammelten sie Äste und Stöcke und riskierten ein kleines Feuer. Die Flammen, wenn auch klein, konnten von etwaigen Verfolgern gesehen werden, und wilde Tiere wie Wölfe und Wildschweine stellten eine größere Gefahr dar als die beißende Kälte einer Herbstnacht. Deshalb wagten sie nicht, ein größeres Feuer zu machen.

Als Gabriella an dem winzigen Lagerfeuer saß und sich die tauben Füße wärmte, sehnte sie sich nach dem Kaminfeuer in Morgans Kammer und nach Morgan selbst. Sie rief sich in Erinnerung, dass ihre Reise große Wichtigkeit hatte. Das Wohlergehen ihrer Schwestern, vielleicht sogar ihr Leben, hing davon ab, dass sie die Abtei vor Avendalls Männern erreichte. Wenn Mutter Mary Benedict erfuhr, welcher Typ Mann Avendall in Wirklichkeit war, würde sie sich sicherlich weigern, Elizabeth oder Meg in seine Obhut zu übergeben. Wenn Gott es so wollte, würden ihre Schwestern vielleicht die Rückkehr mit ihr nach Hause, nach Redclift Hall, wählen. Dort würden sie sich um ihre Mutter und ihren glücklosen Stiefvater kümmern und das heruntergewirtschaftete Gut vielleicht – mit Fleiß und Glück – wieder zu einem profitablen Unternehmen machen. Vieles über den Anbau von Feldfrüchten und die Haltung von Tieren wusste sie nicht, aber sie würde schnell lernen, und ihre Fertigkeit im Rechnen würde sicherlich von Nutzen sein.

Das Heulen eines Wolfes riss sie aus ihren optimistischen Gedanken, und sie schreckte mit angehaltenem Atem auf. Auf der anderen Seite des kleinen Feuers griff Lady Johanna angespannt nach einem großen, knorrigen Stock, den sie zuvor im Wald gefunden hatte. Es war eine dürftige Waffe, aber alles, was sie zur Hand hatten, und deshalb musste es genügen.

Gabriella fragte flüsternd: »Ist er sehr nahe?« Blutige Bilder von zerstückelten Körpern und zerfetzten Kehlen ersetzten die schönen Träume, die sie noch vor Sekunden gehabt hatte. Zacheus und der gestohlene Wallach, die sie an einen entwurzelten und umgestürzten Baumstamm in der Nähe angebunden hatten, antworteten auf ihre Weise, schrien und wieherten und zerrten an ihren Stricken.

Lady Johanna legte die Spitze des Stockes in die Flammen und spähte in die tiefe Finsternis, von der sie umgeben waren. Der Mond, ein zuvor treuer Begleiter, versteckte sich stur hinter einer Wolkenbank. »Aye«, erwiderte die Nonne leise und erhob sich mit der Gewandtheit eines Soldaten. »Es sind mehrere, glaube ich, und sie nähern sich. Nimm einen Stein oder einen halb brennenden Ast aus dem Feuer, Gabriella, und bereite dich auf einen Kampf vor.«

Gabriella beeilte sich zu gehorchen; sie hatte bereits nach einem Stock Ausschau gehalten. Steine und brennende Äste waren ihrer Meinung nach kein wirklicher Ersatz, wenn ein Schwert oder Streitkolben benötigt wurde. Oder besser noch hundert schussbereite Bogenschützen.

Das Schlimmste bei dem Gedanken an den Tod ist, dass ich

Morgan nie wieder sehen werde, dachte sie flüchtig. Bis zu diesem Moment hatte sie sich irgendwie eingeredet, besser ohne ihn dran zu sein, doch jetzt vermisste sie ihn schmerzlich.

Sie schnappte sich einen langen, halb brennenden Ast aus dem Feuer und stand leicht schwankend auf.

Der Mond zeigte sich so plötzlich, dass er Gabriella regelrecht erschreckte, doch ein viel größerer Schock erwartete sie. Rings um das kleine Lager lauerte ein Rudel von einem halben dutzend Wölfen, deren Augen gelb leuchteten wie von Dämonen der Nacht.

Der Wallach, den Lady Johanna in Edgefield Keep gestohlen hatte, wieherte schrill und voller Panik, doch Zacheus hatte seine stoische, trotzige Art wiedergewonnen, stand mit angelegten Ohren da und stieß einen Furcht erregenden Laut aus, der eine Mischung zwischen gezischtem Murren und gereiztem Schreien war.

Mondschein fiel über die Wölfe, erhellte ihr mattes Fell, während ihre Augen durch den Widerschein des Feuers höllisch und rötlich funkelten. Die Wölfe nahmen wenig oder keine Notiz von Zacheus und dem Pferd, nein, diese Nacht wünschten sie sich menschliche Kost.

»Haben sie keine Angst vor dem Feuer?«, wagte Gabriella zu fragen und schob sich zwischen die geifernden, knurrenden Kreaturen und den Baumstamm, an den die Reittiere angebunden waren.

»Diese Bestien kennen keine Angst, glaube ich«, antwortete Lady Johanna ruhig und mit einer Spur von Verzagtheit, während sie sich innerlich darauf vorbereitete, den Stock mit seinem brennenden Ende zu schwingen. »Siehst du, wie ihre Rippen hervorstehen? Sie sind ausgehungert, die armen Tiere.«

Einer der Wölfe wandte sich zu Gabriella und machte leise knurrend einen Schritt in ihre Richtung. Ihr stockte vor Entsetzen der Atem, und ihr Herz hämmerte wie das eines Hasen, der in ein Loch springt, um seinen Häschern zu entkommen. Sie schwang den lächerlichen Ast, der alles war, was sich zwischen ihr und einer Bestie befand, die bei all ihrem Elend und Hunger vorhatte, sie in Stücke zu reißen.

Lady Johanna sprach leise und besonnen. »Bleib stehen, wo du bist, Gabriella. Wenn du dich umdrehst, um zu flüchten, wird er dich einholen, bevor du zwei Schritte weit kommst.«

Gabriella erschauerte, als sie noch grässlichere Bilder vor ihrem geistigen Auge sah. »Hau ab«, sagte sie zu dem Wolf, bemühte sich um einen Befehlston, scheiterte jedoch kläglich. Ihre Stimme war zittrig wie ihre Knie, die jeden Augenblick nachzugeben drohten.

Der Wolf verharrte, und sein Fell kräuselte sich im schneidenden Wind. Er und Gabriella starrten einander an wie zwei Gegner, die sich abschätzen. Die anderen Mitglieder des Rudels regten sich überhaupt nicht, doch ihr Knurren erfüllte die Nacht.

»Geh näher ans Feuer«, riet die Nonne im gleichen einlullenden, ruhigen Tonfall wie zuvor. »Geh *sehr* langsam.«

Gabriella hielt den Atem an und riskierte es, sich kaum wahrnehmbar auf das flackernde Feuerchen zuzuschieben. Der Blick des Wolfes verfolgte sie, nahm die Bewegung wahr, und ohne die geringste Warnung sprang er geschmeidig in einem schrecklich graziösen Bogen in die Luft. Gabriella schrie auf, und trotz ihrer besten Vorsätze geriet sie aus dem Gleichgewicht, stürzte und fiel fast ins Feuer.

Sie lag wie erstarrt und entsetzt da und rechnete damit, dass der Wolf mit seinem ganzen Gewicht auf ihr landen würde. Zu ihrer Überraschung geschah das nicht. Statt Gabriella anzugreifen, hatte es der Wolf nun, gierig und hungrig wie er war, auf Zacheus abgesehen.

Gabriella schnappte protestierend nach Luft, überzeugt, dass das Maultier in Stücke gerissen werden würde, doch diesmal erwies sich Zacheus' störrisches Temperament als Segen, nicht als Fluch. Sein Schrei hätte einen Toten von jedem englischen Friedhof wecken können, und als er sich mit heldenhaftem Aufbäumen endlich losreißen konnte, drehte er sich und versetzte seinem Angreifer einen gewaltigen Tritt mit den Hinterbeinen.

Der Wolf jaulte auf und überschlug sich am Boden. Er rappelte sich so nahe bei Gabriella auf, dass sie ihn hätte berühren können, wenn sie gewagt hätte, die Hand nach ihm auszustrecken oder sich auch nur zu rühren.

»Hierher!«, schrie Lady Johanna plötzlich. »Wir sind hier!« Versucht sie, die Aufmerksamkeit der Bestie auf sich zu lenken und mich somit zu schützen?, fragte sich Gabriella benommen; sie konnte nur zitternd verharren, sie war zu entsetzt, um auch nur zu beten.

Das Wolfsrudel zog sich ein wenig zurück ins Dunkle, doch der Wolf, der Zacheus angegriffen hatte, war schlimm verletzt und wollte offenbar Entschädigung. Er wandte den großen ausgemergelten Kopf zu Gabriella, und sie sah die Zähne im Feuerschein schimmern. Sie spürte seinen fauligen Atem heiß auf ihrem Gesicht wie einen Gluthauch aus dem Höllenfeuer.

Erst dann nahm sie die Geräusche wahr, die Lady Johanna zuvor gehört hatte, die herrlichen Anzeichen auf Pferde und Männer, die aus der Dunkelheit kamen. Sie wagte es jedoch nicht, hinzusehen, sondern starrte den Wolf an. Sie war überzeugt, dass er sie anspringen würde, wenn sie den Blick von ihm löste.

Sie hörte, wie sich die anderen Wölfe zerstreuten und durch das Unterholz flüchteten, knurrend und winselnd wie Hunde, die weggescheucht wurden, doch das Leittier blieb, blutig und angeschlagen, die gelbroten Lichter auf sie fixiert. Diese Bestie würde bald an ihren Verletzungen verenden, doch sie wollte Gabriella mit in den Tod nehmen, sie war davon überzeugt, als hätte er es laut geschworen. Seine knochigen Hinterpfoten zitterten, als er Kraft sammelte, um zu springen.

Gabriella hörte den Pfeil durch die kalte Nachtluft zischen, und es dauerte eine scheinbare Ewigkeit, bis er den Wolf traf, sich in sein Herz bohrte und ihn so schnell tötete, dass sie das Leben aus seinen Augen weichen sah, bevor er fiel.

Sie begann zu schreien, schrill, hysterisch, wie von Sinnen.

Morgan tauchte im Feuerschein auf, warf seinen Bogen beiseite und ging vor ihr in die Hocke. »Gabriella!«, sagte er und packte sie an den Schultern. Als sie weiterhin schrie, schüttelte er sie heftig. Die Schreie wurden zu Schluchzern, und er drückte sie gegen seine Brust, hielt sie fest, wie um sie vor allen Gefahren zu beschützen. »Du bist jetzt sicher, Liebling«, flüsterte er und streichelte über ihr Haar. »Pst. Du bist sicher.«

Gabriella kämpfte gegen die Tränen an. »Lady Johanna?«, entfuhr es ihr voller Sorge, und sie hob den Kopf von Morgans Schulter und sah sich suchend um. »Ist sie …?«

Morgan lächelte, doch seine Stirn war gerunzelt, und an seiner Schläfe zuckte ein Muskel. »Deine Freundin, die Pferdediebin, ist wohlauf.«

Ihr wurde bewusst, dass Männer hin und her eilten wie Geister, den Kadaver des Wolfes wegschleiften, ihre und Lady Johannas Habseligkeiten aufsammelten, den erschreckten Wallach beruhigten und ernst miteinander murmelten. Am Rande ihres Gesichtsfeldes erhaschte sie einen Blick auf Lady Johanna, die Zacheus' lange weiße Nase streichelte, liebevoll lächelte und ihn vermutlich für seine Tapferkeit lobte.

»Wir hätten das Pferd zurückgegeben«, sagte Gabriella, als ihr andere Gefahren bewusst wurden. Vielleicht hatte das

Abenteuer der Nacht Morgans Geduld erschöpft; sollte er sie dem Sheriff übergeben und verlangen, dass sie für den Diebstahl bestraft wurde, würde seine Forderung sicherlich erfüllt werden.

»Meinst du, mich interessiert das verdammte *Pferd?«*, entgegnete er. Sein Lächeln war verschwunden, und der Ausdruck in seinen Augen erinnerte Gabriella an den des Wolfes. »Welcher Teufel hat dich geritten, solch ein hirnrissiges Wagnis einzugehen? Hast du nichts aus deinem letzten Fluchtversuch gelernt?«

Gabriella schluckte. »Ich hatte keine Wahl, Mylord«, sagte sie, als sich Morgan aufrichtete, sie mit sich zog und fast in der gleichen Bewegung auf seine Arme nahm. Nur ein Zusammenpressen seiner Lippen verriet, dass seine Rippen schmerzten. »Du hast Avendall gestern auf dem Hof gehört. Er schickt Männer, um meine jüngste Schwester Elizabeth zu holen. Wenn sie zu ihm gebracht wird, wird er ihr Leben zerstören.«

Morgan seufzte und ließ seine Stirn für einen Moment gegen ihre Schläfe sinken. »Ich habe gleich nach Avendalls Ankunft zum Turnier einen Kurier nach St. Swithin's geschickt«, sagte er grimmig. »Er wird keine deiner Schwestern heiraten, weder jetzt noch jemals.« Er hob Gabriella auf sein Pferd, stöhnte unterdrückt auf und schwang sich hinter sie.

»Bitte, Mylady, wenn du beim nächsten Mal gegen die Welt ankämpfen willst, überlege zuerst und frage dich, ob es nötig ist.«

Gabriella lag schlafend in seinem Bett, beruhigt durch einen Schlaftrunk, und diese lästige Nonne hatte sich längst in ihre eigene Kammer zurückgezogen. Die Diener ruhten zweifellos auf ihren Lagern, und im Dorf unterhalb der Burg brannte keine einzige Lampe. Seine Soldaten schnarchten in der großen Halle, wie es ihre Gewohnheit war, und selbst die Mäuse hatten sich in ihre Löcher zurückgezogen.

Nur Morgan konnte keine Ruhe finden.

Er wandte sich vom Fenster ab, ging zum Kamin und schürte das herabgebrannte Feuer. Er vergaß den Schmerz in seinem Brustkorb, als er sich an die schreckliche Furcht erinnerte, die ihn erfasst hatte, als er Gabriella auf dem Boden gesehen hatte, hilflos dem ausgehungerten Wolf ausgeliefert, der sie hatte zerfetzen und verschlingen wollen.

Morgan hatte niemals so ein Entsetzen empfunden wie in diesem Moment – nicht auf dem Schlachtfeld in Frankreich, nicht einmal in der Levante, wo er so schreckliche Grausamkeiten erlebt hatte, dass er sie niemals einem anderen Menschen erzählen würde. Seine Hände hatten so sehr gezittert, dass er kaum in der Lage gewesen war, den Bogen zu halten, geschweige denn, einen Pfeil treffsicher abzuschießen.

Er sank in einen Sessel vor dem Kamin und streckte die Beine aus, zu Tode erschöpft und dennoch nicht fähig, die Augen zu schließen. Jedes Mal, wenn er es versuchte, sah er im Geiste Gabriella tot daliegen, zerfetzt und blutend, den leeren Blick in den kalten, sternenlosen Himmel gerichtet. Die Vision, die um ein Haar tragische Wahrheit geworden wäre, war unerträglich.

»Morgan?« Gabriellas Stimme klang schwach und schlaftrunken. Das kleine Biest hatte offenbar den ganzen Zwischenfall abgehakt, doch er war immer noch fast krank vor Angst. »Willst du nicht ins Bett kommen?«

Er schaute sie nicht an. Ihr zerzaustes blondes Haar, der Blick unter halb gesenkten Lidern, sinnlich sogar in ihrer Unschuld, die Brustspitzen, die durch ihr Unterhemd zu sehen waren – all dies war mehr, als ein Mann in seiner Verfassung ertragen konnte, ohne seinem Verlangen nachzugeben. »Nein, Gabriella.«

Sie gähnte reizend. Sinnlich. Er stellte sich vor, wie sie sich streckte wie eine junge Löwin, und in seinen Lenden prickelte es. »Warum nicht, Mylord? Gewiss bist du erschöpft und leidest an deinen Verletzungen.«

»Aye«, antwortete Morgan, »beides stimmt.«

»Bist du böse auf mich?« Sie klang interessiert, aber sonst unbekümmert.

»O ja, Mylady«, sagte er wahrheitsgemäß. »Wütend genug, um dich übers Knie zu legen. Zum Glück für dich würde ich das vermutlich nicht schaffen, ohne mir ein paar weitere Rippen zu brechen.«

»Ich würde sie für dich brechen, wenn du solch eine Freveltat versuchen solltest«, versicherte sie ihm schläfrig.

Morgan seufzte und starrte ins Kaminfeuer. »Ich möchte, dass du mir versprichst, diese Burg nicht noch einmal ohne mein Wissen zu verlassen.«

»Dann bin ich also immer noch eine Gefangene.«

»Nein. Mir scheint, *ich* habe diese Rolle übernommen. Ich muss dich in Sicherheit halten, Gabriella.«

Er hörte sie seufzen und sich auf der Matratze bewegen, was einen Sturm der Gefühle in ihm auslöste. »Ich kann solch ein Versprechen nicht geben, Mylord«, sagte sie bedauernd, wie er es vorausgesehen und befürchtet hatte. »Wenn ich Anlass haben sollte, zu glauben, dass meine Schwestern mich brauchen, werde ich es verstehen, zu ihnen zu gehen, Und wenn …«

»Wenn?«, fragte Morgan, als sie kläglich verstummte.

»Wenn du dir eine Frau nimmst, werde ich es nicht ertragen, zu bleiben. Ich werde nicht deine Mätresse sein, Mylord, und zusehen, wie meine Babys für die einer anderen Frau beiseite geschoben und Bastarde genannt werden.«

Er war so überrascht von ihren Worten, dass er lachen musste. Es war ein bitterer, krächzender Laut, der völlig freudlos klang. »Wenn ich mir eine Frau nehme? Ich habe mir hiervor weder eine gewünscht noch mir zugelegt.«

»Hiervor?«, wiederholte sie leise mit schwacher Stimme.

Morgan wandte den Kopf, um Gabriella endlich anzusehen, und er sah, was er befürchtet hatte: Sie war eine schöne Hexe im Feuerschein, eine Zauberin, die nichts von ihrer Magie, ihrer Macht, wusste. »Gabriella, ich würde keine Frau außer dir heiraten. Und die Babys, die du mir gebärst, werden mit meinem Namen aufwachsen.«

Ihr schöner, einladender Mund stand weit auf, und ihre Augen wurden groß. Sie war völlig sprachlos. Er hatte angenehme Stunden mit Haremsdamen verbracht, die geschickt in der Liebeskunst und begierig darauf gewesen waren, ihm zu gefallen, und mit den verwöhnten, abenteuerlustigen Töchtern wohlhabender Händler. Aber keine, nicht einmal Rebecca, hatte sein Herz so erobert wie dieses dickköpfige, im Kloster aufgewachsene, Pferde stehlende Mädchen.

»Soll ich den Priester rufen, damit er uns vor zwangsläufiger und nahe bevorstehender Sünde rettet, oder lehnst du meinen Antrag ab?«

Sie errötete tief und sah dadurch, ohne es zu wissen, noch begehrenswerter aus. »Ich kann dich nicht ablehnen, Mylord.«

Morgan stemmte sich aus dem Sessel auf. »Sehr gut«, sagte er mit ernster Entschlossenheit. »Steh auf und kleide dich anständig an, während ich den heiligen Mann wecke.«

Gabriella kniete sich auf die Matratze, das Laken bis zum Kinn hochgezogen, und ihre Augen glänzten. Ihr Anblick traf einen Teil seiner Seele, den er nie zuvor bloßgelegt hatte, denn er konnte ihre mädchenhafte Hoffnung ahnen. Und er wusste, dass er sie nicht liebte – durch Rebeccas Tod, nein sogar schon vorher, hatte er alle Fähigkeit zu einem solchen Gefühl verloren.

»Vielleicht ist es unschicklich, mitten in der Nacht zu heiraten …«

Er schritt zu ihr, umfasste mit einer Hand ihr Kinn und stellte fest, dass es zitterte. »Es ist noch unschicklicher, geliebte Mylady, die Dinge mit dir zu tun, nach denen ich mich sehne, ohne den Segen der heiligen Kirche zu haben.«

Gabriella senkte schüchtern den Blick, und Morgan küsste ihre Stirn.

Dann fragte er sich, welcher übermütige Teufel Gewalt über ihn bekommen haben mochte, und verließ das Schlafgemach, um den Priester zu holen.

Gabriella hatte es kaum geschafft, dem Anlass entsprechende Kleidung anzuziehen – ein schlichtes blaues Wollkleid –, ihr Haar zu bürsten und Lady Johanna zu wecken, damit sie als Trauzeugin fungierte, bevor Morgan zurückkehrte. Pater Aloysius, der kleine Geistliche, der auf Edgefield Keep die Frühmesse und Abendandacht hielt und in einer kleinen Kammer hinter der Kapelle schlief, folgte ihm gähnend auf den Fersen. Sein weißes Haar war zerzaust, und sein Talar saß ein wenig schief, doch sein Verhalten war freundlich, und in seinen hellblauen Augen war keine Missbilligung zu sehen, als er die Braut betrachtete.

»Ah, ja«, sagte er. »Ich erinnere mich an Euch, obwohl ich sagen muss, leider nicht, weil ich Euch in der Messe gesehen habe.« Er warf einen Blick zu Morgan und sprach offen, denn er diente seit vielen Jahren auf Edgefield. »Das wird Avendall überhaupt nicht gefallen«, warnte er besorgt. »Meine Güte, überhaupt nicht.«

»Legt los«, sagte Morgan mit nachsichtiger Ungeduld.

Gabriella blickte zu Lady Johanna. Sie hatte angenommen, dass sie schockiert sein würde, doch zu ihrer Überraschung sah sie die Nonne lächeln – mit den Augen, nicht mit den Lippen.

Sie standen vor dem Kamin, Morgan und Gabriella, während der kleine Priester ein gewisses Maß an sterblichem Komfort genoss, indem er sich zwischen sie und das Feuer stellte.

Gabriella, die seit einem Jahr erwartet hatte, Lady Avendall zu werden, und die gerade erst in dieser Nacht fast von einem Wolf angegriffen und in Stücke gerissen worden wäre, erlebte wie in Trance, dass sie Morgan Chalstrey, Lord Edgefield, Gehorsam, Hingabe und Treue schwor. Und sie meinte es ernst mit der Hingabe und der Treue, doch Gehorsam lag nicht in ihrer Natur und war deshalb dazu verdammt, auf der Strecke zu bleiben.

Sie hätte vielleicht gar nicht gewusst, wann die Zeremonie vorüber war, wenn sich nicht Morgan zu ihr geneigt und sie so gründlich geküsst hätte, als seien die Nonne und der Priester gar nicht anwesend.

Nach dem Kuss war sie wie berauscht und schwankte – jedenfalls innerlich – wie jemand, der von Ale oder Whisky betrunken ist.

Während Morgan Pater Aloysius überschwänglich die Hand schüttelte, trat Lady Johanna vor und küsste Gabriella auf die Wange.

»Er wird ein schwieriger Mann sein, dein Morgan«, sagte die Nonne leise, »aber er wird für dich sorgen und dich bestimmt sehr glücklich machen.«

Gabriella errötete, als sie daran dachte, wie viel Zeit von der Nacht noch blieb und welche Wonnen bevorstehen würden.

Sie antwortete mit einem leichten Nicken, weil ihr keine vernünftigen Worte einfielen. So vieles war geschehen und so schnell, und sie kämpfte noch immer um ihr Gleichgewicht.

Lady Johanna verabschiedete sich, bald darauf auch der Priester, und Morgan verriegelte die Tür. Dann wandte er sich zu Gabriella um und sah sie schweigend lange an. Seine Miene zeigte eine Mischung aus Übermut und Bestürzung.

»Tröste mich, Frau«, sagte er, weder im Befehlston noch bittend. »Ich bitte dich, vertreibe das Bild von diesem Wolf, der im Begriff ist, dich zu verschlingen, aus meinen Gedanken.«

Gabriella war gerührt, weil er so besorgt um sie gewesen war. Vielleicht liebte er sie, wie sie ihn liebte. »Was ist mit deinen Rippen, Mylord ...«

Morgan lächelte. »Vielleicht lässt du mich vergessen, dass sie ebenso schmerzen.«

Er löste die Bänder ihres Kleides und ließ es auf den dunklen Holzboden fallen, der durch die Füße von Generationen Chalstreys glatt geworden war, die hier langgelaufen waren und in dieser Kammer geliebt, zweifellos auch gestritten, gelacht und manchmal geweint hatten. Die Kinder gezeugt und geboren hatten und schließlich zu ihrer vom Schicksal bestimmten Zeit gestorben waren.

Gabriella hoffte, dass sie in dieser Kammer sterben würde, wenn sie alt und ihr Haar weiß wie Schnee war und ihr Herz genügend Erinnerungen für die Ewigkeit bewahrt haben würde.

»Woran denkst du?«, fragte Morgan stirnrunzelnd, als er zu ihr ging und ehrfürchtig ihren nackten Körper betrachtete, als hätte er ihn noch nie gesehen. Er umfasste ihre Brüste, strich mit den Fingerspitzen an ihren Seiten entlang, ließ sie auf den Hüften verweilen und presste ihre Hüften dann an sich, als wolle er sehr bald das volle Kommando übernehmen.

»Ich habe gehofft, in diesem Raum zu sterben«, sagte sie, und als sein Blick, zuvor auf ihre Brüste gerichtet, bestürzt zu ihrem Gesicht flog, lächelte sie. »Wenn ich sehr, sehr alt bin«, fügte sie hinzu. »So viel wird hier geschehen, Morgan – kannst du es nicht sehen? In diesen Wänden werden unsere Kinder empfangen und geboren werden. Wir werden zusammen lachen, und manchmal streiten und sicherlich auch weinen. Aber wir werden so glücklich sein.«

Sie ignorierte den flüchtigen Ausdruck in seinen Augen – war es Kummer, Melancholie? –, wie es bei neuen und arglosen Bräuten oftmals der Fall ist, die noch nicht erkennen, dass Liebe das Herz öffnet, nicht nur für ausgelassene Freude, sondern auch für den tiefsten Kummer.

Er sank mit ihr aufs Bett, küsste sie tief und mit einem Verlangen, das ihr Blut in Wallung brachte. Sie spürte den Beweis seiner Erregung, der sich an ihren Leib presste, und sehnte sich danach, ihn tief in sich aufzunehmen.

»Deine Rippen, Mylord«, flüsterte sie, als er sie einen Moment zu Atem kommen ließ.

»Zum Teufel mit meinen Rippen«, erwiderte er und küsste mal ihr Ohrläppchen, mal an ihrem Hals entlang.

Instinktiv bäumte sie die Hüften zu ihm auf in einer schamlosen Einladung, und er stöhnte mit einer Qual auf, die nichts mit den Verletzungen zu tun hatte, die er auf dem Kampfplatz beim Duell mit Avendall erlitten hatte.

»Teufelsweib«, flüsterte er und lachte gequält auf. »Engel.«

»Lehre mich, dir zu gefallen«, sagte sie, und nach diesen Worten war es völlig um ihn geschehen.

Lady Edgefield ihrerseits erwies sich als gelehrige und bereitwillige Schülerin und wurde für ihre Bemühungen reich belohnt. Sie ergab sich, als das erforderlich war, und übernahm dann die Initiative, wenn sie an der Reihe war.

Das erste rosafarbene Licht der Morgendämmerung färbte die Fenster, als die Liebenden schließlich völlig befriedigt einschliefen.

Avendall verschwendete keinen Gedanken mehr an die Drohung, Elizabeth Redclift zu heiraten, nachdem er auf dem Kampfplatz von Edgefield Keep gedemütigt worden war. Er ritt mit seinen Männern noch vor dem Sonnenuntergang nach London.

In seinem Zorn trieb er die Pferde, bis sie vor Erschöpfung stolperten und nicht mehr weitergehen konnten. Die folgenden Nächte verbrachte er schlaflos und brütend, während seine Männer in Schlafsäcken auf dem Boden im Gemeinschaftsraum eines Gasthofs und einmal in der Scheune eines Kleinbauern schnarchten. Er konnte an nichts anderes denken als an die Schmach, die er erlitten hatte, an den Verrat der Frau, die ihm hätte gehören sollen, an die schreckliche Verletzung seines Stolzes. Dennoch ließen ihn die Gedanken an die einzigartigen Reize einer gewissen Gabriella Redclift nicht los.

Er hielt sie für ein verräterisches, treuloses Flittchen, und trotzdem ging sie ihm nicht aus dem Kopf. Er war besessen von dem Gedanken, sie zu besitzen, sie sich gefügig zu machen und zu unterwerfen und somit auch Chalstrey zu zerbrechen. Erst dann würde er Erleichterung von dem verzehrenden Zorn finden, der ihn bei jedem Atemzug, jedem Herzschlag quälte. Er verlor den Verstand, das war ihm völlig bewusst, und er konnte nichts dagegen tun.

Avendall gab sich nicht der Illusion hin, diese kleine Hure zu lieben. Das war eine Emotion für Narren und Poeten, und er war keiner davon. Es war der Wunsch nach Rache, der ihn trieb, nicht das Verlangen nach Gabriella Redclift, Rache an

Morgan Chalstrey. Er hatte die schöne Rebecca verführt, sie mit Worten und Blumen und Wein umgarnt – Chalstrey hatte die Wahrheit nie akzeptieren können, obwohl Sedgewick allen Grund hatte, sie zu kennen –, doch der Sex mit Gabriella würde etwas völlig anderes sein. Er würde sie lehren, ihn nicht wegen eines anderen Mannes fallen zu lassen, und schon gar nicht wegen seines alten Feindes.

Nach fünf Tagen und ebenso vielen Nächten auf den kalten Straßen traf Avendall schließlich in London ein. Wie die Chalstreys hatten die Avendalls dem König treu und gut gedient. Er wusste, dass er am Königshof willkommen sein würde.

Am Ufer der Themse bezahlte er einen Kahnführer, damit er ihn und zwei seiner besten Männer flussabwärts nach Sheen brachte, wo er bei dem alternden und belagerten Herrscher um eine Audienz ersuchen würde. Die Dinge liefen nicht gut in Frankreich, wie Avendall erfahren hatte, und die Gesundheit des Königs verschlechterte sich.

Der Fluss stank so stechend, dass einem die Augen tränten, und war voller Schiffe. Er erinnerte den auf dem Land geborenen Avendall an einen Abwasserkanal, in dem es von Ratten wimmelte. Er sagte nichts zu seinen Gefährten, die in den vergangenen Tagen und Nächten gelernt hatten, ihn nur ja nicht anzusprechen, wenn sie Fragen hatten, weil sie seine Zornesausbrüche fürchteten. Sie waren nicht seine Freunde; er duldete nur ihre Gesellschaft, weil London eine üble Stadt war, voller Halsabschneider und Diebe, Huren und Betrüger. Man konnte nicht wissen, wann man gute Schwertkämpfer brauchte, die einem den Rücken deckten, und diese Männer, obwohl kaum selbst mehr als Gesindel, waren fähige Kämpfer.

Avendall bemerkte ohne Interesse den Aufsehen erregenden Savoy-Palast, Sitz des Duke of Lancaster, eines jüngeren

Sohn des Königs und ein ernst zu nehmender Gegner auf dem Schlachtfeld, obgleich John of Gaunt nie seinem älteren Bruder, dem gnadenlosen und raffinierten Schwarzen Prinzen, ebenbürtig sein würde.

Nach einer langen und strapaziösen Reise, fünf schlaflosen Nächten und ebenso vielen Tagen harten Reitens erreichte Avendall sein Ziel. Der legendäre White Tower, einst die Residenz von Wilhelm, dem Eroberer, in seiner Zeit der größte Held von ganz Europa, ragte in den Himmel, der vom Rauch grau war.

In Sheen führte Avendall sein Pferd über die Rampe des Kahns zum Ufer und fand schnell einen Jungen, der sich um den Hengst und auch um die Pferde seiner Männer kümmerte. Als er dem Jungen eine Münze in die schmutzige Hand drückte, hielt er ihm zugleich die Klinge eines Dolchs an die Kehle. »Mach deine Arbeit gut«, mahnte er den Burschen, der unter der Schmutzschicht blass geworden war, »oder ich schneide dir die Ohren ab, hast du das verstanden?«

Der Junge nickte und beteuerte hastig, die Pferde bestens zu versorgen.

Gefolgt von seinen schweigenden Begleitern, wandte sich Avendall ab und schritt durch die äußeren Tore des Palastes, ohne angehalten zu werden. Sein stolzer Name und sein Wappen brachten ihn an den zahlreichen Wachen vorbei. Seine Familie war bekannt für ihre Loyalität, die Wildheit in der Schlacht und die Klugheit, das Königreich auf jede ihr mögliche Weise zu unterstützen.

Es störte Avendall nicht, dass die Chalstreys in gleicher oder größerer Gunst der Krone standen. Er hatte ein legitimes Anliegen, und der König würde ihn anhören und ihm wohlwollend gegenüberstehen, davon war er überzeugt.

Trotz seines guten Namens musste Avendall fast eine ganze

Stunde lang in einem Vorzimmer warten. In dieser Zeit ging er wütend auf und ab und haderte mit sich, weil er die Dinge überhaupt so weit hatte kommen lassen. Er hatte einige ernsthafte Fehler begangen, angefangen mit diesem unbesonnenen Zusammenstoß auf Chalstreys Zugbrücke, als er Gabriella in einem Wutanfall Morgan praktisch vor die Füße geworfen und somit verraten hatte, wie sehr ihn ihr Verrat erzürnt hatte. Gott im Himmel, welche Waffe hatte er seinem Feind in dieser Nacht in die Hand gegeben!

Schließlich tauchte ein Diener in Hoflivree auf. »Mylord?«, sagte er respektvoll. »Seine Majestät wird Euch jetzt empfangen. Bitte, erschöpft ihn nicht übermäßig, denn er muss selbst große Last tragen.«

Avendall nickte, aber die Last des rheumatischen und verwirrten Königs interessierte ihn herzlich wenig. Er befahl seinen Männern mit einem einzigen Blick, auf ihren Plätzen zu bleiben, und folgte dem Diener über einen langen Korridor, eine Treppe hinauf und durch die große Doppeltür in das Privatquartier. Die langjährige Mätresse des Königs, Alice Perrers, war wie üblich anwesend und kümmerte sich zweifellos um ihre eigenen Angelegenheiten.

Selbst als er auf ein Knie sank, um dem Herrscher seine Ehrerbietung zu zeigen, und zugleich demütig den Kopf senkte, nahm er wahr, dass Seine Majestät besonders blass und eingefallen wirkte. Edward war nur noch eine Karikatur des Mannes, der er gewesen war – einst von imponierender Größe, war er jetzt gebeugt und wirkte gebrechlich, was seinen Ruf, ein Gigant, etwas Größeres als ein Sterblicher zu sein, Lügen strafte.

»Avendall«, begrüßte ihn der König von dem mit Schnitzereien verzierten Thron, auf dem er saß. Eingehüllt in Schals und einen Mantel, wirkte er wie eine alte und kränkliche Frau. »Tretet vor und lasst mich Euch ansehen.«

Cyprian gehorchte natürlich. So schwach und verwirrt Edward auch war, er war noch König, und auf seinen Befehl hin konnte ein unverschämtes Subjekt, ganz gleich welchen Ranges oder Standes, auf höchst unangenehme Weise gefügig gemacht werden. »Mein Beileid, Eure Majestät«, sagte er mit höflicher Freundlichkeit. »Ich war äußerst bekümmert, als ich vom Ableben Eurer heiligen Königin erfuhr.« Avendall machte das Kreuzzeichen, um Ehrerbietung zu übermitteln, und neigte wieder den Kopf.

Edward erwiderte nichts, und für einen Moment schien die Luft von der Mutlosigkeit des alternden Königs erfüllt zu sein. Alice blickte bei der Erwähnung der verstorbenen Frau ihres Liebhabers gereizt auf. Es missfiel ihr, nahm Avendall an, auch nur zur Kenntnis zu nehmen, dass solch eine Person jemals existiert hatte.

»Lass uns allein«, sagte Edward zu seiner Mätresse.

Avendall warf einen vorsichtigen Blick zu dem Herrscher über ganz England, bevor er ihm in die müden blauen Augen sah. Seine Majestät betrachtete die Krone heutzutage offensichtlich als schwere Bürde. Cyprian nickte Alice kurz zu, als sie die Kammer verließ. »Wie geht es dem Schwarzen Prinzen?«, fragte er, als er mit Edward bis auf die stets anwesenden Wachen allein war. »Gewiss hat er Frankreich inzwischen auf die Knie gezwungen.«

Edward lächelte, doch das Lächeln war dünn wie seine einst üppige blonde Haarfülle, sein ausgezehrter Körper oder seine zitternde Stimme. »Mein Sohn kämpft tapfer weiter, wie es sich für einen Prinzen gehört, trotz der vielen Kreuze, die er tragen muss. Seid Ihr zufällig gekommen, um Eure Dienste anzubieten, Avendall?«

»Ich habe Euch zwanzig Männer gebracht, Eure Majestät«, erwiderte Avendall glatt. Er würde der Kompanie die

Neuigkeit später mitteilen. »Ich kann für Euch hier mehr tun, das schwöre ich, indem ich Soldaten rekrutiere und ausbilde.«

»Da wir von Soldaten sprechen«, sagte Edward, und seine Miene hellte sich auf, »wie macht Edgefield heutzutage seine Sache? Er war von großem Nutzen für den Duke of Lancaster bei unserem Kampf gegen den Franzosen und wird seit seinem Abschied arg vermisst.«

Avendalls Miene nahm einen harten Zug an; er entspannte sich durch pure Willenskraft. »Ich bin wegen Edgefield zu Euch gekommen, Eure Majestät«, sagte er. »Ich befürchte, er hat mir ein ernsthaftes Unrecht angetan, und ich muss Euch um Euren Rat und Trost bitten.«

Edward hob eine buschige, grau gewordene Augenbraue. »Wenn es diese alte Sache ist, die das Sommerville-Mädchen betrifft ...«

»Nein, Eure Majestät«, unterbrach Avendall, jedoch erst, als klar war, das der König seinen Satz nicht aussprechen wollte. »Es ist eine frische und traurige Verletzung.« Und dann berichtete Cyprian Avendall vorsichtig und zurückhaltend und mit einem Maß an Fantasie, das er selten anwandte, die Geschichte von seiner geraubten und »missbrauchten« Braut. »Ich möchte Genugtuung für dieses Unrecht«, endete er mit kunstvoll gespielter Demut, was eine beachtliche Leistung war, wenn man bedachte, wie wenig Frieden und Ruhe er in der letzten Zeit gefunden hatte.

Der König überlegte lange. Mit einem Aufflackern seiner alten Autorität und Macht äußerte er sich dann: »Ich werde Edgefield zum Hof bestellen und mir seine Version der Sache anhören. Wenn ich der Meinung bin, dass er Euch tatsächlich schlecht behandelt hat, obwohl ich gestehen muss, dass ich daran Zweifel habe, wird er gebührend bestraft werden. Eure

Braut wird Euch dann auf Befehl der Krone zurückgegeben werden, wenn dies Euer Wunsch ist.«

Avendall unterdrückte ein zufriedenes Lächeln und verneigte sich tief. »O ja, ich möchte Gabriella haben. In der Tat, so ist es.« Sollte der König aus diesen Worten schließen, was er wollte. Avendall war nicht so dumm, ihm die einfache Wahrheit zu sagen: dass Chalstrey ihm das Mädchen ausgespannt hatte und ihn dieses Wissen verrückt machte.

13

»Ich kann meine Rückkehr zur Abtei nicht länger verschieben, mein Kind«, sagte Lady Johanna freundlich zu Gabriella. Es war ein bitterkalter Nachmittag vierzehn Tage nach ihrem Abenteuer mit den Wölfen, und die beiden Frauen saßen am Kaminfeuer in der großen Halle von Edgefield Keep. »In ein paar Tagen beginnt der Winter, und es ist eine weite Reise.«

Gabriella war zwar überglücklich, Morgans Frau zu sein, aber beherrschte noch nicht die öffentliche und in vielerlei Hinsicht mehr fordernde Rolle der Lady Edgefield. Sie hatte keine Freundinnen in ihrem neuen Zuhause, und wenn Lady Johanna nach St. Swithin's abreiste, würde keine ältere Frau da sein, die ihr klugen Rat geben konnte. Rat, den Gabriella unbedingt brauchte.

Sie legte ihre Stickerei in den Schoß und kämpfte gegen Tränen an. »Es ist traurig, dass du wegmusst«, bekannte sie und zwang sich zu einem Lächeln. »Es gibt so vieles zu lernen – die Buchhaltung, die Leitung der Küchen und der Dienerschaft, die Planungen, welche Gartenstücke im Frühjahr bepflanzt und welche am besten brach gelassen werden sollten, die Entscheidung, ob mehr Bohnen oder mehr Weizen angebaut werden sollten und die Erfüllung der Bedürfnisse der Dorfbewohner. Ich befürchte, ich werde keine würdige Herrin sein, weder im Haushalt noch für diejenigen, die mich nach Kräutern und Geburtshilfe fragen.«

Lady Johanna lächelte liebevoll und streckte die stämmigen Beine vor dem Feuer aus. »Unsinn«, meinte sie. »Du wirst alles tun, was man von dir verlangt, und alle Erwartungen übertreffen. Ich habe nie daran gezweifelt, dass du die vor dir liegenden Aufgaben bewältigen kannst, Gabriella, und du solltest ebenfalls keine Zweifel haben.«

Als Morgans Braut war Gabriella durch die Gesetze des Himmels und der Erde daran gebunden, ihm als Ehegefährtin zu dienen, ihm Kinder zu gebären und ihm Trost zu spenden, wenn er ihn brauchte. Das hatte sie gewusst. Aber nichts hatte sie darauf vorbereitet – sie, die bis vor einem Jahr dafür bestimmt zu sein schien, den Rest ihres Lebens in einem Kloster zu verbringen –, die unzähligen anderen Pflichten zu erfüllen, die ebenfalls dazugehörten. Trotzdem war ein Teil von ihr begierig darauf, diese Herausforderungen zu meistern.

»Ich hörte ein Küchenmädchen sagen, dass Mylord in den Krieg geschickt werden könnte, wenn der König das wünscht«, vertraute Gabriella Lady Johanna mit tapfer klingender und zugleich zittriger Stimme an. »Als ich Morgan fragte, ob das Mädchen die Wahrheit gesagt hat, bestätigte er es. Und er sagte, dass er ein Ritter sei und deshalb die Ehre habe, die Wünsche Seiner Majestät zu erfüllen, welche es auch immer sein mögen.«

Die Nonne betrachtete sie mit einem prüfenden, jedoch wohlwollenden Blick. »Hast du das nicht gewusst, Gabriella? Obwohl dein Vater ein Mann des Königs war? Dein Ehemann ist Soldat durch und durch. Und als Lord Edgefields angetraute Frau musst du lernen, im Fall seiner Abwesenheit die Verantwortung über all seine Besitztümer zu übernehmen.«

Der Gedanke, solche Macht zu haben, war nicht ohne Reiz.

Und dennoch lag Gabriella des Nachts oftmals wach, nachdem die glühende Leidenschaft im Bett mit Morgan ein wenig nachgelassen hatte, und fürchtete sich vor dem Tag, an dem er sie verlassen würde, weil er dem Ruf des Königs folgte.

Wie lange würde sie von ihm getrennt sein, von dem Mann, den sie mit jedem Schlag ihres Herzens noch hingebungsvoller und leidenschaftlicher liebte? Monate – Jahre?

Für immer?

Sie erschauerte, als ein Luftzug durch den Kamin fuhr und fast das Feuer löschte. »Es hat einen hohen Preis, zu lieben«, flüsterte sie. »Ich hätte es mir vielleicht nicht so sehr ersehnt, wenn ich das gewusst hätte.«

»Aye«, stimmte Lady Johanna zu. »Der Preis für das Entzücken, das du mit Edgefield erlebst, ist in der Tat sehr hoch, aber er ist es wert. Sei guten Mutes, Kind. Du bist eine gute Frau für deinen Mann und eine fähige Herrin für seinen Haushalt. Du musst die Pflichten des Tages einfach auf dich zukommen lassen und nicht schon über die folgenden grübeln. Sich die Gegenwart mit Furcht vor der Zukunft zu vergiften ist nicht nur dumm, sondern auch Zeitverschwendung.«

Bevor Gabriella etwas erwidern konnte, waren Geräusche auf der Treppe zu hören, und dann tauchte Morgan auf, begleitet von mehreren seiner Männer. Ein paar Mal fiel der Name Sedgewick, und Gabriella entging nicht, dass er in nervösem, besorgtem Tonfall geäußert wurde. Sie wusste, dass es keine Nachricht von Morgans Freund gegeben hatte. Die Reiter, die vor vielen Wochen ausgeschickt worden waren, um nach ihm zu suchen, hatten nichts gemeldet.

Als Morgan Gabriella sah, vergaß er für einen Moment seine Sorgen und schenkte ihr ein Lächeln, das sie bis zu den Zehen erwärmte. Er entließ die Männer, mit denen er sich viele Stunden lang geheim beraten hatte, und schritt zu ihr.

Als Gabriella sich aus dem Sessel erheben wollte, wie es sich geziemte, legte er leicht eine Hand auf ihre Schulter und hinderte sie daran. Er blickte Lady Johanna an.

»Ich habe sechs gute Männer ausgewählt, die Euch sicher zur Abtei zurückbringen werden, werte Lady«, sagte er höflich, sogar herzlich. Morgan und die Nonne hatten sicherlich ihre Differenzen gehabt, doch Gabriella wusste, dass ihr Mann Lady Johanna wegen ihrer Findigkeit, ihres ruhigen Wesens und ihres Wagemuts mochte und respektierte. Die beiden spielten oftmals des Abends Schach, und Morgan hatte in ihr eine hervorragende Gegnerin gefunden. »Ist Euch morgen früh beim ersten Tageslicht recht?«

Gabriella zuckte bei diesen Worten unwillkürlich zusammen; Morgan drückte beruhigend auf ihre Schulter.

»Ja, Mylord«, erwiderte Lady Johanna. »Ich bin Euch dankbar.« Sie erhob sich, und mit einem Blick zu Gabriella verließ sie die Kammer und ging zur Treppe.

Morgan zog einen Sessel heran und setzte sich. Er neigte sich ein wenig hinab, um Gabriella in die Augen zu schauen. »Was beschäftigt dich, Mylady? Planst du, mich wieder zu verlassen?«

Kein Gedanke hätte ihr ferner sein können. Sie errötete vor Empörung, als ihr das klar wurde, weil es ein so unwiderlegbarer Beweis für Morgans Macht über sie war. Wann war sie ihm so verfallen? Es wäre leichter gewesen, eine Abneigung gegen ihn zu fassen, jedenfalls zu Anfang, und das wäre nicht nur klüger, sondern auch sicherer gewesen.

»Nein, Mylord«, antwortete Gabriella und gab sich verwirrt. »Ich werde dich nicht verlassen, denn du würdest mir nur folgen und mich wieder nach Hause schleppen.« Sie konnte angesichts von Morgans unwiderstehlichem Charme ihren gespielten Ärger nicht lange aufrechterhalten, und ihre Stimme klang unsicher, als sie fortfuhr. »Du verbringst deine Tage auf dem Feld, als ob du für den Krieg übst.«

Morgan zuckte mit keiner Wimper bei dem leicht vorwurfsvollen Unterton, den sie ihren Worten nicht hatte geben wollen. Seine Miene wurde ernst, doch sein Blick war zärtlich, und er nahm Gabriellas Hände in seine. »Dies sind harte und tückische Zeiten, Mylady. Es ist nur vernünftig, sich als Soldat kampffähig zu halten.«

»Du glaubst, dass er dich rufen wird. Der König, meine ich.«

Morgan seufzte. »Ich glaube«, entgegnete er, »dass ich ein Ritter bin, mit den Pflichten eines Ritters gegenüber seinem Souverän und dem Königreich.« Er neigte sich vor, hob Gabriellas Hände an und küsste federleicht beide Handrücken. »Kann es sein, liebe Gabriella, dass du Angst um mich hast? Du, die mir so oft vor die Schienbeine getreten und über meinen männlichen Stolz gespottet hat?«

Sie blinzelte gegen Tränen an und entzog ihm ihre Hände. Sicher wäre sie aufgesprungen und fortgestürmt, wenn er nicht so beunruhigend nahe bei ihr gesessen hätte. »*Selbstverständlich* habe ich das, du Dummkopf«, erwiderte sie, dämpfte dabei jedoch die Stimme zum Flüsterton, damit die Diener es nicht hören. »Hättest du genügend gesunden Menschenverstand, würdest du ebenfalls Furcht empfinden!«

Er neigte sich vor und küsste sie auf die Nase. »Gabriella«, tadelte er mit einer Zärtlichkeit, bei der viel von ihrem Zorn dahinschmolz. »Ich bin ein praktischer Mann, und wenn es etwas gibt, vor dem ich Angst haben sollte, dann werde ich zittern und jammern, wie es von mir verlangt werden mag. Unterdessen ziehe ich es vor, die einzigartigen Freuden häuslichen Friedens zu genießen.«

Gabriella seufzte auf und ließ ihre Stirn gegen seine sinken. »Ich könnte es nicht ertragen, dich zu verlieren«, sagte sie leise.

Er küsste sie zärtlich auf den Mund. »Bitte, Mylady, betrauere nicht meinen Tod, während ich noch lebe.« Seine Augen spiegelten Belustigung wider.

Gabriellas Wangen brannten, als sie daran dachte, wie leicht er das Verlangen in ihr weckte. »Ich finde es nicht schön, dass du dich über meine Sorgen lustig machst«, protestierte sie.

Er berührte ihre Lippen mit dem Daumen. »Du scheinst mich zu lieben – wenigstens ein bisschen.«

Sie schluckte. »Aye, Mylord«, sagte sie. Dann kam ihr eine Idee, und ihre Miene hellte sich auf. »Könnte ich auch Soldat werden? Es gab da sicher schon andere Frauen, die …«

Morgan runzelte die Stirn. »Wenn ich vom König gerufen werde«, erwiderte er ernst, »wirst du hier in Edgefield Keep bleiben, bis ich zurückkehre. Und damit, Liebling, ist dieses Thema beendet.«

Gabriella fügte sich und versuchte zu glauben, wenn auch nur für eine paar glückliche Momente, dass es keine Trennung, keinen Abschied für sie und Morgan geben würde. Doch selbst jetzt, hinter der schwankenden Fassade ihrer Überzeugung, lauerte die Gewissheit, dass dies zu viel erhofft war, denn Könige waren unberechenbare Geschöpfe und dachten selten oder gar nicht an die Frauen, die zurückgelassen wurden, um zu warten, zu beten und allzu oft den Tod ihrer Männer zu betrauern.

Der kleine Reisetrupp versammelte sich am nächsten Morgen vor dem Sonnenaufgang im Burghof, und der Atem von Mensch und Tier bildete Wölkchen in der kalten, dunstigen Luft.

Lady Johanna stand neben Zacheus, Gabriella im flackernden Schein von Fackeln gegenüber, die von Dienern gehalten wurden. Die Nonne lächelte. »Du hast deinen Platz gefunden, Kind. Du wirst hier blühen und gedeihen wie ein Same, der auf fruchtbaren Boden gefallen ist. Sprich deine Gebete, wie man es dir gelehrt hat, und geh oft zur Messe.«

Gabriella blinzelte gegen Tränen an und trat vor, um ihrer Freundin die Wangen zu küssen und ihr ein kleines Päckchen in die Hände zu drücken. »Aye«, sagte sie. »Ich werde mir deine Worte zu Herzen nehmen. Möge Gott dich segnen und beschützen. Du wirst mir sehr fehlen.«

»Und du mir«, erwiderte Lady Johanna, und ihre glänzenden Augen spiegelten Zuneigung wider. »Aber ich denke, es ist besser für uns, uns zu trennen, weil wir uns anscheinend gegenseitig zu Dummheiten inspirieren.«

Gabriella stieß einen Laut aus, der halb Lachen und halb Schluchzen war. »Ja«, stimmte sie zu; mehr brachte sie nicht heraus.

Lady Johanna verstaute das Päckchen in der tiefen Tasche ihres Umhangs. »Ich werde deine Briefe Elizabeth und Meg geben, sobald ich in St. Swithin's eintreffe«, versprach sie. »Soll ich ihnen noch eine andere Botschaft übermitteln?«

»Aye«, sagte Gabriella und schniefte. Morgan stand dicht neben ihr, und er war wie eine Stütze für sie, obwohl sie sich nicht berührten. »Sag meinen Schwestern, dass ich auf Edgefield Keep sehr glücklich bin.« Unter anderem hatte Gabriella in den Briefen, die Lady Johanna mitnahm, Meg und Elizabeth versprochen, sie im späten Frühjahr, wenn die Straßen wieder passierbar sein würden, holen zu lassen. Morgan hatte zugestimmt, nicht nur für eine großzügige Mitgift zu sorgen, sondern auch für passende Ehemänner, wenn die Mädchen zu heiraten wünschten.

»Ich werde es ihnen sagen«, versprach Lady Johanna. Dann drehte sie sich um, lehnte höflich die angebotene Hilfe eines

Stallburschen ab und schwang sich auf Zacheus, bereit, den strapaziösen Ritt zurück zur Abtei anzutreten.

Morgan, der sich inzwischen hinter Gabriella gestellt hatte, schlang seinen Umhang um sie, hüllte sie beide ein wie in einen Kokon aus Kraft und Wärme. Selbst in ihrer Traurigkeit, weil sie sich von ihrer lieben Freundin verabschieden musste, empfand sie ein starkes Prickeln, als ihr Körper auf ihn reagierte. O ja, er würde sie von ihren Sorgen ablenken und in ihrem Schlafgemach trösten, und das gründlich.

Wie zur Bestätigung drückte Morgan sie fest an sich und flüsterte ihr ins Ohr: »Komm, Mylady. Unser Bett wartet. Lass uns zurückkehren, bevor es kalt wird.«

Gabriella schaute Lady Johanna und der bewaffneten Eskorte nach, bis sie von den Schatten der schwindenden Nacht aufgesogen wurden und sie in der Ferne das Knarren des großen Tores hörte. Sie drehte sich in der Umarmung ihres Mannes und schmiegte ihren Kopf an seine Schulter. Er streichelte über ihr Haar, tupfte leichte Küsse auf ihre Schläfe und führte sie schließlich zurück zu ihrem Schlafgemach, wo er sie unermüdlich tröstete, bis Gabriella schließlich erschöpft und völlig befriedigt einschlief.

Lady Johanna war erst zwei Tage fort, als an einem sonnigen, aber kalten Morgen ein Kurier aus London eintraf und von der Zugbrücke aus eine Botschaft von keinem Geringeren als seiner Majestät König Edward ankündigte.

Genau dies hatte Gabriella natürlich befürchtet und sich gegen das nahende Unheil gewappnet, indem sie so viel Freude wie möglich gehortet hatte – wie ein Gemeindevorsteher, der in Erwartung eines strengen Winters zusätzliches Getreide für seine Gemeinde beiseite legt. Hatte Morgan sie nicht – wenn auch behutsam – mit Wort und Tat darauf vorbereitet? Mehr als einmal hatten sie, nachdem sie sich geliebt hatten, bis spät in die Nacht darüber geredet, was es bedeutete, ein Ritter des Königreichs zu sein.

Sie war im Dorf und löffelte etwas von Lady Johannas sorgfältig aufbewahrter Kräuterarznei in den Mund eines fiebernden kleinen Mädchens, als von den Wachen am Haupttor das Nahen eines Reiters angekündigt wurde. So schnell sie konnte, überließ Gabriella ihre kleine Patientin der Obhut von Mab, der Hebamme, und eilte mit hämmerndem Herzen hinaus, um herauszufinden, was los war.

Morgan stieg die Treppe vom Wachturm herab, als sie am Tor eintraf, und sie hörten beide, wie der Ankömmling sein Anliegen mit hallender Stimme verkündete.

Als das Tor geöffnet wurde, ritt der Mann hindurch, wobei er in seiner königlichen Livree recht arrogant wirkte.

Gabriella war von Furcht erfüllt, doch sie folgte Morgan dichtauf, als er zu dem Besucher ging, um ihn zu begrüßen.

»Lord Edgefield?«, fragte der Bote, und erst jetzt bemerkte Gabriella, dass er noch fast ein Junge war. Er hatte Sommersprossen im Gesicht und ein unsicheres Verhalten, als versuche er eine Rolle zu spielen, ohne den Text gelernt zu haben.

Morgan nickte. »Steig aus dem Sattel, Junge. Du hast gewiss Zeit für eine Mahlzeit und ein paar Stunden Ruhe, und dein Pferd sieht aus, als würde es jeden Moment unter dir zusammenbrechen.«

Widerstrebend schwang sich der Junge von dem Wallach und sprang geschickt zu Boden. Er zog eine Kuriertasche unter seinem Rock hervor – kein passendes Kleidungsstück bei der bitteren Kälte, dachte Gabriella – und reichte sie Morgan.

Gabriella schob sich näher und las die Botschaft, als Morgan sie entfaltete. *Auf Befehl Seiner Majestät, Edward III. …*

Was folgte, war eine knapp formulierte Vorladung nach Sheen, bei London, in einer Sache von »Ehre und Zweckdienlichkeit«. Edgefield sollte sofort aufbrechen und seine Gattin mitbringen.

Gabriellas Besorgnis wurde von letzterem Teil der königlichen Botschaft ein wenig gemildert. Morgan konnte die Wünsche des Königs natürlich nicht ignorieren, und es wurde nicht erwähnt, das er nach Frankreich in den Krieg ziehen musste. Außerdem wurde sie nicht zurückgelassen – jedenfalls noch nicht. Sie wurde am Königshof erwartet, und Aufregung breitete sich in ihr aus.

Morgan faltete die Botschaft und betrachtete den jungen Kurier ruhig, aber in einer Art, die sowohl Gabriella als auch den Jungen beunruhigte. Aus seiner Miene und Haltung schloss sie, dass ihr Mann nicht besonders erfreut über den Befehl des Königs war, sie nach Sheen mitzubringen, und sie fragte sich, warum.

Morgan erteilte schnell ein paar Befehle. Das Pferd des Jungen wurde in den Stall gebracht und versorgt, der Bote wurde in die Küche geführt, wo er verköstigt werden würde. Begierig folgte der Junge einem von Morgans Männern. Der Ritt von London war sicherlich lang, kalt und hart und auch einsam gewesen.

Gabriella blieb wartend stehen und beobachtete ihren Mann, während alle sonst sich nach und nach zerstreuten. Ihr ganzes Leben lang hatte sie sich gewünscht, London zu sehen, doch niemals hatte sie trotz all ihrer angeborenen Kühnheit zu hoffen gewagt, auch nur einen Blick auf den König zu erhaschen. Jetzt, angesichts der Aussicht, ihn zu sehen, wünschte sie, ihr könnte die Begegnung erspart bleiben.

»Dahinter steckt Avendall«, sagte Morgan, mehr im Selbstgespräch als zu Gabriella nach langem, angespanntem Schweigen.

»Sicherlich nicht, Mylord«, sagte sie, obwohl sie ein starkes Unbehagen bei der Erwähnung des Mannes empfand, der Morgans und ihr Feind war. Sie hakte sich bei Morgan ein und betrachtete prüfend sein Gesicht, hoffte mit angehaltenem Atem, dass er sich nicht entschied, sich dem König zu widersetzen und sie zurückzulassen. »Wir machen die Reise also? Zusammen?«

Morgan gab einen bitteren Laut von sich, die heisere Parodie eines Lachens. »Es bleibt uns nichts anderes übrig, Mylady«, erwiderte er grimmig. »Edward ist lange ein großer Freund der Chalstreys gewesen, aber er wird von niemandem Ungehorsam hinnehmen. Selbst der Schwarze Prinz und der Duke of Lancaster wagen es nicht, ihm zu widersprechen.«

»Wann werden wir reisen?«, fragte Gabriella in mildem Tonfall. Wie Morgan hatte sie böse Ahnungen, doch schließlich machten sie die Reise zusammen, und sie würde London sehen. Sie hätte fast jede Prüfung einer Trennung von ihrem Mann und der Sorge um ihn vorgezogen.

Gleichzeitig stieg ein eisiges Gefühl in ihr auf.

»Dahinter steckt Avendall«, hatte er gesagt. Sie befürchtete, dass er zumindest in dieser Hinsicht Recht hatte.

»Wir brechen bei Tagesanbruch auf«, sagte Morgan. »Geh nach drinnen, Gabriella. Der Wind ist kalt.«

»Ich bin nicht zerbrechlich, und ich habe meinen wärmsten Umhang an«, erinnerte sie ihn.

»Und ich, Mylady, habe im Augenblick keine Lust, mich in ehelicher Geduld zu üben«, entgegnete er. »Geh.« Sein Verhalten war grimmig, und seine Gedanken schienen weit fort zu sein.

Gabriellas Verstand gewann die Oberhand über ihren Stolz, und sie ging in die Burg, wie Morgan sie gebeten hatte.

In der Dämmerung des nächsten Morgens brachen sie auf. Morgan ritt an der Spitze der Karawane von Reitern und Karren, und Gabriella war in der Mitte der Prozession versteckt wie ein Schmuckstück aus feinstem Glas, das in dicke Watte verpackt war.

Den ganzen Tag über hatte sie keine Gelegenheit, den Kreis ihrer Bewacher zu durchbrechen und mit ihrem schwarzweiß gefleckten Zelter nach vorne zu gelangen, um vielleicht neben Morgan zu reiten oder ihn wenigstens sehen zu können. Er war trotz allem vom König an den Hof gerufen worden, und in Frankreich tobte der Krieg. Es missfiel ihr, so lange von ihrem Mann getrennt zu sein, auch wenn die Entfernung zu ihm nur sehr kurz war.

Sie ritten in schnellem Tempo, hielten nur zu einer kurzen Rast und aßen zu Mittag Käse und Brot in ihren Sätteln. Der Himmel war verhangen, und der eisige Wind, mit Salz von der nahen See durchsetzt, ging durch Mark und Bein.

Gabriella war dankbar – obwohl sie es nicht zugegeben hätte –, als endlich die Dämmerung hereinbrach und Morgan an einem Bach halten ließ, wo sich die kahlen Zweige einiger Birken vor dem grauen Himmel abhoben. Er saß ab, erteilte Befehle und beriet sich dann privat mit einem halben dutzend seiner besten Männer, bis der Mond aufgegangen war. Gabriella, begierig darauf, sich nützlich zu machen, arbeitete unterdessen beim Aufschlagen des Lagers mit.

Als das Lagerfeuer brannte und ein Zelt aus stabilem Tuch aufgestellt worden war, aß der Trupp Forellen aus dem Bach, die auf Stöcke aufgespießt und über den Flammen gegrillt worden waren. Wachen waren postiert worden, und die Pferde, alle an den Vorderbeinen gefesselt, knabberten am Herbstgras und tranken aus dem klaren Bach. Diejenigen Soldaten, die nicht zur Wache eingeteilt waren, unterhielten sich am Lagerfeuer, wobei sie wegen Gabriellas Anwesenheit galant auf Zoten verzichteten, oder amüsierten sich mit Würfelspielen. Die übrigen Männer breiteten ihre Schlafsäcke aus und streckten sich am Boden aus, um zu schlafen.

Erst als Gabriella Zuflucht in dem Zelt gesucht hatte, um sich dort voll bekleidet auf einen Stapel Felle zu legen, halb vergraben in Decken und trotzdem so frierend, dass ihre Zähne klapperten, tauchte Morgan endlich auf.

»Schade, ich dachte schon, ich habe das Zelt die ganze Nacht ganz allein für mich«, scherzte Gabriella in dem Bemühen, ihn aufzuheitern, während er sein Schwert abschnallte und in Reichweite des Lagers legte, das sie teilen würden. »Hast du zu Abend gegessen, Mylord?«

Morgan murmelte gedankenverloren etwas Unverständliches, zog seine Stiefel aus und kroch auf das improvisierte Bett neben sie.

Gabriella war gekränkt. In letzter Zeit hatte sie sich an die Aufmerksamkeiten eines Liebhabers und Ehemannes gewöhnt. Dieser Mann hingegen war zuallererst Soldat und als solcher relativ fremd für sie. »Morgan?«

Er seufzte, schlang fast widerstrebend einen Arm um sie und zog sie an sich. »Der Tag war lang, und ich bin müde, Gabriella. Lass uns ruhen und ein anderes Mal miteinander plaudern.«

Sie schwieg lange, wusste, dass sie seine Worte respektieren und ihn in Frieden schlafen lassen sollte, doch etwas in ihr zwang sie, die Frage zu stellen, die sie im Geiste tausend Mal vor dieser Nacht geübt hatte, die Frage, die sie nicht auszusprechen gewagt hatte.

»Wer war Rebecca?«

Für einen Moment war die Atmosphäre in dem Zelt so geladen wie die Stille vor einem besonders starken Donnerschlag. Dann seufzte Morgan schwer und antwortete. »Das fragst du mich *jetzt*?« Er klang ein bisschen zu reserviert für ihren Geschmack.

»Jetzt«, sagte sie sehr sanft.

»Und wenn ich mich weigere, darüber zu sprechen?«

»Dann wird keiner von uns ein Auge zutun.«

Morgan wartete, bis Gabriella nervös wurde, und gab dann zu ihrer Überraschung nach. »Rebecca Sommerville war das Mündel meines Vaters. Sie wuchs in Edgefield Keep auf – diese Kleider, die du getragen hast, gehörten ihr. Rebecca und ich wuchsen zusammen auf – ich hatte keine Geschwister, jedenfalls keine, welche die Kindheit überlebten, und sie auch nicht. Wir waren unzertrennlich, waren alles füreinander. Meine Mutter wurde krank, als wir acht waren, und mein Vater ging nach London, um dem König zu dienen. Rebecca und ich verliebten uns allmählich, und ich wollte sie heiraten, wenn wir volljährig waren.«

Gabriella wurde das Herz schwer. Morgan hatte Rebecca geliebt, und aus seinem Tonfall schloss sie, dass er nie über dieses Gefühl hinweggekommen war. Schlimmer noch, sie, Gabriella, hatte die ganze Zeit über die Kleidung der anderen Frau getragen. Hatte Morgan gewollt, dass sie der Frau ähnelte, die ihm das Schicksal versagt hatte?

»Und hast du – sie geheiratet, meine ich?«

Wiederum Schweigen, so gefährlich mit Gefühlen erfüllt, dass Gabriella wünschte, sie hätte das Thema niemals zur Sprache gebracht.

»Nein«, sagte Morgan schließlich. »Mein Vater ließ mich nach London kommen, und als ich nach Edgefield Keep zurückkehrte, war Rebecca verschwunden.«

»Verschwunden?«, flüsterte Gabriella, von einer bösen Vorahnung erfüllt.

»Tot«, sagte Morgan in dumpfem Tonfall. »Wie es heißt,

war sie eines Tages ausgeritten, um sich mit Avendall zu treffen. Er wollte ihr den Hof machen – wir waren stets Rivalen, Cyprian und ich, bei Turnieren und dergleichen – und sie wies ihn ab. Aber er blieb hartnäckig und umwarb Rebecca ziemlich heftig. Schließlich überzeugte er sie, dass mein Vater mich nach London gerufen hätte, um die Tochter einer seiner Freunde zu heiraten, damit er politische Vorteile daraus gewinnen konnte.

Solche Verbindungen sind natürlich weit verbreitet – weitaus häufiger als Liebesheiraten. Und Rebecca war fast noch ein Kind und glaubte Avendalls Geschichte, trotz aller heiligen Versprechen, die sie und ich einander gegeben hatten.« Morgan legte wieder eine Pause ein. Sein Schweigen war nur kurz, doch so unheilvoll, dass Gabriella sich auf Schlimmes gefasst machte. »Sie fuhr zu ihm nach Avendall Hall, glaubte, mich zu kränken, wie ich sie vermeintlich gekränkt hatte, und er schlief mit ihr, vermutlich nicht sehr sanft. Sie schämte sich so sehr, dass sie damit nicht fertig wurde, und zwei Tage vor meiner Rückkehr sprang sie von den Klippen in die See.«

Gabriella presste eine Hand auf den Mund. Sie konnte sich nur zu leicht vorstellen, wie sich ein behütetes Mädchen, aufgewachsen auf dem Land und unerfahren in Falschheit und Tücke, zu einer solchen Verzweiflungstat hinreißen lassen konnte.

»Woher – woher weißt du all dies?«, fragte Gabriella. Sie versuchte, sich an ihn zu schmiegen, ihn zu trösten, doch er versteifte sich, und sie zog sich schließlich zurück.

»Rebecca hinterließ einen Brief, zusammen mit ihrem Kettenanhänger. Bis zu dem Tag, an dem ich dich gefangen nahm, trug ich ihn um den Hals.«

Gabriella erinnerte sich an den Zorn in Morgans Gesicht, als sie ihm den Talisman vom Hals gerissen hatte, der an einem verblichenen Band befestigt gewesen war, und auf Halsey geschleudert hatte, den Mann, den Avendall geschickt hatte, um sie nach Cornwall zu eskortieren. Damals hätte sie den Gefühlsausbruch als Wut beschrieben. Jetzt kannte sie Morgan besser und erkannte, dass es nicht etwas so Unbedeutendes wie Ärger auf sie gewesen war, sondern ein verzehrender Zorn, der in den Tiefen seiner Seele wurzelte.

»Es tut mir so Leid«, sagte sie, und sie bezog sich damit auf vieles.

Morgan schwieg. Er lag starr neben ihr, und in den Schatten wirkte sein Profil wie aus Granit gemeißelt.

Gabriella spürte ihn zittern und wusste, dass er weinen musste, sich jedoch solch eine unmännliche Erlösung nie erlauben würde. So weinte sie für ihn, schmiegte sich an ihn, obwohl er versuchte, sie allein durch seine Kälte abzuweisen.

Gabriella jedoch schlang die Arme um ihn, trauerte bitterlich für Morgan und die arme, verlorene Rebecca und vielleicht am meisten für sich selbst. Sie hatte von Anfang an gewusst, dass er sie nicht liebte, und sie hatte gehofft, im Laufe der Zeit sein Herz zu gewinnen. Jetzt befürchtete sie, dass sie bei all den körperlichen Wonnen vielleicht niemals die Seele dieses Mannes erobern konnte.

Die Aussicht auf die vor ihr liegenden Jahre waren trübe, und Gabriella betrauerte den Tod Tausender Hoffnungen, als sie dort schlaflos und deprimiert lag, bis sie schließlich von der Erschöpfung übermannt wurde.

Gegen Morgen weckte Morgan Gabriella mit einem Kuss, der so voller Verzweiflung und dem Verlangen nach Trost war, dass er Gabriella fast das Herz brach. Es war nur zu offenkundig, selbst für eine unerfahrene Braut wie Gabriella, dass ihr Mann nicht um ihretwegen zärtlich war, sondern weil er Sehnsucht nach dem Mädchen hatte, das in der Brandung verschwunden war und nie erfahren hatte, wie sehr Morgan sie liebte, wie viel er ihr verziehen hätte.

Gabriella konnte ihn nicht abweisen; sie liebte ihn zu sehr, begehrte ihn zu stark. Wie eine Bäuerin, die zu einem königlichen Festmahl eingeladen wurde, würde sie sich sättigen, denn es lagen Zeiten vor ihr, in denen sie Hunger leiden würde.

Sie schlang die Arme um Morgans Nacken und drängte ihn auf sich. Er verharrte über ihr, zog ihr Kleid bis zu den Hüften hoch, teilte ihre Beine in einer fast unverständlichen Bitte um Verzeihung und drang tief in sie ein.

Gabriella hatte Schmerz erwartet, hatte sich darauf gefasst gemacht, ihn zu ertragen, denn an diesem Morgen war wenig Zärtlichkeit in Morgan, und er hatte sie nicht darauf vorbereitet, ihn zu empfangen. Dennoch hatte sie das Gefühl, von dieser Eroberung wie von einem Feuer entflammt zu werden, und sie musste sich auf die Unterlippe beißen, um nicht aufzuschreien, nicht aus Schmerz, sondern vor Lust.

Morgan stützte sich auf seine Handflächen auf, erbebte, hielt sich jedoch noch unter Kontrolle. »Oh, Gabriella«, keuchte er, »verzeih mir ...«

Sie streichelte sein Gesicht, sein Haar, um ihn wissen zu lassen, dass er sich nicht zu entschuldigen brauchte. Sie umfasste Morgans Hüften und bäumte sich ihm entgegen.

Mit einem leisen Aufstöhnen, wie ein Mann, der zwischen Himmel und Hölle schwebt, fand er die Erlösung, versteifte sich, bewegte sich in seiner Ekstase noch ein paar Mal hektisch und versteifte sich von neuem. Gabriella erbebte unter ihm in einer Mischung aus Kummer und Lust, und sie wusste, dass sie ihm für ewig verfallen war. Als die letzten Schauer der Erregung bei ihnen beiden abklangen, sank er neben ihr zusammen, und erst jetzt erkannte Gabriella, dass sie beide schweißnass waren.

»Es tut mir Leid«, brachte Morgan nach sehr langem Schweigen mühsam hervor und hob den Kopf. Obwohl sie sein Gesicht nicht deutlich erkennen konnte, wusste sie, dass er ihr in die Augen schaute. »Mein Gott, Gabriella, ich hatte kein Recht, dich zu zwingen ...«

»Pst«, unterbrach sie. »Ich habe dich empfangen, mein Mann, weil ich es wollte. Hätte ich dich gebeten, aufzuhören, hättest du das sicherlich getan.«

Er ließ seine Stirn auf ihre sinken, immer noch schwer atmend. »Dessen bin ich mir nicht sicher«, bekannte er. »Und es bleibt die Tatsache, dass ich dich benutzt habe, Gabriella, ohne an dein Vergnügen zu denken ...«

Gabriella küsste ihn auf den Mund. Sie sprach mit einem Lächeln in der Stimme, dankbar dafür, dass er die Tränen in ihren Augen nicht sehen konnte. »Hast du nicht bemerkt, Mylord, dass ich bis zuletzt unter dir mitgemacht habe? Man könnte sagen, ich habe dich ebenfalls benutzt.«

Morgan stieß einen Laut aus, der wie Zähneknirschen und Seufzen zugleich klang, und löste sich von ihr. Die Trennung war so schmerzlich, als sei ein Verband zu schnell von einer Wunde gelöst worden. »Du verstehst nicht«, sagte er, offenkundig um Geduld bemüht. »Ich hätte dich nicht heiraten sollen, Gabriella, geschweige denn mit dir schlafen sollen. Ich sollte zu tausend Höllen verdammt werden für das, was ich getan habe, und ich kann die Dinge nur in Ordnung bringen, indem ich dich zur Abtei zurückbringe.«

Trotz all der Hitze, die noch in ihrem Körper pulsierte, wurde es Gabriella kalt, als ihr die Bedeutung der Worte dämmerte. »Du willst mich wegschicken?«, fragte sie leise und betroffen. Es gab keinen Zweifel daran, dass er ihr eine tödliche Kränkung zugefügt hatte. »Aber das kannst du nicht, Mylord – ich liebe dich!«

Morgan umfasste ihr Gesicht mit beiden Händen. »Sag das nicht, bitte. Ich kann nicht ertragen, es zu hören.«

»Aber es ist die reine Wahrheit, Mylord!«

»Dann musst du eine Lüge daraus machen, Gabriella. Ich habe einmal in meinem Leben eine Frau geliebt, über alles geliebt, und ich wage es nicht noch einmal. Um unserer beider willen, Mylady, wende dich von mir ab. Hasse und verabscheue mich und schmähe meinen Namen, denn ich habe deine Verachtung verdient. Aber bei allen Engeln im Himmel, sag so etwas *nie wieder!*«

Gabriella ballte die Hände zu Fäusten und trommelte vor Enttäuschung und schrecklichem Kummer auf Morgans Brust ein, bis er schließlich ihre Handgelenke festhielt, nicht aus Zorn, sondern aus Mitleid. Schwer atmend presste er sein Gesicht an ihren Nacken, und sie hätte geschworen, seine Tränen auf der Haut zu spüren.

Schließlich sagte sie sich jedoch, dass es ihre eigenen gewesen sein mussten.

14

Während des ersten Teils ihrer strapaziösen Reise bemühte sich Morgan sorgfältig, Gabriella zu meiden. Er aß allein, wenn überhaupt, und obwohl die Nächte kalt waren und gelegentlich die Pferde und Schlafsäcke mit einer Puderschicht von Schnee überzogen waren, kehrte er nicht ins Zelt zurück, um sich zu seiner Frau zu legen.

Gabriella war verzweifelt, doch sie war entschlossen, sich ihren Kummer, ihren verletzten Stolz nicht anmerken zu lassen, schon gar nicht gegenüber Morgan Chalstrey, dem Duke of Edgefield. Sie ritt mit der Haltung einer Königin, das Kinn erhoben, die Schultern gestrafft, kerzengerade. In ihrem Innern war sie jedoch zerschmettert, wie es Rebecca gewesen sein musste, als sie am Rand der Klippen gestanden und auf die Felsen in der Tiefe geschaut hatte.

Natürlich hatte Gabriella nicht vor, ihr Leben der Melancholie und dem Bedauern zu opfern, wie es Rebecca getan hatte. Chalstrey liebte sie nicht, er plante sogar, sie zur Abtei zurückzuschicken, doch sie hatte immer noch ihre kostbaren Hoffnungen und zehrte davon. Morgans Körper brannte vor Verlangen nach ihrem, und das wusste sie. Im Laufe der Zeit würde dieses Verlangen über seine Lenden hinausgehen und sein Herz und seine Seele erreichen. Ja, er würde zu ihr kommen, wo auch immer sie war, und sie würde bereit sein. Wartend.

Unterdessen wollte Gabriella ihre Zeit mit etwas Nützlichem ausfüllen. Wenn Morgan nicht nachgab, sondern seine Drohung in die Tat umsetzte und sie wegschickte, würde sie nach Redclift Hall zurückkehren und Möglichkeiten finden, ihre Hände und den Verstand zu beschäftigen. Sie würde auch nicht zulassen, dass Morgan sie mittellos wegschickte, obwohl in Wahrheit seine finanzielle Großzügigkeit ihre letzte Sorge war. Gabriella wusste, dass ihr Mann fair war, bei all seinem Mangel an Sentimentalität, und sie vertraute darauf, dass er sie mit dem versorgen würde, was sie brauchte, um ihre Pläne durchzuführen: Gold zum Kauf von Schafen und Pferden, Schweinen und Kühen, eines Webstuhls und Steinen und Holz für die so dringend nötigen Reparaturarbeiten auf dem Gut.

John Robinson, Morgans zweiter Stellvertreter nach Sedgewick, der als Einziger geneigt zu sein schien, Gabriellas Gesellschaft zu suchen, parierte sein Pferd, um sich ihrem langsameren Tempo anzupassen. »Ihr seid erschöpft, Mylady«, bemerkte er mit schroffer Freundlichkeit. »Da gibt es ein Gasthaus gleich hinter dem nächsten Hügel. Soll ich Seiner Lordschaft sagen, dass Ihr etwas zu essen und Ruhe braucht?«

Sie richtete die schmerzenden, geröteten Augen auf ihn. Nein, sie würde keine Schwäche zeigen. Es war unwahrscheinlich, dass Morgan sie zurückließ, das wusste sie, doch sie wollte nicht der Grund sein, dass er den Ritt des Tages ihretwegen verkürzte. »Das ist nicht nötig«, sagte sie. »Ich kann wie jeder sonst in diesem Trupp durchhalten.«

Robinson wirkte reumütig, doch er war kein Mann, der sich so leicht davon abhalten ließ, etwas Freundliches zu tun, ob es nun gewünscht wurde oder nicht. »Verzeiht mir, Mylady«, sagte er und gab sich schnell demütig. »Ich wollte Euch nicht beleidigen. Es ist nur, dass – nun ...« Er blickte nach vorne auf Morgans breiten Rücken und fuhr dann in befangenem Tonfall fort:

»Ihr wirkt zunehmend erschöpft, und es wird bald dunkel sein.«

Nachdem Lady Johanna nach St. Swithin's zurückgekehrt war und Morgan sie mied wie eine Leprakranke, brauchte sie dringend einen Freund und Vertrauten. Bald würde die Abenddämmerung hereinbrechen, der Wind war kalt, und sie hatte Hunger. Bei dem Gedanken an einen schmackhaften Eintopf und vielleicht ein Glas Wein zum Entspannen lief ihr das Wasser im Munde zusammen. »Ich bin in der Lage, wie jeder in diesem Trupp zu reisen«, sagte sie milde.

»Frieden, Mylady«, protestierte der Soldat auf entwaffnend freundliche Weise. »Ihr seht aus, als seid Ihr in der Lage, aus dem Sattel zu fallen. Erlaubt mir, mit dem Herrn zu sprechen, wenn nicht um Euretwillen, ich flehe Euch an, dann um der anderen und der Pferde willen.«

Sie blickte abschätzend zu ihrem Mann, der vielleicht ihren Blick gespürt hatte; obwohl er sich aber im Sattel zu versteifen schien, wandte er nicht den Kopf, um nach ihr zu sehen. »Wenn Ihr diese Bitte vortragen wollt, dann nennt Euch und die Männer und Pferde als Grund. Ich will nichts damit zu tun haben.«

Robinson hob eine Augenbraue. »Ich sehe, dass Euer Stolz Eure Lieblingssünde ist, Mylady«, scherzte er. »Das ist ein weit verbreiteter Fehler. Wird Edgefield Euch aber für stark halten,wenn ihr zusammenbrecht und ihm vor die Füße fallt?«

Gabriella biss sich auf die Unterlippe. Die Strapazen des Tages hatten tatsächlich Tribut von ihr gefordert, und sie sehnte sich nach etwas zu essen, einem warmen Bad und Schlaf in einem sauberen Bett. Trotz allem konnte sie sich nicht überwinden nachzugeben, denn Stolz war tatsächlich ihr größter Fehler. »Mir scheint, Ihr macht Euch übertriebene Sorgen«, sagte Gabriella und trieb Sweetbriar, ihren kleinen Zelter, mit den Hacken zum Galopp. Das Pferd, ein Hochzeitsgeschenk von Morgan, war feurig, doch der ältere Soldat hielt das Tempo mit.

»Er hat die Ausdauer eines jungen Ochsen, unser Lord und Herr«, sagte er und nickte zu Morgan hin. »Und er wird uns alle im Sattel lassen, bis wir ohnmächtig werden, so abgehärtete Soldaten wir auch sind.«

Gabriella seufzte. Der Gasthof kam gerade in Sicht, und sie sah Rauch aus dem Schornstein aufsteigen und behaglichen Lampenschein hinter den Fenstern. »Also gut«, sagte sie. »Aber seid nicht zu enttäuscht, wenn Lord Edgefield in meinem Unbehagen keinen Grund zur Nachsicht sieht.«

Robinson griff hinüber und legte kurz eine Hand auf ihre, als leichter Schneefall einsetzte. »Der Herr ist fürsorglicher, als Ihr meint, Mylady.«

Gabriella sagte nichts, denn sie wünschte bereits, sie könnte ihre letzten Worte zurücknehmen. Morgans Zurückweisung, so offenkundig sie für die Männer der Kompanie auch sein mochte, war immer noch eine private Sache zwischen ihm und ihr, und der Gedanke, dass alle Mitleid mit ihr hatten, war fast unerträglich für sie.

Robinson trieb sein Pferd an, um Morgan einzuholen, und er war fort, bevor Gabriella einfiel, wie sie ihn würdevoll zurückrufen konnte. Sie beobachtete stumm mit vor Kälte tauben Füßen, schmerzenden Muskeln und verletztem Stolz, wie Morgan und sein Offizier miteinander redeten.

Robinson sprach ernst, doch unhörbar auf Morgan ein und wies dabei zu Gabriella, während Morgan so grimmig und unnachgiebig wie ein Führer eines wilden nördlichen Clans wirkte. Einmal blickte er zu ihr, den Blick ärgerlich und kälter als jeder Wind, den die Kräfte der Natur auslösen konnten, und in diesem Augenblick wünschte Gabriella, ihren Mann anzuschreien, dass nicht sie diejenige gewesen war, die ihre unglückselige Beziehung angefangen hatte, sondern er.

Sie kniff die Augen zusammen und starrte auf seinen Rücken, den er ihr wieder zugewandt hatte. Gabriella wurde an ein Wunderding erinnert, das einst von einem Händler auf einem Jahrmarkt in der Nähe der Abtei angeboten worden war: eine Glaskugel, die kleine Dinge vergrößerte, wenn man hindurchschaute, und einen blendenden Glanz abgab, wenn man sie so aufstellte, dass sich die Sonne darin spiegelte.

Unterdessen waren die Schneeflocken dichter und dicker geworden, bis sie wie kleine Daunen auf die frostharte Erde fielen. Trotz all ihrer Kälte halfen sie nicht, Gabriellas heißen Zorn abzukühlen.

Schließlich gab Morgan nach und gewährte die erbetene Wohltat, doch er tat das in äußerst ungnädiger Weise. Auf den schroffen Befehl ihres Herrn hin lenkten die Soldaten ihre Pferde zum Gasthof hin, alle bemüht, nicht zu erfreut zu wirken oder sonst wie seine Aufmerksamkeit zu erregen. Gabriella, die ein großes Maß an Trost in Rebellion fand, wünschte, einen Schneeball zu haben und ihn auf seinen Rücken zu werfen.

Im Gasthof befanden sich auf Grund des rapide schlechter werdenden Wetters andere Reisende, und nur ein Zimmer war noch frei. Morgans Männern wurden Plätze auf dem Heuboden des Stalls angewiesen, die sie erfreut annahmen, und Gabriella bekam das Zimmer. Sie nahm an, dass Morgan angesichts seiner Entscheidung, sie aus seinem Leben zu verbannen, wie die anderen bei den Ochsen und Milchkühen schlafen würde oder – besser noch – bei den Schweinen.

Sie sagte sich, dass es ihr nichts ausmachte, wo er die Nacht verbrachte, aß neben dem Kaminfeuer im Gemeinschaftsraum zu Abend und zog sich dann auf ihre Kammer zurück. Wenn sie die kommenden Strapazen bewältigen wollte – und das hatte sie gewiss vor –, brauchte sie Ruhe.

Die Frau des Wirtes ging mit einer Laterne in der Hand voraus, und Gabriella betrat das kleine, jedoch bemerkenswert saubere Zimmer, in dem sie schlafen würde. Ein Feuer knackte im Kamin, und das Bett wirkte nicht nur makellos, sondern auch einladend. Auch nach sorgfältiger Untersuchung fand sie keinerlei Ungeziefer.

Die Frau des Wirtes äußerte sich nicht zu Gabriellas Inspektion der Matratze, sondern zündete nur die Lampen zu beiden Seiten des schmalen Bettes an und verließ dann das Zimmer. Im Schloss der Tür steckte ein großer Schlüssel, und Gabriella betrachtete ihn mit Erleichterung. Sie hatte zwar noch nie in solch einem Etablissement übernachtet, doch sie wusste, dass Gasthöfe manchmal gefährliche Orte waren, an denen sich Diebe und Räuber und sogar Mörder herumtreiben konnten.

Sie sehnte sich nach einem heißen Bad, doch sie wusste, dass die Bestellung dieses Luxus die Frau des Gastwirts überfordert hätte, und so zog sie sich einfach bis auf ihr Unterhemd aus und legte sich ins Bett. Es ist tatsächlich *mein* Unterhemd, dachte sie wehmütig, und sie fügte eine weitere Forderung der Liste hinzu, die sie Edgefield präsentieren würde, bevor er sie wegschickte: Ballen von Wolle für eigene Kleider und Musselin für intimere Kleidungsstücke. Ebenso Schuhe und zwei warme Mäntel mit Kapuze und Pelzbesatz.

Dann brauchte sie endlich nicht mehr die Kleidung eines toten Mädchens zu tragen.

Der Schlüssel bewegte sich im Schloss und fiel mit einem Klappern zu Boden. Gabriella setzte sich ruckartig im Bett auf und starrte zur Tür. Sie schlug eine Hand vor den Mund, die Finger gespreizt, und rief: »Diese Kammer ist belegt!«

Der Schlüssel lag auf dem Boden, und die Tür schwang auf.

Morgan tauchte in ihrem Rahmen auf. Sein Haar war zerwühlt, und er wirkte ein wenig verwirrt.

»Hast du diese Tür aufgebrochen?«, fragte Gabriella und zog die Bettdecke bis zum Hals hoch.

Er machte eine übertriebene Verbeugung, und in diesem Augenblick erkannte sie, dass er ein paar Ale zu viel getrunken hatte. »Das brauchte ich nicht«, sagte er und richtete sich wieder auf. »Wenn du die Tür abschließen willst, Mylady, musst du den Schlüssel drehen.«

Tränen brannten in ihren Augen. Sie wollte verdammt sein, wenn sie in Anwesenheit dieses Mannes heulte. Sie presste die Lippen aufeinander und schwieg.

Er zuckte die Achseln und schloss die Tür hinter sich. Dann hob er mit weniger Grazie, als er für gewöhnlich aufbringen würde, den Schlüssel auf, schob ihn ins Schloss und drehte ihn.

»Ich wünsche deine Gesellschaft nicht, Mylord«, log sie. »Bitte geh.«

Er lachte und näherte sich mit leicht unsicheren Schritten dem Bett. Ohne den Blick von Gabriella zu nehmen, löste er seinen Schwertgurt und legte ihn beiseite. Dann zog er einen Dolch aus seinem rechten Stiefelschaft und legte ihn auf den Nachttisch. »Mach dir keine Sorge, Mylady«, sagte er mit etwas schwerer Stimme, obwohl Gabriella insgeheim dachte, dass es keinem außer ihr aufgefallen wäre. »Ich habe es zwar sehr genossen, dich deiner Tugend zu berauben, Stoß um Stoß, doch ich bin ein reuiger Sünder und habe geschworen, der Versuchung in all ihren schönen – *schönen* Formen zu widerstehen.« Dabei sah er sie mit einem Interesse an, das seine Worte Lügen strafte.

»Du hättest auch diesen letzten Krügen Ale widerstehen sollen«, bemerkte Gabriella mit kultivierter Verachtung. In Wirklichkeit wusste sie, dass er nicht annähernd so betrunken war, wie er tat, doch sie konnte sich seine Gründe für die Verstellung nicht vorstellen.

Morgan lächelte, doch in seinen Augen glitzerte etwas, das nichts mit Fröhlichkeit zu tun hatte. Er setzte sich auf die Bettkante, um seine Stiefel auszuziehen. »Aye«, sagte er mit überschwänglichem und überhaupt nicht überzeugendem Bedauern, »aber ich bin der Versuchung erlegen, und ich bin, das muss ich leider gestehen, königlich, spektakulär, *herrlich* betrunken.«

»Wenn du meinst, dieser tadelnswerte Zustand entschuldigt dein Eindringen, Sir, dann irrst du dich gewaltig. Ich will dich nicht in dieser Kammer haben, und ich bitte dich, zu gehen.« An diesem Punkt presste sie die Worte durch die Zähne. »Geh und schlaf im Stall, wo du hingehörst.«

Morgan gähnte herzhaft. »Ein grausamer Schlag, den du mir da versetzt, Mylady«, sagte er jammernd und zog seinen Rock über den Kopf. In Gabriella stieg das erniedrigende Verlangen auf, ihn zu berühren. »Leider ist es eine kalte Nacht, Lady Edgefield, und ich ziehe dich der Gesellschaft der Ochsen vor. Allerdings nur knapp, muss ich sagen.«

»Ich werde es dir nur noch *einmal* sagen, *Lord* Edgefield: Verschwinde!«

Er lachte, warf seinen Rock beiseite und entledigte sich dann der restlichen Kleidung. »Wenn du meine Gesellschaft verschmähst, Süße, dann such dir einen anderen Platz zum Schlafen. Schließlich habe *ich* für unser Nachtquartier bezahlt, und ich gehe nirgendwohin.« Damit neigte sich Morgan nackt zu der Lampe auf seiner Seite des Bettes, um sie zu löschen.

Gabriella konnte und würde nirgendwo anders als in diesem Zimmer schlafen, und Morgan wusste das natürlich. Sie streckte sich verlegen aus, um den Docht ihrer Nachttischlampe zu löschen, und versuchte sich dabei mit der Decke bedeckt zu halten. »Nur um sicher zu sein, dass du mich nicht anrührst«, sagte sie. Diese Gereiztheit diente nicht dazu, die Lage zu entspannen, doch sie konnte einfach nicht ihren Stolz überwinden.

Morgan schnarchte, laut und auf eine Art, die ihr völlige Gleichgültigkeit mitteilte.

Sie schnappte sich ihr Kissen und schlug damit auf ihn ein, immer wieder, verzweifelt und wütend, bis Federn durch die Luft flogen und Morgan schließlich ihr Handgelenk packte, um den Angriff zu beenden.

»Du hast Grund, mich zu hassen«, sagte er mit einer Zärtlichkeit, die ihr Untergang war. »Und es tut mir so Leid, Gabriella, dass ich jemals in dein Leben getreten bin – es war ein unverzeihlicher Fehler. Sollen wir nicht freundlich zueinander sein, bis eine anständige Trennung erreicht werden kann?«

Gabriella schwindelte es. War es das, was dieser Mann von ihr wollte? Erwartete er, mit ihr zu schlafen, bis er sie zur Abtei zurückschicken konnte – meinte er das mit »freundlich zueinander sein«?

»Wie ich dich hasse! Eher würde ich meine Schenkel für teuflische Heiden teilen als für dich!«

Morgan seufzte wieder, doch sie glaubte, einen Unterton grimmiger Belustigung herauszuhören. »Gabriella, ich befürchte, die Nonnen werden eine äußerst schwierige Aufgabe haben, dich auf den Pfad der Tugend zurückzuführen. Und ich bitte dich nicht ›deine Schenkel zu teilen‹, wie du es so bildhaft ausgedrückt hast. Ich möchte nur einen Waffenstillstand zwischen uns.«

Sie schwieg eine Zeit lang, immer noch kochend vor Zorn, doch sie war sich wieder einmal bewusst, dass Morgan sich einen Vorteil verschafft hatte, indem er ihren Zorn herausgefordert hatte, und sie wollte verdammt sein, wenn sie ihm diesen Vorteil ließ.

»Ich werde nicht ins Kloster zurückgehen«, sagte sie vorsichtig, als sie ihre Wut unter Kontrolle gebracht hatte. »Ich habe vor, wieder in Redclift Hall zu leben und dort die Dinge in die Hand zu nehmen. Es wäre mir lieb, wenn du für Schafe sorgen würdest – eine gesunde Herde, vielleicht fünfundzwanzig Stück. Und ich werde auch andere Dinge brauchen.«

Jetzt schwieg Morgan. Unheilvoll.

»Wovon, in Gottes Namen, redest du?«, fragte er schließlich. Gabriella fand eine gewisse traurige Befriedigung darin, dass er ebenso wie sie Mühe hatte, sich zu beherrschen. »Du wirst *nicht* nach Redclift Hall zurückkehren, und ebenso wenig wirst du Schafe züchten. Das sind keine passenden Beschäftigungen für eine Lady.«

»Ich bin keine Lady.«

»Das stimmt. Die Nonnen sind vermutlich deine einzige Chance auf ein vorbildliches Leben.«

»Ich habe nicht vor, den Rest meines Lebens hinter Klostermauern zu verbringen«, stellte Gabriella in dem gleichen Tonfall klar, den sie bei Zacheus, dem Maultier, gewählt hätte. »Bitte, hör auf, Forderungen zu stellen, Mylord, denn es war *deine* Entscheidung, mich wegzuschicken, nicht wahr? Ich habe jetzt meine eigenen Pläne, und sie besagen nicht, in einer Nonnenzelle zu vermodern.« Sie legte eine Pause ein, bestrebt, Morgan jetzt zu ärgern. »Vielleicht werde ich mir nun, nachdem ich – beschmutzt bin, Liebhaber nehmen.«

Ihre Worte erzielten mehr Wirkung, als sie je erwartet hätte.

Morgan rollte sich auf die Seite, und selbst in der Dunkelheit sah sie den Zorn in seinen Augen. *»Du wirst für den Rest deiner Tage mit keinem anderen Mann schlafen!«*, grollte er.

Gabriella empfand tiefen Triumph, doch bald folgte ein gleichermaßen Schwindel erregendes Gefühl des Zweifels. »Natürlich nicht«, sagte sie mit süßer Naivität. »Ich hatte geplant, das *des Nachts* zu tun. Am Tag werde ich sicherlich mit den Schafen und den Feldern und dergleichen beschäftigt sein.«

»Verdammt, Gabriella!«, brüllte Morgan. Offenbar war es ihm gleichgültig, dass sie in dieser verschneiten Nacht nicht allein in dem Gasthof waren. »Willst du mich wahnsinnig machen? Du weißt ganz genau, dass ich den Gedanken, du könntest dich von einem anderen Mann berühren lassen, nicht ertragen kann!«

»Dann wirst du einfach *lernen* müssen, ihn zu ertragen«, sagte Gabriella in ruhigem Tonfall und genoss das Gefühl der Macht, das sie bei seinem Zorn empfand. Aber einen Augenblick später war sie von Kummer erfüllt, und als sie wieder sprach, klang ihre Stimme leise und unsicher. »Genauso wie ich es lernen muss, weiterzumachen, von einem Tag zum nächsten und zum übernächsten, während ich darauf warte, dass der Schmerz aufhört.«

Morgan senkte seine Stirn an ihre. »Ich wollte dich niemals verletzen, Gabriella – ich schwöre es«, sagte er mit brechender Stimme. »Aber ich kann nicht der Ehemann sein, den du brauchst, der Mann, den du verdienst. Ich bin Soldat, und ich werde nie etwas anderes sein.«

Sie strich zärtlich sein Haar zurück. Sie konnte nicht sprechen.

Morgan nahm Gabriella in die Arme, und irgendwie schliefen sie ein, keusch, jedoch unruhig.

Am nächsten Morgen lag der Schnee hoch um den Gasthof und verhüllte die Landschaft mit einem trügerischen Mantel aus reinem und glitzerndem Weiß. Die Pferde kämpften sich langsam durch die weiße Pracht, und Morgan und all seine Männer wirkten besonders wachsam.

Gabriella trieb ihren Zelter leicht an, während sie über die sonderbaren Denkweisen der Männer grübelte. Morgan wollte sie nicht als Frau, das behauptete er jedenfalls, und dennoch machte ihn die Vorstellung, dass sie ihren eigenen Weg in der Welt ging und sich Liebhaber nahm, so verrückt, dass er vorübergehend die Selbstbeherrschung verlor, die von Anfang an ein so typischer Charakterzug von ihm gewesen war.

Sie erlaubte sich ein leichtes und flüchtiges Lächeln. Zum ersten Mal, seit Morgan sie abgewiesen hatte, war sie von Hoffnung erfüllt. Vielleicht kannte der Herr von Edgefield wie der Rest der Welt seine Seele und sein Herz nicht so gut, wie er sich das einbildete.

Während sie weiter gen London ritten, beschäftigte sie sich damit, Namen für ihre Kinder auszuwählen. Es würden sechs sein, entschied sie sich, drei Söhne und drei Töchter.

Morgans Stimmung war ausgesprochen schlecht, als er seinen Trupp von Männern, Pferden und einer unmöglichen Frau durch den verharschten Schnee führte. Seine Gedanken, stets so wohl geordnet und diszipliniert, waren ein einziges Chaos, und die Schmerzen in seinem Körper hatten nichts mit dem Wetter oder dem beschwerlichen Ritt zu tun. Er hatte versucht, sich gegen Gabriellas Reize zu wappnen, indem er den Betrunkenen gespielt hatte, doch er bezweifelte, dass er sie hatte täuschen können, als er in purer Qual neben ihr im Bett gelegen hatte.

Er hatte nicht das Zimmer mit ihr teilen wollen, weil er den Wunsch gehabt hatte, ihren Willen auf die Probe zu stellen oder sich selbst zu quälen, doch es war ihm gelungen, beides zu erreichen. Er hatte einfach niemandem sonst vertraut, Gabriella so zu beschützen, wie er das tun würde. Denn der Gasthof war trotz all seiner Wärme und der anständigen Kost, die an den blank gescheuerten Tischen serviert wurde, ein Zufluchtsort für Diebe, Schmuggler und alle Arten lichtscheuen Gesindels.

Als Gabriella neben ihm gelegen hatte, warm, weich und duftend, hatte Morgan fast das kleine Maß an Ehre verloren, das ihm geblieben war. Er hatte sie begehrt, trotz ihrer schnippischen Zunge und des Angriffs mit dem Kissen, sich so stark nach ihr gesehnt, dass es ihn jetzt noch, Stunden später, erschreckte. Er war nahe daran gewesen, wie in der ersten Nacht außerhalb von Edgefield Keep, die Kontrolle über sich zu verlieren und sich wie ein brünstiges Tier auf seine Frau zu stürzen, obwohl es seine Pflicht gewesen wäre, sie zu beschützen.

Gabriellas Reaktion, ihr sanfter Einwand danach, dass sie ihn gewollt hatte, den Sex in Wirklichkeit begrüßt hatte, war ihm kein Trost. Von dieser Nacht an war er ihr aus dem Weg gegangen, um nicht den Verstand zu verlieren. Er hatte sich entschieden, die Ehe zu beenden, und deshalb war es nur anständig, sie in Frieden zu lassen.

Er spähte gegen den grellen Sonnenschein in die verschneite Landschaft und sah mit einer Mischung aus Erleichterung und Betrübtheit am Horizont eine Rauch- und Dunstglocke. Das bedeutete, dass sie in ein paar Stunden in London eintreffen würden. Morgan ließ seine Gedanken zu Gresham Sedgewick abschweifen, und es wurde ihm schwer ums Herz.

Irgendetwas stimmte da nicht, denn Gresham war längst überfällig, ebenso die Männer, die er losgeschickt hatte, um ihn zu suchen. Er hatte keine Botschaften erhalten, obwohl ausreichend Zeit vergangen war, und Morgan empfand die Ungewissheit beunruhigender als alles andere. Hätte ihn Edward nicht nach London zitiert, was selbst er nicht zu ignorieren wagte, hätte Morgan Gabriella persönlich zur Abtei begleitet und die

Konfrontation mit seinem Freund gesucht, sofern er noch da war. Mit jedem verstreichenden Tag schien es wahrscheinlicher, dass Gresham sich für eine Trennung entschieden hatte; Gott wusste, dass er ärgerlich genug gewesen war, als Morgan ihn zum letzten Mal gesehen hatte.

Er presste die Lippen aufeinander, ärgerlich über die ungewohnt weitschweifige Art seiner Gedanken. Eines nach dem anderen, ermahnte er sich, und zählte im Geiste die Reihenfolge auf. Sein Besuch am Königshof. Die Erfüllung der Befehle, die der König ihm erteilen würde. Gabriella in Sicherheit und, ja, in die *Sterilität* des Nonnenklosters bringen. Und schließlich Gresham suchen und ihre Differenzen bereinigen, zum Guten oder Bösen.

Er warf einen Blick über die Schulter und sah Gabriella erhaben wie eine Königin durch den tiefen Schnee reiten. Nein, dachte er unglücklich, als Verlangen in ihm aufwallte, das vermutlich keine andere Frau stillen konnte, nichts wird mehr sein wie zuvor. Selbst wenn er Gabriella Redclift bis an sein Lebensende nie mehr sehen würde, hatte sie sein Herz erobert, und es würde für immer ihr gehören.

Gresham hätte neben ihm reiten können, so deutlich hörte Morgan die Stimme seines Freundes in seinem Kopf widerhallen. *Vielleicht liebst du die Frau – ist dir das noch nicht in den Sinn gekommen?*

Morgan machte einen stummen Einwand: *Ich habe einmal geliebt, und das war mehr als ausreichend.*

Er sah Greshams lächelndes Gesicht vor seinem geistigen Auge. *Du bist nicht nur ein Feigling, mein Freund, sondern auch ein Narr. Was du mit Rebecca gehabt hast, war nichts als eine Kinderei – die arme Becky war bei weitem zu unreif, um eine richtige Ehefrau zu sein, und du warst nur ein junger Hüpfer und hattest keine Ahnung von Herzensdingen. Und jetzt bist du hier mit dieser temperamentvollen Frau, die fähig ist, das gleiche Feuer in deinem Leben zu entfachen wie in deinem Bett, und du hast nicht den Mut, um in die Flammen zu treten.*

In solchen Momenten wünschte sich Morgan verzweifelt Greshams Rat; zu wissen, was sein Freund sagen würde, wenn er da wäre, war kein Ersatz. *Gott im Himmel, Gresh, sei nicht tot. Sei wütend. Nenn mich deinen Feind, jetzt und immer. Aber bitte sei nicht tot!*

Es gab keine Antwort, keine stumme und erst recht keine andere, auf Morgans Flehen.

Er parierte sein Pferd und wartete, während seine Männer ihn passierten und seinen Blick mieden, bis Gabriella ihn erreicht hatte.

Sie war völlig durchgefroren, und der Saum ihres Kleides, der über den Schnee schleifte, war nass und ausgefranst. Trotz allem hielt sie den Kopf in königlicher Haltung und würdigte ihn kaum eines Blickes.

»Wir werden vor dem Sonnenuntergang in London eintreffen«, sagte er und trieb sein Pferd Nimrod an, um sich dem Tempo des auf Passgang abgerichteten Damenreitpferdes anzupassen. »Sheen liegt nicht weit davon entfernt.«

Gabriella blickte zum rußigen Horizont. »Aye«, sagte sie. »Vielleicht gibst du mir Gold, damit ich mir eigene Kleider kaufen kann. Ich werde dir keine Schande bei Hof machen, auch wenn du vorhast, mich zu verlassen.«

Sie versuchte, ihn zu ködern, das war Morgan klar, doch er tappte trotzdem in die Falle. Vielleicht, weil es eine äußerst verlockende Falle war, in der das Vergnügen, sich zu befreien, zwar hoffnungslos, jedoch auch ergötzlich war.

»Die Kleider, die ich dir gegeben habe, *sind* deine eigenen.«

»Sie gehörten Rebecca«, erwiderte Gabriella. »Ich möchte andere haben, die eigens für mich gefertigt sind.«

»Prima«, blaffte Morgan, doch er war nicht nur ärgerlich,sondern auch amüsiert. Bezaubert. »Werden Seide und Samt genügen, Mylady?«

»Nur mit Diamanten und Perlen besetzt«, sagte sie glatt. Morgan bemerkte eine neue Verletzlichkeit an ihr, und er war noch besorgter als zuvor.

Gabriellas schöne Augen wirkten leicht glasig, und ihre Haut, bleich wie der Schnee ringsum, fühlte sich heiß an, als Morgan einen seiner Handschuhe auszog und ihr Gesicht berührte.

Sie zog sich nicht von ihm zurück, und das war eine Gnade, denn er hätte es nicht ertragen können. Nicht in diesem Augenblick.

»Du hast Fieber, Mylady«, sagte er fast vorwurfsvoll.

Gabriellas Lächeln, sonst stets keck, wirkte jetzt schwach und irgendwie verloren. Robinson hatte also Recht gehabt, als er darauf hingewiesen hatte, dass die Strapazen dieser Reise zu viel für sie sein könnten.

»Das ist nichts Ernstes«, sagte sie. »Und ist verschwunden, sobald ich ein schönes warmes Bad bekomme. Ich sehe dir an den Augen an, Edgefield, dass du dir einbildest, bei weitem zu viel Einfluss auf mein Wohlergehen zu haben.«

Gabriellas Worte trafen ihn, wie es zweifellos von ihr beabsichtigt gewesen war, und Morgan wusste, dass er diesen Seitenhieb verdient hatte.

»Wenn du Kleider aus Samt und Seide haben willst«, sagte er, »und Juwelen jeder Schattierung, wirst du sie bekommen.«

»Mir scheint, solche Großzügigkeit dient deinen eigenen Interessen mehr als meinen«, erwiderte Gabriella kühl. »Ich werde deine Freigebigkeit annehmen, doch ich kann dir nicht die Absolution erteilen, die du suchst.«

Guter Gott, wieder ein Volltreffer von dieser Frau! »Du bist nicht mein Priester«, gab Morgan zurück, doch er war durcheinander und bemühte sich nicht, dies zu verbergen. »Ich lege keine Beichte bei dir ab.«

»Und ich verlange keine. Es ist Kleidung, die ich wünsche. Saatgut und Pferde. Schweine und Schafe. Einen Webstuhl.«

»Du bist nur eine Frau und hast keine Kenntnis von Landwirtschaft. Hast du dich nicht erst vor vierzehn Tagen bei Lady Johanna beklagt, dass du nicht ausgebildet bist für praktische Dinge wie Landwirtschaft und Buchhaltung?«

Seine Belohnung war der überraschte Ausdruck, der kurz in ihren Augen aufflackerte.

»Ich bin intelligent – vielleicht dir ebenbürtig oder sogar überlegen in dieser Hinsicht – und lerne außerordentlich leicht. Im Nu werde ich Redclift wieder profitabel machen. Ich brauche nur die Chance, es zu versuchen.«

»Zweifellos werden deine Mutter und dein Stiefvater eine eigene Meinung zu diesem Thema haben.«

»Meine Mutter ist keine energische Frau, Mylord, und mein Stiefvater ist ebenso allzu träge. Solange es Gerstenbier gibt und die Muße, es zu genießen, wird er zufrieden sein und das Gut von mir leiten lassen.«

»Du bist sehr zuversichtlich. Aber wie kommt es, dass deine Mutter, die so lahm sein soll, so einen lästigen und streitsüchtigen Fratz aus dir gemacht hat?«

Gabriella lächelte, doch sie sah zerbrechlicher denn je aus. »Glück, nehme ich an«, sagte sie. Dann schwankte sie und klammerte sich mit beiden Händen am Sattelhorn fest.

Morgan stieß einen Fluch aus, umfasste ihre schlanke Taille und hob sie von dem Zelter auf sein eigenes Pferd. Er hüllte sie in seinen Umhang und hielt sie in den Armen, wobei er die Hitze ihrer Haut sogar durch sein Wams und den Rock zu spüren glaubte.

»Warum hast du mir nicht gesagt, dass du krank bist?«, fragte er und trieb den Hengst schneller durch den tiefen Schnee.

Gabriella sank gegen ihn, klein trotz all ihrer großen Töne. »Die Reise war eine Tortur für jeden in der Kompanie«, sagte sie.

»›Jeder in der Kompanie‹, außer dir natürlich, ist ein erfahrener Soldat. Du kannst nicht erwarten, die gleiche Kraft und Zähigkeit zu haben, Gabriella. Das ist entweder verrückt oder der Gipfel von Arroganz.«

»Ich weiß, ich weiß«, kam die höhnische und sonderbar sanfte Antwort, als sie sich an ihn kuschelte, tief in seinen Umhang. Und vielleicht an sein Herz. »Ich bin nur eine Frau.«

Morgan lachte und drückte sie einen Moment fest an sich. »Aye«, stimmte er zu. »Wie eine Tigerin nur eine Tigerin ist.« Und er fragte sich, wie er sie jemals würde aufgeben können, sei es durch den Tod oder aus Ehre.

15

Gabriella sah London durch einen Schleier von Fieberhitze, Fackelschein und Rauch. Morgan, sie und all seine Soldaten gingen in der Abenddämmerung an Bord eines Kahns, um die Themse hinunter durch das Herz der Stadt und darüber hinaus zu fahren.

Während des ganzen Tages war Gabriella in Morgans Armen auf dem Hengst Nimrod gewesen. Als sie dann am Ufer der Themse auf eigenen Füßen gestanden hatte, war sie beinahe ohnmächtig geworden, und Morgan hatte sie sofort wieder hochgehoben. Seither war er nicht von ihrer Seite gewichen.

Sie trafen in Sheen ein, wo der König gegenwärtig Hof hielt, als die Dämmerung in Dunkelheit überging. Gabriella war aufgeregt und ängstlich zugleich – niemand, den sie kannte, außer ihrem längst verstorbenen Vater, war jemals im königlichen Palast gewesen, geschweige denn vom König empfangen worden –, doch ihre Krankheit zwang sie, zu schlafen.

Sie kämpfte mit aller Macht gegen den Schlaf an, aber diese Bemühung erschöpfte sie nur noch mehr.

Morgan trug sie direkt in die Festung. Seine Schritte waren lang, und seine Miene zeigte mühsam unterdrückte Wut. Er wollte den König nicht aufsuchen, zumindest nicht an diesem Abend, doch es blieb ihm nichts anderes übrig.

Es war vielleicht eine Gnade, dass Edward ihr Erscheinen erwartet hatte und sie deshalb nicht warten ließ. Als Gabriella den großen, hell beleuchteten Raum sah, wo er Bittsteller und Mitglieder des Hofes empfing, war sie wie betäubt vom hellen Schein der Fackeln und Lampen, jedoch nicht zu geblendet, um Avendall zu übersehen, der unterhalb des Podiums stand, neben dem Thron. Seine Hände waren verschränkt, und den Kopf hielt er in gespielter Demut gesenkt.

Morgan hat also Recht gehabt, dachte Gabriella benommen. Avendall *hatte* seine Hände im Spiel. Vermutlich war es ihm gelungen, den König zu dieser Vorladung zu überreden.

»Chalstrey!«, rief Edward dröhnend mit unverhohlener Freude von seinem Thron auf dem Podium. Dann fiel sein Blick auf Gabriella, die von Morgan immer noch auf den Armen gehalten wurde, und der einst große Krieger hob verwundert die Augenbrauen. »Was ist mit dem Mädchen?«

Morgen beugte leicht die Knie und neigte den Kopf, bevor er antwortete. »Es geht ihr nicht gut, Eure Majestät, und sie braucht dringend Hilfe und Pflege.«

Edward winkte einem seiner Diener. »Gibbon, besorgt eine Trage und holt meinen Arzt.«

Gabriella schlang die Arme fester um Morgans Nacken. »Bitte, Mylord«, flüsterte sie ängstlich, »lass mich nicht mit Blutegeln behandeln. Lady Johanna sagt, das Schröpfen ist eine teuflische Medizin ...«

»Ich danke Euch sehr, Eure Majestät«, sagte Morgan mit klarer Stimme, »aber ich kümmere mich lieber persönlich um meine Frau.« Sein Blick zuckte so scharf wie eine neu geschmiedete Schwertklinge zu Avendall, dessen Anwesenheit er sicherlich schon zuvor bemerkt hatte, und kehrte dann zum König zurück. Die leichte, aber unverkennbare Betonung, die Morgan auf die Worte »meine Frau« gelegt hatte, trug mehr zur

Besserung von Gabriellas Zustand bei, als es irgendeine Arznei hätte bewirken können.

»Wie Ihr wünscht«, erwiderte Edward, ein wenig zerstreut.

Avendall räusperte sich.

»O ja«, fuhr der König fort. »Da ist die Sache mit Eurer Heirat. Avendall hat Anklage gegen Euch erhoben. Er behauptet, dass Ihr ihm die Frau gestohlen habt. Ist das so?«

Bevor Morgan eine Antwort formulieren konnte, ergriff Gabriella das Wort. »Ich bin freiwillig zu Mylord Edgefield gegangen.«

Der König blickte zu dem Kläger. Avendall war rot geworden, und in seinen Augen glitzerte Wut, als er Gabriella anstarrte.

»Was sagt Ihr dazu, Avendall?«, fragte der König.

»Die Lady sollte meine Braut werden«, sagte Avendall. Er sprach ruhig, doch seine Miene verriet, wie wütend er war. »Ihr selbst habt Sie mir versprochen, Eure Majestät.«

»Ich?« Der König klang verwirrt.

»Ihr wart all diese Jahre Ihr Gönner«, sagte Avendall. »Es war Eure Entscheidung.«

Gabriella fühlte sich, als hätte sich der Boden geöffnet, um sie zu verschlingen. Edward, der König von England, war ihr Wohltäter?

»Ah, ja«, sagte Edward nachdenklich. »Ich habe Redclift versprochen, für seine Töchter zu sorgen, sollte er in meinen Diensten sterben.« Er neigte sich auf dem Thron vor und legte die Fingerspitzen aneinander.

»Ich kannte Redclift«, sagte Avendall glatt. »Er war ein Ritter, ein begabter Soldat mit einem ehrbaren Namen und einem würdigen Erbe, und er hat Euch treu gedient. Ihr habt das Richtige getan, indem Ihr Gabriella und ihre Schwestern unter Euren Schutz gestellt habt. Als ich Euch um eine Frau aus dieser Familie bat, erfülltet Ihr meine Bitte. Ich verlange nur, dass Ihr diese Zusage einhaltet.«

Gabriella, der zwar immer noch schwindelig war, löste sich aus Morgans Armen, um schwankend auf eigenen Füßen zu stehen. »Ich bin kein Besitzstück, dass man verschachern und verpfänden kann«, sagte sie zum König. Sie wäre fast vornübergefallen, denn ihre Knie gaben nach, doch Morgan packte schnell zu und stützte sie. Sein Arm war wie ein eisernes Band um ihre Taille.

Avendall lächelte. »Wie Ihr sehen könnt«, sagte er zum König, »ist sie ein feuriges Mädchen.« Er zog eine Pergamentrolle aus seinem Rock aus blauer Seide hervor und reichte sie Edward. »Hier ist Euer eigenes Dekret, Eure Majestät, das Euer Siegel trägt.«

Es war Morgan, nicht Edward, der sich vorneigte und seinem Feind das Pergament aus der Hand riss. »Diejenigen von uns, die dich kennen, Avendall, finden es kein bisschen merkwürdig, dass du ohne Hilfe keine Braut finden kannst«, grollte er.

Avendall erbleichte, doch er gewann seine Fassung sehr schnell wieder. Gabriella sah ihm an, dass er sie zurückhaben wollte – obwohl nur Gott wusste, warum – und zuversichtlich war, zu gewinnen. Was ihr Angst machte, war sein Motiv: Er wollte sie bestrafen, weil sie Morgan liebte und Morgan bestrafen, weil er seine Pläne gestört hatte. »Offenbar hast du Rebecca Sommerville vergessen«, sagte Avendall in ruhigem Tonfall.

»Von diesem Thema will ich nichts mehr hören!«, griff Edward ein. »Das haben wir vor langer Zeit erledigt.«

»Vielleicht habt Ihr das, Eure Majestät«, sagte Morgan ruhig, ohne den Blick von Avendalls Gesicht zu nehmen. »Ich befürchte, für Avendall und mich ist das anders.«

»Es war Sedgewick, den Rebecca wollte«, behauptete Avendall.

Morgan sagte nichts, doch Gabriella spürte die Hitze seines Zorns so sicher wie ihre Fieberhitze.

»Gib sie auf, Chalstrey«, sagte Avendall. »Gabriella gehört rechtmäßig mir. Ich werde für sie sorgen, und im Laufe der Zeit wird sie mich lieben.«

Gabriella, die immer noch auf Morgan angewiesen war, um aufrecht stehen zu können, war wütend und heftete ihren vor Zorn sprühenden Blick auf den König. »Dieser Mann ist wahnsinnig!«, rief sie. »Kann ich denn nicht mein eigenes Schicksal bestimmen, Eure Majestät? Bei Gott, ich würde *keinen* von diesen Männern als Ehemann wählen – einer hat bereits verfügt, dass ich den Rest meiner Tage in einem Nonnenkloster leben soll, und der andere will mich nur, um seinem Feind eins auszuwischen!«

»Habt Ihr nicht gesagt, Ihr seid freiwillig zu Chalstrey gegangen?«, fragte Edward herausfordernd und neigte sich vor. »Und doch würdet ich ihn als Ehemann ablehnen, und Avendall ebenfalls?«

»Ja, Eure Majestät.«

Der König runzelte die Stirn. »Ich verstehe«, murmelte er, obwohl das offensichtlich nicht der Fall war.

Morgan stieß den aufgestauten Atem aus, sagte jedoch nichts. Avendall verschränkte nur die Hände und wartete, seines Sieges sicher.

»Ich habe nicht vor, den Rest meines Lebens in einem Kloster zu verbringen«, fügte Gabriella mit ihrer letzten Kraft hinzu.

Edward neigte sich wieder vor, die Stirn gerunzelt. »Bei Gott und allen Heiligen, Chalstrey, seid Ihr blind oder einfach blöde? Diese junge Frau ist von bestem Geblüt, ein Juwel für das Schlafgemach und in keiner Weise für den Nonnenschleier geeignet!«

Gabriella spürte, dass Morgan von Zorn erfüllt war, doch seine Stimme verriet keinerlei Gefühlsregung. Er sprach mit kühlem Verstand.

»Ich habe es nicht so gemeint, Eure Majestät, als ich der Lady sagte, ich würde sie in das Kloster zurückbringen. Die ehelichen Pflichten werden bei ihr gut und gründlich erfüllt.« Damit blickte Morgan wieder zu Avendall. »Es war ein Streit unter Liebenden, nichts weiter, der bereits auf meinem Lager beigelegt wurde.«

Gabriella war benommen vom Fieber, doch sie hielt den Mund, denn sie hatte bereits zu viel gesagt.

Edward lachte wehmütig bei Morgans Prahlerei und rief sich zweifellos seine eigenen Eroberungen in Erinnerung. Er war immer noch ein äußerst beeindruckender Mann, trotz seiner schlechten gesundheitlichen Verfassung und seiner angeborenen Schwermut, und es fiel nicht schwer, ihn sich von Frauen umgeben vorzustellen.

»Aye, dann«, stimmte der König zu, und seine trüben Augen funkelten vergnügt. »Eure Lady will gezähmt werden, Chalstrey, und ebenso muss sie beruhigt werden, denn ihre Zunge ist zu flink und ihr Temperament zu ungezügelt. Seht zu, dass Ihr sie richtig schult, damit Ihr mit ihr Ehre einlegt.«

Gabriella stieß den angehaltenen Atem aus.

Edward richtete den Blick auf Avendall und wurde sofort ernst. »Ich fürchte, ihr habt einen unglücklichen Handel abgeschlossen«, sagte er. »Die Ehre erfordert, dass Chalstrey Euch in irgendeiner Weise entschädigt, aber da die Ehe vollzogen worden ist, kann sie nicht annulliert werden, weder durch Gottes Gesetze noch durch meine. Vielleicht werdet Ihr eine andere Auswahl unter Redclifts übrig gebliebenen Töchtern treffen.«

An diesem Punkt riss sich Gabriella wieder aus Morgans Griff los, was ihr nur durch das Überraschungsmoment gelingen konnte, denn er war so viel stärker als sie.

»O nein, Eure Majestät!«, rief sie flehend und fiel vor dem Thron auf die Knie. »Ich flehe Euch an – lasst Avendall keine meiner Schwestern zur Frau nehmen! Er ist ein Scheusal und wird mit Sicherheit ihr Leben zerstören!«

Morgan trat vor und zog sie sanft hoch und in seine Arme. Seine Stimme klang ruhig und ernst, als er sich an den König wandte. »Ich werde Avendall eine Entschädigung zahlen. Nicht nur für Gabriella, sondern auch für ihre Schwestern. In Gold. In Land oder Pferden. Was auch immer erforderlich ist.«

Als Gabriella es wagte, zu Avendall zu blicken, sah sie, dass er zitterte, so sehr bemühte er sich, seine Wut unter Kontrolle zu bekommen.

»Eure Majestät«, protestierte er, »soll dies meine Entschädigung sein? Statt eine Braut zu bekommen, werden mir drei mögliche weggenommen? Ich brauche kein Gold! Wollt Ihr zulassen, dass Eure Untertanen einander berauben und ungestraft bleiben?«

Edwards Miene veränderte sich auf eine Weise, die Gabriella innerlich erschauern ließ. Er wirkte nachdenklich. »Es ist wahr«, sagte er schließlich, »dass Raub und Diebstahl jedweder Art, besonders unter Rittern, nicht erlaubt werden darf. Chalstrey, bei Eurem Eid, habt Ihr diese Frau Avendall mit Gewalt weggenommen?«

»Das habe ich«, sagte Morgan ohne Scham oder Überheblichkeit.

Gabriella schnappte nach Luft – sie wollte den König daran erinnern, was sie vorhin gesagt hatte, nämlich dass sie freiwillig zu Morgan gegangen war, doch Morgan brachte sie zum Schweigen, indem er ihren Arm drückte, dass es schmerzte.

Der König überlegte. »Ihr werdet nicht weniger als ein Jahr in Frankreich dienen, um Buße zu tun«, sagte er nach langem Schweigen. Selbst Gabriella, die wenig von politischen Dingen verstand, erkannte, dass Edwards Entscheidung nicht auf dem Wunsch nach Gerechtigkeit basierte. Nein, sie diente seinen eigenen Zwecken; er wollte Morgan wieder über den Kanal auf die Schlachtfelder schicken. Die angebliche Missetat gegen Avendall benutzte er nur als Vorwand.

»Was wird aus meinen Schwestern?«, wagte Gabriella zu fragen.

Edward winkte ab. »Ich sehe keinen Grund, Avendall seine Wahl zu versagen.«

Sie blickte zu ihrem ihr fremd gewordenen Mann auf, und es wurde ihr fast schlecht vor Angst. »Morgan? Willst du nichts tun? Nichts sagen?«

Er strich leicht über ihre Wange, erwiderte jedoch nichts.

Die schlimmste von Gabriellas Befürchtungen war eingetroffen. Sie wollte wieder aufbegehren, doch Morgan sprach in scharfem Flüsterton zu ihr, bevor sie dazu kam. »Sag kein einziges Wort«, warnte er, und Gabriella wusste, dass er es todernst meinte.

Avendall verneigte sich vor dem König, auf eine Art und Weise, die an Verachtung grenzte, bat Seine Majestät um Erlaubnis, gehen zu dürfen, machte auf dem Absatz kehrt und stolzierte aus dem Raum.

»Eine Kammer ist für Euch und Eure Lady vorbereitet worden«, sagte Edward zu Morgan, und er wirkte plötzlich um Jahre gealtert und nur halb so groß. Sein Gewissen – sofern er eines hatte – musste an diesem Abend schwer belastet worden sein. »Bringt sie dorthin und sorgt für ihren Komfort.«

Morgan neigte den Kopf. »Mit Verlaub, Eure Majestät«, sagte er, dann machte er kehrt und folgte dem gleichen Weg, den Avendall genommen hatte, jedoch mit einem beträchtlich größeren Maß an Etikette.

Im Vorzimmer warteten Diener, um die kranke Lady Edgefield zu holen. Avendall war ebenfalls dort, lehnte lässig an der Wand, einen Fuß gegen die alten Steine gestemmt. Bei Morgans und Gabriellas Erscheinen stieß er sich ab, um sich aufzurichten.

»Wenn Gott gerecht ist«, sagte Avendall und starrte in Morgans Augen, »wird er dich auf dem Schlachtfeld krepieren lassen. Und wenn das geschieht, dann schwöre ich dir bei allem im Himmel und in der Hölle, dass ich mir deine Lady als Mätresse nehmen werde!«

»Erst werde ich dich töten«, entgegnete Morgan, und es gab keinen Zweifel daran, dass er genau meinte, was er sagte. »Wenn Lady Edgefield nicht unpässlich wäre, dann würde ich jetzt mein Schwert ziehen, auf der Stelle, und dich in Stücke schlagen.«

Zwei von Edwards Wachen traten vor, ebenso viele von Morgans und – mit weniger Begeisterung – Avendalls Männern.

»Frieden!«, donnerte Edwards Hauptmann, ein stämmiger, pockennarbiger Mann, der die Narben von vielen Schlachten trug, die er überlebt und bei denen er folglich erfolgreich gekämpft hatte. »Hier wird es keinen Kampf geben, Mylords – wenn es einer von euch wagt, das Schwert zu ziehen, werdet ihr beide die Nacht im Kerker verbringen!«

Gabriella klammerte sich an Morgans Rock, denn sie spürte von neuem seinen unbändigen Zorn.

»Hier entlang, Mylord«, sagte eine der Dienerinnen mit leiser, verzagter Stimme und berührte ihn leicht am Ärmel. »Wir haben ein Bett für Mylady vorbereitet und Wein und Essen aufgetragen.«

Nachdem er einen langen Moment zwischen den Wachen

hindurch Avendall angestarrt hatte, als wären die Männer des Königs unsichtbar, wandte er sich schweigend um und folgte der Dienerin die breite Treppe hinauf, Gabriella immer noch auf den Armen.

In ihrer Kammer brannte ein Feuer im Kamin, und die Decken des großen Bettes waren zurückgeschlagen, einladend und warm. Morgan entließ die Bediensteten und zog Gabriella selbst die feuchte und klamme Kleidung aus. Als sie nackt war, legte er sie auf die Matratze und deckte sie behutsam mit den Laken und Decken zu.

Er ging zu dem Tisch, auf dem das Essen stand, das von der Dienerin erwähnt worden war. Mit einem Schöpflöffel füllte er eine hölzerne Schale mit Brühe und trug sie zum Bett. Er setzte sich auf die Bettkante und stellte die Schale lange genug ab, um Gabriella aufzusetzen und ihr Kissen hinter den Rücken zu stopfen. Dann hielt er ihr die Schale an die Lippen und forderte sie auf, die kräftige Brühe zu trinken.

Gabriella hatte keinen Appetit und kaum genug Kraft, um zu nippen und zu schlucken, doch sie war keine Sommerblume, die verwelkte, wenn die Verhältnisse schlecht waren. Sie wollte sich erholen, und weil ihr Körper Nahrung brauchte, um zu genesen, trank sie die Brühe.

Als sie so viel zu sich genommen hatte, wie sie konnte, stellte Morgan die Schale auf den Boden und strich ihr das Haar aus dem Gesicht.

»Guter Gott, Gabriella«, sagte Morgan mit belegter Stimme. »Wie konnte es geschehen, dass du mir so viel bedeutest?«

Ihr Herz schlug plötzlich schneller. »Willst du mich wirklich nicht wegschicken?«

Morgan schüttelte den Kopf. »Ich war ein Narr und Feigling, dich zu verschmähen, Gabriella – du bist in jeder Hinsicht meine bessere Hälfte, und ich brauche dich.«

Sie glaubte Morgan, und sie vertraute ihm. Vielleicht lag es am Fieber, das sie die bis jetzt kühnste Frage ihres Lebens stellte. »Und liebst du mich, Morgan, wie ich dich liebe?«

Er neigte sich vor und küsste ihre fieberheiße Stirn. »Aye, Mylady. Das ist das richtige Wort für das, was ich empfinde.«

»Dann nimm mich in die Arme«, sagte Gabriella. »Leg dich neben mich, hier ins Bett, und halt mich fest, damit ich den Kummer vergesse, der uns beide erwartet.«

Morgan erhob sich, zog sich aus und legte sich zu ihr, schloss sie in seine Arme. Sie schmiegte den Kopf an seine Schulter.

»Ich kann es nicht ertragen, dass du fortgehst«, flüsterte sie.

Er küsste sie auf die Schläfe. »Pst. Das ist morgen oder übermorgen oder überübermorgen. Jetzt sind wir zusammen, und das muss reichen. Was mich anbetrifft, so brauche ich nichts mehr, als nahe bei dir zu sein.«

»Wünschst du nicht, mich zu besitzen, wie ein Ehemann eine Frau besitzt?«

Sie spürte Morgans Lächeln an ihrer Haut.

»Immer«, erwiderte er. »Aber ich kann warten, bis es dir gut genug geht, um mich wieder zu empfangen.«

»Und angenommen, der König schickt dich nach Frankreich, bevor ich gesund bin? Wirst du – dir eine Mätresse nehmen?«

Morgan drehte sich, sodass er ihr ins besorgte Gesicht sehen konnte. »Nein«, sagte er fest. »Ich werde dir treu sein, Gabriella, ganz gleich, wie lange wir getrennt sind. Ich könnte nicht mit Recht Treue von dir verlangen – und glaube mir, ich *verlange* sie –, wenn ich nicht bereit wäre, dir das gleiche Versprechen zu geben.«

Gabriella schlang die Arme um seinen Nacken. Ihre Augen waren mit Tränen gefüllt, und – zum Teufel mit dem Stolz! – sie bemühte sich nicht, ihre Liebe oder ihre Verzweiflung zu verbergen.

»Hättest du nicht zu mir kommen können, *bevor* dir der König befohlen hat, mich nicht zu verlassen?«, fragte sie ohne den geringsten Ärger.

Morgan lachte leise und küsste sie auf die Nasenspitze. »Das tut mir aufrichtig Leid, Mylady. Ich kann dir nur sagen, wie sehr mich das bekümmert, und dich um Vergebung bitten.«

Ihre Schwestern waren sicher. Sie hatte endlich Wärme und war satt, und – das Beste von allem – Morgan liebte sie. Sie kämpfte dagegen an, dass ihr die Lider zufielen, doch sie verlor den Kampf und schlief ein.

Die Fensterbänke waren mit frischem Schnee bedeckt, und ein kalter Luftzug drang in die Kammer. Gabriella erschauerte unter den dicken Decken und brauchte einen Moment, um sich zu erinnern, wo sie war und wie sie dorthin gekommen war.

Alles fiel ihr wieder ein, und dann erkannte sie, dass Morgan nicht neben ihr lag. Sie erinnerte sich an Edwards Dekret und an ihre bevorstehende Trennung von ihrem Mann.

Erschrocken versuchte sie sich aufzusetzen und stellte fest, dass sie selbst für diese einfache Aktion zu schwach war. O Gott, dachte sie, was ist mit mir geschehen? Sie war immer vital gewesen, und hilflos im Bett zu liegen, war eine Qual für sie.

»Ganz ruhig bleiben«, sagte Morgan von irgendwo außerhalb ihres Gesichtsfeldes. »Ich habe dich nicht verlassen.«

Gabriella war ungemein erleichtert und schloss für einen Augenblick die Augen, damit sich ihr Puls beruhigte. Sie hörte, dass Morgan einen Schürhaken nahm und das herabgebrannte Feuer schürte.

»Ich habe heute Morgen mit dem König gesprochen«, sagte er ernst, durchquerte die Kammer und setzte sich auf das Bett zu ihr. Er war warm angezogen und trug die praktische, schlichte Kleidung eines Soldaten.

Gabriella betrachtete sein Gesicht, versuchte es sich unauslöschlich einzuprägen, falls …

Sie zwang sich, den erschreckenden Gedankengang nicht fortzuführen. »Seine Majestät hat sich also nicht anders besonnen«, sagte sie, und obwohl ihr zum Schreien zu Mute war, klang ihre Stimme vernünftig und ruhig.

»Nein. Edward gibt keinen Launen und Stimmungen nach – jedenfalls nicht, was Kriegsführung anbetrifft. Ich muss binnen einer Woche mit zwanzig meiner besten Männer nach Portsmouth reiten und von dort aus mit dem Schiff nach Frankreich fahren.«

Sie versuchte von neuem, sich aufzusetzen, und diesmal war es Morgan, nicht ihre Schwäche, der es verhinderte. »Ich muss hier hilflos herumliegen, während du in diesen absurden und endlosen Krieg ziehst?«

»Offensichtlich, ja«, erwiderte Morgan. »Gabriella, ich bin Soldat und habe mich nie als etwas anderes ausgegeben. Es war abzusehen, dass ich früher oder später zum Dienst gerufen werde.« Er schwieg kurz, überprüfte, ob sie noch Fieber hatte, und runzelte die Stirn. »Übrigens würde ich an deiner Stelle nicht Edward oder irgendjemanden an diesem Ort hören lassen, dass du den Kampf in Frankreich als ›absurden und endlosen Krieg‹ bezeichnest. Dieser Konflikt ist von lebenswichtiger Bedeutung für ihn.«

»Das will ich hoffen, wenn er so viel dafür opfert, um zu siegen«, murrte Gabriella.

Morgan streichelte kurz über ihre Wange. »Trotzdem, Süße, solltest du solche Bemerkungen auf private Unterhaltungen beschränken. Du möchtest dir doch nicht Edwards Gunst verscherzen.«

Sie seufzte. »Ich möchte nicht, dass du fortgehst.«

»Und ich möchte dich nicht verlassen«, bekannte er. »Aber ich bin ein loyaler, wenn auch manchmal unangenehmer Untertan meines Königs und werde tun, was er will, wenn ich es für richtig halte. Ich werde in zwölf Monaten zurückkehren, Gabriella, und ich erwarte, dich bei meiner Ankunft in Edgefield wohlauf zu finden. Dann werden wir unser erstes Baby zeugen.«

Gabriella wandte den Kopf ab, in dem vergeblichen Bemühen, die Tränen zu verbergen, die plötzlich in ihre Augen geschossen waren. Sie wollte Morgan immer bei sich haben und verwünschte sein albernes Soldatentum, aber sie würde keine Zerbrechlichkeit zeigen, um ihn zu halten.

Morgan umfasste ihr Kinn und drehte sanft ihren Kopf, sodass sie ihn anschauen musste. »Warte in London, bis du reisefähig bist. Vielleicht wird das erst im Frühjahr der Fall sein. Ich lasse John Robinson und einige gute und vertrauenswürdige Männer zurück, damit sie dich nach Edgefield eskortieren, wenn es so weit ist. John wird dich beschützen und dir Rat geben, wenn es nötig ist. Ich bitte dich nur um ein Versprechen, Gabriella, und wenn du es mir nicht geben willst, werde ich sicherlich den Verstand verlieren, bevor ich in die Heimat zurückkehre.«

»Was?«, fragte sie leise. »Gewiss weißt du, dass ich dich niemals betrügen würde …«

»Aye«, sagte er mit einem traurigen Lächeln. »Trotz all deines Geredes, dir Liebhaber zu nehmen – es diente dazu, mich zu verspotten, ich weiß –, vertraue ich dir völlig, jedenfalls in puncto Treue, wie ein Heiliger jemals Gott vertraut hat. Meine größte Sorge, Mylady, besteht darin, dass du dir in den Kopf setzen könntest, irgendeinen großen und impulsiven Kreuzzug durchzuführen – wie du es in der Vergangenheit getan hast –

und Edgefield Keep auf eigene Faust zu verlassen. Nur würde ich dieses Mal nicht da sein, um dich zu retten. Du musst mir dein Ehrenwort geben, dass dich nichts – *nichts*, Mylady – ohne Bewacher von zu Hause weglocken wird.«

Gabriella zögerte, ihm das Versprechen zu geben, doch als sie den flehenden Ausdruck in seinen Augen sah, gab sie nach. Ihm treu zu sein würde leicht sein, denn sie wollte keinen Mann außer ihm, niemals. Was den Rest anbetraf, nun, sie würde mit aller Macht versuchen, ihr Versprechen zu halten.

»Du hast mein Wort, Mylord«, sagte sie, nahm seine Hand und küsste die schwielige Handfläche.

Morgan nahm sie in die Arme und presste sie an seine Brust. Er machte keine Liebesschwüre, doch das war nicht nötig, denn diese Umarmung sagte ihr alles.

»Liebe mich«, flüsterte Gabriella. »Schenk mir jetzt ein Baby, nicht in zwölf Monaten, ich bitte dich.«

Er küsste ihre Stirn und drückte sie dann auf die Kissen zurück. Traurig schüttelte er den Kopf. »Wir haben keine Zeit, Gabriella. Und dir geht es nicht gut.«

»Keine Zeit? Aber du hast gesagt, du wirst erst binnen einer Woche nach Portsmouth reisen!«

Morgan bemühte ich um ein Lächeln, doch es misslang. »Und das war die Wahrheit. Aber es gibt Beratungen, und Botschaften müssen dem Schwarzen Prinzen und vielleicht seinem Bruder, dem Duke, gebracht werden. Ich muss den ganzen Tag und vielleicht die halbe Nacht beim König verbringen.«

»Können die Botschaften nicht von Schreibern vorbereitet werden?«

»Sie sind heikel, Gabriella, und können nicht in Tinte niedergeschrieben werden. Ich muss sie auswendig lernen, und Edward wird mich drillen, bis er überzeugt ist, dass ich sie perfekt beherrsche.«

»Du wirst in noch größerer Gefahr sein, als ich befürchtet habe, wenn du solche Geheimnisse kennst!« Sie versuchte von neuem, sich aufzustemmen, doch es war abermals vergebliche Mühe.

Jemand klopfte hart an die Tür.

»Ja!«, rief Morgan ziemlich unfreundlich. Er schaute Gabriellas Gesicht an, als wolle er es sich für immer einprägen.

»Seine Majestät wird ungeduldig, Mylord«, rief eine Männerstimme auf der anderen Seite der Tür.

Morgan seufzte, küsste Gabriella lange und leidenschaftlich und verließ sie dann, um die Kammer zu durchqueren. An der Tür blickte er zurück. Er setzte zum Sprechen an, besann sich dann jedoch anders.

Er riss die Tür auf, sagte etwas in nicht gerade liebenswürdigem Tonfall zu dem Boten des Königs – Gabriella konnte die genauen Worte nicht verstehen – und ging hinaus. Ein Dienstmädchen schlüpfte über die Schwelle, bevor die schwere Tür wieder zufiel.

»Ich wünsche Euch einen guten Morgen, Mylady«, sagte die junge Frau heiter. »Ich bin gekommen, um das Feuer zu schüren. Es ist hier kalt wie in einer Gruft, sollte mich nicht wundern, wenn sie voller Geister wäre, die allesamt vor Kälte zittern. Ihr seht jetzt ein bisschen besser aus, nachdem Ihr gut geruht habt und die Sonne aufgegangen ist. Ich wage es Euch kaum zu sagen, aber gestern Abend dachten wir alle, Ihr seid auf dem Weg zum Friedhof, mit den Füßen voran.«

Trotz ihrer melancholischen Verfassung musste Gabriella über das Geplapper des Mädchens lächeln. »Ich hätte gern ein Bad«, sagte sie. »Mit heißem Wasser und parfümierter Seife.«

16

Nach dem Bad fühlte sich Gabriella sehr viel besser. Sie lag entspannt und nach Seife duftend in frischer Kleidung da, als Morgan die Kammer betrat.

Sie sah an seiner nachdenklich gerunzelten Stirn, dass er über ein wichtiges Thema grübelte, vielleicht über seine bevorstehenden Aufgaben in Frankreich, und sie versuchte, ihn mit einem kleinen Scherz aufzuheitern. »Mylord, wenn du mir so kleine Freuden wie ein Bad versagst, wirst du in den kommenden Jahren leiden, denn ich werde sie sooft wie möglich genießen.«

Morgans breite Schultern sackten ein wenig herab, als er sich über Gabriella neigte, die Hände rechts und links von ihr auf das Bett gestützt. Seine Lippen verzogen sich zu einem etwas verlegenen Lächeln, und er stieß einen tiefen, lang gezogenen Seufzer aus. »Es geht dir also besser. Gott und allen Heiligen sei Dank dafür.«

»Schön, dass du so leicht aufzumuntern bist, Mylord«, sagte sie zärtlich, und ihre Arme schlangen sich wie aus eigenem Willen um seinen Nacken.

Er lächelte, endlich richtig. »Du bist eine Plage«, sagte er und küsste leicht ihre Stirn. »Und da wir gerade von deinen entzückenden Fehlern sprechen, Mylady – kann es sein, dass du deine Grenzen nicht kennst?«

»Ich ziehe es vor, sie so weit wie möglich zu ignorieren«, erwiderte Gabriella.

Er lachte und küsste sie wieder, diesmal auf den Mund. Dann verweilten seine Lippen nur einen Atemzug von ihren. »Unverschämtes Weib. Deinetwegen werde ich lange vor der Zeit graue Haare bekommen.« Seine Miene wurde plötzlich ernst und zärtlich. »Oder mein armes Herz wird beim Anblick deiner Schönheit zu schlagen aufhören.«

Gabriella lächelte liebevoll zu ihrem Mann auf. Ihr vom Bad noch feuchtes Haar war auf dem Kissen ausgebreitet. »Vielleicht würde mich ein Baby so beschäftigen, dass du nicht ganz so schnell altern würdest«, schlug sie vor und zappelte unter ihm.

Morgan stöhnte auf. »Du bist ein erbarmungsloses kleines Biest.«

»Ich weiß«, erwiderte sie. »Bitte, schließ die Tür ab, Mylord, und sag mir noch einmal in allen erschöpfenden Einzelheiten, wie ich mich betragen soll.«

Er lachte. Seine blauen Augen spiegelten Liebe wider. »Als ob du auf meine Ermahnungen hören würdest, weder jetzt noch jemals. Mir scheint, du hast die Seele einer Rebellin.«

Gabriella wölbte sich ihm entgegen, aufreizend, verwegen in ihrer Liebe zu ihm und dem Wunsch, jeden Moment auszukosten, der ihnen blieb. »Vielleicht werde ich dir bei *einigen* Dingen gehorchen, mein Mann«, murmelte sie. »Gewiss bei einer besonderen, meine ich.«

Morgan fluchte, doch es klang nicht überzeugend, und er richtete sich ruckartig auf. Gabriella befürchtete, ihn nicht überredet zu haben – bis sie hörte, dass er die Tür abschloss.

Gleich darauf kehrte er zu ihr zurück, zog seine Stiefel aus und entledigte sich dann seiner anderen Kleidung, bevor er zu ihr ins Bett schlüpfte. »Sag mir, meine geliebte Lady, soll ich vor

Verlangen nach dir sterben oder aus Reue, weil ich dich genommen habe, obwohl ich gewusst habe, dass du krank bist?«

Gabriella schlang die Arme um seinen Nacken, noch geschwächt, ja, doch überglücklich. Ein prickelndes Gefühl stieg in ihr auf, als sie den Beweis seines Verlangens spürte. »Wenn du überhaupt sterben musst«, scherzte sie, »dann soll es aus Erschöpfung sein.«

Morgan lächelte, doch dann senkte er den Mund auf ihren und nahm ihn zärtlich und zugleich voller Verlangen in Besitz. Als der Kuss schließlich endete, war Gabriella benommen und von der gleichen Sehnsucht erfüllt, die sie auch in seinen Augen sah.

»Ich habe Angst, dir wehzutun«, sagte er mit belegter Stimme. »Mein Verlangen nach dir ist so groß, Frau, und kaum zu bezähmen.«

Sie hob den Kopf, um ihn leicht auf den Mund zu küssen. »Du tust mir nur weh, wenn du mich zwingst, auch nur einen Moment länger zu warten, Mylord.« Es stimmte, sie war bereit für ihn, und in dieser Vereinigung war kein Platz für Zögern oder ein langes Vorspiel wie sonst.

Morgan betrachtete sie noch einmal forschend, als befürchte er, dass sie im Fieberwahn gesprochen haben könnte, doch als er die unverhohlene Sehnsucht in ihren Augen sah, drang er in einer einzigen schnellen Bewegung in sie ein.

Sie liebte es, dass er in stummer Ekstase die Augen schloss und trotz all seiner legendären Wildheit und Macht auf und in ihr in einer Art vorläufigen Kapitulation erbebte.

Gabriella begann ihre Hüften zu heben und zu senken, und Morgan versteifte sich und keuchte: »Guter Gott, Gabriella, *lieg still.*«

Sie gehorchte, und für eine kurzen, magischen Moment schien die Zeit aufzuhören, und beide schwebten in einen köstlichen Zustand der Erwartung und völligen Vereinigung, ähnlich wie nach den heftigen Höhepunkten, die sie immer gemeinsam erreichten, ohne diesmal jedoch bereits davon überwältigt zu werden.

Gabriella stöhnte auf, als ein unglaublich süßes prickelndes Gefühl tief in ihr aufstieg. Und dieser kaum hörbare Laut bedeutete das Ende von Morgans Selbstbeherrschung. Mit einem leisen, grollenden Laut, völlig maskulin und fast animalisch, wurden seine Bewegungen schneller und heftiger. Trotz all seiner Kraft zwang er sich, nicht zu ungestüm zu sein, weil er zärtlich zu ihr sein wollte, und sie liebte ihn deswegen nur umso mehr.

Gabriella bemühte sich nicht, die Laute der Lust zu unterdrücken, die sie hervorkeuchte, und sie hätte es auch gar nicht gekonnt. Als sie die Erfüllung fand und glaubte, auf einen fernen Gipfel emporgetragen zu werden, schluchzte sie auf und rief Morgans Namen.

Ihre Ekstase war noch nicht abgeklungen, als Morgan mit einem Aufschrei, der an den Siegesschrei eines Kriegers und das Flehen eines Bittstellers gleichermaßen erinnerte, ebenfalls den Gipfel erreichte und sie das Gefühl hatte, von einer heißen Woge erfüllt zu werden.

Sie war glückselig, und dennoch war es ihr schwer ums Herz, weil sie wusste, dass diese Nacht ein Abschied für sie und Morgan bedeutete. Mindestens ein Jahr lang würden sie nicht wieder so beisammenliegen, sich in den Armen liegen oder auch nur einander in die Augen sehen. Sie wagte gar nicht, an die sehr reale Gefahr zu denken, dass sie für immer getrennt werden würden.

Völlig erschöpft döste sie ein, bevor Morgan sich von ihr zurückzog – sie spürte es und öffnete die Augen.

»Lebe wohl, Gabriella«, sagte er.

Sie wagte es kaum, ihn zu berühren, weil sie befürchtete, sie würde sich an ihn klammern, oder zu sprechen, aus Angst, sie würde ihn anflehen, zu bleiben. Dennoch streichelte sie über seine Wange und flüsterte: »Viel Glück, Mylord.«

Er küsste sie noch einmal, beinahe ehrfürchtig, und dann ging er. Vielleicht aus Erschöpfung, vielleicht wegen der Nachwirkungen ihrer Erkrankung fiel Gabriella in einen gnädigen tiefen Schlaf, in dem sie weinte, ohne es zu wissen.

Als sie ein paar Stunden später erwachte, war es in der Kammer dunkel bis auf den schwachen, tanzenden Schein des Kaminfeuers, und es wurde ihr mit schrecklicher Klarheit bewusst, dass sie jetzt tatsächlich allein war. Es war bedeutungslos, dass es in dem Palast von Leuten wimmelte oder dass London mit all seiner Bevölkerung nur ein Stück flussaufwärts vor Leben pulsierte. Nein, ohne Morgan hätten selbst Legionen von Engeln sie nicht trösten können.

Er hatte ihr Lebewohl gesagt; er war nicht nur von ihrem Körper, ihrem Bett fortgegangen. Er hatte den Palast verlassen und jetzt sicherlich Sheen und vielleicht sogar London hinter sich gelassen.

Zuerst war Morgans Abwesenheit niederschmetternd, eine Last, die Gabriella schier zu erdrücken schien, sodass sie das Gefühl hatte, nicht atmen, denken oder sogar weinen zu können. Sie fand jedoch Trost in der Erinnerung an seinen Abschied, den Worten in der Sprache seines Körpers und seiner Seele.

Ich möchte mehr dieser Abschiedsworte, dachte sie, als sich die ersten Tränen aus ihren Augen lösten und über die Wangen rannen. *Schöne, poetische Worte, der Barden würdig. Worte, die jahrelang Bestand haben. Nein, für immer.*

Sie wischte sich mit dem Handrücken übers Gesicht und befahl sich, zur Vernunft zu kommen. Edgefield war ein Soldat, kein Barde. Seine Poesie waren Sinnenfreude, Tapferkeit und

Liebe, und er hatte seine Spuren in ihrer Seele und ihrem Herzen zurückgelassen, wie es kein gezierter Troubadour jemals hätte tun können.

Gabriella legte die Hände leicht auf ihren flachen, nackten Bauch. Vielleicht hatte Morgan ebenso ein anderes Geschenk zurückgelassen – das Baby, nach dem sie sich für ihn und für sich selbst sehnte.

Das war ihre größte Hoffnung, der Grund, in dieser kalten, bitteren Nacht weiterzumachen und Pläne zu schmieden. Der Grund dafür, nicht das Gesicht in den Kissen zu vergraben, die noch nach Morgan rochen, und dazuliegen wie eine Invalidin, um auf das Frühjahr zu warten.

Als das Dienstmädchen Bette vielleicht eine Stunde später die Kammer mit einem kleinen Jungen betrat, der eine Lampe trug, saß Gabriella im Bett und kämmte mit einem Elfenbeinkamm ihr Haar.

Bette trug ein Tablett, hielt den Blick niedergeschlagen und stellte es auf Gabriellas Schoß ab.

Das Essen bestand aus kaltem Schweinebraten, Käse, Brot und Wein. Gabriella blickte resigniert darauf. Sie hatte immer noch keinen Appetit, aber sie würde essen, um wieder zu Kräften zu kommen.

»Geh jetzt«, sagte Bette zu dem Jungen, der wie gebannt auf Gabriellas Mahlzeit starrte. »Hier gibt es nichts für dich.«

»Warte«, sagte Gabriella entschieden. Sie war schließlich Lady Edgefield, eine echte Herzogin, und sie wollte diese Rolle spielen. Das Kind verharrte, wandte sich um und sah sie mit großen, hoffnungsvollen Augen an, und Bette, die den Tonfall ihrer Herrin richtig gedeutet hatte, hielt den Mund.

Gabriella forderte den Jungen mit einer Geste auf, näher zu treten, und als er es tat, lächelte sie ihn an und nickte zu dem Tablett hin. »Nimm dir, was du möchtest.«

Der Junge zögerte. Dann schnappte er sich den Braten, stopfte ihn hastig unter sein Wams und flüchtete aus der Kammer, weil er zweifellos befürchtete, die Lady könnte sich anders besinnen und Bette befehlen, ihn aufzuhalten.

»Armes Kerlchen«, sagte Gabriella.

Bette schnaubte. »Kleiner Dieb, das passt eher«, meinte sie, doch sie bemühte sich vergebens, ein böses Gesicht zu machen, und musste lächeln. »Wenn Ihr so weitermacht, Mylady, werdet ihr bald jeden Bettler in England an Eurer Tür haben.«

Gabriella betrachtete das übrig gebliebene Essen auf dem Tablett und entschied sich, zuerst den Käse hinunterzuwürgen. »Dann soll es so sein«, sagte sie. »Bitte, bereite meine Dinge für die Reise vor und schicke John Robinson zu mir, einen der Männer meines Gatten. Ich möchte nach Edgefield Keep zurückkehren, bevor das Wetter schlechter wird.«

Bette war im Begriff, die Glut im Kamin zu schüren, und bei Gabriellas Worten ließ sie den Schürhaken fallen. »Dies ist viel zu früh, Mylady – und bei so viel Schnee und Wind! Der König wird es gewiss verbieten!«

»Ich bezweifle, dass der König überhaupt nach seiner Meinung gefragt werden muss. Seine Majestät hat sicherlich größere Sorgen als das Kommen und Gehen einer einzelnen Frau.«

Bettes Augen glänzten vor erstaunter Bewunderung. »Mylady, Ihr seid aber kühn!«, entfuhr es ihr, und dann schlug sie die Hand vor den Mund, errötete und kicherte. Einen Augenblick später wurde sie schlagartig ernst und kramte in der Tasche ihres groben Rocks. »Das hätte ich fast vergessen, Mylady. Seine Lordschaft hat das hier hinterlassen, bevor er wegging. Ein beeindruckender Mann, wenn Ihr verzeiht, dass ich das sage.«

Gabriella hielt den Atem an. Sie fragte sich gespannt, was Morgan dem Dienstmädchen für sie gegeben hatte.

Mit gerötetem Gesicht, vielleicht weil sie wegen ihrer Vergesslichkeit mit einem Tadel rechnete, eilte Bette zum Bett und streckte die Hand aus. Darauf lag eine kleine Schachtel, umwickelt mit Packpapier und einer Schnur. Gabriella band die Schnur auf und sah sich den Inhalt an: ein goldenes Medaillon mit einem Rubin und Morgans Ring.

Gabriella musste sich beherrschen, um die Dinge nicht gierig an sich zu raffen wie der kleine Junge das Bratenstück. Ihre Hand zitterte, als sie Morgans Siegelring, das Symbol seines Rangs als Duke of Edgefield, nahm und betrachtete. In der ganzen Zeit, in der Gabriella ihren Mann kannte, hatte sie ihn nie ohne diesen Ring gesehen.

Sie schloss die Hand fest darum. Für einen Moment nahm sie den Feuerschein des Kamins wie durch einen rötlichen Schleier wahr.

»Da ist noch mehr, Eure Lordschaft«, sagte Bette eifrig, zweifellos, um ihren früheren Fehler wettzumachen. »Seht Ihr? Er hat dort etwas für Euch geschrieben …«

Gabriella blinzelte ein paar Mal. Nachdem sie den Siegelring vorübergehend auf ihren Daumen gesteckt und das Medaillon fest in die Hand genommen hatte, breitete sie das Pergamentpapier, mit der die Schachtel eingewickelt gewesen war, aus und sah Morgans Schrift darauf: *»Meine geliebte Lady«*, hatte er geschrieben, *»mit diesem goldenen Ring, geschmiedet für meinen Großvater in Jerusalem, gebe ich dir alles, was ich bin und jemals sein werde. Lass ihn der Beweis deiner Befugnis sein, dass du als meine Herzogin in meinem Namen handelst. Sei klug und standhaft in deinem Verhalten gegenüber denjenigen, die unter unserem Schutz stehen, liebe Gabriella, und denke daran, dass die Einhaltung von Disziplin nicht zwangsläufig mit Unfreundlichkeit gleichzusetzen ist. Ich vertraue dir mit dem Medaillon mein Herz zur Verwahrung an, Mylady, und* *bitte dich, es an deinem Hals zu tragen, wo dein Puls es wärmen wird. Morgan.«*

Sie schniefte und drückte die Botschaft an ihr Herz.

»Sag John Robinson, er soll den Aufbruch vorbereiten«, wiederholte sie, als sie ihre Rührung ein wenig überwunden hatte. Bette setzte zu einem Widerspruch an, doch als sie Gabriellas Miene sah, schloss sie den Mund.

Gabriella aß, so viel sie konnte, stand dann auf und zog ein Unterhemd und ein dickes Wollkleid an. Bette, die von ihrem Botengang mit geröteten Augen zurückkehrte und wortkarg war, flocht Myladys Haare zu Zöpfen, steckte sie fest und versteckte sie unter einer schlichten Haube, deren Bänder sie unter dem Kinn festband.

Binnen einer Stunde wurde Gabriella, schwankend auf den Füßen und dünner als vor ihrer Krankheit, vom König empfangen. Er war ihr Gastgeber gewesen und ebenso ihr Wohltäter, und sie konnte London nicht verlassen, ohne sich zu verabschieden.

»Ihr seid noch nicht genesen, Mylady«, wandte Edward ein und forderte sie mit einer Geste auf, sich von einem Knicks zu erheben, der sie schwindelig machte. »Ich habe Eurem guten Mann versprochen, dass Ihr das Bett hüten werdet, bis Gott der Allmächtige Euch Eure volle Kraft wiedergegeben hat.«

Gabriella machte einen zweiten, graziöseren Knicks. Sie war dankbar für all die Male, an denen sie und ihre Schwestern gespielt hatten, am Königshof zu sein. Natürlich hatte keine von ihnen jemals erwartet, tatsächlich eine Audienz beim König von England zu haben. Ebenso wenig hätten sie auch nur zu träumen gewagt, dass Edward III. ihr Gönner war.

»Mir geht es wieder sehr gut, Eure Majestät«, sagte sie und log nur ein bisschen. »Ich möchte morgen vor dem ersten Hahnenschrei nach Edgefield Keep aufbrechen – mit Eurer freundlichen Erlaubnis, natürlich.« Sollte er sich weigern, würde sie trotzdem wegreiten, aber es war nicht notwendig, das offen zu sagen.

Edward schickte sich an, ihr eine Predigt zu halten – vermutlich eine Wiederholung von Morgans Wunsch, dass sie nicht weiter als London reisen und warten sollte, bis die Straßen schneefrei und die Wölfe nicht ganz so hungrig waren. Doch dann hielt er inne und lächelte. »Ich sehe eine Spur von der Furchtlosigkeit Eures Vaters in Euch«, bemerkte er.

Gabriella glaubte, einen Kloß in der Kehle zu haben. »Ich danke Euch von Herzen, weil Ihr meine Schwestern und mich versorgt habt, während wir aufwuchsen«, sagte sie. »Im Namen meines Vaters, Eure Majestät, muss ich aber um noch eine Gefälligkeit bitten.«

»Welche?«, fragte Edward ruhig.

»Lasst Avendall keine von meinen Schwestern zur Frau nehmen, ich bitte Euch. Lasst sie nach Edgefield Keep bringen, zusammen mit einer gewissen Nonne, Lady Johanna, von der St.-Swithin's-Abtei. Mein Mann hat angeboten, ihre Brautpreise zu zahlen, und ich möchte für ihr Glück und ihre Sicherheit sorgen, mein König.«

Er dachte lange darüber nach. »Avendall hat mir gut gedient«, sagte er schließlich. »Er gilt viel bei mir.«

Gabriella glaubte einen Moment, ohnmächtig zu werden oder sich dem König zu Füßen zu werfen und ihn anzuflehen, doch sie behielt ihre Würde durch pure Willenskraft. »Bitte, Eure Majestät«, sagte sie nur.

Der König seufzte lang gezogen. »Nun gut. Sollen meine Schulden bei Redclift beglichen werden. Gott weiß, dass ich neue bei Avendall gemacht habe.«

Gabriella senkte den Kopf, um die Tränen der Erleichterung zu verbergen.

Der König dachte mit gerunzelter Stirn über sein Dilemma nach. Schließlich sprach er wieder. »Vielleicht ist es klug von Euch, abzureisen, Lady Edgefield. In London ist die Pest ausgebrochen, und sie könnte bald nach Sheen kommen. Ich werde Euch im Frühjahr Eure Schwestern bringen lassen.«

Gabriella nickte in demütiger Einwilligung. »Ganz wie Ihr wollt, Eure Majestät.«

Edward wirkte sichtlich erleichtert. Er schenkte Gabriella ein strahlendes Lächeln. »Edgefield hat ein dutzend Männer zurückgelassen, die von John Robinson geführt werden. Zweifellos werdet Ihr in ihrer Obhut sicher sein.«

»Zweifellos«, stimmte Gabriella zu. »Ich bin äußerst dankbar für Eure Gastfreundschaft, mein König«, fügte sie hinzu. »Bitte, darf ich Euch jetzt mit meinen besten Wünschen verlassen? Ich möchte vor der morgigen Reise ruhen.«

Der König wedelte in fast väterlicher Zuneigung mit einer Hand. »Ich werde Euch nicht davon abhalten. Lebt wohl, Mylady, und glückliche Reise.«

Nach einer letzten Verneigung wandte sich Gabriella um und eilte aus der königlichen Kammer, ohne zurückzublicken.

Der Ritt nach Portsmouth war lang und kalt, und Morgans Sehnsucht nach Gabriella war groß. Um sich abzulenken und sich zu zwingen, nicht zurückzureiten, um sie nach Edgefield Keep zu holen, ging er noch einmal die komplizierten Botschaften durch, die er im Kopf bewahrte.

Der Trick scheiterte jedoch bald, denn die Botschaften waren bereits fest eingeprägt, und sie zu üben war keine richtige Ablenkung.

Vielleicht, dachte er grimmig, hätte ich Gabriella noch einmal wecken und mich ein zweites Mal verabschieden sollen.

Aber die Wahrheit war, dass er befürchtet hatte, die letzten Reste seiner Willenskraft zu verlieren und zu bleiben, wenn sie seinen Namen flüstern oder ihn berühren würde. Die Stärke der Gefühle, die er für Gabriella empfand und mit ihr erlebt hatte, erschreckte ihn, und trotz des Trennungsschmerzes wusste er, dass er Zeit brauchte, um mit der Situation fertig zu werden, um mit sich ins Reine zu kommen.

Jahrelang hatte er seine Gefühle vor jedem verborgen. Er hatte sich nicht mal selbst erlaubt, die Trümmer seines Seelenlebens zur Kenntnis zu nehmen, doch jetzt hatte ihn Gabriella durch ihre Liebe veranlasst, sie zu sehen. Jetzt konnte er sich der Wahrheit über Rebecca nicht mehr verschließen, nachdem er diese lange geheimen Wunden gesehen hatte, und war nicht länger bereit und auch nicht in der Lage, sie zu ignorieren.

Morgan wollte, dass diese Wunden heilten, und Gabriellas Liebe, zusammen mit seinen eigenen Bemühungen, würden sein Stärkungsmittel sein.

Er stellte sie sich in London vor, wie sie sich ein Haus nahm und sich Stoff für die Kleider kaufte, die sie sich so sehr wünschte, und er lächelte vor sich hin. Im Frühjahr würde sie nach Edgefield Keep zurückkehren, mit seinem Siegel, und er hatte keinen Zweifel daran, dass sie mit der Hilfe von Ephraim und John Robinson und anderen fähig war, seinen Besitz – *ihren* Besitz – zu verwalten.

Der Gedanke an Avendall war eine schnelle und starke Erinnerung daran, dass das Leben keine Idylle ist. Morgan vertraute zwar den Männern, die er zu Gabriellas Schutz zurückgelassen hatte, besonders John Robinson, der ihm und zuvor schon seinem Vater lange und gut gedient hatte, doch er bezweifelte, dass jemand sie beschützen konnte wie er selbst.

Und Avendall war ein gefährlicher Feind.

Morgan blickte empor, um den Schnee verheißenden Himmel einzuschätzen und vielleicht auch zumindest die Absicht eines Gebets zu zeigen. Seit Rebeccas Tod hatte er keine gute Beziehung zu der heiligen Kirche gehabt – trotz seines Dienstes in der Levante nicht –, und in dieser Hinsicht hatte sich wenig geändert.

Er seufzte. Er würde darauf vertrauen müssen, dass Gabriella bei ihrem einen und einzigen Besuch in Avendall Hall und den folgenden Begegnungen mit Avendall ihre Lektion gelernt hatte. Sie war zwar impulsiv, doch Morgan wusste, dass sie auch geistesgegenwärtig wie jeder Mann war, ihn selbst eingeschlossen.

Was Avendall anbetraf, hatte Morgan seinen Teil des Handels eingehalten. Eine ansehnliche Summe in Gold war zu Avendalls Quartier in London geliefert worden, wie vereinbart, und er hatte einen Kurier mit einer ähnlich hohen Summe als Brautpreis für Gabriellas beide Schwestern nach St. Swithin's geschickt. Gewiss würden Elizabeth und Meg im Sommer in Edgefield Keep sein und mit Gabriella Unfug aushecken.

Die Vorstellung stellte zumindest etwas von Morgans zuvor guter Laune wieder her, und er richtete seine Gedanken wieder auf die Aufgaben, die ihn in Frankreich erwarteten.

Gabriella war sich im Klaren darüber, dass Morgans Männer ihre Entscheidung, ohne Verzögerung nach Cornwall zurückzukehren, missbilligten, aber sie trug sein Siegel, und in Morgans Abwesenheit blieb ihnen nichts anderes übrig, als ihr zu gehorchen.

Der Himmel war klar und hellblau, als sie Sheen und London hinter sich gelassen hatten, und viele beschwerliche und gefährliche Meilen lagen vor ihnen. Der Schnee war überwiegend geschmolzen, und die Reste auf dem gefrorenen Boden wirkten wie Stücke von schmutzigen Tüchern.

Obwohl Gabriella immer noch von der Krankheit geschwächt war, machte ihre Entschlossenheit dies und viele andere Schwächen wett, und sie gab so selbstsicher Befehle, als wäre sie für den Titel geboren worden.

John Robinson, wie immer ein wenig mürrisch wirkend, nahm seinen üblichen Platz neben ihr ein und wich nicht von ihrer Seite, außer wenn sie in irgendeinem Gasthof übernachteten. Und selbst dann schlief er auf dem Boden vor ihrer Tür, den Dolch gezogen.

Die anderen Männer des Trupps ritten schweigend und wachsam vor und hinter ihr. Gute Soldaten, sie alle. Gabriella wusste, dass einige von ihnen, besonders die jüngeren, sich darüber ärgerten, weil sie zurückgelassen worden waren, während ihr Anführer nach Frankreich in den Krieg gezogen war, um zusammen mit dem Schwarzen Prinzen und dem Duke of Lancaster zu kämpfen.

»Ihr werdet feststellen, dass diese Reise hart wird, Mylady«, hatte Robinson am ersten Morgen ernst gewarnt. »London bietet trotz all der Mängel wenigstens relative Sicherheit und bescheidenen Komfort.«

Gabriella hatte ihn mit dem hoheitsvollen Blick einer Herzogin gemustert, nicht furchtsam wie das Mädchen, das auf dem Weg zu ihrer arrangierten Heirat gewesen war. Oh, sie hatte sich seit dem Verlassen der Abtei sehr verändert, und sie wollte sich nicht zurückverwandeln. »Ich wünsche keinen Komfort außer meinem eigenen Kamin in Cornwall«, hatte sie erwidert, obwohl das nicht ganz der Wahrheit entsprach. In Wahrheit hätte sie jede Entbehrung ertragen können, wenn Morgan bei ihr gewesen wäre.

Lady Edgefield hatte geglaubt, eine Spur von amüsiertem

Respekt in Robinsons Blick zu sehen. »Wie Ihr meint, Mylady«, hatte er gesagt, und dann war nicht mehr über das Thema gesprochen worden.

Während des Ritts beschäftigte sich Gabriella mit den Gedanken an das Addieren von Zahlenkolonnen und ihren Zukunftsplänen. Sie hatte große Befürchtungen wegen ihrer Unerfahrenheit im Verwalten von Land und Burgen und Führen von Männern, doch sie war intelligent und zuversichtlich, dass sie schnell lernen würde. Außerdem hatte sie in John Robinson und in Ephraim gute Berater. Indem sie viele Fragen stellte und auf den Rat der beiden hörte – sofern er ihr sinnvoll erschien –, konnte sie erfolgreich sein. Der König hatte versprochen, dass im Frühjahr Meg und Elizabeth zu ihr auf die Burg kommen würden, vielleicht auch Lady Johanna. Diese drei mit ihren unterschiedlichen Talenten und ihrem scharfen Verstand würden sicherlich eine große Hilfe sein.

Ja, wenn Morgan in einem Jahr aus Frankreich zurückkehren würde, dann würde er seine Frau und seinen Besitz in blühendem Zustand vorfinden.

17

Edgefield Keep, stets ein fröhlicher Ort für Gabriella, wirkte leer bei ihrer Rückkehr, nachdem sie sieben beschwerliche Tage auf einem Pferderücken verbracht und in den Nächten in Gasthöfen und Rasthäusern geschlafen hatte. Die Welt selbst schien ohne Morgan nicht ganz so zu sein, wie sie hätte sein sollen.

So erschöpft und deprimiert Gabriella auch war, sie hielt an ihrem Entschluss fest, sich zusammenzunehmen und sich als würdige Herrin von Edgefield zu zeigen, aus Selbstachtung und als Beweis, dass Morgans Vertrauen in sie gerechtfertigt war.

Aber ihr war klar, dass sie sich erst ein wenig von den Strapazen erholen musste, bevor sie von wahrem Wert für das Land und seine Leute sein konnte. Morgans Zuhause war auch ihres, sie gehörte dorthin, wie seine Kinder dorthin gehören würden.

Deshalb ließ sich Gabriella nach ihrer Ankunft in das Bett sinken, das sie mit Morgan geteilt hatte, schlief tief und fest den größten Teil des Tages und aß herzhaft, als sie erwachte.

Am späten Vormittag saß sie in Morgans Ratszimmer und prüfte die Vorratslisten und Bücher, die von Ephraim geführt worden waren, als ihr ein Dienstmädchen meldete, dass ein Bote vor dem Tor wartete. Weil der Junge aus Avendall Hall kam, war ihm kein Einlass gewährt worden, und er wartete auf der Zugbrücke auf Gabriellas Entscheidung.

Sie blickte zu Robinson, der während der beschwerlichen

Reise vom Königspalast in Sheen bis nach Edgefield Keep fast ihr Freund geworden war. »Wie viel Schaden kann ein kleiner Kurier anrichten?«, überlegte sie. »Lasst den Jungen herein und bringt ihn zu mir.«

Binnen Minuten wurde der Junge in das Ratszimmer geführt und von zwei grimmigen Wächtern festgehalten. Der Bursche, trotz der Kälte nur dürftig gekleidet, war nicht älter als zwölf Jahre und aschfahl vor Furcht. Welche Geschichten mochte man ihm über Morgan Chalstrey und andere Bewohner von Edgefield Keep erzählt haben, dass er solche Angst bekommen hatte? Er wirkte, als hätte man ihm befohlen, in einem Fluss der Unterwelt mit dem Teufel zu baden.

Gabriella lächelte, damit sich der Junge entspannte.

»Wie heißt du?«, fragte sie bestimmt, jedoch nicht unfreundlich und entließ die Wachen mit einer leichten Geste. Widerstrebend zogen sich die Soldaten zurück, doch Robinson blieb, lehnte sich an die Wand und verschränkte die Arme. Sein Blick war wachsam.

»Ich bin Cletis, Mylady«, krächzte der kleine Bote und umklammerte die verschrammte lederne Kuriertasche.

»Dir wird in diesen Mauern nichts geschehen, Cletis«, sagte Gabriella und schob eine Holzschale, die mit getrockneten Früchten und Nüssen gefüllt war, über Morgans Schreibtisch zu dem Jungen hin. »Nimm, was du essen magst, während ich die Botschaft lese, die du überbringen sollst.«

Cletis näherte sich nach einem furchtsamen und fragenden Blick zu Robinson dem Schreibtisch und legte die Kuriertasche mit einer respektvollen Verneigung vor Gabriella hin.

Gabriella nahm sie, während sich der Junge zögernd zu der Schale schob, langsam seinen Mund füllte und sich dann, als ihn niemand tadelte oder gar in Ketten legte, ebenso Früchte und Nüsse in die Taschen seines geflickten Rocks steckte.

Unterdessen entnahm Gabriella der Tasche die Botschaft, die in Avendalls Handschrift auf ein Stück Schafshaut geschrieben war. Sie hoffte, dass niemand das Zittern ihrer Hände bemerkte.

Lady Edgefield, ich hoffe, diese Botschaft erreicht Euch wohlauf und ausgeruht nach einer sicherlich äußerst beschwerlichen Reise. Ich weiß, dass sie anstrengend war, denn meine Männer und ich ritten einen Tag hinter Euch.

Ich schreibe, um Eure Erlaubnis für einen Besuch auf Edgefield Keep zu erbitten, bei dem ich verschiedene Dinge von äußerster Wichtigkeit besprechen möchte, und ich erwarte die Freundlichkeit einer schnellen Antwort.

Cyprian Avendall

Ist der Mann irre?, dachte Gabriella. Er schreibt, als wäre er ein vertrauter Freund, kein geschworener und grässlicher Feind.

Sie biss sich auf die Unterlippe und überlegte. Nein, dies waren nicht die Worte eines Wahnsinnigen, sondern die verschlagenen verbalen Pfeile eines wahren Feindes. Aber was konnte Avendall ihr zu sagen haben, nachdem Morgan ihm jede Verantwortung und jedes Recht bezüglich ihrer Schwestern und ihr abgenommen hatte? Der König persönlich war Zeuge der Vereinbarung zwischen Morgan und Avendall gewesen, und Morgan hatte die Bedingungen erfüllt. Es wäre unklug, solch ein Versprechen nicht einzuhalten.

Gleichzeitig war Gabriella nur zu bewusst, dass der König offenbar eine böse Ahnung gehabt hatte und Avendall nicht kränken wollte.

»Richte deinem Herrn aus«, sagte Gabriella zu Cletis nach langer Überlegung, »dass er nach Edgefield Keep kommen kann, wenn er will, vorausgesetzt, dass er allein und unbewaffnet kommt.«

Bei einem Seitenblick zu Robinson sah sie keinerlei Reaktion, weder für noch gegen die Entscheidung.

»Aye, Mylady«, sagte Cletis, während er getrocknete Aprikosen kaute. Nach einer weiteren Verbeugung eilte er aus der Kammer.

Gabriella rechnete mit einer Äußerung von Robinson, doch es kam keine, und sie stieß einen tiefen Seufzer der Erleichterung aus. Ihr Kopf schmerzte ein wenig, und sie verspürte ein flaues Gefühl im Magen.

Beim Sonnenuntergang am selben Tag präsentierte sich Avendall persönlich, waffenlos und unbegleitet. Gabriella beobachtete ihn von einem Fenster der Burg aus, als er durch das Dorf ritt, und niemals war ihr Morgans schmerzliche Abwesenheit bewusster gewesen, obwohl sie gut beschützt war.

Sie ging hinaus, um Avendall auf dem Burghof entgegenzutreten. Sie trug ein Kleid, das sie aus Stoff genäht hatte, der in London gekauft worden war, und ihr Haar war weder mit einer Mütze noch einem Nonnenschleier bedeckt. Robinson und einige seiner Männer verweilten in der Nähe, wachsam im Schein ihrer Fackeln, blieben jedoch außer Hörweite.

Avendall, bekleidet in den warmen, feinen Sachen, die seinem Rang entsprachen, schwang sich von seinem Pferd und ging lässig auf Gabriella zu, wobei er seine dicken Lederhandschuhe auszog.

»Mylady«, sagte er, und es klang freundlich, obwohl in seinen Augen ein räuberischer Ausdruck lauerte, bei dem Gabriella besonders froh über Robinsons Anwesenheit und die der anderen eigenen Männer war.

Sie sah den Besucher kalt an, wartete, sagte kein Wort der Begrüßung.

Avendall blickte amüsiert von ihr zu den Wachen und sah sie dann erneut an.

Sie wartete immer noch schweigend.

»Ich befürchte, leider schlechte Nachrichten von St. Swithin's bringen zu müssen«, begann er in zufriedenem Tonfall. Die Besorgnis, die seine Worte in Gabriella auslösten, konnte ihm nicht entgehen, obwohl Gabriella ihr Bestes tat, um sie zu verbergen.

»Was sind diese ›Neuigkeiten‹?«, fragte sie, nachdem sie sich etwas gefangen hatte.

Avendall lächelte wieder und nahm die Umgebung mit einem gemächlichen Rundblick in sich auf, obwohl sie wusste, dass er das Innere von Edgefield Keep bei zumindest einem Anlass gesehen hatte. Schließlich kehrte sein Blick zu ihrem Gesicht zurück, und der kalte Ausdruck seiner Augen stand in krassem Gegensatz zu dem Lächeln auf seinen Lippen.

»Ich habe erfahren, dass in St. Swithin's die Pest grassiert«, sagte er. »Diejenigen Bewohner, die sich noch nicht angesteckt haben, sind geflüchtet und jetzt in alle Winde verstreut.«

Gabriella schnappte nach Luft – ihre Schwestern, ihre Freundinnen, Lady Johanna! Vertrieben in eine Welt, die denjenigen, die vielleicht die tödliche Seuche hatten, kein Erbarmen, geschweige denn Gastfreundschaft zeigte. Sie musste sich mit einer Hand am alten Brunnen stützen. Dann nahm sie sich zusammen. »Wenn Ihr diese Geschichte erfunden habt ...«

Cyprian nahm ihre Bemerkung mit einem kurzen Neigen seines gut aussehenden Kopfes zur Kenntnis, äußerte sich jedoch nicht dazu. »Es gibt leider noch einige andere schlechte Nachrichten. Der geschätzte Freund Eures Mannes, Sedgewick, war in der Obhut der Nonnen, ist jetzt jedoch verschwunden und Eure Schwester – Meg heißt sie, glaube ich – mit ihm.

Eure jüngere Schwester ist erkrankt. Und ich muss Euch leider noch eine Last auferlegen: Ein englisches Schiff ist im Ärmelkanal gesunken, und alle, außer sehr wenigen an Bord, Männer und Pferde, sind ertrunken.« Er legte eine Pause ein, um seine Worte einwirken zu lassen, bevor er hinzufügte: »Morgan war unter den Unglücklichen, Mylady.«

Gabriella würde sich später lange fragen, wie sie sich aufrecht gehalten hatte. Sie hatte schreckliche Angst um ihre Schwestern und war auch besorgt wegen Sedgewick, aber der Gedanke, dass Morgan in der kalten und oftmals stürmischen See zwischen England und Frankreich umgekommen sein sollte, war unerträglich für sie. »Ich glaube Euch nicht«, brachte sie schließlich mühsam heraus.

Avendall, dem die Wirkung seiner Worte nur zu bewusst war, ergriff scheinbar fürsorglich Gabriellas Arme. Das Geräusch von Schwertern, die aus Scheiden gezogen wurden, erfüllte die Luft, doch als Gabriella eine Hand hob, um Robinson Einhalt zu gebieten, blieben die Soldaten, wo sie waren.

»Ihr seid ein Lügner«, sagte sie zu Avendall, und ihre Stimme klang so ruhig, dass sie sich nicht ganz sicher war, ob es ihre eigene war. »Ich war eine Närrin, Euch in Edgefield Keep Eintritt zu gewähren, und ich fordere Euch auf zu gehen, bevor ich meinen Soldaten befehlen muss, Euch mit Gewalt hinauszubefördern.«

Avendall war unerschrocken. »Denkt, was Ihr wollt, Mylady. Wenn Ihr die deprimierenden Fakten erfahren habt und deshalb wisst, dass ich in all diesen Dingen die Wahrheit gesagt habe, kommt nach Avendall Hall. Vielleicht werde ich Euch als Mätresse nehmen, wenn schon nicht zur Frau.«

In ihrem Entsetzen und ihrem Zorn verlor Gabriella die Beherrschung. Sie spuckte ihn an und schlug ihm ins unverschämte Gesicht.

Avendall hob eine Hand, um den Speichel wegzuwischen und hätte vielleicht zurückgeschlagen, doch Robinson war sofort bei ihm und drückte ihm die Schwertspitze in die Seite.

»Ihr seid an diesem Ort und allen anderen in den Grenzen von Edgefield nicht mehr willkommen«, sagte der Soldat. »Bitte verlasst sofort die Burg, bevor meine Geduld erschöpft ist.«

Avendall lächelte wieder und hob die Hand in einer fröhlichen Bitte um Frieden. »Ich reite«, sagte er. »Ihr habt es gut gemacht, Gabriella, euch die Loyalität der Männer Eures verstorbenen Mannes zu versichern, und das in so kurzer Zeit. Aber denkt daran, wenn Euer Bett kalt wird, wo Ihr einen Mann finden könnt, der würdig ist, Euch zu trösten.«

Gabriella sprach energisch mit Robinson. »Bringt Sir Avendall zum Tor.« Ihr Tonfall war gemessen, obwohl sie sich schwindelig und elend fühlte. »Und sorgt dafür, dass er nie wieder eingelassen wird.«

Nach diesem Befehl wandte sie sich ab und schritt davon in die Burg, und die ganze Zeit betete sie darum, nicht kurz vor der Tür zusammenzubrechen und sich vor dem Feind zu blamieren.

Hinter ihr lachte Avendall, und sie hörte das Knarren von Leder, als er aufsaß. »Ihr wärt eine geeignete Partnerin für Edgefield gewesen«, höhnte er. »Ihr seid so skrupellos wie er und kommandiert so gern herum wie er. Aber Ihr seid doch nichts als ein Weibsbild, geschaffen fürs Vergnügen im Bett, mit keiner Kenntnis vom Krieg und keiner Autorität, um erfahrene Soldaten zu befehligen. Sie werden sich gegen Euch wenden, Gabriella, einer nach dem anderen, und Ihr werdet bereuen, welch dumme Wahl Ihr getroffen habt.«

»Darf ich ihn jetzt hinausjagen, Mylady?«, fragte Robinson.

Gabriella blickte nicht zurück; sie konzentrierte sich ganz darauf, in die Burg zu gelangen, um Avendalls Blicken entzogen zu sein. »Aye«, antwortete sie heftig. »Meinetwegen könnt Ihr ihn aufspießen und rösten.«

Drinnen sank Gabriella gegen eine Wand, und sie wäre vielleicht zu Boden gefallen, wenn nicht Ephraim gewesen wäre, der sie – verbal – aufrichtete und ihr seelische Kraft gab.

Der alte Mann reichte ihr die Hand, die sie dankbar ergriff. »Avendall ist ein Feigling und Lügner. Gewiss habt Ihr Euch seine abscheulichen Erfindungen nicht zu Herzen genommen.«

Gabriella schüttelte traurig den Kopf. »Darin liegt die Wurzel des Problems«, sagte sie, als sie wieder Worte fand. »Ich glaube ihm, denn ich kann nicht glauben, dass selbst Avendall es wagen würde, solche Lügen zu äußern, wenn er befürchten müsste, sich meinem Mann deswegen verantworten zu müssen. Oder dem König.«

»Er ist wahnsinnig«, beharrte Ephraim. »Und Irre befürchten nicht, sich wegen irgendetwas verantworten zu müssen. Sie halten sich berechtigt zu den schlimmsten Missetaten.«

Gabriella versuchte, in Ephraims Worten Trost zu finden, doch sie hatte den schrecklichen Verdacht, dass Avendalls Behauptungen stimmten, zumindest zum Teil.

Sie stützte sich mit einer Hand an der kalten Wand, während sie um Atem und Fassung rang. Schließlich sagte sie: »Ich muss selbst herausfinden, was los ist. Bitte, Ephraim, bittet Robinson, einen Mann nach London und Sheen zu schicken, um sich über jüngste Schiffbrüche im Ärmelkanal zu erkundigen, und einen anderen nach St. Swithin's, um nach dem Schicksal meiner Schwestern und Freundinnen zu fragen.«

»Aber, Mylady«, wandte Ephraim sanft ein, »der Winter ist fast da, und ich befürchte, wir können nicht einmal zwei Soldaten dafür entbehren. Es gibt andere Gefahren für uns außer denen, die Avendall schildert.«

Gabriella richtete sich kerzengerade auf. »Bitte, Ephraim, tut, was ich Euch sage. Verliert keine Zeit.«

Ephraim nahm diesen Befehl mit seinem üblichen Gleichmut hin. »Darf ich Euch zuerst zu Eurer Kammer begleiten? Ihr seht nicht gut aus. Vielleicht solltet Ihr eine Weile ruhen.«

»Ich will nicht in meine Kammer«, sagte Gabriella entschieden. »Ich werde mich weiter mit den Büchern beschäftigen. Beeilt Euch, sonst werde ich ungeduldig.«

Ephraim seufzte nicht laut, doch der Wunsch war ihm anzusehen. »Aye, Mylady«, sagte er und ging in die Dämmerung hinaus.

Später suchte der ältere Diener Gabriella in dem Zimmer auf, in dem Morgan gearbeitet hatte, um sie zu informieren, dass Robinson zwei Boten losgeschickt hatte, einen nach Sheen, den anderen nach St. Swithin's. Er überredete sie, das leichte Abendessen zu sich zu nehmen, das er ihr gebracht hatte, und überließ sie dann ihrer Arbeit.

Gabriella fand Ablenkung in der Beschäftigung mit Zahlen, wie einige Frauen sie im Gebet gefunden hätten, und aus diesem Grund verbrachte sie in den kommenden Tagen und Wochen viele Stunden in dem Ratszimmer und konferierte mit Ephraim und John Robinson und anderen, einschließlich mit Lady Johannas Freundin Mab, der Hebamme des Dorfes. Wenn sie nicht die Bücher durchging, bestand Gabriella darauf, die anderen Grundlagen für die Leitung von Edgefield Keep zu lernen.

Sie inspizierte die Taubenschläge, die Ställe und sogar die Felder, um zu erfahren, welche bestellt und welche brachliegen gelassen werden würden, und ging mit Mab, um bei der Geburt von Babys zu helfen. Obwohl dies oft harte Arbeit war und das Ende dessen bedeutete, was von Gabriellas Unschuld der Kinderzeit geblieben war, fand sie sonderbaren Trost und Frieden in den Aufgaben der Helferin. Wenn Mutter und Kind überlebten, war sie überglücklich. Wenn einer oder beide starben, was leider oft genug geschah, trauerte sie.

Vom Morgengrauen bis spät in die Nacht, wenn sie schließlich erschöpft in Schlaf fiel, arbeitete, lernte, besichtigte, fragte Gabriella und dachte nach. Sie schmiedete Pläne zum Kauf von Schafen und Rindern im Frühjahr und überlegte, wie sie Webstühle kaufen und die Mädchen des Dorfes in deren Benutzung unterweisen konnte.

Als die Wochen zu Monaten wurden und der harte Winter viel Schnee und Eis brachte, verging keine Stunde, an der sie nicht an Morgan oder ihre Schwestern dachte, trotz all ihrer Bemühungen, sich mit anderen Gedanken abzulenken. Sie hörte nichts von Avendall und sah auch nichts von ihm, doch sie war sich stets seiner Anwesenheit bewusst, gleich außerhalb der Mauern von Edgefield Keep, wartend und beobachtend. Sie verbrachte viele Stunden in der kleinen Kapelle auf den Knien vor dem Altar, bat die Heilige Jungfrau, ihr den Mann wiederzugeben und ihre Schwestern zu beschützen.

Es kamen keine Boten, weder von Sheen bezüglich Morgans Schiff noch von Devonshire und der alten kleinen Abtei St. Swithin's.

Zur Weihnachtszeit, als all die Dorfbewohner kamen, um in der großen Halle zu speisen, wie es auf Edgefield Keep Tradition war, blickte Mab ihre Herrin mit einem nachdenklichen Blick an und zog sie dann respektvoll zur Seite. Sie hatte, zusammen mit Ephraim, »Mylady« gut in der Leitung der kleinen Gemeinde geschult.

Mab war eine kleine, zäh wirkende Frau mit nicht mehr vielen Zähnen und dünnem Haar, aber sie war stark im Geist wie

Lady Johanna und eine gute und verlässliche Freundin. Seit kurzem hatte sie Gabriella ungewöhnlich genau beobachtet.

»Mylady«, begann sie mit gerunzelter Stirn. »Fühlt Ihr Euch gut?«

Gabriellas erster Impuls war, zu lügen, obwohl sie sich oftmals morgens in ihrer Schlafkammer übergeben musste und sich gelegentlich so schwindelig fühlte, dass sie befürchtete, vielleicht eine schlimme Krankheit zu bekommen. Doch weil sie wusste, dass Mab sich nicht so leicht täuschen ließ und weil sie von den Vorbereitungen für Weihnachten erschöpft war, bemühte Gabriella sich nicht, der Frage auszuweichen.

»Nein«, sagte sie widerstrebend, während die Dorfbewohner glücklich ihr Festessen an den langen, eigens aufgestellten Tischen verzehrten und fröhliches Stimmengewirr herüberschallte. »Ich bin seit kurzem wacklig in den Knien und habe Magenbeschwerden.«

Mabs Augen in ihrem faltigen Gesicht funkelten. »Das dachte ich mir. Und wann hattet Ihr Eure letzte Blutung, Mylady?«

Gabriella errötete, denn die Frage war ihrer Meinung nach ohne Beziehung und intim. Dennoch überlegte sie genau und war vom Resultat überrascht. »Nicht seit dem Herbst«, sagte sie verwundert. »Bevor ich mit meinem Mann nach Sheen gereist bin.«

Mab nickte, als wäre soeben irgendeine Theorie bestätigt worden. »Aye«, sagte sie mit einem heftigen Nicken. »Könnt Ihr die Bedeutung dieser Anzeichen erraten, Mylady?«

Gabriella hatte keine Antwort parat, und so schüttelte sie den Kopf. Niemand hatte ihr jemals erklärt, warum Frauen bluteten, obwohl Meg behauptet hatte, es sei auf die Mondphasen zurückzuführen. Sie selbst hatte das Phänomen als lästig und stets unregelmäßig erfahren.

Vielleicht ist das ein Symptom der Pest, dachte sie bange und krampfte ihre Hände so fest zusammen, dass ihre Knöchel schmerzten.

»Werde ich sterben?«, wisperte sie.

Mab lachte. »Nein, Lady – nicht wenn Mab bei Euch ist, um sich um Euch zu kümmern. Ihr habt es wirklich nicht erraten!« Sie senkte die Stimme zu einem vertraulichen Flüsterton. »Mylady, es ist klar, dass Euer Mann Euch geschwängert hat, bevor er in den Krieg gezogen ist.«

Gabriella empfand eine Mischung aus Entsetzen und Hoffnung und sank auf eine der Bänke an der Wand. »Ich – bekomme ein Baby?«, hauchte sie und legte beide Hände auf den Leib. Dann fragte sie besorgt: »Wann? Wann wird es kommen, Mab?«

Die Hebamme stellte noch ein paar Fragen, rechnete und sagte dann: »Im Sommer, würde ich sagen. Mai oder Juni.«

Tränen schossen in Gabriellas Augen – Tränen der Freude, weil sie sich sehnlich ein Kind von Morgan wünschte, und Tränen des Kummers, weil ihr Mann vielleicht niemals erfahren würde, dass er ein Baby gezeugt hatte, bevor er nach Frankreich aufgebrochen war. Wenn er *tatsächlich* ums Leben gekommen war, wie Avendall behauptet hatte. Ihr Herz leugnete die Möglichkeit – würde sie es nicht wissen, wenn ein Teil ihrer eigenen Seele und ihres Seins gestorben war?

»Ich muss sofort zur Kapelle gehen«, sagte sie leise, »und der Heiligen Jungfrau für dieses wunderbare Geschenk danken!«

»Die Kälte ist beißend, Mylady«, wandte Mab ein, jedoch gutmütig und mit einem leichten Frösteln, »und in der Kapelle ist es nicht viel besser. Die Heilige Jungfrau wird bestimmt akzeptieren, dass Ihr Euch neben dem Kaminfeuer in Eurer Schlafkammer bedankt.«

Gabriella sehnte sich danach, allein zu sein, wo sie immer wieder über die unerwartete Neuigkeit nachdenken und sie aus jedem Blickwinkel betrachten konnte wie einen kostbaren Edelstein, den sie inmitten von Trümmern gefunden hatte. Doch sie war immer noch Lady Edgefield, und die Leute, die jetzt so fröhlich an den Tischen ihres Lords und seiner Lady versammelt waren, hatten sich das ganze Jahr lang auf die Festlichkeiten des Abends gefreut. Sie durfte sie nicht enttäuschen, indem sie zu früh ging. Ihre Anwesenheit war für die Leute beruhigend, weil Morgan abwesend war und man befürchtete, dass er tot war.

Und so blieb sie, um sich die Geschichten der Barden und die Musik der Minnesänger anzuhören, die eigens für diesen Zweck angeheuert worden waren. Sie persönlich beschenkte jeden Dorfbewohner mit einem Geldstück, wie es ihr Ephraim geraten hatte. Und sie wünschte jedem Mann, jeder Frau und jedem Kind alles Gute, als sie aus der Halle heimwärts strömten. Dies war ebenfalls Tradition, von Morgans Familie seit hundert Jahren aufrechterhalten worden.

Erst als der letzte Feiernde gegangen war, zog sich Gabriella in ihr Privatgemach zurück, um dort zu lachen und zu weinen und staunend zu versuchen, das Wissen zu verarbeiten, dass Morgans Baby tatsächlich in ihr wuchs, in der Wärme unterhalb ihres Herzens.

Am nächsten Tag, kurz nach der Dämmerung, kehrte endlich der erste der beiden Boten zurück, halb erfroren und fast verhungert, um zu berichten, dass St. Swithin's tatsächlich von der Pest heimgesucht worden und keiner dort geblieben war außer den Kranken und ihrer Betreuer. Elizabeth befand sich dort, doch Meg und Sedgewick waren verschwunden. Niemand schien zu wissen, wo sie waren.

Gabriella nahm diese schreckliche Nachricht so ruhig hin, wie sie konnte, denn Mab hatte ihr erklärt, dass Aufregung und Sorgen dem Baby schaden könnten. Doch als sie am Nachmittag in der Kapelle betete, kündigte große Aufregung die Rückkehr des zweiten Boten an.

Atemlos und ohne Nachzudenken eilte Gabriella hinaus in den Burghof, um zu erfahren, welche Nachricht der Kurier brachte. Sie erriet es bereits an der unglücklichen Miene des Reiters, bevor er zu sprechen begann.

»Ein Schiff ist zwischen Portsmouth und der Küste der Normandie gesunken«, sagte der Mann mit zitternder Stimme. »Niemand weiß, wer an Bord war und um welches Schiff es sich genau handelte, denn die Dinge in Frankreich laufen aus dem Ruder, und alle müssen sich auf den Sieg konzentrieren.«

Gabriella, die seit der Trennung von Morgan so stark gewesen war, spürte, wie ihre Beine nachgaben und sich Dunkelheit um sie senkte, bevor sie stürzte und bewusstlos auf die Pflastersteine stürzte.

Als sie wieder zu sich kam, lag sie auf einer der langen Bänke in der großen Halle, und Mab hockte neben ihr und hielt ihre Hand. Robinson stand dabei und ebenso Ephraim, und jeder machte ein langes und trauriges Gesicht.

»Tragt bitte Mylady die Treppe hinauf in ihre Schlafkammer«, sagte Mab zu Robinson, der zögernd näher trat, eine unausgesprochene Frage in den Augen. »Sie braucht Ruhe, oder wir alle könnten noch weiteren Kummer bekommen.«

Gabriellas Verzweiflung war so groß, dass sie nicht protestierte. Sie nickte Robinson zu, und er hob sie behutsam auf seine starken Arme und trug sie die breite Treppe hinauf.

Nach dieser Nacht versteckte Gabriella ihre Mutlosigkeit an einem geheimen Platz in ihrem Innern und ließ sie niemanden spüren. Nur wenn sie allein war, weinte und betete sie für ihren Mann und ihre Schwestern, von denen eine aus der Abtei verschwunden und die andere vielleicht schon tot war oder im Sterben lag.

Gabriellas normalerweise schlanker Taillenumfang begann sich Tag um Tag zu vergrößern, und sie machte kein Geheimnis aus der Tatsache, dass sie ein Baby trug. Das Wissen darum schien die Bewohner von Edgefield Keep zu trösten, und es half ihnen sicherlich, weiterzumachen. Das Durchhaltevermögen, für das sie auf dem gesamten Edgefield-Besitz bekannt war, verließ sie lediglich leicht, als der Winter voranschritt. Nur in harter Arbeit, von der es viel gab, fand Gabriella Frieden, und im Schlaf, der ihr weitaus seltener vergönnt war.

Die ersten Wildblumen begannen soeben die Wiesen zu sprenkeln, als ein fahrender Händler nach Edgefield Keep kam, um Wollstoffe zu verkaufen.

Gabriella kaufte einen guten Vorrat in gedeckten Farben und beauftragte eine Näherin aus dem Dorf, die sich über den Lohn freute, Umstandskleider anzufertigen. Obwohl Mab sie gebeten hatte, ein fröhliches Blau oder eine hübsche Rosenfarbe für diese Kleidungsstücke zu wählen, würde Gabriella nur Schwarz und Grau tragen.

An einem regnerischen Abend im Frühjahr erschien ein anderer Bote am Tor. Bis auf die Haut durchnässt und zitternd vor Kälte und Fieber. Die Nachricht, die er brachte, lenkte Gabriella zumindest vorübergehend von ihrem anderen Kummer ab.

Der Reiter behauptete, er sei von Redclift Hall geschickt worden, und er brachte den einzigen Schatz von Gabriellas Mutter als Beweis mit – ein schmales goldenes Armband mit einem einzigen bescheidenen Rubin. Lady Mainwaring sei schwer erkrankt, berichtete er, immer noch mit klappernden Zähnen, als er vor dem Kamin der Küche kauerte, Brühe aus einer Kürbisflasche nippte und seine Füße in heißem Wasser badete. Sie flehe Gabriella an, zu ihr zu kommen, ebenso Hugh Mainwaring, Ariels Ehemann.

Gabriella erwog keinen Moment, diese Bitte abzuschlagen;

Lady Mainwaring war schließlich ihre Mutter, und sie brauchte sie – Hugh würde von keinerlei Nutzen sein –, und außerdem war vielleicht in Redclift Hall etwas über Megs und Elizabeths Schicksal zu erfahren.

Trotz der Einwände von Mab, Robinson und dem kleinen Priester, der Morgan und Gabriella vor nicht langer Zeit vor dem Kamin in ihrem Schlafgemach getraut hatte, begann sich Lady Edgefield auf eine Reise vorzubereiten, die länger und beschwerlicher sein würde als jede, die sie zuvor unternommen hatte.

»Ihr habt Eurer Lordschaft versprochen, dass Ihr diese Burg nicht verlasst«, erinnerte Robinson Gabriella, als sie die Vorratskammern überprüfte, um sich zu vergewissern, dass genügend Lebensmittel vorhanden waren, um die Bewohner der Burg und des Dorfes zu ernähren, bis die neuen Feldfrüchte geerntet werden konnten. »Edgefield hat es mir selbst gesagt.«

»Nein«, widersprach Gabriella. »Da irrt Ihr. Es war sein Wunsch, dass ich sicher eskortiert werde, wenn ich eine Reise unternehme. Ihr werdet mich natürlich begleiten, zusammen mit einem halben dutzend Männern Eurer eigenen Wahl. Wir werden mindestens ein Maultier brauchen, um die Dinge zu transportieren, die ich meiner Mutter zu schenken wünsche. Und viele warme Decken, denn ich mag nicht auf dem nackten Boden schlafen, besonders jetzt nicht.«

Robinson war von panischem Schrecken gepackt. »Eure Niederkunft kann nicht mehr fern sein, Mylady!«

»Wir werden Mab mitnehmen«, sagte Gabriella und notierte im Geiste Dinge auf ihrer Liste. Es waren genügend Linsen vorhanden, und ebenfalls war ausreichend Getreide von der Ernte im Herbst übrig geblieben, obwohl der Vorrat rapide abnahm.

Seit kurzem litt Gabriella unter Rückenschmerzen, und daher presste sie jetzt eine Hand gegen den Rücken und streckte sich unbehaglich. Sie war sehr groß, und das Baby hatte sich längst in ihr bemerkbar gemacht, bewegte sich jetzt oft, eine ständige Erinnerung daran, dass die größten Feuer aus einem einzigen Funken entstehen können. »Meint Ihr, wir sollten einen Karren mitnehmen, sollte es mein Baby eilig haben und sich entscheiden, unterwegs das Licht der Welt zu erblicken?«

Robinson erschauerte und wurde käseweiß bei dieser Aussicht. »Mylady, dies ist Wahnsinn – gewiss hat Eure arme kranke Mutter Diener, die sich um sie kümmern, bis ein günstigerer Zeitpunkt …«

»Meine Mutter – Diener?«, spottete Gabriella und schüttelte den Kopf.

»Dann gewiss Ihr Stiefvater …«

Gabriella stieß abermals einen ungeduldigen Laut aus. »Der ist schlimmer als nutzlos, wenn es um Krankheit oder irgendwelche Probleme im Haus geht. Bitte, haltet keine Reden, Robinson, denn ich habe meinen Entschluss gefasst und lasse mich nicht davon abbringen.«

Mabs Überredungskünste waren nicht besser als die von Robinson, doch an diesem Abend machte die Hebamme einen bewundernswerten Versuch. Sie war gerade dabei, Gabriella zu helfen, die eines ihrer viel diskutierten Bäder neben dem Kamin im Schlafgemach nahm.

»Seht Euch an – nicht mehr als einen Monat vor der Niederkunft, und das Baby wird sicherlich groß sein wie Adams bester Ochse. Ihr müsst verrückt sein, an so etwas wie eine Reise auch nur zu denken!«

Gabriella lächelte traurig. Sie hoffte, ihr Baby würde ein »Er« sein, nicht weil sie ein Mädchen weniger lieb hätte, sondern weil ein männliches Kind den Namen Chalstrey tragen und eines Tages Morgans Titel annehmen konnte. Ganz gleich, was erforderlich war, sie würde den Besitz für ihr Kind sichern. »Ihr braucht nicht um meinen Kleinen zu fürchten«, sagte sie. »Er wird stark sein wie ich und sein Vater.«

»Dickköpfig passt wohl eher«, erwiderte Mab angewidert. »Gott wird sich dafür verantworten müssen, dass er einer so sturen Dame wie Euch und einem Erzeuger wie Morgan Chalstrey ein Baby schenkt.«

»Habt ihr ihn auch zur Welt gebracht? Morgan, meine ich?«

Mabs Miene wurde weicher, und sie verfiel in eine selten nachdenkliche Stimmung. »Aye«, sagte sie. »Er war ein strammes Kerlchen. Ich war auch da, als Sedgewick geboren wurde. Und Avendall.« Sie seufzte, dachte vielleicht an alles, was seither passiert war. »Es liegt in der Natur des Menschen, befürchte ich, zerbrechlich zu sein und bald wieder zu Staub zu werden.«

Gabriella streckte den Rücken, als sie vor dem Kamin stand, fast an der Stelle, an der sie getraut worden war, und in die Flammen starrte. »Ich werde nicht zerbrechen«, sagte sie, und für eine kurzen Moment glaubte sie, Morgans Berührung in ihrem Herzen zu spüren.

18

Monate zuvor …

»Möchtet Ihr ein Mädchen, das Euch Euer Bett wärmt, Edgefield?«, fragte der legendäre Schwarze Prinz, Erstgeborener und Lieblingssohn von Edward III, als er das große Lazarettzelt betrat, in dem Morgan lag und sich fühlte, als sei sein Blut eingetrocknet und als seien seine Muskeln versteinert. »Vielleicht wird Euch die Gunst einer Frau wieder in Form bringen!«

»Nach meiner Erfahrung, Eure Hoheit, haben solche Aufmerksamkeiten genau die gegenteilige Wirkung«, erwiderte Morgan benebelt. Er versuchte, sich auf dem Lager aufzustemmen, und scheiterte prompt.

Der Prinz lachte, und Morgan zuckte bei dem Geräusch zusammen. Die Atmosphäre war beengt und heiß, und hätten nicht überall die Bunkeröfen gestanden, hätte er nicht gewusst, welche Jahreszeit es war. Außer ihm und dem legendären Kommandeur hielt sich niemand in dem Zelt auf.

Der Prinz bot Morgan eine Taschenflasche an, und Morgan nahm sie und trank – Wein, stark und unverdünnt und längst nicht so schlecht wie das gepanschte englische Zeug. »Also Frankreich«, murmelte er.

Der Prinz kauerte sich neben das Lager und trank selbst einen Schluck Wein. »Erinnert Ihr Euch an überhaupt nichts von der Reise?«, fragte er.

Morgan überlegte, bis er von einer Schmerzwoge erfasst

wurde und mit einer Grimasse stöhnend auf das Lager zurücksank. »Das Schiff«, sagte er.

Plötzlich überwältigten ihn schreckliche Bilder wie aus dem Nichts: das Schiff, krachend, berstend, versank in der eiskalten See. Ringsum schrien Männer, droschen verzweifelt um sich, ertranken, und Land war in Sicht, doch unerreichbar. »Ich gebe zu, dass ich glaubte, einen langen Albtraum zu erleben.«

»Man sagte mir, Ihr und ein paar wenige andere seid von Fischern aus der See gezogen worden, doch zuvor schlug noch ein Wrackteil gegen Euren Kopf. Betrachtet es als einen Segen, dass Euer Schädel offenbar aus guter englischer Eiche ist.« Der Prinz winkte plötzlich aufgeregt, richtete sich auf und begann auf und ab zu gehen. »Ich habe wochenlang darauf gewartet, Edgefield, dass Ihr Eure Sinne wieder beisammenhabt. Zuerst lagt Ihr bleich und reglos da wie eine Leiche, ohne jemals die Augen zu öffnen und kaum atmend. Dann bekamt Ihr Fieber, bei dem Ihr getobt und nach Eurer Frau geschrien habt, immer wieder. Ziemlich rührend, das Ganze. Nun sagt mir bitte, sind bei all diesem Elend die Botschaften, die mein Vater Euch im Kopf mitgegeben hat, verloren gegangen?«

Gabriella. Der Gedanke brachte Freude und Hoffnung für Morgan und ersetzte die Bilder des Grauens auf See. Schöne, unerschrockene, dickköpfige Gabriella. Er fragte sich, ob sie von dem Schiffsunglück erfahren hatte und sich Sorgen wegen seines Schicksals machte. Zweifellos war kein Bote zu entbehren gewesen, um die Nachricht nach England zu bringen; jeder taugliche Mann wurde in Frankreich gebraucht.

»Nein«, sagte Morgan, unterdrückte ein Stöhnen und wünschte sich sehnlich mehr Wein. Und noch mehr sehnte er sich nach Gabriella. »Ich erinnere mich gut genug an die Botschaften des Königs. Soll ich sie vortragen, oder wollt Ihr einen Schreiber holen?«

Der legendäre Krieger stellte sein unruhiges Herumwandern ein, um das Zelt zu verlassen und mit einem Wachtposten zu sprechen. Bald kehrte er zurück und kauerte sich von neuem neben Morgans Lager. »Ich möchte mir alles persönlich anhören.«

Morgan schloss die Augen; er musste sich konzentrieren, um sich nicht durch die Kopfschmerzen ablenken zu lassen, doch die Worte, die Edward ihm anvertraut hatte, fielen ihm leicht wieder ein. Über eine Stunde lang, so schätzte er, trug er Strategien vor, nannte die Namen von mutmaßlichen Spionen und die Orte, an denen Nachschub und Gold an Land gebracht und versteckt werden sollten.

»Ihr habt Eure Sache gut gemacht«, lobte der Prinz ein wenig widerstrebend, als Morgan schließlich schwieg. »Wenn Ihr wieder ganz bei Kräften seid, werde ich Euch als Spion nach Paris schicken. Die Zeit wird schnell vergehen, und in weniger als den geplanten zwölf Monaten werdet Ihr für immer in unser Land und zu der Lady, die Euch erwartet, zurückkehren.« Er legte eine Pause ein und lächelte. »Vielleicht sollte ich eines Tages ihre Bekanntschaft machen. Sie muss mehr als hübsch sein, nach dem, was ich von Euch gehört habe, als Ihr hier gelegen und im Fieber über sie erzählt habt.«

Morgan konnte nur nicken; er war erschöpft, und seine Kehle war wie ausgetrocknet. Trotz seiner Schmerzen und Schwäche war ihm jedoch zum Jubeln zu Mute.

Er würde für immer heimkehren zu Gabriella. Nach England. Dieser Feldzug würde der letzte sein, in den er als Soldat zog; der Prinz hatte so entschieden. Gewiss würden die verbleibenden Monate schnell vergehen; in Paris würde er sich viel mit Strategie beschäftigen müssen.

Er schlief in völligem Frieden und träumte, daheim in Edgefield Keep bei Gabriella zu sein.

Fünf Tage später brach Morgan, noch ausgemergelt und unsicher auf den Beinen, zum Ritt nach Paris auf, doch sein Herz war bereits auf einem Schiff nach Portsmouth. Er hatte Gabriella geschrieben – sie war sicherlich noch in London, denn der Sommer stand zwar bevor, hatte jedoch noch nicht begonnen. Im Frühjahr würden die englischen Straßen im Schlamm kaum passierbar und das Wetter für Reisen viel zu schlecht sein.

Morgans Gedanken – wie sein Herz – lebten schon in der Zukunft.

Zuerst würde er zu Edward gehen, in Sheen oder Woodstock oder Windsor, wie es die Pflicht befahl, um die Grüße des Schwarzen Prinzen und seine persönlichen Berichte zu übermitteln. Dann würde er Gabriella finden und ihr offen heraus und ehrlich sagen, dass er sie liebte, und sie geradewegs zum Bett tragen.

Dieser Gedanke hielt ihn während seines schwierigen und turbulenten Auftrags aufrecht, und er schaffte es, dem Feind beträchtlichen Schaden zuzufügen. Er arbeitete unermüdlich, traf sich regelmäßig mit den Abgesandten des Prinzen und wartete. Er wagte es nicht, Gabriella zu schreiben, denn seine Botschaften konnten abgefangen und seine Identität entdeckt werden; so konnte er nur beten, dass es ihr gut ging.

Glücklicherweise war sein Dienst nach einer Reihe scheinbar endloser Verzögerungen erfüllt. Er verbrachte eine Woche mit dem Prinzen, in der sie neue Schlachtpläne besprachen, und machte dann die Überfahrt nach Portsmouth. Während der Fahrt brachen lebhafte Erinnerungen über das Schiffsunglück, schreckliche Bilder von Tod und Grauen, über ihn herein und erfüllten ihn mit einer Furcht, die er niemals zugeben würde, nicht einmal gegenüber einem Priester.

In Portsmouth bedeckten schmutzige Reste von Schnee den gefrorenen Boden, und der Wind war schneidend. Morgan kaufte einen Wallach und betrauerte stumm den Hengst Nimrod, der mit so vielen seiner Männer bei der ersten Überfahrt umgekommen war.

Obwohl er noch nicht im Vollbesitz seiner Kräfte war, hielt Morgan nur an, wenn das Pferd eine Ruhepause brauchte, und unterdrückte seine eigenen Bedürfnisse, um schnell voranzukommen. Sein Wille, bereits stark vor der Katastrophe auf See, war in den Feuern seines langen Exils in Frankreich gestählt worden.

Als er nach drei Tagen London erreichte, ritt Morgan weiter nach Sheen.

Wie er gehofft hatte, flatterte Edwards Flagge von den Türmen; der König, der an einem halben dutzend Orten hätte sein können, wie es ihm die Laune diktierte, befand sich in seinem Palast.

Morgan wurde freundlich empfangen, und Essen und Trinken wurden ihm förmlich aufgezwungen. Er wollte zwar nichts anderes als Gabriella sehen, hören und in die Arme nehmen, doch er ließ die königliche Begrüßung über sich ergehen und versuchte – als es die Höflichkeit erlaubte – die Unterhaltung mit Edward in eine ernsthaftere Richtung zu lenken.

»Ihr habt gar nicht nach Eurer hübschen Frau gefragt!«, bemerkte der König, als all die Neuigkeiten erschöpfend ausgetauscht worden waren. »Habt Ihr Euch in die französischen Damen verliebt?«

Morgans Miene verhärtete sich, und er entspannte sich mit purer Willenskraft. Er war ungeduldig, wollte fort, das Soldatentum hinter sich lassen. »Nein, Mylord«, antwortete er. »Ich bin ein treuer und liebender Ehemann. Und ich habe nicht nach Lady Edgefield gefragt, weil ich weiß, dass sie sich ein Haus in London genommen hat, wie ich sie angewiesen habe.«

Edward runzelte die Stirn. »Dann werdet Ihr überrascht

sein zu erfahren, dass sie uns längst verlassen hat, um nach Cornwall zu reisen«, sagte er. »Aye«, fuhr er fort und erinnerte sich. »Sie reiste einen Tag später ab, als Ihr nach Portsmouth geritten seid.«

Morgan war verblüfft, enttäuscht und wütend, doch er verbarg diese Gefühle hinter einem gezwungenen Lächeln. »Ich befürchte, Mylady ist ein bisschen zu eigensinnig und muss ein wenig zurechtgewiesen werden.«

Edward lachte. »Das wird nichts nutzen«, meinte er. »Überhaupt nichts.«

Obwohl Morgan entschlossen war, Gabriella eine gehörige Standpauke zu halten, äußerte er sich nicht zu der Bemerkung des Königs. Innerlich kochte er vor Zorn – er hatte sich monatelang das Wiedersehen mit Gabriella in allen wundervollen Einzelheiten ausgemalt. Jetzt würde mehr Zeit vergehen, bevor sie vereinigt sein würden, vielleicht viel mehr Zeit, wenn Edward sich entschied, ihn auf einen weiteren Botengang zu schicken, den seiner Ansicht nach nur der Duke of Edgefield erledigen konnte.

Geduldig wiederholte Morgan auf die Bitte des Königs hin die Botschaften des Schwarzen Prinzen und hörte sich dann Edwards langatmige Ausführungen über die Ehe und den Krieg an. Ein und das gleiche Thema, wenn man mit einer Gabriella verheiratet ist, dachte Morgan kläglich.

Herzogin oder nicht, Lady Edgefield würde im Moment seiner Ankunft eine Strafpredigt zu hören bekommen, bei der alles in der Speisekammer sauer werden und die Tapete in der großen Halle versengt werden würde, das schwor er sich.

Er lächelte vor sich hin und zuckte innerlich mit den Schultern. Vielleicht würde er seine Frau nicht *sofort* bei seiner Rückkehr strafen. Aber danach. Sehr bald danach.

Einige Tage nach der Abreise von Edgefield Keep, auf dem Weg nach Redclift Hall über St. Swithin's, nach einem Ritt voller Strapazen, erreichten Gabriella und ihr Trupp das Dorf Upper Gorse.

Es war ein schäbiger Ort mit einer Kapelle, einem Gasthaus, in dem selbst eine hungernde Ratte auf eine Übernachtung verzichtet hätte, und ein paar dutzend Hütten aus Flechtwerk und Lehm. Upper Gorse war dennoch ihr Etappenziel auf der Hälfte des Weges. Wenn sie Glück hatten, würden sie in einem weiteren Tag in St. Swithin's eintreffen.

Redclift Hall und das eigene kleine Dorf befanden sich einen Tagesritt jenseits der Abtei.

Gabriella wäre weitergeritten, so begierig war sie darauf, St. Swithin's zu erreichen und nach Elizabeth zu fragen – vielleicht gab es auch eine Nachricht von Meg –, doch weder Mab noch John Robinson ließen sich dazu überreden. Beide beharrten darauf, dass Mylady langsam und vorsichtig reiste.

Sie und Mab hatten soeben Unterschlupf in dem Stall neben der Kapelle gefunden, als ein starker Frühlingsregen einsetzte, der schnell zu Hagel wurde. Der Hagel prasselte auf Robinson und seine Männer herunter, als sie die Pferde eilig unter eine Gruppe Birken führten, um sie zu schützen.

»Wahnsinn«, sagte Mab, wie sie es unzählige Male während der Reise gesagt hatte. Sie stand am Fenster des Stalls, mit dem Rücken zu Gabriella, und hatte die Hände in die Hüften gestemmt. »All dies ist Wahnsinn. Wenn Lord Edgefield Euch jetzt sehen könnte, würde er Euch die Flausen austreiben, so wahr der Herrgott Noah befohlen hat, seine Arche zu bauen.«

Gabriella, die sich behaglich im Stroh niedergelassen hatte, lächelte und rieb sich über den gewaltigen Bauch. »Morgan mag streng sein, und er würde mich gewiss anschreien, dass der Ringelschwanz eines Schweins gerade wird, aber er würde niemals die Hand gegen mich erheben.« Sie seufzte. »Mir scheint, dieses Kind hat vier Beine und ebenso viele Arme, so wie es sich aufführt.«

Mab wandte sich um, den Blick freundlich und liebevoll, trotz ihres vorherigen Scheltens. »Ihr seid ungewöhnlich dick, Mylady«, räumte sie ein, und ihre Miene wurde nachdenklich. »Vielleicht tragt ihr nicht nur ein Baby, sondern zwei. Habt Ihr mir nicht erzählt, dass Eure Mutter Zwillinge geboren hat?«

Gabriella schluckte und wurde traurig. Sie und Meg hatten in der Tat Ariels Gebärmutter geteilt, und danach waren sie selten getrennt gewesen. Sie vermisste Meg bitterlich, und zum tausendsten Mal fragte sie sich, ob der Bote die Wahrheit gesagt hatte, als er behauptet hatte, Meg hätte St. Swithin's mit Sedgewick verlassen.

»Meine Mutter hat bei meiner und Megs Geburt sehr gelitten«, vertraute sie Mab an.

»Aye«, sagte Mab zögernd. »Es wird sicherlich wehtun, doch wenn es vorüber ist ...«

Gabriella schüttelte den Kopf. »Das meinte ich nicht, obwohl ich überzeugt davon bin, dass die Geburt eines Kindes eine Qual für die Mutter ist, bei jeder Frau. Ich meinte den Klatsch. Bei meiner Mutter sagten die Leute, sie müsse es mit zwei Männern getrieben haben, um zwei Babys zu bekommen, und mein Vater glaubte ihnen. Er ...« Gabriella schluckte, denn sie hatte sehr lange nicht mehr an jene Tage gedacht. »Er schrie sie an, bis sie weinte und ihn bat aufzuhören, und er nannte sie eine Hure.«

»Dann war er nicht nur ein abergläubischer Narr, sondern auch ein grausamer«, stieß Mab ärgerlich hervor, ging zu Gabriella, setzte sich neben sie ins Stroh und tätschelte ihre Hand.

»Die Dorfbewohner waren nicht besser«, erinnerte sich

Gabriella und starrte in die Ferne, als sie sich die Geschichten in Erinnerung rief, die während ihrer Kindheit rings um Redclift Hall im Flüsterton die Runde gemacht hatten. »Man verhöhnte sie, bewarf sie sogar mit Steinen.«

Mab schwieg; es gab nichts zu sagen. Sie streichelte Gabriellas Hand.

»Dann wurde Elizabeth geboren«, fuhr Gabriella fort und lächelte, weil ihre jüngere Schwester immer ein Kind für sie geblieben war, jedenfalls in der Erinnerung. »Mutters Ehre wurde nicht widerhergestellt, jedenfalls nicht für unseren Vater, denn Elizabeth war ein Mädchen und deshalb eine große Enttäuschung. Aber dann ging er fort und fiel im Dienst für den König. Danach ließen die Dorfbewohner Mutter in Frieden, weil sie wohl dachten, der Verlust ihres Mannes sei Strafe genug.«

Mab stand auf, zog ihren Umhang aus und breitete ihn über Gabriella aus. »Jetzt kein Gerede mehr, Mylady. Ihr müsst ruhen.«

Gabriella streckte sich aus, zu schläfrig, um sich zu widersetzen, und seufzte. Nach Stunden im Sattel war ihr das muffige Stroh willkommen wie ein Federbett. »Zwei Babys«, sagte sie träumerisch. »Vielleicht ein Junge *und* ein Mädchen ...«

»Aye«, erwiderte Mab weich. »Wir werden es bald wissen.«

Gabriella gähnte herzhaft. Ihre Lider waren schwer, und es war ihr warm, so köstlich warm. »Morgan ist nicht wie mein Vater«, murmelte sie.

»Ja, Mylady«, stimmte Mab sanft zu. »Nun ruht.«

Der Regen prasselte immer noch herab, als Gabriella einige Zeit später erwachte und Laternen im Stall brennen sah, die schwachen Lichtschein spendeten. John Robinson war da und besprach sich leise mit Mab, und ihre Unterhaltung endete abrupt, als sie erkannten, dass ihre Herrin nicht mehr schlief.

»Robinson hat Euch Brot und ein Stück Speck aus dem Gasthaus gebracht«, sagte Mab und kam mit einem kleinen Korb an Gabriellas Lager. »Wie fühlt Ihr Euch, Kind? Habt Ihr Schmerzen?«

»Schmerzen?«, wiederholte Gabriella verwirrt. »Nur solche, die man nach Tagen auf einem Pferderücken erwarten kann. Gebt mir das Essen, denn ich habe Hunger.«

Mab reichte ihr den Korb und betrachtete ihre Schutzbefohlene mit Sorge.

Gabriella nahm den Speck aus dem Tuch, in das er eingehüllt war, und richtete ihre Aufmerksamkeit auf Robinson. Sie hatte sich bereits entschieden, dass es besser war, sich das Essen nicht zu genau anzusehen.

»Sagt mir, habt Ihr und die Männer einen trockenen Platz für die Nacht?«, fragte sie. »Und was ist mit den Pferden?«

Robinson lächelte, doch er wirkte nicht weniger besorgt als zuvor. »Aye, Mylady – die Pferde sind sicher im Stall eines Bauern, und die Männer mit ihnen. Das heißt, abgesehen von Cullen und mir. Wir halten hier Wache.«

Gabriella musterte ihn, während sie Speck und Brot aß. »Meint Ihr, der Regen wird uns aufhalten?«, fragte sie.

»Er lässt uns zumindest langsamer vorankommen«, meinte er.

»Aber wir können immer noch morgen in St. Swithin's sein?«

Robinson fuhr sich mit einer Hand durch sein vom Regen feuchtes Haar. »Aye«, sagte er. »Aber dort gibt es die Pest, Mylady. Die Männer haben Angst, und einige haben geschworen, den Trupp zu verlassen, wenn wir darauf bestehen, dort zu halten.«

»Ich möchte sie nicht der Gefahr einer Ansteckung aussetzen«, erwiderte Gabriella. »Das könnt Ihr ihnen in meinem Namen sagen. Aber ich muss hinreiten, wenigstens bis zum Tor, und meine Schwestern und meine Freundin, Lady Johanna, nach den Neuigkeiten fragen.«

Mabs Gesicht spiegelte Besorgnis wider. »Aber Mylady …«

»Versteht Ihr denn nicht, dass die Ungewissheit eine so große Gefahr für mich ist wie die Krankheit selbst?«, unterbrach Gabriella. »Ich muss wissen, ob Meg tatsächlich von St. Swithin's fort ist – ich bete, dass es der Fall ist –, und ich muss auch Elizabeths Schicksal erfahren. Wenn eine oder beide tot sind, will ich das wissen, um meinen Frieden zu finden.«

Weder Mab noch Robinson erhoben danach einen Einwand, und im Morgengrauen, bei Nieselregen, ritt der Trupp weiter.

Als St. Swithin's endlich in Sicht kam, war Gabriella bis auf die Haut durchnässt, aber ihr Herz war von der Hoffnung erfüllt, dass ihre schlimmsten Befürchtungen nicht eingetroffen waren. Während die anderen zurückblieben, ritten Gabriella, Mab und John Robinson zur Abtei. Einst voller Leben, war das Kloster jetzt bedrückend still, und kein Rauch stieg aus den Kaminen, trotz des schlechten Wetters.

Gabriella hielt den Kopf hoch erhoben und wappnete sich gegen die Furcht, die immer stärker wurde.

Am Tor, das mit einem großen eisernen Schloss gesichert war, saß Gabriella ab, ohne auf Hilfe von Robinson zu warten. Es regnete unvermindert, und der Wind war kalt.

Gabriella zog an dem Glockenstrang, und das einst so fröhliche, vertraute und geliebte Läuten klang jetzt verloren und hohl. Sie spähte durch die Gitterstäbe des Tors und sah eine verhüllte Gestalt über die vom Regen glänzenden Steinplatten zum Tor huschen.

Sie erkannte kaum Lady Johanna, so dünn und ausgemergelt und ernst war sie. »Oh, Gabriella – warum hat deine Lordschaft dir erlaubt, einen solch dummen Ritt zu unternehmen?«

Gabriella umklammerte die Gitterstäbe des Tors. Ihre Kapuze war ihr auf die Schultern gerutscht, und ihr Haar hing in nassen Strähnen herunter. »Im Namen Gottes, Lady Johanna, lass mich ein – lass mich Elizabeth sehen! Gib mir Neuigkeiten von Meg!«

Lady Johanna legte knochige Finger auf Gabriellas Hände, mit denen sie immer noch die Gitterstäbe umklammerte wie ein Gefangener, auf den der Galgen wartet. »Meg ist nicht hier«, sagte sie sanft. »Sie hat uns vor Monaten mit Gresham Sedgewick verlassen. Und Elizabeth kann dich nicht sehen, Kind, denn sie liegt krank im Bett.«

Gabriella fühlte sich, als würde sie ohnmächtig werden, und sie presste für einen Moment die Stirn gegen das kalte Metall und atmete tief durch. Jemand, sie wusste zuerst nicht, ob es John oder Mab war, trat neben sie und legte beruhigend eine Hand auf ihre Schulter. »Sag mir die Wahrheit!«, rief sie verzweifelt. »Wenn du jemals meine Freundin warst, sag mir, was los ist!«

Tränen standen in Lady Johannas Augen. »Elizabeth ist nicht von der Pest befallen, sondern leidet an völliger Erschöpfung. Sie hat zu viel gearbeitet, um denjenigen zu helfen, die leiden. Es ist ernst, Gabriella. Wir haben nach einem Priester geschickt.«

»Bitte fasst Euch, Mylady«, bat eine Männerstimme. Es war John, der sie zurückhielt.

Gabriella hätte versucht, das Tor zu überklettern, wenn er sie nicht mit starken Armen festgehalten hätte. Geschützt hätte.

»Nein!«, schrie Gabriella und bäumte sich auf. »Nein!«

»Sei vernünftig, Kind«, bat die Nonne. »Ich kann dir nicht erlauben, Elizabeth zu besuchen. Sie würde dich nicht erkennen, obwohl ich ihr deinen Brief gegeben habe und sie ihn die ganze Zeit bei sich gehabt hat. Gabriella, hör auf mich – hier ist große Gefahr. Denk an dein Baby, ich bitte dich.«

Gabriella schrie wieder auf und rüttelte an den Gitterstäben.

»Bringt sie von hier fort«, sagte Lady Johanna und schaute Robinson bittend an. »Wir haben hier die Pest, und ich werde unser Tor keinem außer dem Priester öffnen.«

John hielt Gabriella fest, denn sonst wäre sie auf die Knie gesunken und hätte schluchzend mit den Fäusten auf die Pflastersteine getrommelt. »Mylady«, bat er, dem Klang seiner Stimme nach selbst dem Weinen nahe, »denkt an das Baby, ich flehe Euch an. Denkt an das Baby!«

Gabriella beruhigte sich, denn sie spürte, dass sich das Kind in ihr unruhig bewegte, und befürchtete eine Frühgeburt. Zitternd drückte sie Küsse auf ihre Fingerspitzen und streckte sie durch die Gitterstäbe, um sie auf Lady Johannas Stirn zu drücken, die sogar im kalten Regen fieberheiß war.

»Gott sei mit dir und mit meiner geliebten Schwester«, flüsterte Gabriella gebrochen.

»Ich werde Elizabeth sagen, dass du lebst und schwanger bist und sicherlich ein kräftiges Kind gebären wirst. Vielleicht wird ihr Geist das hören, wenn ihr Verstand es auch nicht mehr aufnimmt, und sie wird Trost darin finden.« Mit diesen Worten wandte sich Lady Johanna ab und eilte davon.

Gabriella stieß einen Laut des Protestes und Kummers aus, doch sie ließ sich von John zu ihrem Pferd zurücktragen und in den Sattel heben. Sie weinte still in sich hinein und nahm weder den Ritt noch das Haus eines Kleinbauern wahr, wo sie übernachteten. Der Bauer war zwar ein freundlicher Mann, erlaubte Gabriella und Mab jedoch nicht, das Haus zu betreten, damit sie nicht die Pest mitbrachten. Er ließ sie aber in seinem Stall übernachten, der ausreichend Platz bot und ein gutes Dach besaß, und er gab ihnen aus Nächstenliebe vier seiner Hühner.

Im Stall kleidete Mab Gabriella aus und hüllte sie in Decken, die sie von Edgefield Keep mitgebracht hatten. Die Hebamme kniete sich ins Stroh, bettete Gabriellas Kopf auf ihren Schoß und versicherte ihr, dass sie sich keine Sorgen zu machen brauchte.

Alles würde gut werden.

Als Morgan endlich in Edgefield Keep eintraf, fiel er vor Erschöpfung fast aus dem Sattel. Die Burg wirkte düster im Regen, und selbst aus einiger Entfernung spürte er, dass darin große Verzweiflung herrschte.

Furcht erfasste ihn. War in seiner Abwesenheit die Pest hierher gekommen und hatte Gabriella und seine Freunde und Vasallen befallen?

Er trieb das erschöpfte Pferd noch einmal an und rief am Fuß der Zugbrücke einen Befehl.

Einer der beiden Torflügel schwang knarrend auf, und Morgan ritt hindurch. »Was ist hier los?«, wollte er barsch von dem Wächter wissen, der ihn begrüßte. Nach seiner Schätzung war es früher Nachmittag, obwohl er wegen der Regenwolken die Sonne nicht sehen konnte, doch die gesamte Burg wirkte wie ausgestorben.

Der Mann lächelte zu ihm auf, erfreut über seine Rückkehr. »Wir hielten Euch für tot, Mylord«, sagte er, schniefte und wischte sich mithilfe seines Ärmels die Nase.

»Und ihr seid alle in Trauer, ist es das?«, stieß Morgan hervor. Er wagte nicht zu fragen, wo er Gabriella finden würde und ob sie gesund oder krank war. »Verbreite die Kunde, Junge – jeder Mann in diesen Mauern wird sich binnen einer Stunde auf dem Burghof einfinden oder wegen seiner Nachlässigkeit bestraft werden. Ist das klar?«

Der junge Wächter strahlte. »Aye, Mylord!«, erwiderte er und schniefte wieder. »Es ist schön, dass Ihr nach all dieser Zeit so unverändert seid!«

Morgan verdrehte die Augen. »Wo sind alle?«, wollte er wissen.

»Die meisten sind mit Bepflanzen und Beackern beschäftigt, Mylord«, antwortete er ernst.

»Meine Soldaten sind auf den Feldern? Was ist denn mit den Dorfbewohnern los?«

»Wir teilen uns alle die Arbeit, Mylord«, sagte der Wächter stolz. »Lady Edgefield hat viele gute Männer mitgenommen, als sie fortritt, wisst Ihr.«

Morgan versteifte sich. »*Was* hast du da gesagt?«

»Ich nehme an, Ihr wisst nichts von ihrer Reise, nicht wahr, Mylord? Ihr wart ja tot und so.«

Der Rest von Morgans Geduld löste sich in einem Nebel des Zorns auf. »Sag mir, wohin meine Frau gereist ist und wann, oder dir fehlen gleich deine Ohren!«

Der Mann schlug die Hände auf die besagten Körperteile, vermutlich, um sie zu schützen. »Lady Edgefield ist nach St. Swithin's und dann nach Redclift Hall geritten!«, sprudelte er hervor. »Sie ist seit zehn Tagen fort!«

Morgan ließ den Wächter stehen, und als er seinen Burghof erreichte, erwartete ihn Ephraim mit langem Gesicht im Regen. Zweifellos hatte er das Nahen seines Lords einige Zeit lang beobachtet und das Wesentliche des Gesprächs mit dem unglücklichen Wächter erraten.

»*Du hast sie reiten lassen*?«, schrie Morgan den alten Mann an, schwang sich aus dem Sattel und warf einem Stallburschen, der sich in der Nähe aufhielt, die Zügel des Wallachs zu.

»Ihr lebt und seid wohlauf«, sagte Ephraim, als hätte Morgan ihn herzlich begrüßt. »Gott sei Dank.«

Morgan setzte zu einer Erwiderung an, doch plötzlich wurde er von einer Woge der Schwäche erfasst und schwankte. Ephraim packte ihn mit beiden Händen an den Schultern und stützte ihn.

»Kommt herein, Mylord, und esst und trinkt etwas. Ich werde alles erklären.«

»Du hast sie gehen lassen«, wiederholte Morgan, diesmal dumpf, doch seine Ungläubigkeit war nicht geringer geworden.

»Aye«, bekannte der alte Mann. »Mit Lady Edgefield war nicht vernünftig zu reden, als sie sich in den Kopf gesetzt hatte, die Reise anzutreten.« Er gab Morgan einen diskreten Schubs zum nächsten Eingang der Burg. »Ich nehme an, es gibt eine Erklärung für Euer vermeintliches Ableben?«

Morgan betrat dankbar die Burg. Das Wissen, dass Gabriella sich nicht sicher darin befand und ihn erwartete, war für ihn so niederschmetternd, als seien die Mauern über ihm zusammengestürzt. Während Ephraim ihm Wein gab, Essen bestellte und die Dienstmädchen anwies, schnell Feuer im Kamin des Herrn zu machen, berichtete er, wie das Schiff aus Portsmouth auf Grund gelaufen und gesunken war, wie die Mehrzahl seiner Männer und sein Pferd Nimrod mit ihnen bei dieser Katastrophe ums Leben gekommen war.

Als Ephraim ihn jedoch zur Treppe führen wollte, widersetzte er sich.

»Ich kann keinen Fuß in diese Schlafkammer setzen«, sagte Morgan. »Nicht ohne dass Gabriella da ist, um mich zu begrüßen.«

»Mylord«, sagte Ephraim, und es klang tröstend und mitfühlend.

»Spar dir das Gerede«, fuhr Morgan seinen alten Freund und Vertrauten an und bedachte ihn mit einem wütenden Blick. »Ich habe erwartet, meine Frau in London anzutreffen, und sie war nicht da. Dann habe ich darauf vertraut, dass sie hier sein würde, auf Edgefield Keep, wo sie hingehört, doch abermals wurde ich enttäuscht. Bevor ich einen weiteren Schritt mache, will ich wissen, warum sie weg ist!«

Ephraim holte tief Luft. »Sie erhielt die Nachricht, dass ihre Mutter, Lady Mainwaring, erkrankt ist, Mylord. Zuvor erfuhren wir, dass eine ihrer Schwestern verschollen und die andere durch die Pest in Gefahr ist. Da wir alle befürchteten, dass Ihr ertrunken seid, konnte Eure Gattin wohl nicht ertragen, dass möglicherweise ein anderer von ihr geliebter Mensch stirbt, und sie machte sich auf den Weg, weil sie hoffte, dies zu verhindern.«

Morgan spürte, wie das Blut aus seinem Gesicht wich. Er klammerte sich am steinernen Treppengeländer fest, um sich zu stützen. »Pest?«, fragte er kaum hörbar.

»Aye, Mylord«, antwortete Ephraim. »Es gibt Gerüchte, dass die Pest in St. Swithin's grassiert wie in London.«

»Gott im Himmel«, murmelte Morgan. »Und Gabriella ist dorthin? Auf der Suche nach ihrer Schwester?«

»Ich glaube, ja«, sagte Ephraim und fasste seinen Herrn am Ellenbogen. »Wenn Ihr Euch nicht ausruht, Mylord, werdet Ihr Eurer Gattin keine Hilfe sein, wenn Ihr sie erreicht«, mahnte er, als er Morgan die Treppe hinaufführte.

Morgan war es zum Heulen zu Mute, doch er gab der Schwäche nicht nach, denn der alte Mann hatte Recht. Wenn er Gabriella finden und wohlbehalten heimbringen wollte, musste er stark bleiben.

Er betrat seine Kammer. Das Feuer brannte bereits im Kamin, und die Dienstmädchen hatten das Bett frisch bezogen und schüttelten Decken und Kissen aus.

Morgan ging zum Kamin und starrte mit leerem Blick in die Flammen, bis er und Ephraim wieder allein waren. Dann wandte er sich um und forschte im Gesicht des alten Mannes. »Was verschweigst du mir?« Sie kannten sich zu lange, Morgan und sein vertrauenswürdigster Berater, um Geheimnisse voreinander zu haben.

Ephraim brachte einen Becher mit Wein und hielt ihn Morgan wortlos hin.

Morgan nahm ihn und trank. »Nun?«, fragte er und wischte sich mit dem Handrücken über den Mund.

Der alte Mann wies auf einen nahen Stuhl. »Setzt Euch, Mylord. Ihr habt Recht – es gibt eine kleine Neuigkeit, die Ihr noch nicht erfahren habt.«

Gabriella verbrachte den Rest der Reise nach Redclift Hall wie betäubt – von Morgan kein Lebenszeichen. Elizabeth, eingeschlossen in den Mauern von St. Swithin's, tot oder sterbend, mit keinem Verwandten als Beistand. Meg, verschwunden mit Gresham Sedgewick. Hatte Morgans lange abwesender Freund Meg nach Edgefield Keep bringen wollen und war von Räubern ermordet worden? Oder hatten sie ihn entführt, wie Morgan sie, Gabriella, gekidnappt hatte?

Meg war stark. Dieser Gedanke war der einzige Trost, den Gabriella in ihrer gegenwärtigen Verfassung finden konnte. Hinter ihr lag St. Swithin's, heimgesucht von der Pest, und vor ihr lag das Zuhause ihrer Kindheit, wo ihre Mutter Ariel wartete und sterbenskrank war – wenn sie nicht bereits gestorben war.

Irgendwo unterwegs hatte der Regen aufgehört, und unter der strahlenden Sonne grünte das Gras der Wiesen und weckte Sternhyazinthen und Butterblumen aus ihren Wintergräbern. Es war Mai, erkannte Gabriella mit plötzlicher Bestürzung, und ihr gewaltiger Bauch, gespannt wie die Schale einer reifen Melone, wies darauf hin, dass das Baby oder die Babys früher zur Welt kommen würden, als sie gedacht hatte.

Als sie durch das kleine Dorf ritten, bellten Hunde, und Kinder spielten zwischen den kleinen, hüttenartigen Behausungen. Auf der Hügelkuppe erhob sich Redclift Hall. Die Gartenzäune waren verfallen, das mit Stroh bedeckte Dach eingesunken. Unkraut und Efeu schienen das Haus zu verschlingen. Die Obstbäume, die dringend geschnitten werden mussten, zeigten erste dürftige Blüten.

Hugh, ihr alter und gebeugter Stiefvater, war da, um Gabriella von ihrem Pferd zu helfen, als sie das Tor erreichten.

»Meine Mutter?«, fragte Gabriella, und die Worte kamen wie erstickt aus ihrer Kehle, denn sie fürchtete sich davor, sie auszusprechen.

Hughs Augen füllten sich mit Tränen, und er stützte Gabriella, die hochschwanger und erschöpft neben ihm stand und nahe daran war, zusammenzubrechen. »Es tut mir Leid, Kind«, sagte er. »Du kommst eine Woche zu spät.«

19

Gabriella stand am Grab ihrer Mutter im späten Sonnenschein. *Ich bin allein bis auf meine Babys,* dachte sie wie sooft in den drei Tagen seit ihrer Ankunft in Redclift Hall.

Morgan, Meg, Elizabeth, Ariel – alle waren fort, auf die eine oder andere Art, und in diesem Moment hielt nur der Gedanke an ihre ungeborenen Kinder Gabriella aufrecht; alles sonst hatte sie verloren.

Das Gras um Ariels letzten Ruheplatz war warm und trocken, und Gabriella setzte sich hin und strich ihr Kleid aus grober Wolle glatt. Das Grab war neu, noch nicht markiert mit einem Stein und mit kürzlich aufgeworfener Erde bedeckt.

»Ich wünschte, ich wäre hier gewesen, um dir zu helfen«, bekannte Gabriella ihrer verstorbenen Mutter. Sie weinte nicht; sie war über Tränen und Kummer hinaus, in einem Stadium der Betäubung, doch sie wusste, dass der Schmerz wiederkommen würde.

Die sanfte Brise spielte mit ihrem offenen Haar, und sie glaubte in ihr Ariels glockenhelles Lachen zu hören, dachte an ihre Liebe zu Spielen und Geschichten, ihr übermütiges und kindhaftes Wesen. Sie war mehr eine ältere Schwester als ein Elternteil für ihre Töchter gewesen, aber das hatte gereicht, wie Gabriella jetzt wusste. Sie und Meg und Elizabeth hatten ihre Kraft aus anderen Quellen gefunden – von den guten Nonnen in St. Swithin's, durch ihre eigenen Fantasien, voneinander.

Ihr Mund verzog sich zu einem weichen Lächeln, und sie legte beide Hände auf die Wölbung ihres Leibes, wie um die Babys zu beruhigen und ihnen zu versichern, dass außerhalb der Sicherheit ihres Körpers Liebe auf sie wartete. Sie hatte keine Zweifel daran, dass es zwei Babys waren und sie in eine Welt kamen, die sie bereits nach ihrer eigenen Vision verändern wollten.

In diesem Augenblick war ihre größte Hoffnung, dass die Geburt gut verlaufen würde. Sie erwartete nicht, dass es eine leichte Erfahrung sein würde; die simple Logik sagte ihr, dass sie schwierig und schmerzhaft für die Mutter sein musste. Es waren die Babys, um die sie sich Sorgen machte – waren sie groß genug und stark wie sie selbst und wie Morgan? Hatten sie all ihre Finger und Zehen, Arme und Beine, Augen und Ohren?

Ein Schatten fiel über das Grab, und Gabriella wusste, dass es der von Hugh Mainwaring, ihrem Stiefvater, war.

»Hat meine Mutter gelitten?«, fragte sie. Sie hatte noch keine Gelegenheit gehabt, diese Frage zu stellen, denn nach ihrer Ankunft und Hughs sofortiger Bekanntgabe von Ariels kürzlichem Tod hatte Mab sie ins Bett gebracht und ihr starke Kräuter als Schlafmittel gegeben.

Hugh setzte sich auf die andere Seite des Grabes ins Gras und berührte den kleinen Erdhügel zögernd und liebevoll. »Nein«, erwiderte er. »Sie war viele Wochen bettlägerig, doch sie hatte keine nennenswerten Schmerzen. Aber ich wusste, dass sie sich Sorgen um ihre Töchter machte. Deshalb habe ich eine Botschaft an dich über St. Swithin's geschickt.«

»Hast du gewusst, dass der König persönlich unser Wohltäter war?«, fragte Gabriella und sah ihn jetzt direkt an. Sie hatte nicht vorgehabt, darüber zu sprechen, doch die Worte waren ihr ungewollt herausgerutscht.

Ihr Stiefvater seufzte, zuckte jedoch nicht zusammen und blickte nicht fort. »Wir hatten keine Mittel, um für dich, Gabriella, oder Elizabeth und Margaret zu sorgen. Wir glaubten, der König würde gute Partien für euch alle finden, wenn die Zeit reif sein würde, und wir waren von ganzem Herzen dankbar, zu wissen, dass ihr keine Entbehrungen leiden musstet.« Gabriella stieß den angehaltenen Atem aus. »Aye«, murmelte sie.

»Deine Dienerin, Mab, macht sich Sorgen. Sie meint, du wirst zu lange in der Frühlingsluft bleiben und dich erschöpfen«, sagte Hugh und reichte ihr die Hand. »Willst du nicht mit ins Haus kommen und mit uns essen?«

Gabriella ließ sich auf die Füße helfen, doch Appetit hatte sie keinen.

»Was wirst du jetzt tun, Gabriella?«, fragte Hugh. »Hier in Redclift Hall bleiben, um dein Baby zur Welt zu bringen und aufzuziehen?«

Sie schüttelte den Kopf. »Mein Platz ist auf Edgefield Keep«, sagte sie. »Meine Kinder gehören dorthin, denn eines Tages wird es ihr Besitz sein. Wenn wir uns beeilen und das gute Wetter anhält, können wir noch vor der Geburt zurückkehren.«

Hugh blickte sie entgeistert an. »Aber es ist zu weit, Kind, und du bist zu nahe an der Niederkunft!«

Gabriella hakte sich bei ihm ein, und sie gingen zum hinteren Garten des Gutshauses. Er war einst der Spielplatz von drei fantasiereichen kleinen Mädchen gewesen, doch jetzt war er nur eine von Dornengestrüpp überwucherte Fläche, ein Dickicht, in dem die Geister der Vergangenheit hausten.

»Ich habe noch einen Monat bis zur Niederkunft«, versicherte Gabriella ihrem Stiefvater. »Und es ist wichtig für mich, dass meine Kinder auf dem Land geboren werden, das eines Tages ihnen gehören wird.«

»Kinder?«, fragte Hugh. »Erwartest du mehr als eins?«

Gabriella nickte und lächelte ihn zaghaft an. »Aye – ich bin ziemlich sicher, dass es mindestens zwei sind. Manchmal habe ich das Gefühl, dass ich eine ganze Truppe von reisenden Akrobaten in mir trage, die ständig übt.«

Hugh lachte, doch es klang hohl, mehr ein Lachen aus Gewohnheit als aus echter Belustigung. Sein Kummer über den Verlust von Ariel war offensichtlich und noch dazu eine Last, die ihn fast erdrückte. »Angenommen, es sind zwei Jungen«, sagte er. »Wer wird dann der Duke of Edgefield?«

Gabriella hatte noch nicht über die Frage der Erbfolge nachgedacht, denn sie war – wie ihr Stiefvater – sozusagen ein erobertes Land, besetzt und oftmals durch Kummer regiert. »Der Ältere, nehme ich an. Es gibt Leute in Edgefield, die mich beraten werden.« Sie hatten fast die Hintertür des Gutshauses erreicht, die offen stand. So war es auch früher an den schönen Tagen gewesen, damit drei überschwängliche Mädchen rein und raus hatten laufen können. »Wie sehen deine Pläne aus, Hugh? Wirst du wieder heiraten?«

Hugh schaute in die Ferne, und Gabriella folgte nicht seinem Blick, denn sie wusste, dass er seine Tränen zu verbergen hoffte. »Ich kann den Gedanken an eine andere Frau nicht ertragen«, sagte er. Nach kurzem Schweigen wandte er sich wieder seiner Stieftochter zu und bemühte sich um ein Lächeln. »Ich habe vor, nach London zurückzukehren, wo ein Bruder von mir wohnt. Marcus besitzt eine bescheidene Reederei, und er hat mir oftmals eine Arbeitsstelle angeboten. Ich hätte das Angebot vielleicht schon früher angenommen, aber Ariel hätte niemals Redclift verlassen können.«

»Sie hat ihr ganzes Leben hier verbracht«, bestätigte Gabriella leise. Ihre Mutter war eine entfernte Kusine von Gabriellas Vater und schon in jungen Jahren mit ihm verlobt gewesen. So war sie von ihrem fünften Geburtstag an als Pflegekind auf Redclift aufgewachsen, um in den Sitten, Manieren und Aufgaben, die sich einer zukünftigen Lady Redclift geziemten, ausgebildet zu werden, und Ariel hatte als Kind ein Maß an Glück gefunden, das ihr später gefehlt hatte.

Hugh neigte sich vor, um Gabriella auf die Stirn zu küssen. »Du bist zu Besserem erschaffen als für ein baufälliges Gutshaus«, sagte er. »Deine Mutter und ich wussten das stets. Deshalb ist es richtig, dass du die Rückreise nach Cornwall auf dich nimmst. Bitte, beeil dich, denn sicherlich werden deine Babys dir ähnlich sein und bei allem ihren eigenen Kopf haben, einschließlich der Frage, wann und wo sie geboren werden.«

Gabriella lächelte. »Ich werde eine Nachricht nach London schicken, wenn es so weit ist, damit du weißt, dass alles gut ist.«

Der folgende Tag war sonnig und milde wie der vorherige, und Gabriella verließ mit Mab, Robinson und dem kleinen Trupp von Männern Redclift ein für alle Mal. Weder Robinson noch die Hebamme wandten etwas gegen Gabriellas Entscheidung ein, vielleicht weil sie wussten, dass es sinnlos war, und vielleicht weil sie ebenfalls nach Hause zurückkehren wollten.

Der zweite und dritte Tag waren ebenfalls schön, und die Nächte, obgleich kühl, bedeuteten keine Härte. Am vierten Tag wurde der Himmel dunkel, und schließlich prasselten Regen und Hagel so schwer herab, dass die Reisenden gezwungen waren, in Upper Gorse Schutz zu suchen.

Sie hatten dieses Dorf ebenso meiden wollen wie St. Swithin's, doch das Unwetter machte dies unmöglich.

Bei diesem Besuch fanden Gabriella und ihr Gefolge das Dorf etwas freundlicher als zuvor. Die Soldaten erhielten bewohnbare oder zumindest annehmbare Quartiere in dem Gasthaus, und ein Mönch, der Bruder Percy genannt wurde, bemerkte Gabriellas fortgeschrittene Schwangerschaft und bot ihr seine Pritsche in der Zelle hinter der Kapelle an.

Sie war aufgeregt, als sie unter dem einzigen Buntglasfenster der Kapelle, das die Kreuzigung eines Heiligen zeigte, auf und ab ging und Lob sang. Mab saß unterdessen auf einer Kirchenbank, und ihre Lippen bewegten sich unablässig in stummem Gebet.

Gabriella konnte sich nur zu gut vorstellen, dass die Hebamme die Gunst und Gnade des Himmels erflehte. Sie selbst war das Objekt dieser inbrünstigen Bitten, zusammen mit den Babys, die sie trug, denn obwohl sie es zu verbergen versuchte, waren sie tiefer gesunken. Zudem schmerzte ihr Rücken so sehr, dass das Blut aus ihrem Gesicht wich.

»Wenn ihr zu Gott und der Heiligen Jungfrau betet, dann sprecht auch ein Gebet dafür, dass meine Babys in Edgefield Keep zur Welt kommen wie ihr Vater und dessen Vater«, sagte sie zu Mab, ein wenig gereizt, denn sie war so müde und so traurig und ihr Bauch war so schwer, dass sie sich kaum auf den Füßen halten konnte. »Ephraim hat gesagt, dass es dort Chalstreys gab, seit der Eroberer …«

Mab blickte kurz zu ihr, unterbrach jedoch nicht ihre schnellen und geheimen Bittgebete. Bis Gabriella plötzlich einen so heftigen Schmerz verspürte, dass sie aufschrie und sich krümmte.

»John Robinson«, rief Mab, eilte zu Gabriella, um sie zu stützen und auf eine der Kirchenbänke sinken zu lassen, wo sonst Gläubige saßen, sofern es in Upper Gorse tatsächlich noch welche gab. »Kommt schnell!«

John eilte durch die Kapelle an den Reihen der Bänke vorbei, und Gabriella ahnte, dass er auf einen solchen Ruf nur gewartet hatte. Ein weiterer Schmerz, noch heftiger als der vorherige, schien sie zu zerreißen, und sie schrie auf und fiel hilflos vorwärts in Robinsons starke Arme.

»Bringt sie auf die Liege des Priesters«, befahl Mab, jetzt ruhiger als zuvor. »Dann sucht mir eine Helferin, ein Tavernenweib, eine Hure. Es ist mir gleichgültig, was sie ist, solange sie saubere Hände und einen starken Magen hat.«

Gabriella wurde von einem scharfen und unerbittlichen Schmerz erfasst, und aus seiner Plötzlichkeit und Stärke schloss sie, dass dies keine normalen Wehen waren, dass etwas nicht in Ordnung war.

»Meine Babys«, keuchte sie, tastete nach Mabs Hand und umklammerte sie.

»Pst«, sagte die Hebamme beruhigend. »Sei jetzt still und hör auf mich, Gabriella. Du musst genau das tun, was ich sage!«

Gabriella konnte nur nicken; ein leiser wimmernder Laut kam tief aus ihrer Kehle, als sich ihr Leib erneut verkrampfte – diesmal mit solcher Heftigkeit, dass sie fast von der schmalen Pritsche gefallen wäre. Der Schmerz war schier unerträglich.

»Aye, du bist ein tapferes Ding, wie es sich für eine Herzogin gehört«, sagte Mab.

Gabriella fand ihre Stimme, wenn auch nur kurz: Noch während sie sprach, baute sich in ihr bereits ein Schrei auf. »Meine Babys – oh, Mab, sorg dafür, dass ihnen nichts passiert, ich bitte dich …«

»Pst«, sagte Mab von neuem, aber sanft. »Alles wird gut.«

Aber der Klang ihrer Stimme verriet Gabriella, dass sie sich nicht so sicher war.

Danach wurde die Qual immer schlimmer. Gabriella war in Schweiß gebadet, und trotzdem fror sie bis ins Mark, und der Schmerz brachte sie fast um. Sie fiel von einer Bewusstlosigkeit in die andere, und wenn sie zu sich kam, schrie sie. Als die Stunden vergingen, Qual um Qual, litt sie auch unter der Erkenntnis, dass es falsch und dumm von ihr gewesen war, so hart gegen den Regen und die Kälte und die Erschöpfung anzukämpfen und ihrem Körper zu viel zuzumuten.

Mab und irgendeine andere Frau kümmerten sich um sie, sprachen leise und besorgt miteinander, bemüht, sie ihre Worte und Sorgen nicht hören zu lassen.

Schließlich erhob sich der Schmerz wie eine große Bestie und schien sie zwischen ihren gewaltigen Zähnen zu zermalmen und in Stücken hinunterzuwürgen. Gabriella glaubte, tiefer und tiefer in einen Abgrund zu versinken, den sie nie zuvor erlebt hatte, in einen Ort, der so heiß und finster und grauenvoll war, dass er ihr wie die Hölle vorkam.

Nur ein paar einzelne Worte schwebten zu ihr wie Federn aus der verlorenen Welt: *Fieber … Priester … beten …*

Hätte Ephraim nicht die Unverschämtheit und, ja, das Mitgefühl gehabt, ihm in dieser ersten Nacht eine Droge in den Wein zu schütten, wäre Morgan aus der Burg losgestürmt, hätte sich auf das erstbeste Pferd geworfen und wäre nach Redclift Hall galoppiert, bis das Tier zusammengebrochen wäre.

Diese Möglichkeit hatte der alte Diener jedoch vorausgesehen und Schritte unternommen, um sie zu verhindern. Er glänzte durch Abwesenheit, als Morgan endlich wieder bei vollen Sinnen war, aus dem Bett sprang und vor Zorn schrie und schwor, jedem die Haut in Streifen zu schneiden, der an dem Komplott, ihn zu betäuben, beteiligt gewesen war.

Er war angekleidet und bei den Ställen, als er erfuhr, dass seit seiner Rückkehr drei Tage vergangen waren, und bei dieser Erkenntnis wurde sein Zorn so stark, dass sich niemand mehr in seine Nähe wagte.

Morgan sattelte den Wallach, und das Tor stand weit offen, als er dort eintraf. Die Hufe des Pferds hämmerten über die Zugbrücke, doch Morgan trieb das Tier trotzdem noch schneller an.

Er hielt es für eine Ironie des Schicksals, als er nach nur einer Stunde auf der Straße gegen ein unsichtbares Hindernis ritt und Pferd und Reiter stürzten und sich überschlugen.

Als er, auf dem Bauch liegend, wieder zu Atem kam, ganz zu schweigen zu Verstand, und sich auf die Ellenbogen stemmte, sah er den Wallach ein Paar Schritte entfernt stehen. Er knabberte am frischen Gras und war offensichtlich unverletzt.

Morgan fluchte und wollte sich aufstemmen, doch er spürte eine Schwertspitze im Nacken. Jahre harten Trainings und grauenhafter Erfahrung kamen ihm zustatten. Er wirbelte herum, sprang auf und zog sein eigenes Schwert so schnell, dass er den Schlag seines Gegners parieren konnte. Die Wucht des Aufpralls spürte er bis in die Schulter.

Avendall lachte, mit wildem Blick und anmaßend, ganz der hervorragende Schwertkämpfer, der er immer gewesen war. »Mir scheint, die Liebe hat dich schlapp gemacht, Edgefield«, höhnte er. »Einst hättest du auf eine Schlinge geachtet, wie ich sie heute ausgelegt habe.«

Ihre Klingen schlugen wieder klirrend aufeinander.

»Ich habe keine Zeit für dieses Spielchen, Cyprian«, warnte Morgan. »Geh mir aus dem Weg oder, bei Gott, ich werde dich töten!«

Wieder schlugen die Klingen aufeinander, mit gleicher Wucht von beiden Seiten geschlagen.

»Ah«, sagte Cyprian unerschrocken, »du kannst nicht vergessen haben, selbst nicht in deiner Aufregung um deine Lady, dass ich so gut bin wie du, wenigstens in diesem Spiel?«

Von neuem klirrte es, als sich die Klingen trafen.

»Du hast einen Spion in Edgefield Keep. Meinst du, das ist für mich überraschend?«

Wieder traf Stahl auf Stahl, und Funken stieben auf.

Avendall verzog das Gesicht. »Ich habe mehr als einen.«

Sie trennten sich, um sich zu belauern, und Morgan kam in den Sinn, dass ihm der Kampf Spaß gemacht hätte, wenn er nicht so dringend Gabriella hätte finden müssen.

»Aye«, sagte Morgan. »Ein Küchenflittchen, nehme ich an, und vielleicht einen Stallburschen. Meinst du, das macht mir etwas aus? Geh mir aus dem Weg, Cyprian, bevor ich gezwungen bin, dir diese Klinge ins Herz zu rammen.«

Avendall hob sein Schwert und stieß es hart hinab, wie um Morgans Schädel zu spalten; Edgefield parierte den Hieb. »Da ist noch eines, was ich dir sagen will, bevor ich nach Portsmouth reite«, sagte Cyprian. »Anscheinend hat Seine Majestät sich entschieden, mich wieder in den Dienst zu pressen.«

»Wie schön für dich«, erwiderte Morgan. Unter anderen Umständen hätte er die Worte hämisch betont, doch jetzt wollte er keine Zeit und Energie verschwenden.

»Ich habe Rebecca nicht verführt.« Avendall schlug wieder zu, und die Klingen klirrten gegeneinander. »Du warst es, Edgefield, der den Narren spielte.«

Morgan hatte all dies während der langen Monate in Frankreich seelisch verarbeitet. Er wusste, dass Rebecca Sedgewick geliebt hatte, und als sie von ihm abgewiesen worden war, hatte sie sich Avendall zugewandt, aus welchen Gründen auch immer. »Eine Rolle, die ich oft übernommen habe«, gab er zu und kreuzte die Klinge von neuem mit Avendall. Für einen Moment waren sich die beiden Männer so nahe, dass sich ihr Atem vermischte. »Bitte, leg deine Beichte ab, denn ich bin es leid, dich am Leben zu lassen.«

Ein Muskel in Avendalls Gesicht zuckte krampfartig; er war

stets langsam beim verbalen Schlagabtausch gewesen, wenn auch nicht bei Ritterspielen. »Sie hatte für die Ehe geübt, Chalstrey, mit einem Stallburschen, während du gelernt hast, um Soldat zu werden. Und sie sprang in den Tod, weil sie schwanger war und es nicht ertragen konnte, dass du – oder ihr kostbarer Sedgewick – davon erfahren würde.«

Morgans nächster Hieb war aus Eile geboren, nicht aus Leidenschaft oder Wut. Avendalls Schwert flog zwischen Büsche, und Morgan drückte die Spitze seines eigenen Schwerts gegen die Kehle seines Gegners. Er empfand jetzt nur Mitleid für Rebecca, keinen Zorn. Sie war ein Kind gewesen, verwirrt und fern von ihrem eigenen Zuhause. Und welch eine schwere Bürde musste es all diese Jahre lang für Gresham Sedgewick gewesen sein, zu wissen, dass die Verlobte seines engsten Freundes nur ihn gewollt hatte.

Avendall stand schwer atmend, aber reuelos da. »Mach ein Ende mit mir; du hast dir das Recht verdient. Aber merke dir, Edgefield: Ich sterbe unschuldig an Rebeccas Tod.«

Es stimmte, alles, und Morgan wusste es. Dennoch war er nicht bereit, Avendall seine jüngsten Missetaten zu vergeben, die Gabriella anbetrafen. »Sei vorsichtig in Frankreich«, sagte er, »denn andere Feinde werden nicht so gnädig sein wie ich.« Damit schlug er Cyprian mit der Breitseite seines Schwertes hart gegen die Schläfe, sodass er bewusstlos, jedoch unverletzt und vermutlich nicht klüger als zuvor ins weiche Gras sank.

Morgan würde längst fort sein, bevor er zu sich kommen würde, und mit Avendall würde er den Groll zurücklassen, den er zu viele Jahre gehegt hatte. Ein Teil von ihm erkannte jetzt, dass er stets von Rebeccas Betrug gewusst hatte. Es war einfach leichter und weniger schmerzlich gewesen, seinem lebenslangen Rivalen die Schuld zu geben.

Er ritt ohne Pause und in halsbrecherischem Tempo den

ganzen restlichen Tag lang, bis weit in den Abend, und hielt nur an, weil der Wallach unter ihm vor Erschöpfung stolperte. Während das Pferd angebunden in der Nähe graste, schlief Morgan im Sitzen, den Rücken an einen rauen Baumstamm gelehnt.

Leichter Regen weckte ihn irgendwann in der Nacht, und er band den Wallach los, saß auf und ritt weiter.

Am Vormittag war das Tier zu erschöpft, um weiterzugehen, und Morgan tauschte es gegen das Pferd eines Bauern, das auf einem vom Regen aufgeweichten Feld den Pflug gezogen hatte: Das zweite Tier hielt bis kurz vor dem Dorf Upper Gorse durch; er gab es einer Bäuerin und kaufte einen kastanienbraunen Hengst von einem Kesselflicker, der zehn goldene Florins dafür verlangte. Es war ein Wucherpreis, doch Morgan, mit Schlamm bedeckt und durchnässt bis auf die Haut, war es gleichgültig, dass er einen schlechten Handel machte.

Er wäre ohne anzuhalten durch Upper Gorse galoppiert, wenn er nicht John Robinson gesehen hätte, der verloren auf einer Bank vor der Kapelle des Dorfes saß und in den Regen starrte.

Ein merkwürdiges Gefühl stieg in Morgan auf, und er parierte das Pferd des Kesselflickers und lenkte es zu seinem Soldaten.

»Robinson?«

John sprang auf, wirkte erfreut und verwirrt zugleich. »Mylord – ich kann es nicht glauben – gewiss ist ein Wunder geschehen ...«

Morgan schwang sich vom nackten Rücken des Hengstes – er hatte seinen Sattel bei dem ersten Handel eingebüßt – und reichte seinem Freund die Zügel. »Was ist los?«

In diesem Augenblick zerriss der gequälte Schrei einer Frau die Stille, und Morgan wusste, dass es Gabriella war, dass er vom Schicksal zu diesem Ort geführt worden war, weil sie ihn brauchte.

»Hinten in der Kapelle«, sagte John sorgenvoll. »Sie hat viel ertragen müssen Mylord – und sie war sehr tapfer – Fieber und schreckliche Schmerzen ...«

Morgan stieß mit beiden Händen die Tür der Kapelle auf und stürmte hindurch. Als er einen zweiten gepeinigten Aufschrei hörte, stieß er ein Stoßgebet aus und eilte in den kleinen Raum hinter dem Altar.

Dort lag Gabriella in einem Bett, und ein Priester stand bei ihr, der vor sich hin murmelte und sich bekreuzigte. Morgan wurde von Entsetzen gepackt.

»Gabriella!«, krächzte er, und es klang wie ein Schluchzen.

Der Priester blockierte ihm den Weg; und nur der Anblick von zwei Säuglingen, die in einem Korb nahe beim Feuer lagen und schrien, hielt ihn davon ab, den Mann zur Seite zu fegen.

Eine Frau – Mab – nahm ihn am Arm. »Bitte, Mylord, stört nicht und lasst Eure Frau nicht ohne Absolution sterben. Kommt und seht Euch Eure Söhne an.«

Morgan riss sich los und veranlasste den Priester mit einem drohenden Blick, zur Seite zu treten. Dann kniete er sich neben Gabriella und nahm eine ihrer Hände in seine und küsste sie. Ihre Lippen waren glühend heiß.

»Gabriella«, flüsterte er. »Süße Gabriella.«

Sie bewegte sich, doch ihre Haut war grau und blutleer, sonderbar wächsern, und sie öffnete nicht die Augen.

Der Priester legte eine Hand auf Morgans Schulter. »Wenn Ihr Eurer Frau einen Dienst erweisen wollt, Mylord, dann geht in die Kapelle und betet für sie.«

Morgan erhob sich benommen und ging zu dem Korb, in dem die Babys lagen. Zwei Jungen, winzig, doch gesund aussehend und mit blondem Haar. Sie schlugen mit den Ärmchen um sich und traten mit den winzigen Füßen, und sie schrien dabei aus Leibeskräften.

Morgan berührte sie nacheinander zögernd mit einem behutsamen Streicheln der Fingerspitzen. Nach einem weiteren Blick zu Gabriella wankte er dann in die Kapelle und sank vor dem Altar auf die Knie.

Er wusste nicht, wie er beten sollte; er hatte vergessen, wie man betet. Zuerst kniete er nur da, benommen, ohne sich der Tränen bewusst zu werden, die in seine Bartstoppeln rannen. Irgendwie musste er Worte finden – Worte, die Gott gefielen, die Gabriella retten würden.

Mit Schlamm bedeckt, wie er war, das Kettenhemd über dem groben Rock, mit der Überhose und den schmutzigen Stiefeln, erkannte Morgan, dass er hier, vor dem Altar, kein Ritter, kein Edelmann, sondern nur ein Bettler war. Er zog sein Schwert aus der Scheide und legte es hin, wo er sicher war, dass Gott es sehen würde. Dann faltete er die Hände.

»Ich weiß nicht, was du von mir hören willst«, sagte er und blickte zu dem schlichten Holzkreuz mit dem gekreuzigten Jesus Christus hinter dem Altar auf. »Aber meine Frau dort hinter der Tür scheint mir näher dem Himmel als der Erde zu sein. Ich liebe sie mehr als mein eigenes Leben. Wir brauchen sie, Herr, meine Babys und ich. Ich bitte dich, Gabriella am Leben zu lassen. Ich bin ein sündiger Mann und habe dir nichts anzubieten außer meinem Schwert und meinem Eid, von heute an keinem anderen König mehr zu dienen als dir.«

Er neigte den Kopf und stand dann unbeholfen auf und kehrte in den Raum zurück, in dem Gabriella lag, nur einen Herzschlag vom Tod entfernt.

Der Priester und die Frau sprachen leise miteinander, jeder ein schlafendes Baby auf dem Arm. Ihre Blicke folgten Morgan, der sich der Pritsche näherte, auf der Gabriella lag, reglos und zerbrechlich, aber keiner von beiden sprach ihn an.

Morgan kniete wieder nieder und legte seine Stirn leicht auf Gabriellas Busen, und seine breiten Schultern zuckten in einem Schluchzen, das er nicht zu verbergen versuchte. Er wusste nicht, wie viel Zeit vergangen war, als er ihre Hand so leicht über sein Haar streicheln spürte, als hätte ihn der Flügel eines Schmetterlings berührt.

Er hob den Kopf und sah, dass ihre Augen geöffnet waren. Nach Jahren von Totenwachen auf Schlachtfeldern war ihm nur zu bewusst, dass Leute oftmals, bevor es mit ihnen zu Ende ging, ein letztes Mal Kraft fanden, und er umklammerte ihre Hand.

»Bleib bei mir, Gabriella«, flehte er in einem heiseren Flüstern. »Ich liebe dich, und ich brauche dich. Bleib …« Er küsste verzweifelt ihre Handknöchel. *»Bleib!«*

Ihre Lippen bewegten sich; sie hauchte seinen Namen. Und dann schloss sie die Augen.

Morgan drückte sein Ohr an ihre Brust, nahm über dem Hämmern seines eigenen Herzens kaum etwas wahr, doch dann hörte er ein schwaches, stetiges Pochen, das zögernd kräftiger wurde.

In den folgenden Stunden war es Morgan, der Gabriellas vom Fieber glühende Haut mit kühlendem Wasser abwusch, Morgan, der leise, fast ohne zu atmen, mit ihr sprach und sein Bestes tat, um sie mit Gedichten und Gebeten, Versprechungen und Flehen bei sich zu behalten. Er erzählte ihr Geschichten, wahre und weniger wahre, und Soldatenscherze, so unflätig sie auch waren. Er sagte auf, was er über Astronomie und Latein und Pferde wusste. In den frühen Morgenstunden schlief er ein, immer noch kniend, den Kopf auf ihrer Brust.

Das leichte Streicheln ihrer Hände an seinem Nacken riss

Morgan aus der Finsternis und in das rosagoldene Licht der Morgendämmerung. Sie lächelte ihn an, und zuerst glaubte er zu träumen.

»Gabriella?«

Ihr Stimme war schwach und klang krächzend, jedoch auch eine Spur schelmisch. »Meinst du, du findest jemand anderen, den du als Kissen für deinen Kopf benutzen kannst, mein Mann?«

Morgan lachte; es klang erstickt und heiser. »Ich liebe dich.« Er konnte es nicht schnell genug oder oft genug sagen. Er küsste ihre Stirn, dann ihre Lippen. »Ich liebe dich!«

»Sei still, mein Mann«, sagte Gabriella zärtlich und strich ihm das Haar aus der Stirn. »Du wirst unsere Kinder aufwecken.«

»Söhne«, staunte Morgan. »Zwei Söhne!«

»Aye. Welche Namen sollen wir ihnen geben? Vielleicht Apollo und Zeus?«

Morgan grinste. »Denk drüber nach, meine geliebte Mylady, aber verlass dich nicht darauf, dass ich dir bei der Namenswahl helfe. Ich bin für jeden Namen außer meinem eigenen.«

Sie runzelte die Stirn. »Können wir nicht einen Morgan nennen?«

»Nein«, sagte er. »Mein Vater hieß Steven. Vielleicht würde das gehen.«

»Steven Morgan«, sagte Gabriella.

Das konnte er ihr nicht abschlagen. Er hätte ihr alles gegeben, was er besaß, und es niemals auch nur einen Moment bereut. »Was ist mit dem anderen Sohn? Soll er namenlos bleiben?«

Gabriella überlegte. »Michael Alexander«, sagte sie schließlich triumphierend. »Für den Erzengel und für meinen verstorbenen Vater, der das Gegenteil war.«

Morgan lachte leise. »Aye«, stimmte er zu. »Da es dein Sohn

und meiner ist, wird der Junge sicherlich ein Teufel sein. Vielleicht wird solch ein feiner Name seine Rettung werden.«

An diesem Nachmittag wurden Steven Morgan Chalstrey, der Erstgeborene, und Michael Alexander Chalstrey, der ein paar Minuten jüngere Sohn, getauft, wie es sich gehört. Nach einer Woche mietete Morgan das Obergeschoss des Gasthauses, so verrufen es auch war, ließ alles ausräumen und mit Seifenlauge abschrubben und möblierte es mit Dingen, die er von Redclift Hall abholen ließ. Dann, als Mab Gabriella für kräftig genug erklärte, zog er mit seiner Familie in das vorübergehende Quartier ein, und er war unerträglich stolz auf alle drei.

Alle Nächte schlief Morgan neben Gabriella, und alle Tage umsorgte er sie, bis sie undankbar und ungeduldig wurde und ihn nach unten schickte, damit er mit John Robinson und den anderen Ale trank. Zuerst war er gekränkt, doch Mab erklärte ihm, dass dies ein gutes Omen sei – Lady Edgefield erholte sich und würde bald wieder ganz sie selbst sein.

Sie waren über sechs Wochen lang in Upper Gorse, als Gabriella verlangte, die wenige Habe, die sie mitnehmen wollte, zu packen und nach Edgefield Keep aufzubrechen. Es war schon schlimm genug, dass Steven und Michael so weit von zu Hause entfernt geboren waren, erklärte sie mit ihrer alten, entzückenden Keckheit. Doch aufziehen würde sie ihre Kinder nicht in einer Taverne!

Und so, mit all dem Pomp einer Armee, die in den Krieg zieht, brachen Lord und Lady Edgefield mit ihren Babys, ihren Soldaten und ihrer Hebamme und vier Dienern, die sie sich während ihres Aufenthalts zugelegt hatten, nach Cornwall auf.

Für einen ganzen Monat nach ihrer Rückkehr nach Edgefield Keep, wo sie mit Jubel und Gelagen mit viel Ale empfangen wurden, kam Morgan nicht in Gabriellas Bett. Er war ein aufopfernder Vater für die Babys und sehr beliebt bei ihren

Kindermädchen, doch Gabriella behandelte er, als trüge sie den Nonnenschleier.

Eines Tages zog sie ein grünes Kleid an und flocht ein farblich passendes Band in ihre Haare, um ihn zu überraschen. Sie tupfte sich Parfüm hinter die Ohren und betrachtete sich kritisch im Spiegel.

»Wo, bitte, ist mein Lord und Herr?«, fragte sie Mab mit einem ironischen Unterton.

Mab lächelte, zuckte die Achseln und summte weiter vor sich hin.

Gabriella legte ihr schweres Plaidtuch von einer Schulter auf die andere und marschierte entschlossen zur Tür, jedoch nur, um zu seufzen und ihre Stirn gegen das Holz zu lehnen. »Lieber Himmel, was soll ich zu ihm sagen?«

Mab blickte fröhlich drein – und wissend. »Dass Ihr für ihn bereit seid. Mir scheint, er wartet ziemlich bange darauf, das zu hören.« Die Hebamme lachte, und dann nahmen ihre Augen einen ernsten Ausdruck an. »Der Mann liebt Euch, aber er ist Zeuge Eurer schweren Prüfung geworden – aye, der schlimmsten –, als Ihr die Babys bekommen habt, und ich bin überzeugt, Mylord hat Angst davor, sie wieder unter sich zu bekommen, weil er kein weiteres Kind zeugen und nicht erleben will, dass Ihr bei der Geburt sterbt.«

Gabriellas Mund klaffte auf. »So etwas Dummes kann er unmöglich glauben!«, rief sie, als sie sich wieder gefasst hatte. »Es waren das Reiten und der Kummer und der Regen, das mich aufs Totenbett gebracht hat, nicht die Geburt!«

Mab zuckte mit den Schultern und faltete weiter Wäsche. »Sagt das Eurer Lordschaft, denn Eure Weisheit ist bei mir vergeudet, Mylady.«

Gabriella stürmte hinaus und, unterstützt von einem Nicken Ephraims, fand ihren Mann in der Kammer seiner Kinderzeit, die er seit ihrer Rückkehr als Schlafkammer benutzte. Er stand an einem der Fenster und schaute auf den Burghof hinaus.

»Mylord«, sagte Gabriella, ein wenig gebieterisch.

Morgan wandte sich überrascht um. »Gabriella!«

Sie sprach mit tiefer, leicht zitternder Stimme. »Ich habe dich in meinem Bett vermisst, mein Mann.«

Er starrte sie an, plötzlich voller Verlangen – und zugleich ängstlich. Mab hatte also Recht gehabt. »Gabriella, ich …«

»Ich habe dich nicht für einen Feigling gehalten, Sir.«

Mit einer schnellen Bewegung zog er die Tür hinter ihr zu und nahm sie gefangen, die Hände links und rechts von ihr auf die Tür gestützt. Seine Augen spiegelten Belustigung und Leidenschaft wider. »*Wie* hast du mich bezeichnet?«

»Als Feigling«, sagte Gabriella furchtlos und tippte leicht mit einer Fingerspitze an seine Brust. »Wenn du meinst, du kannst mich ersetzen, indem du dir eine Mätresse nimmst …«

»Eine Mätresse! Was soll der Blödsinn?«, wollte er wissen.

Gabriella schluckte. Sie hatte nicht ernsthaft gedacht, dass er Verabredungen mit anderen Frauen gehabt hatte, das war nur ein Schuss ins Blaue gewesen. Sie sagte nichts, sondern sah einfach zu ihm auf und ließ ihren einzigartigen Zauber wirken.

»Du hast soeben eine Geburt überstanden«, erinnerte er sie.

»Das ist über zwei Monate her«, sagte Gabriella. Sie wusste, das ihr Kinn bebte, aber sie konnte nichts dafür. »Du hast gesagt, dass du mich liebst, Morgan.«

Seine Nase berührte fast ihre, und seine Augen glitzerten. »Und das stimmt, Gabriella. Ich liebe dich zu sehr, um ertragen zu können, dass du wieder leidest …«

»Dummkopf«, sagte Gabriella, doch sie schlang die Arme um seinen Nacken. »Sag mir die Wahrheit, Mylord. Hast du noch Lust auf mich wie einst?«

»Du weißt verdammt genau, dass ich die habe!«

»Dann zieh mich aus und dich auch und liebe mich. Hier. Jetzt.«

Diesmal war es Morgan, der schluckte. »Und was ist, wenn wir noch ein Baby machen?«

Sie lächelte kess. »Dann wäre ich entzückt.«

»Bist du verrückt? Beim letzten Mal bist du fast gestorben!«

»Nicht durch die Geburt unserer Söhne, Mylord. Ich war krank vor Erschöpfung und Kummer. Ich habe mich nicht ausgeruht, obwohl Mab und Robinson mich inständig darum baten.« Gabriella stellte sich auf die Zehenspitzen und küsste ihn leicht auf die Lippen. »Ich habe immer noch meinen Kummer – ich weiß nicht, was aus meinen Schwestern geworden ist, und beide bedeuten mir viel –, aber du bist mein Trost, Mylord. Du bist meine Freude. Es ist herzlos von dir, mich zu verschmähen.«

Morgan stöhnte auf, kostete ihre Lippen und zog sich zurück, wie um die Beherrschung zu behalten. »Gabriella ...«

Sie legte kühn eine Hand auf seine Hose. »Du begehrst mich. Das ist äußerst ermutigend.«

»Gott im Himmel ...«

»Gott ist höchstwahrscheinlich bereits dort«, scherzte Gabriella, »aber wir sind auf der Erde, Mylord, und müssen uns unser eigenes Paradies schaffen.«

Morgan küsste sie, presste sie hart zwischen sich und die Tür, teilte ihre Lippen mit der Zunge und eroberte ihren Mund auf die gleiche Weise, wie er bald ihren Körper erobern würde. Ohne den Kontakt zu unterbrechen, löste er die Bänder von Gabriellas Kleid und streifte es über ihre Arme und Hüften hinunter. Dann hob er sie auf die Arme, trug sie zum Bett und warf sie darauf.

Seine Augen glänzten, als er über ihr aufragte und sich seine Kleidung vom Körper riss.

Sie räkelte sich mit schmachtendem Blick, sichtlich, um ihn zu reizen.

Er lachte, ein tiefer, männlicher Laut, den sie liebte, und legte sie für eine Eroberung besonderer Art zurecht. »Es kommt dich teuer zu stehen, die Verführerin zu spielen«, warnte er und neigte sich auf sie, um seine Forderung einzutreiben.

Gabriellas überraschter Aufschrei der Kapitulation erfüllte die Kammer und vielleicht auch den Korridor. Als Morgan sie zähmte, warf sie sich auf dem Bett auf und ab, wie um ihm zu entkommen, bettelte sinnlos, glücklich um die Wonnen, die er ihr bereits schenkte. Als er sie hinhielt, schluchzte sie vor Spannung, und als er schließlich tief in sie eintauchte, rief sie seinen Namen, schloss ihn noch fester in ihre Arme und Beine, und sie bewegten sich in köstlicher Vereinigung.

»Was ist mit meinen Schwestern?«, sorgte sich Gabriella einige Zeit später, als sie und Morgan sich nach dem ersten Liebesrausch voneinander gelöst und wieder angezogen hatten, in ihr Ehebett gegangen waren und sich von neuem ineinander verloren hatten. »Was ist mit Sedgewick?«

Morgan küsste ihre Schläfe. »Wir werden erfahren, was ihnen allen widerfahren ist«, versprach er, »und wenn ich Boten in jede Ecke von England schicken muss.«

Gabriella schmiegte sich an ihren Mann. »Ich befürchte, dass Elizabeth von uns gegangen ist«, sagte sie und begann zu weinen. Er hatte ihr gefehlt, nicht nur im Bett, sondern auch als ihr Vertrauter. »Ich habe auf eine Nachricht von der Abtei gewartet, aber es ist kein Brief eingetroffen ...«

Er drehte sich zu ihr und küsste ihr zärtlich unter den Augen die Tränen fort. »Pst«, sagte er. »Du warst dem Tod so nahe, wie es jemand nur sein kann, und trotzdem hast du überlebt. Erwartest du weniger von deiner kleinen Schwester?«

Sie lächelte und schniefte. »Elizabeth *ist* stark.«

Er lächelte. »Natürlich ist sie das. Und ebenfalls Meg. So stark wie du, nehme ich an.« Er schob sich abwärts, um an einer von Gabriellas Brustspitzen zu saugen, dann an der anderen. »Und jetzt«, murmelte er, während er ihren Bauchnabel mit der Zunge umschmeichelte, »sollten wir für ein Schwesterchen für unsere Söhne sorgen.«

Endlich - der neue historische Liebesroman der Bestsellerautorin Jude Deveraux!

Die engagierte Temperance hat ihr Leben dem Kampf für die Rechte der Frau gewidmet, sehr zum Missfallen ihres neuen Stiefvaters Angus, der sie zwingt, mit ihm nach Schottland zu kommen. Als Temperance ihm dort das Leben zur Hölle macht, schlägt er ihr einen Handel vor: Sie darf sich dann wieder ihrer Arbeit widmen, wenn sie für Angus' Neffen, James McCairn, innerhalb von sechs Monaten eine Frau findet. Eine schwierige Aufgabe, vor allem, da Temperance sich selbst ganz gegen ihren Willen in James verliebt ...

3-404-18638-2

BASTEI LÜBBE